怖い家

Haunted Houses

エドガー・アラン・ポー、
H・P・ラヴクラフト、
シャーロット・P・ギルマン他＝著

ジョン・ランディス＝編／宮﨑真紀＝訳

X-Knowledge

怖い家

Haunted Houses

目次

Japanese translation rights arranged with
Dorling Kindersley Limited, London
through Fortuna Co., Ltd. Tokyo.

For sale in Japanese territory only.

For the curious
www.dk.com

装画及び扉絵
星野勝之

ブックデザイン
鈴木成一デザイン室

※ページ数等の都合により、日本語版では原書に収録されている
ヘンリー・ジェイムズ『ねじの回転』は、
原編者/権利者の許可を得た上で割愛しています。

開けてはいけない扉がある

序章

ジョン・ランディス

私ははたして幽霊を見たことがあるか？　じつは一度もないのだが、聞いたことはある。

一九七〇年代の初め、当時のガールフレンドが、ハリウッドヒルズにある屋敷を三人の大学生とシェアしていた。屋敷には、二階に二部屋、一階に二部屋、計四部屋の寝室、それに広いリビングとキッチン、さらに浴室が四つあった。私はよくガールフレンドの部屋に泊まりにいったものだった。中年の家政婦をみんなで折半して雇い、彼女が週に五日来て家事をした。ある日、部屋を借りている二人の女の子が帰ってきたとき、家政婦が金切り声をあげて玄関から飛び出してきた。いったいどうしたのと尋ねると、家政婦が訴えた。その日の午後にキッチンに行くと、ぼうぼうの白髪頭で、水色のバスローブとスリッパ姿の眼鏡をかけた男がお茶を飲んでいた。どちら様ですか、ここでいったい何をしてるんですか、と尋ねたところ、男は何も言わずに微笑み、ゆっくりと消えた。彼女の目の前でしだいに姿が薄れ、ふっと消えたというのだ。家政婦は震え上がり、慌ててそこから逃げ出そうとしていたらしい。女の子たちは、何言ってるの、気のせいよと言いながら、彼女と一緒にキッチンに向かった。そこには誰もいなかったが、カウンターの上に飲みかけのお茶が入ったカップが置かれていた。

その日以降、家政婦は誰かいないかぎり、けっして屋敷に入ろうとしなくなった。二週間ほどして、その家をシェアしている別の学生で、マックスという名の二十代半ばの若者が、家にいるのは自分だけだとばかり思っていたのに、リビングのソファーに人が座っているのに気づいた。確かめようと思って近づくと、案の定、そこにいたのは眼鏡をかけ、水色のバスローブとスリッパを身につけた白髪の男で、雑誌をめくっていたという。マックスは部屋に走って逃げ帰り、ドアに鍵をかけた。

程なくして屋敷にやってきた私に、マックスは息を切らしながら、リビングに変な男がいるから警察を呼んだほうがいいかもしれないと言った。私がマックスに、その謎の男に声をかけてみたのかと尋ねたところ、怖くてそんなこと考えもしなかったと彼は答えた。そこで私がリビングに行ってみると、もう誰もいなかった。屋敷のドアというドア、窓という窓を調べたが、すべて施錠されていた。

その晩の夕食のときに、われわれはその謎の訪問者をアンディと名付けることにした。マックスや家政婦から聞いた風貌がアンディ・ウォーホルそのものだったからだ。翌月にかけて、屋敷に住む全員がアンディと遭遇した。一度など、マックスとアン・メアリーが裏庭で同時に彼を見た。

私は週末しか屋敷にいなかったから、一度もアンディを見かけなかった。でも、ある日曜のけだるい朝、屋敷には私とガールフレンドしかおらず、ベッドでのんびりしていると、玄関のドア

が開閉し、誰かが階段をのぼってくる音がした。私は廊下をのぞいてみたが、誰もいなかった。屋敷にいるのは、やはりわれわれ二人きりだったのだ。

そして、いまだにそれが唯一の超自然体験だ。私は幽霊を聞いたと言っていいのではないか、と思う。

幽霊に怖い思いをさせられたことはあるか？　もちろん。書物や劇場、映画で、私は何度となく幽霊たちに脅かされた。人はなぜか喜んで怖がりたがるものだ。とくに映画や文学、演劇は、私たちを上手に恐怖の淵に陥れる。本や映画の中や舞台上で語られるお話には、人をぞっとさせようと仕組まれているものが多い。開けてはいけないドアであふれる物語の数々。

死は本当に恐ろしい、あまりにも圧倒的な概念なので、われわれはそれですべて終わりとは考えたくないし、そうは考えまいとする。愛する者がふいっと目の前からいなくなるなんて。さっきまで一緒にいたのに、次の瞬間、永遠に消えてしまうとは。だからある意味、幽霊を信じていれば、妙に安心できるのだ。なにしろ、幽霊はある種の死後の世界が、「あの世」があるという証拠なのだから。

幽霊譚は、科学にもとづいて人々が暮らす現代社会への真っ向からの挑戦であり、だからこそ魅力的なのだろう。理性的なわれわれvs.非日常、超自然、怪奇。ゴーストストーリーは、われわれの知性や自我、そして何より未知への恐怖心をじかに攻撃する。そこでは、合理主義と、神秘の力から生まれた強力な超自然現象が、直接対決することになる。

そこで、このアンソロジーのテーマである幽霊屋敷の話に移ろう。現代の映画制作者たちは、彼らがつくりだす邪悪な怪物を登場させる場所として、郊外の家をよく設定する。『悪魔の棲む家』、『ポルターガイスト』、『リング』、『エルム街の悪夢』、いずれもそうだ。こうした映画に出てくる家は、私たちもよく知っている今風の一軒家に近い。しかし、このアンソロジーに登場する屋敷は、たいていが（すべてではない）十九世紀以前の伝統的な幽霊屋敷だ——今にも崩れそうな大邸宅、暗い廊下、鍵のかかった扉、四柱式ベッド、溶けた蠟燭、そう、エドガー・アラン・ポーの「アッシャー家の崩壊」の屋敷そのものだ。そこには決まって何か怪しげな過去がある。人が死に、何か恐ろしい事件が起き、邪悪に支配された場所。そうした過去の悪魔たちが当然の権利とばかりに今そこに姿を現し、われわれを追い詰める。

幽霊譚は大きく二つのカテゴリーに分けられる。一つ目は、それが本物の幽霊か、あるいは誰かの熱に浮かされた妄想の産物か、わからないというものだ。こうした物語では、異様な出来事がくり広げられるにつれ、しだいに信頼できなくなっていく語り手がたいてい話を進める。このカテゴリーのほうが展開がサスペンスフルで、不可解で、不穏なことが多く、本書で言えばギ・ド・モーパッサン「オルラ」、シャーロッテ・ギルマン「黄色い壁紙」が典型例である。「オルラ」の語り手につきまとう目に見えない存在は、恐怖をより増長する。この小説は、一九六三年に、メロドラマ風の演技が特徴のヴィンセント・プライスを主演に迎えて映画化された（レジナルド・ル・ボーグ監督『オルラ／血の連続殺人』）。「黄色い壁紙」では、語り手の女性が本当に壁紙の中に何か超自然的なものを見ているのか、それとも支配的な夫に「煽られて」狂っていると思わされているのか、判然としない。それとも、本当に正気を失ってしまっているのか？　このタイプのゴーストストーリーは仕掛けがとくによくできていると言える。というのも、幽霊譚というのは得てして、主人公たちが最も無防備なとき、つまり夜ベッドに入っているときに恐ろしい出来事が起きるものだからだ。彼らは眠りに入る際（きわ）にあり、自分が覚醒しているのか、悪夢を見ているのかわからない不安定な精神状態にある。ウェス・クレイヴン監督の一九八四年の映画『エルム街の悪夢』がみごとなのは、殺人鬼フレディ・クルーガーは文字どおり夢の中だけに存在している点だ。

二つ目のカテゴリーはもっと直接的だ。登場人物が「夜中に物音」を聞くと、恐ろしいことに、本当に幽霊だったとわかる。邪悪な存在——死んだ悪人というケースが普通——がそこにはいて、自分たちのテリトリーにずかずかと入ってきた人間に仕返ししようとするのだ。一つ目のカテゴリーほど幽霊が怖く感じられないかもしれないが、読者が本気で幽霊を信じていたり、登場する幽霊がとにかく気味が悪くて恐ろしかったり、著者の描写がことのほか真に迫っていたりすれば別だ。パーシヴァル・ランドンの「サーンリー・アビー」では、ひどく粗暴な幽霊がオーナーとその客人たちを震え上がらせる。アンブローズ・ビアス（「幽霊屋敷」）とH・P・ラヴクラフト（「忌み嫌われた家」）は、世にも恐ろしい描写で読者を不安にさせる。もちろん、ゴーストストーリーを書く作家が、人を怖がらせることだけを目的にしているとはかぎらない。オスカー・ワイルドの「カンタヴィルの幽霊」は、幽霊や幽霊屋敷という概念そのものをやんわりと茶化している。

シェイクスピアの『ハムレット』の中のある台詞に、なぜ幽霊譚の中の大勢の登場人物たちがあんなにひどい目に遭うことになるのか、端的にまとめられている。「この天と地のあいだにはな、ホレーシオ、哲学などでは思いもよらぬことがあるのだ」ここに選ばれた物語の登場人物たちは、疑り深く、科学的思考を妄信する愚か者か、物を知らないドジな愚か者か、そのどちらかだ。科学を信奉する者は、幽霊屋敷や呪われた部屋をおのれの知性や勇気に対する挑戦だと考える。エドワード・ブルワー＝リットンの「幽霊屋敷と幽霊屋敷ハンター」に登場する男は、普通の人間なら避ける悪名高い幽霊屋敷であえて一晩過ごす。H・G・ウェルズの「赤の間」では、地元の人々の忠告を聞かずに、城の呪われた部屋に向かった懐疑主義の男は、のちに後悔するはめになる。ブラム・ストーカーの「判事の家」では、高慢な数学科の学生が、絞首刑判決を好むある有名な判事が所有していたという家に滞在する。H・P・ラヴクラフトの「忌み嫌われた家」では、語り手とそのおじが、住むと多くの人が病にかかったり、頭がおかしくなったり、命を落としたりするある薄気味の悪い古いさびれた屋敷に興味を持ち、人々が単に「運が悪かった」だけなのか、それともそこが本当に呪われた家なのか、確かめようとする。登場人物たちが最新の科学装置を取り揃えてやってきたにしろ、偉そうにがちがちに理論武装して臨むにしろ、アンブローズ・ビアスの「幽霊屋敷」のようにただ雨宿りをしただけにしろ、そうした不運な訪問者たちは、恐怖体験で教訓を得て運よく逃げ出すか、哀れな最期を迎えるか、いずれかとなる。

なかには、どちらかのカテゴリーに当てはめるのが難しい作品もある。日本の幽霊譚をラフカディオ・ハーンが小説化した「和解」がそれだ。この物語は、私の大好きな日本のホラー映画の一つ、小林正樹監督の『怪談』（一九六四年）で映画化されている。ラフカディオ・ハーンが日本を舞台に書いた四つの作品をベースにした、詩的で美しい映画だ。映画版の「和解」は原作に少々アレンジを加えていて、主人公の侍はとうの昔に死んでいた妻の黒髪で絞め殺されることになる。

普通のゴーストストーリーにひとひねり加えたのが、サキのちょっと茶目っ気のある作品「開けっぱなしの窓」だ。登場する神経質な客は、自分が訪れた家が幽霊屋敷だと思い込まされる。そこに住む意地悪な十代の少女が彼に作り話を聞かせたのだ。

やはりひとひねりある幽霊屋敷譚がＭ・Ｒ・ジェイムズの「呪われた人形の家」だ。ある骨董商が人形つきのドールハウスを手に入れるが、人形たちが真夜中に動きだし、恐ろしい行動を起こすのである。

ここに集めた物語を読めば、開けてはならない扉があるのだと、みなさんにもおわかりいただけるだろう。それでもあえて先に進もうとお考えなら、さあ、ページをめくり、扉を開けよう……

アッシャー家の崩壊

The Fall of the House of Usher

Edgar Allan Poe

エドガー・アラン・ポー

Burton's Gentleman's Magazine（1839 年）初出

雲が重くのしかかるように垂れ込めた、暗くどんよりとした静かな秋の日、私は馬に乗り、ひたすら退屈な田舎道を一人とぼとぼと進んでいた。夕闇が迫る頃、ようやくアッシャー家の屋敷の陰鬱な佇まいが見えてきた。自分でもなぜかわからないのだが、ひと目見ただけで、耐えがたい憂鬱が心に広がった。耐えがたいというのは、たとえどんな荒れ果てた、もしくは殺伐とした家のありようを目の当たりにしても、普通ならそこに詩を見出してわずかなりとも心楽しさを感じるもので、だがその憂鬱はそんな気持ちでさえ救えないほどの重たさだったからだ。私は目の前の光景を眺めた――ただの屋敷を、これといって特徴のない地所の景色を、簡素な外壁を、虚ろな目に似た窓を、ところどころにある菅(すげ)の茂みを、枯れ木の白い幹を。このじつに鬱々とした気持ちを過去に経験したことがあるほかの気分と比べられるとしたら、阿片で浮かれ騒いだあとの覚醒――突然日常へと突き落とされる辛さ――阿片の浮遊感のあとのぞっとするような落ち込み――いきなり日常へと落下する苦しみ――ベールが急に切って落とされる、あの感覚がまさにそれだ。心が冷え切り、沈み込み、むかむかする。どんなに想像力で刺激して崇高の極みへ昇らせようとしても、どだい無理な、どうにも救いようのない絶望感。これはいったい何だ、アッシャー家の屋敷を目にしただけでこれほど不安に責め苛まれるのはなぜだ、と私は立ち止まって考えてみる。解けない謎だったし、頭の中で押し合いへし合いする暗い想像を組み伏せることもできなかった。結局、今ひとつ納得のいかない結論で我慢するしかなかった。きっと、一つひとつはごく単純だが、まとまると人にこうして強い影響を与える自然物の組み合わせというものがあるのだろう。だが、この力を分析しようにも、われわれの理解力の範疇を超えているのだ。景色の要素、光景のディテールの組み合わせを少々変えれば、陰惨な印象を生む力に変化を起こし、場合によっては消し去ることだってできるかもしれない、と私は考え、そんなふうに物思いにふけりながら、屋敷の脇で波一つない鏡面のごとき光沢をたたえている、黒々とした不気味な沼の切り立った岸に馬を向けた。そして、湖面に反転して映る、様相の変わった灰色の菅、薄気味の悪い木々の幹、空虚な目に似た窓に目をやり、先般以上に戦慄を覚えてぞくりと身を震わせた。

とはいえ、私はこの陰気な屋敷に数週間のあいだ逗留するしだいとなっているのだ。所有者のロデリック・アッシャーとは子供の時分よく遊んだ幼馴染みだったが、長年没交渉だった。ところが最近になって、この地方のかなり遠方の消印のある彼自身がしたためた手紙が届き、その切迫した文面からすると、私がじかに返事をするしかなさそうだった。筆跡を見れば、かなり神経が参っていることは明らかだった。なんでも病がかなり重く、精神の不調にも苦しんでおり、ぜひ唯一にして最良の友である私と会いたいとの旨が書かれていた。私と楽しく過ごせば、病の辛さも和らぐのではないかというのだ。彼の頼みは明らかに真摯なものだったし、こうした訴えも、さらにそれ以外の話も、いかにも切々としていて、これはぐずぐずしてはいられないと私は思っ

た。だから、いかにも風変わりな呼び出しだと思ったとはいえ、すぐに応じたのである。

少年時代に親しく付き合っていたとはいえ、私はロデリックのことをじつはほとんど知らなかった。彼はいつも、どうかと思うほど内気だった。とはいえ、彼の家系はとても古く、それこそ大昔から特別感性が鋭いことで知られていて、いにしえより高尚な芸術分野でさまざまな作品を残し、最近ではそれが、人知れず物惜しみのない慈善活動をくり返すことに加え、伝統的でわかりやすいものより、常人には理解の難しいもっと複雑な音楽理論に熱心に取り組んだりすることに表れている。それに、アッシャー家は由緒正しい家柄とはいえ、ある程度長く続く傍系の家系というものがいつの時代にもまったく見当たらない、という驚くべき事実も私は知っていた。つまり、家族は全員が直系の家系で、ごく一時的にわずかな例外はあったものの、つねにその状態が保たれているのである。私は一族の持つ性質とその家屋敷の性質が完璧に一致しているのではないかと考え、長い年月のあいだに、一族とその領地がたがいに影響を及ぼし合ってきたのかもしれない、と思いを巡らせた。つまり、この一族には傍系が生まれないこと、その結果、父から息子へとそのまますべてが受け継がれ、名前とともに世襲財産もほかに分割されることなく代々相続されていくことが原因で、ついには一族と家屋敷が一つになってしまい、領地そのものが「アッシャー家」というなんとも奇妙で曖昧な名称に融合されてしまったのではないだろうか。その領地で土地を耕す小作農たちの頭の中でも、その名で一族もその屋敷もひとくくりになっているらしい。

沼に映る屋敷を見下ろすというささか子供じみた実験は、結局のところ、屋敷の第一印象をいっそう強めただけだった。おかしな妄想——そうとしか言いようがないではないか?——がどんどん膨らんでいると意識すると、ますます妄想は膨らんでいくものだ。それが恐怖にもとづくあらゆる感情の逆説的な法則だということは、昔から自分でもわかっている。そして、沼の水面から目を上げて屋敷の実物を見たとき、私の頭に奇妙な空想が広がったのは、まさにそれが理由だったのかもしれない。実際、じつに馬鹿げた空想で、ここにそれを記すのは、私を圧迫するその空想の強烈な力をわかってほしいからだ。空想はとめどなく広がり、屋敷とその地所のまわりには、そこやそのごく近い周囲にしかない独特の空気がまとわりついていると思うようにさえなった。それは空を覆う澄んだ空気とは一線を画した、朽ちた木々や灰色の壁、静まり返った沼からたちのぼる臭気をはらんだ謎の有害な瘴気(しょうき)であり、かすかに認められる程度だが、重く澱み、鉛色を帯びている。

そんなものは幻に違いなかったから、私はそれを頭から追い払い、実物の建物を仔細に観察した。全体の意匠はきわめて古風に見えた。年月による変色もはなはだしい。外壁全面を細かい黴が覆い、それが網の目状に絡み合って軒から垂れ下がっている。それでも、総じて見ると、不思議と壊れてはいない。石積みが崩れ落ちているところはどこにもなかった。一つひとつの石はぼろぼろなのに、組み合わされば今も非の打ちどころがないのは、やけにちぐはぐに思えた。それを見て私が思い出したのは、長年何の手入れもされていない地下室の丸天井で、古い材木が腐ってしまっても、外気にさらされていないおかげで全体としての見かけは保たれている、あの感じだった。とにかく、そんなふうに腐食は進んでいても、建物にはぐらつきの気配はほとんどなかった。たぶん専門家が精査でもすれば、正面の屋根から壁をジグザグに進んで陰気な沼まで続く、かろうじてわかる程度のひびが見つかっていただろう。

そんなことを目に留めながら、私は屋敷に続く短い土手道を進んだ。出迎えに来た使用人に馬をまかせ、私は玄関ホールのゴシック様式のアーチ状の廊下に入っていった。足音のほとんどしない召使が、主人の仕事場へと続く複雑に入り組んだいくつもの暗い廊下を無言で案内してくれた。途中で出合うものの多くが、なぜかはわからないが、すでにお話ししたあのぼんやりとした感覚をいっそう助長した。周囲にあるもの——天井の浮き彫りや壁の陰気なタペストリー、床の漆黒の黒檀、横を通るとカタカタと揺れる不気味な紋章付きの戦勝記念品(トロフィー)——は私が幼少時から慣れ親しんできたもの、あるいはそのたぐいのものでしかなく、そう認めないわけにいかないのだが、それでもそうしたありきたりなものがかきたてる空想にはひどく違和感を覚えることに驚くのだった。階段の途中で、一家の主治医と出会った。その表情には、うっすらとうかがえる老練さと当惑が入りまじっていた。彼は狼狽したように私に挨拶し、そそくさと立ち去った。そしてついに召使が扉を開け、主人の部屋に私を通した。

部屋はとても広く、天井が高かった。窓は細長く、天辺が尖っていて、黒い樫材の床よりかなり上方にあるので、内側からはまったく手が届かない。菱形格子の窓ガラスから深紅色の弱々しい光が差し込み、周囲の目立った品々はそれではっきりと見えたが、部屋のもっと奥や、雷文模様があしらわれた丸天井の隅のほうまでは光は届きづらいようだった。窓際の壁には暗い色のカーテンが下がっている。家具はおおむね贅沢なものだが快適さからは程遠く、古びて、がたが来ていた。本や楽器が床のあちこちに散らばっていているが、部屋に活気を与える役には立っていない。息を吸い込むと、悲しみの匂いがした。救いようのない、深く険しい憂鬱が垂れ込め、すべてを覆っていた。

私が部屋に足を踏み入れると、アッシャーはそれまで寝そべっていた長椅子から立ち上がり、陽気に挨拶した。その挨拶にはわざとらしいほどに熱がこもっていたので、倦怠を絵に描いたような男が無理をしているのかと初めは思ったが、その表情を見て、彼が本当に心から喜んでいるのだとわかった。私たちは腰を下ろした。そして、彼がしゃべりだす前の短いあいだ、私は彼を憐れみと驚きの混在する気持ちで眺めた。人がこんなに短期間でここまでがらりと変わってしまうことが、いまだかつてあっただろうか？　今目の前にいる人物とごく幼い頃によく遊んだ友だちが同一人物だと、なかなか納得できずにいた。それでも、その顔にはずっと変わらぬ特徴が残っていた。死人のごとく蒼ざめた顔色、たとえようもない光をたたえた潤んだ大きな瞳、ひどく青くてやや薄いが、とても美しい曲線を描いた唇、ユダヤ人らしからぬ優美な造形だが、それにしては不釣り合いに大きな鼻孔、あまり目立たないし、力強さも足りないという意味で、繊細な顎。髪は蜘蛛の巣にも負けない柔らかさと薄さだ。そうした特徴にかなり上まで広がる額が加わり、全体として見ると、そう簡単には忘れられない顔つきができあがる。そうしたとくに目立つ顔の特徴や、その顔によく浮かぶ表情が今はさらに強調されているせいで、以前とはまったく違って見え、自分が話をしている相手が誰なのかわからなくなった。とりわけ、ぞっとするほど青白い肌と、今の尋常ではない目の輝きに私は驚き、畏怖さえ感じた。柔らかい髪もすっかり手入れを怠っているらしく、伸び放題で、あまりにもふわふわしているので、顔に落ちるというより浮遊して見え、その風変わりで複雑なありさまは、人間のものともなかなか思えないほどだった。

友人の振る舞いを見ていて、私がすぐに気づいたのは、そのちぐはぐさだった。行動に一貫性がないのだ。どうやらそれは、習慣的に来る震えを隠し、過剰に過敏になった神経を無理に抑え込もうとして、それができないせいだとわかった。そういう不安定さは、じつは前々から予想はできたことだった。手紙ももちろんそうだが、子供時代の彼の特徴を思い出してみれば、その独特な体の動きや気性から導きだせることだった。彼は陽気になったかと思うと、沈み込んだ。声にしても、おどおどした震え声（そういうとき、彼の動物精気は完全に息を潜めているようだった）になったり、活気にあふれるきびきびした声——重々しくけっして急がない、どこか空元気にも思える快活な喋り方——完全に調整され、バランスの取れた、口蓋音による重みのある話しぶり——になったり、目まぐるしく変わった。とくに興奮しているときには、すっかり正気をなくした酔っ払いか、回復不能な阿片中毒者のようだった。

とにかく彼はそんなふうに、私の訪問の目的や、どんなに私に会いたかったか、私が自分の病の慰めになると期待していることについて語った。それからしばらく、自分の病の症状と彼が考えていることについて話した。なんでもそれは生まれつきの、家系的な病であり、なんとかして治療法を見つけたいと訴えたが、とはいえただの神経障害で、間違いなく一過性のものなのだとすぐに付け加えた。じつにさまざまな異常な感覚に襲われると言い、詳しい症状をいくつか聞くと、私は興味深く思うと同時にとまどいを隠せなかった。とはいえ、彼が使った単語や話しぶり全般からそんな印象を持ったのかもしれない。何に対しても病的に敏感で、困っているようだった。できるだけ味気ない食べ物しか受け付けない。特定の肌触りの生地を使った服しか着られない。どんな花の香りも耐えられない。わずかな光でも目が辛い。音にも好き嫌いがあって、弦楽器の音にだけは恐怖をかきたてられずにすんだ。

アッシャーは、異常なまでの恐怖の虜囚となっていた。「私など死んだほうがいいのだ」彼は言った。「こんな惨めな狂気に苦しむくらいなら、死ぬべきなのだ。そうだ、そうでもしなければ、私は頭がどうかしてしまう。私は未来が怖い。未来に起きる出来事ではなく、その結果が恐ろしいのだ。ほんのささいな事件が、なにものにも耐えられないこの怯えた魂に作用するかもしれない、そのときのことを思うと、震えが走る。そうとも、私は危険を嫌悪しているわけではなく、それがいやでも導く影響が、そう、恐怖が恐ろしいのだ。こんなふうにずっと怖気づいている、情けない状況にあっては、〝恐怖〟という名の恐ろしい幻に抗ううちに、命と正気の両方を捨てる日が遅かれ早かれ来るだろう」

そのうえ、折々に手に入る、不完全で不確かなヒントから、アッシャーの精神にはもう一つ別の問題があることがわかった。ずっと住み続け、長年離れようとしたことさえないその屋敷について持つ、ある種の妄信のようなものに彼は縛られていた。ここで説明するにはあまりにぼんやりしている、この屋敷が持つとされる力。一家伝来のその屋敷独特の形態や建材が、彼に言わせれば長らく黙認されてきたせいで、彼の精神にもたらした影響力。灰色の壁や小塔だとか、一族みんなが見下ろしてきた薄暗い沼だとか、そうした形あるものが長年のあいだに彼という存在の活力に与え続けてきた効果。それらすべてに、彼はがんじがらめになっていたのだ。

しかしながら、不承不承ではあるが、彼も自分をそうして苦しめている奇妙な憂鬱を生んでいるのは、もっとはるかに明確で、自然な原因が大きいと認めていた。長年ともに暮らしてきたたった一人の伴侶で、この世に残る唯一の縁者である、心から愛する妹が重い病を長く患い、その死が明らかに刻々と近づいているという事実だ。「あの子が亡くなれば」彼が辛そうに口にしたその言葉を、私はけっして忘れないだろう。「いっさいの望みを絶たれたひ弱な男が、いにしえ

のアッシャー一族最後の末裔となるのだ」彼がそう話していたとき、マデライン嬢（彼女はそう呼ばれていたのである）が部屋の遠い奥のあたりを静々と通りすぎ、私がそこにいることにも気づかずに、姿を消した。私は、恐怖の入りまじった驚愕とともに、彼女を眺めた。しかしその気持ちを言葉にしようにもできず、私はただ茫然自失として、去っていく彼女を目で追うばかりだった。とうとう彼女が部屋を出て、ドアが閉じたとき、私は本能的にアッシャーの顔をうかがわずにいられなかったが、彼は両手に顔を埋めていた。おんおんと激しく泣く彼の涙が無数に伝う、その痩せ衰えた指が、いつもより蒼ざめているように見えたということしか、私にはわからなかった。

マデライン嬢の病は、主治医たちがどんな治療をしても長らく功を奏さなかった。つねに感情が鈍麻し、しだいに人格も失われ、一過性とはいえ頻繁に体の一部が強硬症のごとくこわばるという、きわめて珍しい症状だった。今まではなんとか必死に病魔に抵抗し続け、床に寝付くまいとしてきた。ところが、私が屋敷に到着した夕方、日が暮れる頃についに死という名の破壊者の圧倒的な力に屈服した（夜になって、兄が言葉にできないほど動揺して話してくれた）。そして、どうやらあのとき私がちらりと垣間見た姿が、彼女を、すくなくとも生前の彼女については、私が目にする最後の機会となりそうだった。

それから数日は、アッシャーも私も彼女の名前を口にしなかった。そしてその期間、私は彼の憂鬱を楽にしてやろうと真摯に努めた。ともに絵を描き、本を読んだ。あるいはまるで夢の中にでもいるかのように、彼が自由自在に即興で歌いながら奏でるギターに聴き入った。しかしそうして二人が静かに、より親密になって、私が彼の魂の奥に遠慮なく入っていけるようになるにつれ、彼を元気づけようとするどんな努力も無駄だと、いっそう痛感させられた。彼の心は、それが変えるに変えられない生来の性質だとでもいうように、精神世界と肉体世界すべてのものに絶え間なく闇を流し込むのだ。

　アッシャー家の主人とそうして二人きりで過ごした長い厳粛な時間の記憶は、今も大事にしているが、二人でどんな研究をしたか、あるいは作業に加わらされたり、やり方を教わったりした仕事がどんなものだったか、具体的に思い出そうとしても思い出せない。興奮状態の極みの中で生まれた病的な理想的観念が、地獄の業火のごときまぶしさですべてを包み込んでいるからだ。彼が即興で歌った長い哀歌は、永遠に私の耳の奥で響き続けるだろう。中でも痛いほど胸を締めつける思い出は、フォン・ウェーバーの最後のワルツを奇妙に歪め増幅させた、荒々しい歌声だ。アッシャーは絵を描くことで空想を念入りに温め、そして絵は一筆ごとにいっそう曖昧模糊となっていき、それを見た私はぞくぞくして身震いした。そう、なぜ身震いするのかわからないからこそ、ぞくぞくするのだ。そうした彼のいくつもの絵(そのイメージは今も鮮やかに目に浮かぶ)から、言葉で書ける範囲でそのほんの一部でも引き出そうと努力してはみたが、無駄らしい。じつに簡素な、ありのままの意匠によって、彼は人の関心をとらえ、虜にする。思考を絵にすることができた人間がいまだかつていたとすれば、それはロデリック・アッシャーだ。すくなくとも当時のような環境にあった私からすると、心気症である彼がキャンバスにみごとに描きつけたあの純粋な抽象画には耐えがたいほど強烈な畏怖を覚え、フュースリー［十八〜十九世紀にイギリスで活躍したロマン派のスイス人画家］のいきいきとはしているがやはりあまりに具象的な白日夢に表れる思考にさえ、それほど激しくは心を揺さぶられなかった。

わが友人の、そこまで厳密に抽象的でない幻想的思考なら、ぼんやりとではあるが、言葉にできるかもしれない。ある小さな絵画には、どこまでも長い方形の廊下あるいはトンネルが描かれていた。天井が低く、壁は白く滑らかで、途中にいっさい途切れ目も装飾もない。下絵にあるいくつかの添え書きから、それは地表からかなり深いところに掘削されたものという設定だとわかる。その長々と続くトンネルのどこにも出口はなく、松明も、とにかく人工的な光源は一つも見当たらない。それでもどの部分にもまぶしい光線があふれており、そんな地下にはふさわしくないほど、どこもかしこも恐ろしく光り輝いている。

ある種の弦楽器の音を除く、あらゆる音楽に抵抗を示すという、彼の聴覚の病的状態についてはすでに触れた。だからギターしか弾かなくなったのだが、このかなり狭い制限のおかげで、彼の演奏に幻想的な性質が花開いたのかもしれない。だがそれでは、彼があんなにやすやすと情熱的な演奏を即興でくり出すようになった理由が説明できない。曲だけでなく、彼が思いの丈をぶつけた幻想的な詩(彼が演奏をするときには、即興で押韻詩をのせることもすくなくなかったのだ)もそうだが、彼がそんな演奏をするようになったのは、彼が心を平静に保ち、深く集中した結果に違いないし、現にそうなのだ。これについてはすでに軽く触れたが、そういう状態は故意に作った興奮の高みにあるまさにそのときにこそ現れた。そうしたいくつかの狂想曲の一つを、今でもすぐに思い出せる。彼がそれを演奏してみせたとき、私はおそらく感動せずにはいられなかったのだ。なぜなら、謎めいた言葉の潮流が示す意味の下に、私は初めて、アッシャー自身、彼の高尚な理性がその玉座から転がり落ちかけていることを完全に意識していると、うかがえたように思うからだ。「伏魔殿(ふくまでん)」と題されたその詩は、完全に正確ではないかもしれないが、だいたい以下のようなものだった。

Ⅰ.

善なる天使たちの住む
緑あふれるわれらが谷間には
かつて美しき荘厳なる宮殿がありし――
輝かしき宮殿が高くそびえていた
そこは思考が支配する王国――
それはそこに確かに建っていたのだ!
宮殿がそこまで美しくなければ
熾(し)天使もけっして翼を広げない

Ⅱ.

その屋根には燦然たる黄色や黄金の旗が
賑やかにはためき、ひらめいていた
(これは――これはすべて――古き時代
遠い昔のこと)
そしてそこですべてのやさしき風が漂い、
あの甘美なる日、

羽毛で飾られた青白き城壁に沿って、
翼をつけた芳香は飛んでいった

Ⅲ.

その幸福な谷間をさまよう者は
光の漏れる二つの窓から
調子のよく整ったリュートの調べにのって
精霊たちが踊るのを見た
玉座のまわりをぐるぐると
その玉座には
その栄光にまさにふさわしき姿（紫の衣に身を包んでいる！）で座る
王国の統治者を見ることができた

Ⅳ.

そしてどこもかしこも真珠や紅玉で輝く
華麗なる宮殿の扉を通って
滔々と流れ込んできては
そこらじゅうで跳ねるのは
森の精エーコーの一団

その妙なる仕事は
王の機知や叡智を
その世にも美しき声で
ただただ歌いあげることのみ

V.

しかし悲しみの衣をまとった悪魔たちが
国王の領土を襲った
（ああ、悲しむべし、
彼のもとにはもはや二度と夜明けは来ない、その侘しさよ！）
そして、彼の館を包んでいた、かの輝き栄えし栄光も
すでに葬り去られた遠い昔の
記憶の暗い片隅に眠るのみ

VI.

そして今谷間を行く旅人たちは
赤い灯りのともる窓の向こうに
耳障りな旋律に合わせ
浮かれ騒ぐ巨大なものたちの姿を見る

そのあいだ青白い扉からは
背筋の凍る急流のごとく
おぞましき群衆がぞろぞろと飛び出し
そして呵々と笑う——しかしもはや微笑みはなし

この詩歌が示唆することから、私たちは一連の思考にたどり着く。つまり、ここから私の唱えるアッシャーの考えがはっきりと浮かび上がってくるのだが、それはその考えが目新しいからではなく（同じようなことを考える者はほかにもいた）、彼が根気強くどこまでもそう考え続けていたからだ。この意見というのは、一般に、すべての植物には心があるというものだ。しかし、彼の荒唐無稽な空想の中にあっては、その考えはさらに大胆になり、場合によっては、無機物の王国にまで足を踏み入れる。彼のじつに奔放な信念を完全な形で説明するには、私にはあまりにも文才が乏しい。しかしこの信念は、以前私がほのめかしたように、先祖伝来のこの家の灰色の壁石と結びついている。精神を宿す条件は、石の配置の仕方にあると彼は考えていた。あるいはその積み具合や、石壁を覆う黴、周囲に林立する枯れ木、そして何より、石組みが長年崩れずに持ちこたえてきたこと、そして、沼の静かな水面への屋敷の映り込みにも関係している、と。その証拠、つまりそこに精神が宿っている証拠だってある、と彼は言った（彼がそう言うのを聞いて、このとき私はぎょっとした）。沼や壁の周囲の空気がおのずと、徐々にではあるが確実に凝縮していることだ。その結果こそ、静かだが執拗なあの恐ろしい影響力であり、それが何世紀ものあいだアッシャー家の運命を形作り、今目の前にいる彼を、彼という人間を形成したのだとロデリックは言った。そんな考えの前では何を言っても無駄だし、私も何も言うつもりはない。

私たちが読む本——そうした本が長年のあいだに、この無機物に宿る精神という彼の考えを作るのにすくなからず寄与してきた——は、お察しのとおり、彼の性格に沿った幻想性の強いものばかりだった。私たちはともに熱心に読書をした。たとえば、フランスの詩人グレッセの名詩「ヴェルヴェルとシャトルーズ」やマキャヴェリの「大悪魔ベルフェゴール」、スウェーデンボリの『天界と地獄』、ホルベルヒの『ニコラス・クリムの地下の旅』、ロバート・フラッドやジャン・ダンダジネ、ド・ラ・シャンブルの『手相学』、ティークの『青い彼方への旅』、カンパネッラの『太陽の都』。中でも私たちが気に入っていたのは、ドミニコ会修道士エイメリック・ド・ジロンヌによる小さな八つ折版の『異端審問指南書』だった。また、ポンポニウス・メラの「世界地理」の中には、太古のアフリカの地にいたとされる半人半獣のサテュロスやアイギパーンについての記述があり、アッシャーはそれについて何時間もうっとりと夢見ていたものだった。しかし彼が最も楽しんでいたのは、忘却されたさる教会の祈祷書であるゴシック体で書かれた四つ折版のきわめて珍しい稀覯本を精読することで、題名は『マインツ教会合唱団による死者のための通夜』といった。

この習慣のこと、そしてそれが心気症を患うアッシャーにおそらく影響を与えたことをつい考えずにいられなかったのは、ある晩、彼が突然、マデライン嬢が他界したので、その遺体を（最後のお別れに先立って）通夜のために、建物の母屋に数ある地下室の一つに安置したいと言いだしたときのことだった。しかしながら、そんなやり方をすることにした世間向けの理由について、私にはとやかく言う権利はない。故人の病が特殊だったこと、主治医が押しつけがましく、きち

んと調べさせてくれと熱心に訴えてくること、一族の墓地は遠く、人目につく場所にあることを考えて、そう決めたというのだ。私が屋敷に到着した日に、階段で遭遇したあの医師の陰険そうな雰囲気を思い起こすと、それぐらいの用心をしてもまあ害はないだろうし、けっして不自然ではないと思え、反対する気にはなれなかった。

アッシャーに頼まれて、私はかりそめの埋葬の準備を手伝った。すでに棺に納められている亡骸を、私たち二人だけで地下室に安置した。その地下室は（ながらく密閉されていたので、その重苦しい空気で松明がじりじりと弱くなり、中を調べる暇がほとんどなかった）狭くてじめじめしていて、光の入り込む隙がどこにもなかった。地下のかなり深いところにあり、私の寝室がある場所の真下にあたる。どうやら、古く封建時代の頃には、牢獄という最悪の目的で使われていたようだが、時代が下がると、火薬か何か可燃物の倉庫だったらしい。床の一部と、私たちが進んできた長い通路のすべてが、注意深く銅板で覆われていたからだ。巨大な鉄製の扉もやはり同じように補強されていた。ドアを開け閉めすると、重すぎるせいで、蝶番から異常に甲高いきしみ音が漏れる。

その恐怖の支配する部屋に入り、架台に哀切の重荷を安置すると、まだ釘付けしていない蓋を少しだけずらし、顔を拝んだ。最初に目を奪われたのは、兄妹の顔が驚くほど似ていることだった。私の考えを読んだらしいアッシャーが、ぼそぼそとつぶやいたところによれば、彼と故人は双子で、二人のあいだには、理屈では説明できないような共感がつねにあったという。しかし、私たちはそう長くはその顔を眺めていられなかった。やはり、畏怖を感じずにはいられなかったからだ。若くしてマデライン嬢の命を奪った病は、患者の体を硬直させるたぐいの病気がつねにそうであるように、その胸と顔を変に紅潮させ、口元に謎の笑みのようなものが浮かんでいるのも、死者だと思うとぞっとした。私たちは蓋を戻して釘を打ち、鉄製の扉をしっかりと閉じると、弔鐘を鳴らしながら、上階の少しは明るい部屋へ戻った。

そして辛い悲しみに暮れる日々が過ぎた今、わが友の精神の不調が目に見えて変化していた。普段の振る舞いはすっかり消えてしまった。日常の仕事は無視され、忘れ去られた。不安定な速足で、部屋から部屋へあてもなくさまよう。ただでさえ蒼白な顔は、そこにあえて色合いを見いだせればの話だが、これまで以上に壮絶な色味となっていたし、目の輝きは完全に失せていた。かつてはときどき聞かれたあのしゃがれ声も姿を消し、究極の恐怖に出合ったかのように、声が小刻みに震えるのがつねとなった。じつは私としても、彼がそんなふうにずっと動揺し続けているのは、何か秘密を隠していて、それをなんとかして打ち明けようと必要な勇気をかき集めようとしているからではないか、と思ったこともあった。それでも、やはりすべては狂気による説明のつかない奇行にすぎない、と考えるしかなくなったりもする。何か想像上の音にでも耳を澄ましているかのように、彼が長時間とても集中して宙を見つめる姿を目にするからだ。そんな彼の状態に慄き、それが私にも伝染したとしても、不思議ではあるまい。幻想にすぎないにしても、いやでも心に残る彼の妄想の影響が、じりじりと、しかし確実に私を冒していくのを感じた。

とりわけ、マデライン嬢を地下室に安置して七、八日目の夜遅く、寝室に引き取ったときに、その感覚が全力で襲いかかってきた。ベッドに横たわっていても眠りはまったく訪れず、時間だけがただ過ぎていった。私をがっちりと支配している不安をなんとか説き伏せて、退散させようとした。この気持ちは、全部ではないにしろ大部分は、この部屋の陰気な家具になんとなく怯えを感じているせいだ、と自分に言い聞かせようとした。たとえば、外でやおら嵐が巻き起こり風が吹き込むせいで、気まぐれにはためく暗い色の擦り切れたカーテンや、さらさらと揺れて不安をかきたてるベッドの装飾のたぐい。だが努力は無駄だった。抑えきれない震えがしだいに全身に広がり、とうとう心臓の真上に跨った夢魔がまるで故のない警告を発した。私はぎょっとして、あえぎながらがむしゃらにそれを振り落とすと、枕の上で体を起こし、部屋に満ちる漆黒の闇に目を凝らし、耳を澄ました。なぜそんなことをしたのか自分でもわからないが、何かの本能に駆られたのだろう。するとどうだ、嵐が小止みになったときに、どこからともなく低いぼんやりとした音がときどき聞こえてくるではないか。わけのわからない、だがとても耐えられない、圧倒的な恐怖に押しつぶされそうになり、私は慌てて服を着ると(朝が来るまでとても眠れないと思ったのだ)、部屋の中を足早に行ったり来たりして、こんな情けない状態に陥った自分を奮い立たせようとした。

こうしてうろうろと数往復したところで、部屋のすぐ脇にある階段を上がってくる軽い足音に気づいた。ほどなくアッシャーのものだとわかった。次の瞬間、彼がそっと部屋のドアを叩き、ランプを手に中に入ってきた。顔色はいつものように死人のごとく青白かったが、それに加えて瞳は狂気をはらんでどこか愉快そうに輝き、全身から今にもヒステリーが噴き出しそうに見えた。私はその様子に怖気を振るったが、ずっと孤独に耐え忍んできた身としては何であれありがたく、彼が現れたことに安堵し、歓迎すらしていた。

「まだ見てないのか?」彼は無言で周囲をきょろきょろと見まわしたあと、出し抜けに言った。「まだ見ていないのかね、君は? だが待っていろ、すぐに見られる」そう話しながら、彼は注意深くランプの火を弱めたあと窓に駆け寄り、嵐だというのに一気に開け放った。

勢いよく吹き込んできた暴風で、二人ともふわりと体が浮かびかけたくらいだった。たしかに外は嵐だったが、その厳格な美しさもあり、恐怖と美がないまぜとなった、じつに特異な夜だった。つむじ風はこの屋敷の周囲を吹き荒れながら力を蓄えていくかのようで、頻繁にそして乱暴にその向きを変えた。雲は驚くほど厚く、あまりに低く垂れ込めているので、屋敷の小塔を押しつぶすかに見えた。それほど分厚いのに、ありとあらゆる場所でぶつかっては暴走し、そうしながらもどこかへ飛んでいくことはない、それ自体生きているかのごとくすばやく移動するさまが、私たちにも見て取れた。分厚いのに雲の動く速さはわかると今言ったが、それでも月や星はまったく見えず、それは雷光のひらめきにしても同じだった。しかし、落ち着きなく動く巨大な雲塊の下面も、私たちの周囲のありとあらゆる地上の事物も、この屋敷にまとわりつき経帷子(きょうかたびら)のごとく覆っているのが明らかに目に見える、どこからか発散されたかすかに発光するガスの不自然な光で照らされていた。

「そんなもの見てはだめだし、見ないほうがいい！」私はがたがた震えながらアッシャーに告げ、やや乱暴に彼を窓辺から引き剝がして、椅子のほうへ連れていった。「こんなふうに見えて君は驚いているようだが、そう珍しくもないただの電気現象だ。あるいは、気味の悪い話だが、あの沼の腐った瘴気がそもそもの原因かもしれない。さあ、窓を閉めよう。冷たい空気は君の体に障る。ほら、ここに君の好きな物語がある。読んで聞かせるから、聞きたまえ。そしてこの恐ろしい夜をともに過ごそう」

私が手に取った古めかしい本は、ランスロット・キャニング卿の『狂気の邂逅』だった。だが、それをアッシャーの好きな物語と言ったのは本心ではなく、悲しい冗談のようなものだ。なぜなら、高尚さや霊的理想をつねに求めるわが友人が、その想像力に乏しい粗野で冗漫な話に興味を持つことなど、まずないはずだからだ。とはいえ、手元にはその本しかなかったのである。とにかく、これから読むことになる愚挙の極みのような話でも、今興奮して心をざわめかせている彼が多少なりとも安らぎを見出してくれはしまいかという（精神疾患の物語には同じような異常性があふれているので）かすかな希望に私はすがった。そして実際、彼がやけに熱を入れて耳を傾けている、あるいはそう見えることから判断できるなら、自分の目論見（もくろみ）が功を奏したと喜んでよかったのかもしれない。

朗読するうちに、物語の中でもよく知られた部分にたどり着いた。住まいに入れてもらおうと隠者に穏やかに頼んでいた主人公のエセルレッドだが、うまくいかず、強行突破するに至るのである。たしか、話はこんなふうに語られていく。

「そしてエセルレッドは生来豪胆な男であり、そのうえ今は先ほどまで飲んでいたワインの力も借りて、実際依怙地で意地の悪い性格である隠者とこれ以上ぐずぐず話し合いなどしていられないと思ったが、肩に雨が落ちかかるのを感じ、嵐にでもなったらまずいので、すぐさま棍棒を振り上げ、何度か殴りつけて、ドアの張り板に手早く穴をあけた。そこに小手をつけた手を差し入れるとぐいっと引っぱり、張り板を割り、剥がし、こなごなにした。木材の割れる乾いたうつろな音は、森じゅうに響き渡り、危険を告げた」

ここまで読み終わったとき、私ははっとして、一瞬口をつぐんだ。想像力が刺激されてそんな気がしただけだ、とすぐに納得したのだが、屋敷のどこか遠い場所で、ランスロット卿がそこでまさに描写した木材が剥がされたり割られたりする音ととてもよく似た感じの響き（ただしもっとくぐもった鈍い音だったのは確かだ）をぼんやりと聞いたような気がしたのだ。私が注意を引かれたのは、物語との偶然の一致に驚いた、それだけが理由だったのは間違いない。窓ガラスがガタガタ鳴り、ますます激しくなる嵐ならではのさまざまな物音の入りまじる騒音も聞こえていたから、音そのものはあえて気づくようなものでも、気になるたぐいのものでもなかったのだ。私は朗読を続けた。

「しかし、中に踏み込んだ善良なる勇者エセルレッドは、邪悪な隠者の姿がどこにもないと知って驚き、激怒した。そこには代わりに全身を鱗に覆われた巨大な竜が腰を下ろし、真っ赤な舌を出して、黄金の宮殿の前で立ちはだかっていた。宮殿の床には銀が敷かれ、壁には輝く真鍮（しんちゅう）の盾が掛かっている。盾には銘が記されていた――

ここに立ち入る者は、勝利者たりし者
竜を屠る者は、この盾を勝ち取るなり……

そしてエセルレッドは棍棒を振り上げ、竜の頭を殴りつけた。竜は彼の前に崩れ落ち、忌まわしい息をこれを最後と吐いて、耳障りで恐ろしい、しかも耳をつんざくような金切り声をあげたので、エセルレッドは仕方なく耳を手で覆っておぞましい声を締めだした。そんな声は今まで聞いたこともなかった」

ここで私は再び読むのをやめた。今では心底驚いていた。なぜならその瞬間、間違いなく聞いたからだ（どの方向から響いてきたかはわからないのだが）。たぶん遠くのほうで響いた小さな音だが、延々と続く耳障りな、いかにも尋常でない叫び声か、何かがきしむ音。物語の作者が描写する竜の奇怪な断末魔の声として私がまさに空想していたとおりの声だ。

そんなありえないような偶然が再び起きたことが、間違いなく私を圧倒していた。頭の中では幾千もの感情がせめぎ合い、なかでも驚愕と究極の恐怖が他を凌駕していたが、それでもまだ気を確かに持って、何を見てもぴりぴりしそうな敏感すぎる友人を興奮させまいとした。例の音に彼が気づいたかどうか、正直わからなかった。しかし、この数分のあいだに彼の様子が妙に変化したのだ。さっきまで私と向き合っていたのに、徐々に椅子をまわして、今では部屋のドアのほうに顔を向けていた。だから私にも彼の顔の一部しか見えなくなっていたが、何かもごもごとつぶやいているかのように唇が震えているのがわかった。うなだれているが、眠っているわけではない。横顔を垣間見るかぎり、何かを凝視するように目をかっと見開いているからだ。体の動きからも、やはり眠ってはいないとわかる。というのも、彼は体を左右にそっと、しかし一定のリズムでずっと揺らしていたのである。そういうことに急いで目を留めながら、私はランスロット卿の物語の朗読を再開した。それはこんなふうに続く。

「さて、竜の恐ろしい怒りを逃れた勇者は、真鍮の盾のことを思い出し、そこに封じられた呪文を解こうと考えた。目の前にあった竜の亡骸を脇にどけると、銀の床を堂々と進んでいき、盾の掛かった壁に近づいた。しかし盾は彼がそこにたどり着くのを実際には待たずに、彼の足元の銀の床にひとりでに落ち、あたりに耳を聾する金属音が響き渡った」──

最後の一節が私の口から飛び出すやいなや、本当にその瞬間に重い真鍮の盾が銀の床に落ちたかのように、金属がゴトンと何かにぶつかる、うつろだが、どこかくぐもった音がはっきりと響いてきたのだ。私は慌てふためき、弾かれたように立ち上がったが、アッシャーは変わらず規則的に体を揺らし続けている。私は彼の椅子に駆け寄った。彼は前方をじっと見つめ、そのあいだずっと顔は石のように固くこわばっていた。しかし、私が肩に手を置くと、全身をぶるっと震わせ、わななく唇に引き攣った笑みが浮かんだ。よく見ると、私がそこにいることに気づいていないかのように、ぼそぼそと切れ切れに、早口で何事かつぶやき続けている。近くにかがみ込んでみて、ようやくそのぞっとするような言葉の意味が呑み込めた。

「ほら聞こえるか？　ああ、私には聞こえるし、これまでも聞こえていた。ずっとずっと何分も、何時間も、何日も、長いあいだ聞こえていたんだ――だが私にはとても――ああ、なんて哀れな、情けない人間なんだ、私は！　だがとても、とても言えなかった！　われわれはあの子を生きたまま葬ってしまったんだ！　私の五感は人一倍鋭いと言ってなかったか？　そうとも、私は、あのうつろな棺の中であの子が最初にかすかに動く音を聞いたんだ。何日も前に聞いたのに、どうしても言えなかった！　そして今夜エセルレッドのやつが――ハハ！――隠者の住まいのドアを壊し、竜の断末魔の叫びを聞き、盾がガタンと落ちた。だがそうじゃない、あれはあの子が棺を裂いて壊し、牢獄の鉄の扉の蝶番をきしませ、銅板を張った地下道を苦労して進む音だったんだ。ああ、どこへ逃げたらいい？　まもなくあの子はここに来るだろう。大急ぎでやってきて、早すぎる埋葬をした私を責めるのだろう。階段をのぼる足音が聞こえなかったか？　あの重々しく恐ろしいあの子の心臓の音を私は聞き分けられるんじゃないのか？　私は狂っている！」ここで彼は怒号をあげて立ち上がり、魂をかなぐり捨てようとするかのようにわめきたてた。「私は

狂っている！　今あの子はもう扉の向こうに立っているぞ」

その言葉の人間離れしたエネルギーが呪いの力を生み出したかのように、アッシャーが指さした古びた巨大な壁板がゆっくりと向こうに倒れ、そこにたちまち黒々とした大きな穴がぽっかりとあいた。それは吹き込んできた一陣の風のしわざだったが、ドアが消えてみると、そこには本当に経帷子に身を包んだマデライン嬢の姿が聳え立っていた。白い衣は血にまみれ、痩せ衰えた体のそこかしこに、ここまでの苦闘の跡が見て取れた。彼女は戸口でしばらく震えながら前後にふらふらと体を揺らしていたが、小さく声を絞り出すと、全身の重みをかけて兄に飛びかかり、ついに本物の死を目前にした激しい苦悶に身をよじりながら相手を床に押し倒して、取り殺した。彼はみずから予言したように、こうして恐怖によって命を落としたのだった。

私は仰天し、その部屋から、そして屋敷から逃げ出した。嵐はまだ方々で猛り狂っていたが、ふと気づくと私は土手道を走っていた。ふいに道がかっとまぶしい光に照らされ、そんな異様な光がどこから来るのかと振り返った。背後には巨大な屋敷とその影しかないはずだった。光のみなもとは、沈んでいく血のように赤い満月だった。屋根から建物の土台までジグザグに走っているると以前書いた、かつてはかすかにわかる程度だったあのひびを透かして、煌々と照っているのが見えたのだ。私が見守る前で、そのひびがみるみる広がり、そこへ猛烈なつむじ風が吹き込んで、丸い天体の全貌が突如私の視界に現れた。あの堅固な壁がばらばらに崩れていくのを目にして、私は眩暈がした。怒涛のように降り注ぐ雨さながらに騒々しい、崩壊の叫びが長々と響き、私の足元にあるじめじめした底なし沼がむっつりと押し黙ったまま、アッシャー家の瓦礫を呑み込んだのだった。

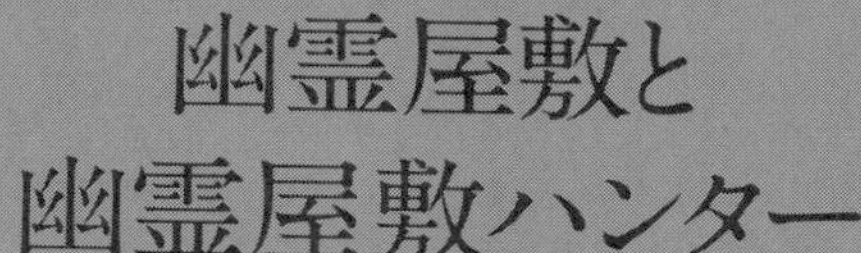

幽霊屋敷と幽霊屋敷ハンター

The Haunted and the Haunters

Edward Bulwer-Lytton

エドワード・ブルワー＝リットン

Blackwell's Magazine（1859年）初出

ある日、作家で哲学者の友人が、冗談とも本気ともつかない口調で私に言った。「いやはや！　前に君に会ったあと、憑き物のいる屋敷をロンドンの真ん中で見つけたんだ」

「本当かね？　憑き物とはいったい何だ？　幽霊か？」

「はっきり何とは答えられない。言えるのはこれだけだ。六週間前、妻と私は家具付きの部屋を探していた。静かな通りを歩いていると、ある家の窓に〈家具付きの部屋、お貸しします〉という札が出ていたんだ。われわれにぴったりだと思ったので、中を見せてもらった。二人とも気に入って、一週間の契約をした。だが三日目には出ることになった。それ以上あそこに滞在することを妻に承知させようとしても、絶対に無理だっただろうな。たとえどんな手を使っても。まあ、当然だよ」

「いったい何を見たんだ？」

「申し訳ないが、呑気な迷信好きと揶揄されるのは御免だ。かといって、自分の目や耳で見聞きしないかぎりとても信じられないと思うようなことを、信じろと無理強いするわけにもいかん。ただ、これだけは言っておこう。われわれがあそこを逃げ出したのは、多少何か見聞きしたせいばかりじゃない。君はそれだって、ふくらみすぎた想像力のせいか、誰かの悪戯か何かだと思うに違いないが。じつは、家具が何もないがらんとした部屋が一つあって、そこで何を見聞きしたわけでもないが、妻も私もその前を通るたびに言いようのない恐怖を感じた。むしろそれが理由なんだよ。何より驚きなのは、妻はたしかにずいぶん愚かな女だが、今度ばかりは私もあいつに賛成したってことだ。三日目の夜を過ごしたあと、もうこれ以上この家にはいられないということになった。それで四日目の朝、われわれをその家に案内してくれた管理人の女を呼び出し、部屋がどうも気に入らないので、一週間の契約を反故にしてもらいたいと告げたんだ。

するとと老女はあっさり言った。『お察ししますよ。お客さん方は、今までここを借りたどんな方々より長くもちました。二晩滞在した方はほとんどいらっしゃいません。三晩目となると一人も。どうやらあの人たちは、お二人には相当手加減したようだ』

『あの人たちとは、誰です?』私は無理に笑顔を作って尋ねたよ。

「ああ、誰にしろ、この家に取り憑いている人たちです。あたしは気にしてません。何年も前、使用人としてではなく、この家に住んでいたときからの知り合いですからね。でも、いつか彼らに取り殺されるとわかっています。それはそれでかまわない。あたしは年寄りで、まもなく死ぬ運命ですから。そのあとあたしも彼らの仲間入りをして、やっぱりこの家で暮らすことでしょう』

ぞっとするほど落ち着いた話しぶりだったから、私もそれ以上何も言えなくなってしまってね。さっさと一週間分の賃料を払って、妻と逃げ出したのさ。安上がりにすんで、大助かりだった」

「それはわくわくさせられるな」私は言った。「幽霊屋敷に泊まれるなんて、最高じゃないか。頼むから、その家の住所を教えてくれ。臆病者の君が尻尾を巻いて逃げ出した、その家がある場

所を」

友人から住所を託された私は、彼と別れると、そこに書かれた場所に直行した。

それはオックスフォード通りの北側にある、あまり活気はないがそこそこ品のいい通りだった。家には鍵がかかっていて、窓にも札は出ておらず、ノックをしても返事はなかった。引き返そうとしたとき、近所をまわってビールの空き瓶を回収していた酒屋の小僧さんが話しかけてきた。

「その家の人に用事ですか、旦那さん?」

「ああ、貸間があると聞いたんでね」

「貸間? そこを管理していたばあさんが三週間ほど前に死んじまってね。J‐‐さんがいくら給金を弾むと言っても、誰も泊まりたがらないんですよ。週一ポンドで窓の開け閉めだけでいいから頼む、と雑用をするおばさんに言っても、やっぱり断られる始末で」

「断るって、どうしてまた?」

「あそこは幽霊屋敷なんです。管理人のばあさんだって、目をかっと見開いてベッドで寝たまま死んでたんだ。悪魔に絞め殺されたって話ですよ」

「へえ! そのJ‐‐さんというのがこの家の持ち主なんですか?」

「はい」

「お住まいはどちらですか?」

「G‐‐通りの‐‐番地です」

「何をしてる人なんですか? 何か事業でも?」

「いいえ、とくに何も。独り者の紳士ですよ」

忌憚なくいろいろと教えてくれたお礼に小僧さんに心づけを渡したあと、G‐‐通りのJ‐‐氏の住まいに向かった。そこは幽霊屋敷のある通りのすぐ近くだったし、さいわいJ‐‐氏も在宅だった。知性を感じさせる相貌で、人好きのする雰囲気の人物だ。

私は自己紹介し、訪ねた理由についてもざっくばらんに話した。あの家が幽霊屋敷らしいと聞き、それが事実かどうかぜひ調査したい、と伝えたのだ。そして、ひと晩でもかまわないのでお借り受けしたい、お許し願えたら、賃貸料はいくらでもおっしゃる額をお支払いいたします、と訴えた。

「それはもう願ってもないお話で」とJ‐‐氏はかしこまって言った。「短期だろうと長期だろうと、お好きなだけあの家を使っていただいてかまいません。賃貸料なんて、とんでもない。おかしな現象のせいで今あの家は無用の長物となっているわけですから、その原因を見つけてくださるというなら、費用をお支払いするのはこちらのほうです。家を掃除したり、来訪者の応対をしたりする使用人を雇うことさえできず、貸したくても貸せないんです。残念ですが、あの家には夜だけでなく昼も、何か出るんですよ、そういう表現を使っていいなら。もっとも、その不快さは夜のほうがひどくて、ときにはとても落ち着いていられないほどらしいのですが。三週間前に亡くなった哀れな老女は、救貧院で保護されていたのを私が連れてきたんです。じつは子供の時分は同じ一族の一員だったんですよ。以前は暮らし向きもよく、私のおじが所有していたあの家を借りていたんです。よい教育を受けたしっかり者で、あの家の管理を頼めたのはあの女ぐらいでした。その彼女が突然亡くなり、検視官の審問を受けたせいで、ご近所ですっかり悪い評判が広まってしまいましてね。今では店子はおろか、あの家の管理をしてくれる人さえなかなか見

つからない。ですから、あの家にかかる税金さえ払ってくれるなら、一年無料でお貸ししてもかまわないと思っているんです」

「幽霊が出ると言われるようになったのはいつ頃からですか?」

「はっきりとは申し上げられませんが、ずいぶん前からです。くだんの老女の話では、三、四十年前に彼女が借りていた頃にはすでに出ていたそうです。じつは私は長らく東インドで暮らし、東インド会社に勤めていたんです。おじの財産を相続することになり、戻ってきたのは昨年のことで、その財産の中にあの家も含まれていた。家は閉め切られ、空き家でした。あそこは幽霊屋敷だから、誰も住みたがらないのだと言われましてね。私は一笑に付して、多少金を投じて修理させ、時代遅れの家具をいくつかモダンなものに入れ替えて、借り手を探し、すぐに一年の契約で入ってくれる人が見つかりました。休職中の陸軍大佐で、妻と息子一人、娘一人の家族と、使用人を四、五人連れてやってきたのですが、翌日には全員そこを出ていきました。一人ひとり見たものは違うのですが、どれも同じく世にも恐ろしいものだったと言います。あんまり気の毒で、大佐を契約違反で訴える気にはなりませんでしたし、責めることさえできませんでした。そこで例の老女に家の管理を頼み、部屋貸しさせてみたのです。どの借り手も三日ともちませんでした。それぞれから聞いた話をお伝えするのはやめておきます。みなおのおの、違う経験をしている。これまでの話を聞いてあれこれ先入観を持って行くより、ご自身で判断するのがいいでしょう。ただ、何かしら見聞きする覚悟は持っておいたほうがいいし、何でもいいから納得のいく準備をしていくことをお勧めしますよ」

「あなたはあの家でひと晩でも泊まってみようと思ったことはないんですか?」

「ありますよ。夜ではありませんが、日中に三時間、一人で過ごしました。すっかり満足したわけではないけれど、気はすみました。もう一度挑戦してみようとはさらさら思いませんね。奥歯にものが挟まったような言い方だなとお思いかもしれませんが、ご容赦ください。正直なところ、よほど関心がおありで、人一倍肝が据わっている自信でもなければ、あの家でひと晩過ごすなんてゆめゆめお考えにならないことです」

「ええ、関心大ありなんですよ」私は言った。「それに、右も左もわからないところで自分は肝が据わっていると威張るのは臆病者のすることですが、これでもいろいろ冒険してきたほうなので、ちょっとやそっとのことではびくともしません。たとえそれが幽霊屋敷でも」

J・・氏はそれ以上余計なことは言わず、机の抽斗からあの家の鍵を取り出すと、私に預けた。腹を割って話してくれただけでなく、私のわがままを快く認めてくれた氏に心から感謝しつつ、私は戦利品を持ち帰った。

挑戦するのが待ちきれず、私は帰宅するとすぐに、信頼できる下男を呼んだ。怖いもの知らずの陽気な若者で、この男ほど迷信や変な先入観に惑わされない者をほかに思いつかないほどだ。

「F・・、ドイツに行ったとき、首なし幽霊が出ると噂される古い城で結局なんにもお目にかかれず、ひどくがっかりしたことを覚えているだろう。ところがこのロンドンで、間違いなく幽霊が出るらしい屋敷の話を小耳に挟んだんだ。私は今夜そこにひと晩泊まろうと思う。聞くところでは、相当恐ろしいものを見るか聞くかできるらしい。もしおまえを同行させるとしたら、たとえ何があっても頼りにしていいだろうな」

「ええ、旦那様、もちろんです」F・・はにんまりして答えた。

「よろしい。ではこれが鍵で、こっちがその家の住所だ。今すぐ行って、私によさそうな寝室を見繕ってくれ。何週間も人の出入りがなかった家だから、火を熾し、ベッドに風を通しておけ。それに当然ながら、蠟燭と燃料の用意もな。私の短銃と短剣を持っていけ。それは私の武器だが、おまえもしっかりと武装しろよ。幽霊の十体ぐらい襲いかかってきたところで、われわれ二人で退治できなかったら、大の男として恥ずかしい」

その日はそのあと急ぎの用事で手いっぱいだったので、名誉にかけて挑むと誓った夜間の冒険についてじっくり考える暇はなかった。一人で遅い夕食をとり、食事をしながら読書をした。つねづねそれを習慣としているのだ。選んだのはマコーリー〔十九世紀英国の歴史家、政治家〕の評論集の一冊だった。この本を冒険のお供に持っていこうと私は思った。論調に健全さが感じられ、主題も現実に即している本書が、屋敷にはびこる妙な空想物語への解毒剤になりそうな気がしたからだ。

そうして九時半頃、私は本をポケットに入れ、のんびりと幽霊屋敷に向かった。一緒に愛犬を連れてきた。向こう見ずで目鼻のよく利く、番犬の鑑のようなブルテリアだ。夜になると、鼠を探して怪しげな隅っこや通路をうろつくのを好む。

夏の夜だが肌寒く、陰気な曇り空だったが、それでも月は出ていて、薄ぼんやりとしているが月は月だし、もし雲が少しでも晴れれば、真夜中すぎにはもっと明るく見えるだろう。

屋敷にたどりついてドアをノックすると、下男が笑顔で迎えてくれた。

「準備万端です。気持ちよく過ごせそうですよ」

「そうか」私はややがっかりした。「ところで、何か変わったものを見聞きしなかったか？」

「ええ、じつはおかしな物音を聞きました」

「へえ、どんな？」

「背後で足音がしましたし、一、二度、耳元で囁きのようなものが聞こえました。その程度です」

「まったく怖くないのか？」

「俺が？　まさか、ちっとも」私は、下男の図太さに心強さを感じた。これなら、たとえ何が起きても、この男が私を置いて逃げ出すようなことはないだろう。

玄関ホールに入り、通りに面したドアを閉めると、私は犬に注意を引かれた。最初のうちはあちこち走りまわっていたのに、やがてドアのほうにこそこそと後ずさりし、今はそのドアを引っ掻いたりクンクン鳴いたりして外に出たがっている。私が犬の頭を軽く叩き、やさしく励ましてやると、とうとうあきらめたらしく、奥へ入っていく私とF－－についてきたが、初めての場所に行くと、いつもなら真っ先に走りだしてあちこち探検し始めるのに、今日は私たちの後ろにぴたりとくっついて離れない。

私たちはまず地下の各部屋を訪れた。厨房やさまざまな仕事部屋、とくに酒蔵に関心を持った。葡萄酒の瓶が二、三本今も残っていて、蜘蛛の巣だらけなところを見ると、何年も手つかずのままらしい。幽霊たちは酒飲みではないようだ。ほかには特筆するようなものはなかった。

薄暗い小さな裏庭があり、まわりをとても高い塀で囲まれている。庭の石畳がやけに湿っていて、その湿り気と、敷石に積もった埃や煙の煤のせいで、歩くとうっすら足跡が残った。そのとき私は、おのれの目で最初の怪奇現象を目の当たりにしたのである。すぐ前に、ふいに足跡が一つ、ひとりでに浮き上がったのだ。私は立ち止まり、下男を止めて、足跡を指さした。その足跡の前方に突如もう一つ足跡ができた。私たちは二人ともそれを目撃した。急いで近寄ると、足跡が次々に前方についていく。小さな足跡で、子供のもののように見えた。とてもかすかなので、形がはっきりしなかったが、裸足の跡のように思えた。現象は奥の塀にたどり着いたところで終わり、足跡が引き返してくることもなかった。

私たちは階段をまたのぼり、一階の探検を始めた。食堂、その奥の小さな居室、そのまた隣にある、おそらく従僕たちが控えていたと思われるもっと小さな部屋。どれもしんと静まり返っている。そのあと、いくつかある客間に入った。これらの客間はみな、しつらえが新しく、すがすがしい。正面の部屋で、私は肘掛け椅子に腰を下ろしてみた。F－－が燭台の蠟燭に火をともし、それをテーブルに置いた。彼がこちらに背を向けて燭台の準備をしているあいだ、壁際にあった私の正面の椅子が音もなくさっと動き、私の椅子から一ヤードほどのところで止まって、いきなり面と向かう形になった。

「こりゃあ、回転式テーブルより具合がいい」私は半笑いで言った。私が笑うと、犬は顔を上げ、しきりに吠えだした。

こちらに戻ってきたF－－は、椅子が動いたところを見ていなかった。今は犬をせっせとなだめている。椅子をじっと見つめていた私は、青白い人影がぼんやり見えたような気がしたのだが、輪郭がはっきりしないので、自分で自分の目が信じられなかった。犬は今ではすっかりおとなしくなっている。

「私の正面にあるあの椅子をもとに戻してくれ」私はF－－に言った。「壁のほうに」

F－－は言われたとおりにした。「何ですか、旦那様？」F－－がいきなり振り返った。

「私が？　どうして？」

「いえね、今何かが私にぶつかったんです。肩のあたりにごつんと。ほら、このあたりです」

「いや、私ではない」と告げる。「だが、ここには手品師が何人かいるようだ。タネや仕掛けは見つけられないにしても、脅かされる前に連中を捕まえてやろう」

客間に長居はしなかった。じつは、そこはあまりにもじめじめしていて肌寒く、上階の部屋で早く火にあたりたくなったからだ。客間のドアは全部慎重に鍵を閉めた。すでに検(あらた)めた階下の部屋はどれも、用心のためにそうしてあった。下男が私のために選んでくれた寝室は、その階で最も快適な部屋だった。通りに面した窓が二つあり、広々としている。部屋のかなりの場所を占有している四柱式のベッドが暖炉の正面にあり、その暖炉では火が赤々と燃え盛っている。左手の壁に見える、ベッドと窓のあいだにあるドアは、下男が自分用とした部屋に続いている。そこはソファーベッドが一台あるだけの小部屋で、踊り場や廊下とは続いていない。つまり、私の寝室に通じるもの以外にドアはなかった。暖炉の両側には、壁と面一になった、鍵のない戸棚があり、壁と同じ薄茶色の壁紙が貼られている。中を見ると、女物の服を吊るすフックがあるだけで、ほかには何もなかった。壁を叩いてみると、中空ではなく、建物の外壁だとわかった。二つの部屋をひと通り調べたあと、私は暖炉の前に座って暖をとりながら葉巻に火をつけ、つかのま休憩した。それからまたF‐‐とともに調査を始めた。踊り場にはもう一つドアがあり、しっかりと鍵がかかっている。下男が驚いて「旦那様」と言った。「最初にここに来たときに、ほかのすべてのドアと同じようにここも開けたんですよ。中から鍵がかかるはずがない。もし――」

下男が話を終える前に、ドアが、二人のどちらも指一本触れていないのに、ひとりでに音もなく開いた。われわれは一瞬目を見合わせた。二人とも同時に同じことを考えたのだ――ここに

誰か隠れているのかもしれない。先に中に踏み込んだのは私で、すぐに下男が続いた。家具も何もないがらんとした暗い部屋で、隅のほうに空の箱や籠がいくつか置かれている。鎧戸の閉まった小さな窓が一つ。暖炉さえない。ドアも、今私たちが入ってきたものだけだ。床には絨毯も敷かれておらず、むき出しの床板はとても古く、でこぼこで、白っぽい当て木があちこちに見えているところからすると、修理の跡らしい。だが誰もいなかったし、人が隠れられそうな場所もなかった。私たちがそうして立ち尽くし、あたりを見まわしていると、さっき入ってきたドアが勝手に静かに閉じた。しまった、閉じ込められてしまった。

私は初めて言いようのない恐怖がひたひたと迫ってくるのを感じた。だが下男は平気な顔をしている。「これが罠だとしたら、やつらのとんだ考え違いですよ、旦那様。こんな安っぽいドア、私がひと蹴りすればひとたまりもありません」

「まずは手で開けてみてくれ」先ほど突如襲いかかってきたぼんやりとした不安を振り払いながら言った。「私のほうは鎧戸を開けてみる。明るくなったらもっと何か見えるかもしれない」

私は鎧戸の閂(かんぬき)をはずした。窓は、前述した狭い裏庭に面している。外には庇も窓桟もなく、真っ平らな壁があるだけだ。たとえ窓から降りようとしても足場はなく、そのまま石畳にじかに落ちてしまうだろう。

一方、F‐‐は必死にドアを開けようとしているが、徒労に終わっていた。いよいよ私のほうを向いて、強行突破してもかまわないかと尋ねてきた。ここで下男の名誉のためにひと言言っておきたい。この男は、これほど特異な状況に置かれても、妙な迷信に惑わされて怯えるどころか、あくまで大胆不敵かつ冷静に振る舞い、陽気でさえあり、私としてもたいしたものだと感心するほかなく、こういう場にまさにふさわしい相棒を得られた自分を寿ぎたい気分だった。だが、彼のような力自慢でさえ、どんなに押したり引いたりしても無駄骨となった。渾身の力で蹴とばしても、ドアはびくともしないのだ。下男は息を切らしながら、あきらめた。そこで私も参戦してみたが、やはりどうにもならなかった。やめたとたん、また背筋がぞくっとした。しかも今度はその冷たい感触がなかなか消えない。がたがたの床の割れ目から何か気味の悪い蒸気のようなものがたちのぼり、命にかかわるような毒があたりにたちこめていくような気がした。

と、そのとき、ドアがひとりでにそろそろと開いたのだ。私たちは踊り場のほうにすぐさま飛び出した。二人とも、前方に淡い色の巨大な光を認めた。人間ほどの大きさだが、実体はなく輪郭もぼやけている。それは踊り場から屋根裏へ続く階段を上がっていった。私はその光を追い、下男も私に続いた。光は階上の踊り場の右側にある、ドアが開いたままの小さな屋根裏部屋に入っていった。私も同時にそこに飛び込む。光は縮んで、やけにぎらぎら光る小球となり、部屋の隅に置かれたベッドに上にのってぶるっと震えたかと思うと、跡形もなく消えた。私たちはベッドに近づき、調べてみた。使用人用の屋根裏部屋によくあるような、半天蓋のベッドだ。そばにある箪笥に古い色褪せた絹のスカーフがあり、繕いかけの綻びに針が刺されたままだ。スカーフは埃をかぶっていた。先だってこの家で亡くなった老女のものかもしれない。つまり彼女はここで寝起きをしていたのだろうか。私は好奇心を抑えきれず、抽斗を開けてみた。女物の小間物が少しと、色褪せた黄色の細いリボンでくくられた手紙が二通あった。私は勝手ながら預かることにした。ほかにはとくに目ぼしいものもなく、光ももう現れなかった。しかし、立ち去ろうとしたとき、すぐ前をパタパタと行く足音がはっきりと聞こえた。全部で四間あるほかの屋根裏部屋を見てまわるあいだ、足音は私たちを先導し続けた。何も見えず、足音が聞こえるだけだ。私が手に手紙を持ったまま階段を下りようとしたそのとき、何かに手首をつかまれ、手の中からそっと手紙を引き抜かれそうになった。でも、私が手に力をこめると、相手の動作はやんだ。

私たちは、私にあてがわれた寝室に戻ったが、そういえば、そこを出たときに犬がついてこなかったことに気づいた。犬は暖炉の前で身を縮め、震えていた。それより手紙の中身が気になって仕方がなかった。私がさっそく手紙を読むあいだ、下男は、私が持ってくるように命じた武器をしまった小箱を開け、中身を取り出して、私のベッドの枕元近くの小卓に置いた。それから犬をなだめようとしたが、犬のほうは落ち着く気配もなかった。

手紙はどちらも短く、今からちょうど三十五年前の日付がしたためられていた。明らかに男から恋人への、あるいは夫から若妻への手紙で、言葉遣いもそうだが、前の航海について触れていることからしても、書き手は船乗りだとわかった。綴りや筆跡を見るかぎりあまり学があるようには思えなかったが、言葉遣いは力強い。愛情表現からある種の荒々しい激情が感じられたが、そこここから秘密の匂いがうっすらとたちのぼっている――色恋ではなく犯罪と関係する秘密の匂いが。今も思い出せるのはこんな文章だ。「俺たちは愛を貫かなきゃならない。もし何もかもばれたら、みんなに非難されるはずなんだから」とか、「夜寝るとき、誰も寝室に入れちゃだめだ。おまえは寝言を言うからな」とか、「覆水盆に返らずだ。それでも、何も俺たちを邪魔できない、死人が生き返りでもしないかぎり」とか。この最後の部分に下線が引かれ、もっときれいな（女性の）字で「生き返る！」と書き足されている。そして、いちばん最近の日付の手紙の末尾に、同じ女性の字でこう書き込んであった。「六月四日、海で帰らぬ人となる。それは同じ日付だった――」

　私は手紙を置き、中身について考えを巡らせた。

　しかし、あまり考えすぎると気持ちが不安定になるかもしれず、それが怖かったので、夜更けに起きるやもしれぬどんな驚異にも対処するため、気をしっかりと保っておこうと決心した。私は体を起こし、手紙をテーブルに置くと、今もまだパチパチと勢いよく燃えている火をかきたて、マコーリーの本を開いた。そうして静かに十一時半まで読書を続けた。それから服を着たままベッドに入り、下男には部屋に下がってよいと伝え、ただし眠ってしまわないように、と念を押した。そして、この部屋との仕切りのドアは開けておくように命じた。

　一人になった私は、枕元の小卓に火を灯した蠟燭を二つ備え、武器の横に時計を置いて、また静かにマコーリーの本に戻った。正面にある暖炉では赤々と炎が燃え、その前の敷物には眠っているらしき犬が横たわっている。二十分ほど経ったとき、急な突風のような恐ろしく冷たい風が頬をかすめた。踊り場に面した右手のドアが開いたに違いないと思い、そちらを見た。いや違う、しっかり閉まっているではないか。それから左手に目をやると、蠟燭の火が風で激しく揺れているのがわかった。同時に、拳銃の脇の時計がゆっくりと横へ滑りだした。目に見えない手でそろり、そろりと引きずられ、そして消えた。私は跳ね起きて片手に拳銃を、片手に短剣をつかんだ。時計と同じように武器まで消されてはかなわない。武装した私は床の上を見まわした。時計は跡形もない。そのとき枕元のあたりで、壁を三度ゆっくりとノックする音が聞こえた。

　下男が呼びかけてきた。「今ノックしたのは旦那様ですか?」

「いや違う。注意を怠るな」

すでに犬も起き上がって、上体を起こしてしゃがみ、耳をすばやく前後に動かしている。やけに神妙な表情でこちらをじっと見ているので、私のほうも犬に意識を集中した。犬は全身の毛を逆立ててゆっくりと立ち上がり、やはりこちらを睨みながら体をすっかり硬直させている。いったいどうしたのか様子を見たかったが、その暇はなかった。折しも下男が部屋から飛び出してきたからだ。恐怖に駆られた人の顔というのを今まで見たことがあるとすれば、まさにそれだった。たとえ通りで会ったとしても、彼とは気づかなかっただろう。それほど人相が変わっていたのだ。下男は「逃げろ、逃げろ！　俺を追いかけてくる」とかろうじて聞こえるほどの声でぶつぶつとつぶやきながら、私の脇を全速力ですり抜けていった。踊り場に通じるドアにたどり着くとそれを開け、外に飛び出す。私も思わず彼を追って踊り場に出ると、待てと呼びかけた。しかし下男は耳を貸さず、手すり子にすがりながら数段飛ばしで階段を駆け下りていった。私のいる場所にも、玄関のドアが開き、また閉じる音が聞こえた。私は幽霊屋敷に一人取り残された。

下男に続こうかと迷ったのは、ほんの一瞬のことだった。自尊心と好奇心がまんまと奸計を講じて、私の逃亡を阻止したのだ。私は部屋に戻ってドアを閉め、続きの部屋に慎重に入ってみた。あれほど下男を怖がらせた原因と思しきものは何もなかった。隠し扉でもないかとあらためて壁を丁寧に調べてみたが、何も見つからない。部屋に貼られた濁った茶色の壁紙には継ぎ目さえない。それが何かはわからないが、とにかく下男をあんな恐怖のどん底に陥れた〝それ〟がここに来たとすれば、私の部屋を通ってきたとしか考えられない。

部屋に戻ると、続き部屋のドアに鍵をかけて覚悟を決め、期待を胸に、炉辺に立った。今や犬は壁の隅にこそこそ逃げ込み、なんとか壁に潜り込もうとするかのように、そこにぴたりと体を張りつけている。私は近づいて、声をかけてみた。だが犬は恐ろしさのあまり、すっかりわれを忘れているようだった。歯を剥きだし、顎から涎を垂らして、触れれば間違いなく噛みついてきただろう。私が主人だということももうわからないようだった。動物園で、蛇に魅入られてすくみ上っているウサギを見たことがある人なら、この犬がどんなに怯えていたかおわかりいただけるかもしれない。どんなになだめすかしても効果がなく、狂犬病にも似た状態のこの犬に今もし噛まれたら同じくらい有害かもしれないと思い、私は犬をそっとしておくことにして、銃を暖炉脇のテーブルに置き、椅子に落ち着いて、マコーリーの本をまた開いた。

肝っ玉の太いところを見せようとしているとか、あるいは冷静沈着を装っているとか、読者のみなさんには私が誇張しているように思えるかもしれないが、誤解を解くために、手前勝手な説明を一つ二つ、披露するわがままをどうかお許し願いたい。

仮に私がいわば肝が据わっているとして、肝の太さというものが、それを培うような状況をどれだけ経験しているかに左右されるのだとすれば、私はかねてから、怪奇に関わるあらゆる実験にそれだけ親しんでいるのである。私は世界各地で尋常ならざる現象を数々目撃してきた。もしお話しすれば、まったく信じてもらえないか、超自然的なもののしわざだとされそうな現象である。ただ私としては、超自然現象などというものはありえないと思っていて、そう呼ばれるものは、単に従来知られていなかった自然法則にのっとったものでしかない、というのが持論だ。だから、もし目の前に幽霊が現れたら、「ほら、超自然現象はやっぱりあるんだ」ではなく、「ほら、幽霊というものは、人が何と言おうと自然法則のなせる業であり、けっして超自然現象ではない」と言うつもりだ。

さて、私が今まで目にしてきたどんな現象も、現代の素人心霊研究家が事実として記録してきた怪奇にしてもすべて、人間の手の介入がつねに必要だった。ヨーロッパには、今でも死者の霊を呼び出せると言いふらしている魔術師がいる。仮にそれが事実だとしても、やはりそこには魔術師という形の人為が介入している。つまり魔術師は、その特異な性質を用いて、われわれの持つ普通の感覚器官には超常現象として映る現象をもたらす、いわゆる媒介物なのだ。

アメリカにもさまざまな心霊現象の話――どこからともなく聞こえてくる音楽や音、手は見えねども紙の上にすらすらと書かれる文字、誰もいないのに勝手に動く家具についての記事、体はないが手だけが見え、それが触れてくる現象――があるが、それらも仮に事実だったとして、やはりそこには媒介が、そうしたサインを読み取ることができる特異な性質を持つ人間が必ず存在する。結局、そうしたあらゆる不可思議な出来事には、たとえそれが詐欺やペテンでないとしても、人間への影響を生み出す、われわれのような人間が必ずあいだに媒介しているのだ。今ではすっかりお馴染みとなった催眠術あるいは動物磁気〔十八世紀ドイツの医師メスメルが提唱した、催眠術をおこなったときに施術者から被術者へ流れるとした液体〕にしても同じだ。媒介となる人間を通じて、人の心は操られるのである。催眠術をかけられた人が百マイルも離れたところにいる術師の意志や手の動き（パス）に実際に反応するとして、それはその術師が反応を引き起こしているわけではない。動物磁気とか、オドパワー〔十九世紀ドイツの化学者ハイヘンバッハが考えた、宇宙に存在するものすべてが発しているとされるパワー〕とか、何と呼ぶにしろ、空間を移動し、障害を通過する力を持つ流体を通じて、あるものからあるものへと影響力が運ばれているのだろう。つまり、この奇妙な屋敷で私がこれまで目撃し、目撃すると期待するものすべては、私と同じ人間が代理あるいは媒介となって引き起こしているのだと私は信じている。そう考えれば、必然的に恐怖を感じずにすむ。普通の自然法則の範疇からはずれていることはすなわち超常現象だと見なす者は、今夜のような驚くべき一夜を経験すれば、どうしたって畏怖の念に駆られるものだ。

だから、私がここで見聞きしたこと、これから見聞きすることはすべて、現象を披露する生来の力を有し、披露する何らかの動機を持つ人間の行為に違いないと推測するなら、どういう神秘が働いているかではなく、どういう理屈なのかという方向に、自然と私の興味は向かう。そして、私の精神は、危険かもしれないが珍しい化学物質の実験反応を待つ現実主義的な科学者と同じ、観察のための冷静さを保っていると心から言える。当然ながら、変な空想をしないようにすれば、それだけ観察にふさわしい心境になる。だから私は、マコーリーの本が提供してくれる、白日のごとき明快な理性に目も思考も釘付けにした。

そして今、その本のページを照らす蠟燭の光が遮られているのに私は気づいた。何かの影がさしているのだ。目を上げたとき、私はそこにとても言葉にしづらい、いや、たぶん言葉にできないものを見た。

それは空中にぼんやりと形作られた〝闇〟だった。人の形とは言いきれなかったが、それでもやはり、ほかの何より人間、あるいは人間の影に近い。まわりの空気や光からは完全に浮き上がって立ち、とても巨大で、てっぺんは天井に届きそうだ。眺めるうちに、私はひどい寒気を感じた。たとえ氷河が目の前にあったとしても、ここまで私を凍りつかせることはなかっただろうし、氷河によってこれほど体の芯が冷たくなることもないだろう。だが、恐怖が原因ではないという確信はあった。私はそれでも観察を続け、高みからこちらを見下ろす二つの目を、明言はできないが、認めたような気がした。見えたと思った次の瞬間には、もう消えていたのである。とはい

え、半信半疑ながら目があったと思う高みから、闇を貫く淡い青い光が二筋、ちかっちかっとたびたび瞬いた。

私は喋ろうとしたが、声が出なかった。ただ、「怖いのか？　いや、怖くなどない！」そう思うのが精一杯だった。立ち上がろうとしたが、それもできない。抵抗できない力に押さえつけられているかのようだった。実際、私の意志に逆らう圧倒的な力がそこにある、そんな印象だ。人間ではとてもかなわない力に向き合っている無力感――大時化の海、大火災、恐ろしい野獣、そう、たとえば海で出くわす鮫、そんなものと出合ったときの肉体的な敗北を精神的に感じていた。人間の力が、嵐や火災や鮫の物質的威力よりはるかに劣るように、私の意志をくじこうとするその別の意志は、比べものにならないくらい強力だった。

そして今、その圧迫感がしだいに増し、私はとうとう怯え始めた。あまりに怯えて、言葉が出ないほどだ。とはいえ、勇気は出なくても自尊心だけは保っていたので、心の中で必死に自分に言い聞かせた。「私はただ怯えているだけで、怖がっているわけじゃない。怖がらなければ傷は負わない。私の理性が今目にしているものを拒んでいる。これはただの幻覚だ。私は怖がってはいない」力を振り絞り、テーブルの上の武器になんとか手が届いた。しかし、とたんに腕と肩に奇妙な衝撃が走り、腕は体の脇に力なくだらりと垂れた。しかも恐ろしいことに、蠟燭の灯りがだんだん暗くなり始めていた。消えたわけではないが、火がしだいに小さくなっているようなのだ。それは暖炉の炎も同じで、勢いを失いつつあった。ものの数分もすれば、部屋は真っ暗になるだろう。恐怖が襲いかかってきた。あの影の力に圧されながら暗闇の中で過ごすのかと思うと、ぞっとした。実際、恐怖はすでに絶頂に達し、いっそ正気をなくしたか、呪縛を突き破ったかしたのだと思う。そうとも、ついに影の呪縛を突き破ったのだ。とうとう声が出た。声といっても悲鳴だったが。「怖くない、私の魂は恐怖など感じない」どっとあふれ出す言葉をわめき散らすうちに、やっと立ち上がることができた。

あたりを満たす薄闇の中、窓に駆け寄ると、カーテンを力まかせに引き、鎧戸を押し開けた。何よりもまず光を、と考えたのだ。そして、夜空高くに静かに浮かぶ月がくっきりと見えたとき、さっきの恐怖を帳消しにするほどの歓喜がこみ上げた。月だけでなく、ひとけのない惰眠を貪る通りにともるガス灯の光もあった。部屋のほうを振り返ると、月明かりが闇の一部を押しのけて弱々しく差し込んでいたが、それでも光は光だった。それが何にしろ、暗い影は姿を消していた。奥の壁に、その影の影らしきものがぼんやりと見えてはいたが。

今私はテーブルに目を留めていた。それはテーブルクロスも覆いもかかっていない、古いマホガニーの円卓で、そのテーブルの下からにゅっと手首から先の手が伸びている。私と同じように血の通った生身の手に見えるが、痩せ細り、皺の寄った老人のもので、小さいところからすると女の手のようだ。手は、テーブルの上にあった二通の手紙をそっとつかみ、そのとたん手も手紙も消えた。そして、この奇妙な現象が始まる前に私が聞いた、枕元の壁をコン、コン、コンと三度、調子よくノックする音がまた聞こえた。

その音がゆっくりとやむ頃、部屋じゅうがそうとわかるくらい震えだし、部屋の奥の床から光の泡のような、色とりどりの光り輝く小球がいくつも湧き上がってきた。緑、黄色、真紅、空色。まるで鬼火のように、上下前後左右、ゆっくりと、ときにすばやく、気まぐれにあちこち動きまわる。壁際の椅子が（階下の客間のそれと同じように）、誰も動かしていないのにひとりでにす

っと前に進んできて、テーブルの向こう側で止まった。ふいに、椅子に座る人の姿が浮き上がった。女の姿格好だ。生きた人間のように輪郭がくっきりしており、死者の姿と同じくらい恐ろしかった。顔を見るとうら若く、妖しい憂いをたたえた美人だ。喉元から肩にかけて素肌が見えるが、その下はふんわりした白いローブを羽織っている。女は、肩まである長い金髪を撫でつけ始めた。目はこちらではなく、ドアのほうに向けられている。耳を澄まし、目を凝らし、何かを待っているかのようだ。背後の影の影が色濃くなっていく。私は再び、影の頂点のあたりにぎらぎらした目が見えたような気がした。あの女の人影のほうをじっと見ている。

ドアが開いてもいないのに、そこに別の人の姿が現れた。こちらは若い男の姿形で、女と同様にくっきりと見え、同様に恐ろしい。前世紀の、あるいはそれに似た服装だ（それは男も女もそうで、細部まではっきり見えるとはいえ、触っても実体がなさそうなのは明らかで、幻めいている）。その前時代的な服装は、着ている本人のほうは死人のごとく青褪め、幽霊のような茫洋とした静けさに包まれ、その対照が妙に不気味で恐ろしく、ちぐはぐだ。男の人影が女に近づくと同時に、壁際にあった暗い影も動きだし、その三体がつかのま闇に包まれた。あたりにまた淡い光が戻ってきたとき、二体の幽霊は、彼らにのしかかるようにそびえる影に抱えられているかのようだった。女の胸に血の染みができていて、男のほうが透き通った剣にかがみ込み、襞飾りやレースから鮮血が滴っている。そして二体のあいだに立つ影が彼らをすっぽりと呑み込み、全部消えた。再び光の泡がすっと現れ、空を切り、ゆらゆらと波打ち、その数はどんどん増えて、しまいには縦横無尽に入り乱れて飛び交い始めた。

ふいに暖炉の右側の戸棚が開き、そこから年老いた女の人影が現れた。手には手紙が握られている。先ほど〝手〟が持っていくのを見た、あの手紙だ。女の背後から足音が聞こえた。女は耳を澄ますように振り返り、やがて手紙を開けて読み始めたようだった。女の肩のあたりに鉛色の顔が浮かんだ。ずいぶんと水に浸かっていたらしい溺死した男の顔だ。色褪せ、膨れ上がり、水を滴らせている髪には海藻が絡まりついている。みすぼらしい風体の子で、頬には空腹が、目には恐怖が張りついている。老女の顔を眺めるうちに、皺が消え、若い女の顔に変わった。凍りついた目、固い表情、だが若いことは確かだ。影が勢いよく近づいてきて、前回のようにすべての幻を包み込んだ。

今やそこに残されたのは影のみ。私がそれをじっと見ていると、その奥からまた目が現れた。蛇を思わせる邪悪な目。光の泡がまた現れて、めちゃくちゃに飛びまわった。そしてその荒れ狂う混乱の中に青白い月光がまじっていた。やがてその小球の中から、まるで卵の殻を突き破るかのように、次々に怪物のようなものが飛び出した。あたりはもうそれでいっぱいだ。血の通わない、忌まわしき幼虫ども。その様子は言葉にしたくてもとてもできないが、あえて言うなら、一滴の水を顕微鏡で見たものを日の光で壁に映してみたときの、うじゃうじゃと微生物が群れているあれだ。ぶよぶよと柔らかく透き通ったものが敏捷に動きまわり、追いかけっこをしてたがいを貪り合っている。裸眼ではけっして見えないものたち。形が左右非対称なので、動きにも秩序がない。うろうろとうろつく連中の中にいても、楽しくも何ともない。やつらは私を取り囲み、まとわりつき、それはもうすばやく動き、頭に群がり、右腕を這いまわっている。右腕は、こち

らの意に反して、その邪悪なやつらに向かって伸ばせと命じられていた。

ときどき、やつらではない別の何かに触れられているのを感じた。目に見えない手だ。一度など、冷たい柔らかな指に喉をつかまれるのがわかった。もし怖いと思ったら、自分の身が危ないと今も意識していた。だから、必死に抵抗する頑な意志、その一点に自分のすべてを集中させた。私は例の影から目をそむけるようにしていた。とりわけ、その蛇のごとき奇妙な目から。今ではははっきりと見えていた。まわりの連中は取るに足らないが、あの影には強い意志がある。私の意志を叩きつぶしかねない、創造力豊かな、人を操る邪悪な意志が。

室内を満たす青白い空気が、まるで火事が迫っているかのように、赤くなり始めていた。火の中で暮らす生き物さながら、幼虫どもも赤く染まる。部屋がまた振動を始め、コン、コン、コンという小刻みなノックの音が聞こえる。やがてすべてがあの黒い影に呑み込まれた。あたかも、すべてがあの闇から生まれ、そこに帰っていくかのように。そして室内はまた闇に満たされた。

闇はゆっくりと退いていき、あの影もいなくなった。それにつれ、テーブルの上の蠟燭の火も、暖炉の炎も勢いを取り戻した。室内がまた静まり、見渡すかぎり何も異常はない。

二つのドアは閉じたままで、下男の部屋に通じるドアも鍵がかかっている。壁際の隅で、ぶるぶると震えながら縮こまっていた犬が横たわっていた。呼んでみたが、反応がない。近づいてみると、息がなかった。目が飛び出し、口から舌がだらりと垂れている。口のまわりには泡が溜まっていた。私は犬を抱き上げ、暖炉のそばに運んだ。愛犬を失った悲しみに胸が締めつけられ、激しく自分を責める。死んだのは私のせいだ。きっと恐怖のあまり死んだに違いないと思った。ところが驚いたことに、犬の首が折れているのがわかった。暗闇の中でひねられたのか？　私と同じ人間の手がこれを？　この部屋のどこかにずっと人間が潜んでいたというのか？　それはどう考えても疑わしい。推察できる理由はあるが、私には話せない。今は事実を公平に話すことしかできない。読者のみなさんはどうかご自分で推理していただきたい。

もう一つびっくりしたのは、なぜか姿を消していた時計がまた小卓の上に戻っていたことだ。しかし、消えたときの時間で針は止まっていて、のちに時計屋があの手この手で修理しようとしたが、あれ以来まともに動かない。数時間、不規則で奇妙な動きをしてみせたあと、突然止まってしまうのだ。これでは時計の用を足さない。

その後はとくに何も起きなかった。じつは、夜が明けるのをそこでじりじりと待っていることなどとてもできなかったし、日が昇る前にその幽霊屋敷をさっさと後にした。ただ、出ていく前に、私と下男が少しのあいだ閉じ込められた、あの窓のない小部屋を再訪した。理由ははっきりとわからないが、私の部屋で起きた現象を呼び起こすからくり——そう呼んでよければ——が始まったのはあの部屋からだという気がしてならなかったのだ。そして、入ったときにはすでに朝になり、曇った窓から朝日がのぞいていたにもかかわらず、あの床板に立つと、ゆうべそこで最初に味わい、自分の寝室で起きた出来事でさらにひどくなった、あのぞわぞわとした戦慄をやはり感じた。実際、その部屋に入って三十秒もすると、もう耐えられなくなった。階段を下りると、また前方をひたひたと歩く足音がした。通りに面した玄関のドアを開けたとき、低い笑い声を聞いたような気がした。

自宅にたどり着き、逃げた下男がいるものだとばかり思ったのに、彼の姿はなく、ようやく消息が知れたのは三日後のことだった。リヴァプールの消印のある、こんな手紙が届いたのである。

「旦那様へ。恐れ入りますが、どうか諸々お許しいただきたく、お願い申し上げます。とはいえ、滅相もないことではありますが、私が目にしたものをあなた様みずからご覧にならないかぎり、とてもお許し願えることではないとは思っております。私が健康を回復するには何年もかかるでしょうし、もとよりおそばでお仕えすることなど到底できそうにありません。ですから、義理の兄のいるメルボルンへ参る所存でございます。船は明日出航いたします。おそらく、長い船旅で多少は自分を取り戻すことができるでしょう。今は何もできず、ふとまた震えが始まって、あれが追いかけてきやしないかとびくびくしております。旦那様、恐れながら、私の衣服とこれまでの働きの分のお給金をウォルワースにいる母のもとへお送りいただけましたら幸いです。母の住所はジョンが存じております」

手紙はとりとめのないさらなる謝罪と、自分の私物についての細かい説明で締めくくられていた。こうなると、あいつはもともとオーストラリアに行きたくて、あの晩の騒動を起こす仕掛けに何らかの形で加担していたという疑念も生まれた。ああやって逃げ出したのが何よりの証拠だとも言えそうだ。この推理に私としては反論する気はない。むしろ、これこそ、ありえない出来事の最もありえる原因だと多くの人には思えるのではないだろうか。とにかく、私の持論はいっさい揺らいでいなかった。当日の夕方、私は例の屋敷に取って返し、哀れな愛犬の遺骸を含め、置き去りにした所持品をまとめて、貸し馬車に積んで持ち帰った。この作業のあいだは何に邪魔されることもなく、特筆するようなことは何も起きなかったが、階段を上り下りするときに前方を行く足音だけはやはり聞こえた。屋敷を後にすると、J――氏の家に向かった。彼は在宅で、私は鍵を返却すると、好奇心は充分に満たされましたと話し、何が起きたのかかいつまんで話そうとした。ところが相手はそれを遮って、丁重な話し方ではあったが、どうせ誰にも解決できない謎には興味はありません、ときっぱり言った。

ただ、せめて自分が読んだ二通の手紙のこと、そしてそれが不可思議な形で消えたことについては伝え、それから、手紙はあの屋敷で亡くなった老女宛てのものだったと思うか、そして、以前彼女が屋敷に住んでいたときに、あの手紙から推察される恐ろしい疑念を裏付けるような出来事はなかったか、彼に尋ねた。J‐‐氏は驚いた様子で、しばらく考え込むと、答えた。「あの女の過去については、以前お話ししたように、わが一族の一員だったということ以外、あまり知らないんです。ですが、彼女がやけにあの家にこだわっていたことをぼんやり思い出しました。少々調べて、結果をお知らせしましょう。それでも、恐ろしい犯罪の犯人あるいは犠牲者が、安らかな眠りにつけずに幽霊となって犯罪の現場に戻ってくるという、よくある迷信をさもありなんと認めるにしても、あの屋敷は、その女性が亡くなる前から妙なものが現れたり、音が聞こえたりしていたんです。あなたはにやにやしているが、それについてはどう思いますか？」

「謎を解決することができたとしたら、きっと人間の媒介者が見つかるはずだと、私は確信していますよ」

「なんと！　全部ペテンだというんですか？　いったい何のために？」

「普通の意味でのペテンではありません。私が今ふいにこんこんと眠ってしまったとしましょう。あなたは私を起こそうとしますが、できない。ところがその状態でも、起きているときならとてもありえない正確さで、質問に答え始める。あなたのポケットに今お金がいくら入っているかとか、今あなたが何を考えているかとか。これは必ずしもペテンではないし、もちろん超自然現象でもない。催眠術です。私は意識を失い、催眠術の施術者に操られているわけです。以前にその施術者とのあいだに結ばれた〝関係(ラポール)〟によって、彼は遠くからでも私に力をおよぼすことができる」

「しかし、催眠術師はたしかに他者を操ることはできるかもしれませんが、その力は無生物にも有効なのでしょうか？　椅子を動かすとか、ドアを開け閉めするとか」

「あるいは、そういうことを見聞きしたと信じさせることができるか？　施術者と〝ラポール〟など結んだ覚えがない者に？　それは無理でしょう。いわゆる催眠術ではできないことです。しかし、催眠術に似た、それにも勝る力があるのかもしれません。古くは〝魔術〟と呼ばれた力です。そうした力ならどんな無生物にも影響をおよぼせる、と断言はできません。だが仮にそうだとしても、その力はけっして自然法則に反してはいない。それは特殊な性質を持つ人に与えられ、修行によってとことん磨き上げることができる、自然界にある希少な力にすぎないのです。

その力なら死者にも影響を与えられるかもしれない。つまり、死者が依然として抱えているある種の思念とか記憶に対して働きかけるのです。そして、人間の手の届かないところにある〝魂〟ときちんと呼ぶべき清らかなものではなく、この世で最も汚らわしいいわば幽霊として、人が五感で感じられる形で出てこさせる。これはまあ、太古から言われる陳腐な考え方であり、私はあえてどうこう言うつもりはありません。だが私としては、その力は超自然的なものではないと思うんですよ。

パラケルスス［十五世紀のスイスの医師、錬金術師］が難しくはないと表現し、『文学珍品録』の著者アイザック・ディズレーリが信じうるとしているある実験から、説明してみましょう。枯れた花を燃やすとします。それが咲いていたときにあった花の精のようなものは、どこへともなく散逸し、二度と見つからないし、回収もできない。しかし、化学を用いれば、枯れる前の姿そのままに、灰から花のスペクトルが生じるのです。

人間でも同じでしょう。人が死んだとき、花の精あるいは粋のように、魂のほとんどはどこかへ逃げ出してしまいますが、それでもそこからスペクトルを作ることができる。だがこの幽霊は、一般的な迷信では死者の魂が宿っているとされますが、本物の魂と混同してはいけない。これは死者のただの幻影なのです。

ですから、これはという幽霊体験談がみなそうであるように、何より衝撃を受けるのは、そこには魂がない、つまり体という縛りを逃れて解放された高次の知性がないということです。そうして現れた幽霊にはまず目的というものがなく、ほとんど喋りません。喋ったとしても、そこらにいる普通の人とたいして変わりません。アメリカの予言者たちは、シェイクスピアやベーコンなど（本物かどうかは神のみぞ知る）、有名な死者たちと交信して言葉を授かったという触れ込みで、散文にしろ詩文にしろ、さまざまな本を出版しています。ところがそうした交信は、どんなにましなものを見ても、それなりの才能や教育のある今いる人々から聞く話と比べて、はるかに劣るのです。ベーコンやシェイクスピアやプラトンが生前に言ったり書いたりしたことには、遠く及ばない出来です。しかも驚くのは、これまでになかった斬新なアイデアなんてものは、何一つそこにない。ですから、そういう現象がいかにすばらしいものであっても（それが本物だと仮定すればですが）、哲学は疑問視するでしょうし、哲学がわざわざ否定しなければならないものでもない。つまり、超常現象でも何でもないんです。どこぞの人間の頭から出た考えにすぎな

いんですよ（どうやってそれを実現したのか、方法はまだわかりませんが）。だから、勝手に動くテーブルにしろ、魔法陣に現れる悪霊にしろ、体はないのに現れた手が物をつまみ上げるにしろ、私の前に現れたような黒い影にぞっとさせられるにしろ、やはりそこには媒介者がいて、電線で電流が伝わるように、別の脳みそから私の脳みそに伝えられた現象なのだと私は理解するのです。生来特殊な化学的性質を持つ者がいて、彼らは化学的な怪奇現象を起こし、また磁気と呼ばれる流体を生来操れる性質を持つ者もいて、彼らは磁気による怪異を起こす。しかし、この怪奇現象は普通の科学にもとづく現象と異なっています――どれも揃って無意味で、幼稚で、ばかばかしい。だからたいした結果ももたらさない。よって、世界はそんなものを歯牙にもかけないし、真の賢人は深く研究しようともしなかった。

　でも私としては、自分でじかに見たり聞いたりしたかぎり、私と同じ人間が遠隔で作用した結果なのだと確信しています。そして、その人物は、自分の作用が具体的にどんな効果を生んだのか、わかっていないのだと思います。なぜなら、どの人に話を聞いても、まったく同じ経験をしたという人が一人としていないからです。いいですか、まったく同じ夢を見る人などいないんですよ。

　もしこれが普通のペテンなら、毎回ほとんど同じ結果が出るようにからくりが仕組まれているでしょう。あるいは、神がお認めになった超自然現象だったなら、そこには明確な目的があるはずです。だが、こうした現象はそのどちらでもない。私の理論はこうです。現象は、どこか離れた場所にいる誰かの脳がその源だが、本人は何が起きているかはっきり意識しているわけではない。現象は、その遠く離れた場所でその人物の脳に浮かぶ、定まることのない、雑多で生煮えな考えが反映されたものである。要するに、そういう脳みそが生む夢が、半物質を通じて現実になったわけです。こうした人物の脳には強大な力があって、物を動かすこともできれば、邪悪な破壊力を持つこともある、と私は思います。そういう物質的な力で、私の犬は殺されたに違いありません。もし犬と同様に私も恐怖に負けていたら、その同じ力が私のことも殺していたかもしれない、わかりませんがね。だがさいわい、私の知性か精神かが、それに抗うだけの意志の力を授けてくれた」

「それがあなたの犬を殺したとはね、恐ろしいことだ！　たしかに、あの家にこれまでどんな動物も寄りつかなかったのは妙な話だ。そう、猫でさえ。蝙蝠や鼠さえ姿を見たことがない」

「野生の勘が、自分の命を危険にさらす力を察知するのでしょう。人間の感覚はそこまで敏感じゃない。その代わり、悪意に抵抗する意志力がもっとすぐれていますからね。だがこのへんにしましょう。私の理論をおわかりいただけましたかな？」

「ええ、完全にとはいきませんが。子供部屋でさんざん頭に叩き込まれた幽霊だのお化けだのを鵜呑みにするよりは、たとえ違和感はあっても、奇天烈な理論のほうを選びますよ（こんな言葉を使って申し訳ありませんが）。それでも、あの屋敷が呪われていることに変わりはない。どうしたらいいと思いますか？」

「私ならどうするか、お話ししましょう。私が使った寝室のドアの右手のほうに、家具のない小部屋がありますが、あそこが屋敷に付きまとう力の起点あるいは受容器になっている、そんな気がしてなりません。壁をぶち抜き、床を剥がしてしまうことを強くお勧めします。いや、いっそあの部屋ごとつぶしてしまうのがいい。あの部屋は小さな裏庭に張り出していて、屋敷本体から切り離されているようですから、屋敷のほかの部分を傷めずに取り壊せるでしょう」

「そうすれば何とかなると――？」

「通信波を切断できるでしょう。試してみることです。それが正解だと自信がありますから、工事の指揮をさせてもらえるなら、費用の半分をもちましょう」

「いいえ、それくらいの費用は私のほうでどうにでもなります。あとのことは、手紙でお知らせします」


十日ほどして、J‐‐氏から手紙をもらった。あのあと屋敷を訪ねてみて、私が言った二通の手紙を見つけたという。私が手紙を取り出した、あの抽斗に戻してあったそうだ。読んでみて、私と同様に懸念を抱き、手紙の受け取り人だったのではないかと私が踏んだ老女について、慎重に調べたらしい。なんでも彼女は三十六年前（その手紙の日付の一年前）に、一族の反対を押し切って、素性の怪しいあるアメリカ人と結婚したという。実際、男はかつて海賊だったと誰もが信じていた。彼女自身は立派な商家の娘で、結婚前は保母兼家庭教師の仕事をしていた。女には裕福な兄が一人いて、六歳になる一人息子とやもめ暮らしをしていた。女が結婚して一か月後、その兄の遺体がテムズ川のロンドン橋近くで見つかった。喉に絞められたような跡があったものの、審問の結果「溺死」以外の判断をする根拠にはならなかった。

妹を息子の後見人とするという兄の遺言があったため、アメリカ人とその妻が残された子供の面倒を見ることになった。つまり、子供が死んだ場合、遺産は妹が相続するわけだ。およそ六か月後、子供は死亡した。きちんと世話をされず、虐待を受けていたと考えられた。近所の人々も、夜、子供の悲鳴を聞いたと証言した。検死をした医師によれば、子供は栄養失調だったかのように痩せ細り、全身が青黒い痣だらけだったという。どうやら、ある冬の晩に逃げ出そうとして、裏庭の塀をよじ登ったが、途中で力尽きて落下し、朝、石畳の上で瀕死の状態で発見されたらしい。しかし、それらはあくまで虐待の証拠であり、殺人の証拠ではなかった。また、子供の叔母とその夫は、子供は精神遅滞と診断されており、ひどく聞き分けがなくひねくれていたため折檻したのだと弁明した。それが事実かどうかは別にして、子供が死んだ今、女は兄の財産を相続することになった。しかし結婚後一年もしないうちに夫が突然英国を離れ、以来二度と戻ってこなかった。夫はクルーズ船を所有していたのだが、二年後に大西洋で遭難した。未亡人にはたっぷり財産が残されたが、その後さまざまな災難が降りかかってきた。取引銀行がつぶれ、投資に失敗した。小さな事業を始めたが、結局破産した。とうとう奉公に出るようになり、最初は家政婦をしていたが、しだいに転落してしまいに雑役婦に身を落とした。人柄を悪く言われたこともないのに、同じ場所で長く勤められたためしがなかった。真面目で正直で、尋常でなくおとなしいという評判だったが、それでも何をしてもうまくいかなかった。そうして養護院に入るしかなくなったのだが、J－－氏がそこから連れ出して、彼女が結婚一年目に女主人として住んだまさにその家の管理を任せたのである。

J－－氏の手紙にはさらに、私から壊すように勧められた例の家具のない部屋で一時間ほど過ごしてみたと書かれていた。何を見聞きしたわけでもないが、そこにいるだけでひどい悪寒に襲われ、私の指示通りとっとと壁や床を剥がそうという気になったという。すでに人手は集めたので、私の都合のいい日にいつでも工事を始められると彼は記していた。

そうして日付が決まり、私は幽霊屋敷に出かけた。私たちは例の窓のない陰鬱な部屋に行き、幅木をはずし、床を剥がした。すると垂木の下に、ごみに覆われた跳ね上げ戸が見つかった。人が通り抜けられる大きさで、鉄製のかすがいや鋲でしっかりと釘付けされている。それをはずして、下におりてみた。そんなところに部屋があったとは誰も思ってもみなかった。窓や通気口もあったが、大昔に煉瓦で塞がれていたようだ。蠟燭の光で中を調べる。朽ちかけた家具が依然として残っている。椅子が三脚、オーク製のベンチ、テーブル——どれも百年ぐらい前の様式だ。身分の高い人物だったらしく、今でも宮廷服として身につけられそうな高価な鋼の留め金やボタン、壁際に衣装箪笥があり、中にはぼろぼろになったひと昔前の男性用の服飾品が入っていた。立派な礼装用の帯剣、かつては金糸やレースで華やかに飾られていたが今では湿気で汚れ、黒ずんでいるチョッキが見つかった。ほかにギニー金貨が五枚と銀貨が数枚、象牙の切符はとうの昔になくなった芝居小屋か何かのものだろう。しかし最大の発見は、壁に固定された鉄製の金庫らしきものだ。これは鍵を開けるのに苦労した。

金庫の中には棚が三段、小さな抽斗が二つあった。棚には小さなガラス瓶がいくつか並び、どれも密封されていた。中には無色透明の揮発性の液体が入っていて、毒ではないと言える程度で、正体はわからない。隣やアンモニアが含まれているものもあるようだ。それに、奇妙なガラスの管がいくつかと、先の尖った短い鉄の棒、大きな水晶のかたまり、同じく大きな琥珀、それに強い磁力を持つ磁鉄鉱石が置いてある。

抽斗の一つには、金の額縁に入った細密画の肖像があった。長いあいだそこに収まっていたことを考えれば、驚くほど色が鮮やかだ。中年といっても壮年に近い、たぶん四十七、八歳ぐらいの男の肖像だった。とても強い印象を残す、特徴的な顔だ。恐ろしい大蛇が人間に変身し、その顔にかつての蛇の面影が残っている、そんなイメージを想像すれば、長々と説明するよりぴんと来るだろう。のっぺりとした広い額、何でも噛み砕きそうな力強い顎を隠すほっそりした優美な顔の輪郭、切れ長の恐ろしげな大きな目の奥で、エメラルドを思わせる緑色の瞳がぎらぎらと光っている。それでいて、自分の強大な力を自覚しているからか、非常な落ち着きが感じられる。

何の気なしに肖像画をひっくり返し、裏面を見ると、そこには五芒星が刻まれていた。五芒星の中心には梯子が描かれ、その梯子の三段目が一七六五年という年号になっている。さらに詳しく調べると、ばねボタンがあるのに気づいた。それを押したとたん、細密画の裏が蓋のように開いた。蓋の内側に、「マリアンナ、汝へ贈る。生けるときも死するときも――に忠実であれ」この「――」の部分には名前が入っており、ここではあえて伏せるが、私には聞き覚えがあった。子供の頃、大人たちの口にのぼるのを聞いたことがあったのだ。それは、ロンドンで一年かそこら大騒動を巻き起こした名うてのペテン師の名で、自宅で自分の妾とその情夫を殺した容疑をかけられ、高跳びしたという。それについてはJ――氏には言わず、後ろ髪を引かれる思いでその細密画を渡した。

鉄製の金庫の中の最初の抽斗は楽に開いたが、二段目にかなり難儀した。鍵がかかっていたわけではないが、何をやってもびくともせず、とうとう隙間に鑿の先を突っ込んでこじ開けた。こうして引っぱり出した抽斗の中にあったのは、丁寧に組み立てられた一つの装置だった。小さな薄い本、あるいは帳面の上にガラスの皿が載り、その皿に透明な液体が満たされている。液体には羅針盤のようなものが浮いていて、針がくるくると回っている。ただ、羅針盤の針が指す目盛りに、占星術師が使う星を表わす記号にどこか似た、奇妙な文字が七つ並んでいた。抽斗からはそう強くはない、不快でもない、でも変わった匂いが漂ってくる。抽斗の中は板で裏打ちされていて、あとでその板は榛だとわかった。匂いの原因が何にせよ、嗅ぐと神経に障った。部屋に一緒に入ってきた二人の大工を含む誰もがそう感じていた。指先から髪の根本まで、何かが這いまわるようなぞくぞくする感覚だ。私は早く帳面を調べたくて、皿をどけた。とたんに羅針盤の針が驚くほどの速さでぐるぐる回りだし、全身を突き抜ける衝撃が体を走った。私はつい皿を床に取り落とした。液体はこぼれ、皿は割れた。羅針盤は部屋の隅まで転がっていき、その瞬間、壁が前後に大きく揺れた。まるで巨人が現れて壁を押し、揺さぶったかのように。

二人の大工は仰天して、私たちがさっき下りてきた梯子を慌てて駆け上がった。しかしそれ以上何も起こらないとわかると、あっさり戻ってきた。

私はというと、例の帳面を広げた。それは赤い革で装丁され、銀の留め金でとめてあった。中には厚い上羊皮紙が一枚あるだけだったが、そこには二重の五芒星が描かれ、中に昔の修道士が使う古ラテン語で文が書かれていた。ここに文字どおり翻訳してみる。「この屋敷に入るものすべて、生物も無生物も、生けるものも死せるものも、この針が動くかぎり、わが意志のままにならん。屋敷に呪いあれ、ここに住むものに安眠なし」

見つかったものはそれですべてだった。J・・氏はその帳面と呪いの言葉を燃やした。そして、秘密の小部屋と上の部屋を含む、建物のその部分を基礎から取り壊した。そのあと大胆にもみずから屋敷で一か月暮らし、ロンドンじゅうを探してもこれほど静かで快適な家はほかにないと確認した。のちにそう銘打って人に貸し、店子は今のところつつがなく暮らしている。

空き家

The Empty House
Algernon Blackwood

アルジャーノン・ブラックウッド

『空き家、その他の幽霊譚』(1906年)初出ある種の家は、ある種の人間と同じように、たちまちその邪悪な性質を表にあらわすものだ。人間であれば、顔にこれと決まった特徴があるわけではない。ただ、穏やかな顔つきをし、純真な笑みを浮かべていても、ほんの少し付き合ってみれば、こいつは性根がどこか胡散臭い、きっと悪いやつだ、とこちらは確信するに至る。連中は謎めいた雰囲気やよこしまな考えをいやでもまわりに伝え、近くにいるとつい避けたくなる。腐ったものには触りたくないと思うように。

そしておそらく家にも同じことが言える。まさにその屋根の下でおこなわれた悪行の臭いが、実行した本人がとうの昔に死んでいたとしてもいまだ残り、足を踏み入れた者は自然、鳥肌が立ち、身の毛がよだつ。邪悪な襲撃者のそのときの興奮が、襲われた者の戦慄が、何も知らない傍観者の心にも何がしか忍び込み、ふいに不安をかきたてられ、肌が粟立ち、血が冷えていくのに気づき、わけもわからず恐怖の虜となるのである。

その家にしても、外観を見るかぎりでは、中に今も満ち満ちていると言われる恐ろしい話の数々を髣髴とさせるようなものは何も見当たらなかった。野中にぽつんとあるわけでもなければ、荒れ果てているようにも見えない。家々が窮屈に建ち並ぶ広場の角にあり、両隣の家とどこも違わない。窓の数も同じ、庭を見下ろすバルコニーも同じ、重々しい黒塗りの玄関扉に続く白い階段も同じ。裏手に目を向ければ、丁寧に刈り込んだ柘植の生垣で囲まれた同じ狭い芝地があり、それが隣家の裏庭とこちらを区切る塀まで続いている。どうやら屋根の煙突の数やら、軒の幅や角度やら、地下の洗濯場へ続く手すりの高ささえ、ほかの家と同じらしい。

それでも、広場に建つその家は、五十軒の近隣の家々と寸分違わぬように見えるのに、じつのところまったく違っていた。恐ろしいほどに違っているのだ。

目には見えねど明白なその違いがいったいどこにあるのか、指摘するのは難しい。すべて想像力のせいにしてしまうわけにはいかない。その家で実際にしばらく過ごしたことがある人々は、家の過去について何も知らないというのに、いくつかの部屋については、また入るくらいなら死んだほうがましだと思うくらい不快だったし、家全体の雰囲気そのものにかけ値なしの恐怖を感じた、とはっきり述べていたくらいだ。事情を知らずにそこを借りた店子たちが次々にあっという間に逃げ出すのを見て、界隈ではすっかり噂の的となった。

町の反対側にある海辺の小さな家で暮らすジュリア叔母さんを、いつものように「週末」訪問したショートハウスは、叔母が謎を抱えている興奮ではちきれそうなのがわかった。叔母から電報をもらったのは今朝のことで、どうせまたつまらない思いをさせられるのだろうとばかり思って来たのだが、叔母の手に触れ、林檎の皮のように皺の寄った頬にキスをしたとたん、びりっと最初の電流が伝わってきた。ほかに招待客はおらず、しかも叔母は特別な目的があって電報を送ってきたのだと知って、その印象はますます強まった。

あたりに何かが潜んでいるのが感じられ、その何かが確実に形をとろうとしていた。年配の行

かず後家である叔母は心霊現象研究に余念がなく、頭も切れるが意志の力も生半可ではない。こうと決めたら何が何でもやり遂げるのだ。午後のお茶のあと間もなく、叔母の目的は明らかにされた。黄昏の中、二人で海辺をゆっくりと散策していたとき、ふいに叔母が身を寄せてきたのだ。

「鍵を手に入れたの」叔母は嬉しそうに、でもどこか恐れおののくように言った。「月曜まで預かったのよ！」

「移動更衣室［当時海辺で利用されていた海水浴のための更衣室］の鍵ですか？　それとも――」ショートハウスは海から町へと視線を移しながら、しらじらしく尋ねた。こうしてとぼけてみせれば、叔母はじれて、すぐに正解を明かす。

「違うわよ」と囁く。「広場の幽霊屋敷の鍵。今夜行ってみようと思うの」

ショートハウスはわずかながら背筋を戦慄が走るのがわかった。ふざけるのはやめだ。叔母の口調と振る舞いに、なんとなくぞくぞくするものを感じた。叔母は本気なのだ。

「でも一人では行けないでしょう――」

「だからあなたに電報を打ったんじゃないの」叔母はきっぱりと言った。

ショートハウスは叔母に向き直った。皺だらけの謎めいた醜い顔が興奮でいきいきと輝いている。まるで光輪のごとく、純粋な熱意が顔から発散されていた。また叔母の熱波が、続いて二度目の電流が、最初よりはっきりと伝わってきた。

「ありがとうございます、ジュリア叔母さん」ショートハウスは礼儀正しく言った。「心から感謝します」

「一人ではとてもじゃないけど行けないわ」叔母の声が大きくなる。「でも、あなたと一緒ならきっと楽しめると思うの。あなたには怖いものなどない。そうでしょう？」

「本当にありがとうございます」ショートハウスはくり返した。「ただ……行くと何か起きるんですかね？」

「すでにいろんなことが起きたのよ」叔母は囁いた。「ほとんどはうまく揉み消されてしまったけど。この数か月に三人の店子が借りては出ていってしまったの。今ではもう永久に空き家だろうと言われてる」

ショートハウスは知らず知らずのうちに興味を引かれていた。それだけ叔母は真剣だったのだ。

「そこはとても古い家でね」叔母は続けた。「あまり気持ちのよくない噂が伝わっているけれど、それも遠い昔の話なの。殺人事件があったらしいのよ。その家の女中と恋仲だったある馬丁がひどいやきもち焼きでね。ある晩、馬丁は地下室にこっそり身を隠し、全員が寝静まったあとで上階の女中部屋に忍び足で上がると、その女中を下の踊り場まで追い詰めて、誰も助けが来ないうちに娘を担ぎ上げ、階段の手すりから下のホールへ投げ落としたんですって」

「で、その馬丁は……？」

「捕まって、殺人の罪で絞首刑になったはずよ。だけど百年も前の出来事だから、それ以上詳しいことは調べてもわからなかった」

今やショートハウスはすっかり興味津々だった。でも、自分についてはそんなに不安はなかったが、叔母のことが心配で、少し躊躇があった。

「一つ条件があります」ととうとう言った。

「何があっても、私は行きますからね」叔母は強情に言った。「でも、その条件とやらを聞くには聞くわ」

「もし何か恐ろしいことが起きても、けっして自分を見失わないと約束してください。つまり――あんまり怖がりすぎないこと」

「ジム」叔母は見下すように言った。「私はもう若くないし、それだけ神経も脆くなっているとわかっているけれど、あなたが一緒なら怖いものなしよ！」

もちろんこれで決まりだった。ショートハウスは、自分はどこから見てもごく普通の若者だとしか思っていなかったが、ここまで持ち上げられたらやはり悪い気はしない。彼は叔母の頼みを承諾した。

ショートハウスは本能的に、無意識の準備とでも言えそうなものを始めた。その晩は、時間が来るまでずっと、自分自身と精神力をしっかりと制御し続けた。感情を少しずつよそにしまい込んで鍵をかけるという一種名付けがたい内心のプロセスによって、自制心を意識的に蓄積させていくのである。この過程をうまく説明しようとしてもなかなか難しいのだが、とても効果的で、厳しい精神的試練をくぐり抜けたことがある人なら、よくおわかりいただけると思う。これがのちに大いに役立つことになる。

しかし、午後十時半になり、出発に向け玄関ホールに立った二人は、人をなごませるランプの灯りのもと、人間が主導権を握る居心地のいい環境にいまだ囲まれていたというのに、ショートハウスはさっそくこの力の蓄積に頼らなければならなくなった。いざ玄関の扉が閉まり、月明かりに白々と照らされる、人気のない静かな通りが眼前に伸びているのを見たとき、その晩何が大変かといって、それは自分だけでなく、二人分の恐怖に対処しなければならないことだ、とはっきり悟ったからだ。自分の恐怖のみならず、叔母の恐怖まで抱えていくことになりそうだった。そして、スフィンクスのようにこわばった叔母の顔を見て、本物の恐怖に襲いかかられたらどれほど恐ろしい形相になるだろうと思いながら、この冒険全体がどんなものになるにしろ、ある一点だけは満足していた。今の自分の意志と精神力があれば、どんな衝撃にも耐えられる自信があったのだ。

二人は、誰もいないがらんとした通りをゆっくりと歩きだした。煌々と輝く秋の月が屋根を銀色に染め、影をいっそう濃くしている。風はそよとも吹かない。海岸沿いの幾何学式庭園の木々が、前を通る彼らを無言で見下ろしている。叔母がときどき話しかけてきたが、ショートハウスは返事をしなかった。叔母は普通でないことを考えまいとして普通のことを並べ立て、心を緩衝材でくるんで守ろうとしているのだとわかったからだ。窓から漏れる灯りはほとんどなく、煙や火花を吐く煙突は一つとしてない。ショートハウスはすべてが、どんな些細なことさえも目につくようになっていた。今二人は通りの曲がり角で立ち止まり、家の側面にある、月明かりにくっきりと浮かび上がった、通りの銘板を見上げていた。そして、何の合図もなしに二人同時に広場へ足を踏み入れ、影に沈む一画に向かって歩きだした。

「家の番地は十三番よ」横で囁き声がした。二人ともはっきりどこと口にはしなかったが、月光に照らされた広々とした広場を横切り、無言で舗道を歩いていく。

広場の半分ほどまで来たところで、ショートハウスは自分の腕にそっと、でも何かを訴えるように腕が滑り込んできたのに気づき、二人の冒険がすでに本格的に始まっていること、叔母は無意識のうちに負の影響力に屈服しつつあることがわかった。叔母には支えが必要だった。

数分後、二人は夜空を背景にそびえる、背が高く幅の狭い家の前に立っていた。形はどこか不格好で、白いペンキが煤けている。鎧戸も日よけもない窓がこちらを見下ろし、ところどころ月光を反射している。壁には雨風にさらされた跡が残り、塗装にはひびが入り、二階から突き出すバルコニーはどこかいびつだ。しかし、そんなふうに全体として空き家らしいうらぶれた雰囲気はあるものの、一見するかぎり、その家が確かに持っているはずの邪悪さがとくに滲み出ているようなところはどこにもなかった。

肩越しに背後を見て、誰にもつけられていないことを確認したのち、堂々と階段を上がり、二人を通せんぼするかのように立ちはだかる黒塗りの巨大な玄関扉の前に立つ。しかし最初の不安の波が押し寄せてきて、ショートハウスは鍵が手につかず、鍵穴にそれを挿すまでにやたらと時間がかかった。本心を言えば、つかの間二人とも、そのまま開かなければいいのにと思った。今、幽霊屋敷探検のとばぐちに立った二人を、不安やら恐怖やらさまざまな不快な感情が次々に襲っていたからだ。いっかなこちらの腕を放そうとしない叔母の手の重みに妨害されながらも鍵をがちゃがちゃと動かしていたショートハウスは、その瞬間の厳粛さを実感していた。その刹那、経験のすべてがおのれの意識にぐっと集中しているように思えたからか、全世界が鍵のこすれる音に耳を澄ましているような気がした。気まぐれな風がひとけのない通りを吹き抜け、眠っていた木々をいっときかさこそと揺すりはしたものの、ほかに聞こえるのは鍵のたてる金属音だけだった。ついに鍵が回り、重い扉がそろそろと開いて、その向こうで大きく口を開けている暗闇が姿を現した。

二人は最後にもう一度月光に照らされた広場を一瞥すると、急いで中に入った。背後でドアが大音響とともに閉じて、がらんとした玄関ホールや廊下に音が大きく響き渡った。しかしその瞬間、こだまとともに別の音が聞こえたのだ。ジュリア叔母が急に身を寄せてきた勢いでショートハウスもあやうく転びかけ、足を一歩引いて踏ん張らなければならなくなった。

二人のすぐ横で男の咳き込む声がしたのである。あまりに近くで聞こえたので、すぐそこの闇の中に本当に男がいるかのように思えた。

ひょっとして誰かの悪ふざけか何かかと思い、ショートハウスはすぐさま重いステッキを音のしたほうに振り上げた。しかしそれはただ空(くう)を切っただけだった。横で叔母が小さく息を呑むのがわかった。

「誰かいるわ」叔母が囁いた。「聞こえたもの」

「静かに！」ショートハウスはぴしゃりと言った。「玄関扉がきしんだだけですよ」

「ねえ、早く灯りをつけて……急いで！」叔母が急かすのでショートハウスは慌ててしまい、マッチ箱をうっかり逆さにして開け、中身がすべて石の床にばらばらとこぼれてしまった。

しかし、咳の音はそれきり聞こえず、遠ざかる足音も確認できずじまいだった。まもなく葉巻ケースの蓋を台にして蠟燭を立て、火をつけることができた。一気に燃え上がった炎が落ち着いたところで、ショートハウスはその即席のランプを掲げ、あたりを照らしてみた。どこをどう見ても陰鬱としか言いようがなかった。人に見棄てられ、家具もなく、灯りらしい灯りもなく、静寂に支配され、住んでいるものといえば遠い昔の邪悪な暴力の記憶のみ。およそ人の住処でこれほど寒々しい場所がほかにあるだろうか。

二人は広々とした玄関ホールに立っていた。左側には開いたドアがあり、その向こうに大きな

食堂が見える。正面奥にはしだいに狭くなっていく暗い廊下が長々と伸びていて、どうやらその先には下の階にある厨房へ続く階段があるらしい。目の前には、絨毯を剥がれた幅広の階段がゆるりと弧を描いており、どこもかしこも闇に覆われているが、半分ほど上がったところだけは窓から月明かりが差し込んで、踏板の一部が明るく輝いている。斜めに入り込む光線の周囲にもぼんやりと光が届き、うっすらと物の輪郭がわかって、完全な暗闇よりかえって意味ありげで薄気味が悪い。曇ったガラスを透過した月光を浴びると、薄暗がりに顔が浮かび上がるように見えるものだ。ショートハウスは底なしの闇の奥を覗き込み、その古びた屋敷の上階にあるはずの無数の空き部屋や廊下を想像するうちに、月に照らされた安全な広場のこと、そしてわずか一時間前までいた居心地のいい明るい居間のことが無性に懐かしくなった。だがふと、余計なことを考えて注意力が散漫になっては危険だと気づき、雑念を振り払うと、力を振り絞ってまた目の前のことに意識を集中させた。

「ジュリア叔母さん」ショートハウスは厳めしく言った。「この家を上から下まで徹底的に調べましょう」

屋敷じゅうに反響した彼の声がしだいに消え、重い静寂が訪れた。ショートハウスが叔母に目を向けると、顔がすでに蒼白だった。それでも叔母はそのときだけ甥から手を離し、彼の前に進み出て囁いた。

「そうね。誰も隠れていないってことを、はっきりさせなきゃ。それが先決よ」

無理に声を絞り出しているのがわかり、ショートハウスは感心して叔母を見た。

「本当に大丈夫ですか？　今ならまだ引き返せる——」

「大丈夫」叔母は小声で言い、不安そうに背後の闇に目を向けた。「本当よ。ただ一つだけ――」

「何ですか?」

「一瞬たりとも私を一人にしないで」

「何が聞こえても、何が見えても、すぐに調べなければならない、とわかってくださるなら。それをためらえば、恐怖に付け入られます。それは命取りだ」

「わかったわ」叔母は一瞬躊躇したものの、少し震えた声で言った。「努力してみる――」

二人は腕を組み、ショートハウスが蠟の滴る蠟燭とステッキを持ち、ジュリア叔母は肩にマントを羽織って進んだ。傍から見ればその姿は滑稽だったが、本人たちはいたって大真面目で、さっそく順に調査を始めた。

爪先立ちでそろそろと歩き、鎧戸のない窓越しに自分たちがそこにいることが外に知れないように蠟燭の光を手で隠しながら、二人はまず大きな食堂に足を踏み入れた。家具は何一つない。むき出しの壁、崩れかけたマントルピース、空っぽの炉床がこちらを睨んでいる。何もかもが二人の侵入に腹を立てているように思え、言ってみれば隠れた目でこちらを観察している。囁き声がずっと追いかけてくる。影が音もなく右へ左へと飛びまわる。何かがつねに二人の背中に付きまとい、監視し、隙あらば飛びかかろうとしている。そこでは誰もいないあいだに何かはかりごとがおこなわれていて、二人のせいでそれがいっとき中断し、早くどこかに失せろと念じられているような気がしてならない。闇に支配されたこの古い屋敷の内部全体が邪悪な一つの「存在」となって立ち上がり、調査を今すぐやめろ、われわれにかかわるな、と警告しているかのようだ

った。刻々と緊張が高まっていくのがわかった。

薄暗い食堂を出て、巨大な折れ戸を抜け、やはり静寂と闇と埃に包まれた、書庫か喫煙室のような部屋に入る。そこからまたホールに出ると、ちょうど階下へおりる裏手の階段の近くだった。下へと続く真っ暗な通路が二人の前でぽっかりと口を開け、正直に言って、思わずためらった。しかしそれは一瞬のことだった。恐怖の夜はまだ序の口なのだから、ここで引き返すわけにはいかない。ジュリア叔母は、揺れる蠟燭の薄ぼんやりした灯りしかない暗い階段の一段目でつまずいたし、ショートハウスさえ、足を踏み出そうとする決心のすくなくとも半分が消えてしまったような気がした。

「さあ、行きますよ！」彼は有無を言わせぬ口調で言ったが、その声は階段を転がり落ちていき、暗いがらんとした階下の空間に吸い込まれて消えた。

「ちょっと待って」叔母はよろめき、必要以上の力で甥の腕をつかんだ。

二人は少々おぼつかない足取りで石段を下り、階下にたどり着くと、閉め切られた部屋特有のいやな臭いと湿気た空気を顔に感じた。そこから狭い廊下を通って到着した厨房は、広くて、天井もとても高かった。厨房からどこかへ通じる扉もいくつかあった。今も棚に空き瓶が並んでいる食器棚の扉もあれば、どこか不気味な作業部屋に続く扉もある。一つ開けるたびにその向こうの部屋がどんどん寒々しく、人を寄せつけない雰囲気になっていく。黒い虫たちが床をそそくさと走り、一度など、隅にあった樅材のテーブルに二人がうっかりぶつかったとたん、猫ほどの大きさの何かが慌てて飛び下りて石の床を駆けだし、闇に消えた。どこもかしこも、ついさっきまで何かがいたような感じがして、悲しみと憂鬱が漂っている。

厨房を出て、洗い場へと向かう。半開きになっていたドアを思いきり押し開けたとたん、ジュリア叔母が甲高い悲鳴をあげ、慌てて口を手でふさいで声を押し殺そうとした。つかの間ショートハウスも息が止まり、その場に立ち尽くした。背骨の髄が突然空になって、そこに氷を詰め込まれたような心持ちだった。

ドア枠の向こう側で、こちらとじかに向き合うようにして、一人の女が立っていた。髪を振り乱し、かっと大きく見開いた眼(まなこ)でこちらを凝視している。恐怖に引き攣った顔は死者のごとく青白かった。

女が微動だにせずそこに立っていたのは、わずか一秒のあいだだった。そのとき蠟燭の炎が瞬き、女は消えたのだ。もはや影も形もなく、ドア枠の向こうにはがらんとした闇しかなかった。「蠟燭がちょっと派手に揺れただけだ」ショートハウスは急いでそう言ったが、まるで他人の声みたいに思えたし、震えを抑えようとしても抑えきれなかった。「さあ、入りましょう。なんにもありゃしませんよ」

彼は叔母を引きずるようにして中に入った。足音を大きく鳴らし、向こう見ずを装ってはみても、全身を無数の蟻がぞわぞわと這いずりまわっているような感じがしたし、腕にかかる重みからすると、叔母の脚はほとんど役に立っておらず、自分が二人分の馬力で前に進んでいるのだとわかった。洗い場は何の飾り気もなく、空虚で冷え冷えとしていた。洗い場というより巨大な監獄のようだ。部屋の中をひと巡りし、庭に面したドアをそして窓を開けようとしたが、どれも固く鍵がかかっていた。横を歩く叔母は夢遊病者のようで、目をぎゅっとつぶり、甥の腕に力ずくで引きずられているだけのようだった。それでも叔母の勇気には感服した。同時に、叔母の表情

が妙に変化したことに気づいたが、どう変わったのか考えてもわからなかった。

「ここには何もないですね、叔母さん」先般の言葉を急いでくり返す。「上に行って、残りの部分を見てみましょう。それから待機する部屋を選びましょう」

叔母は黙って従い、甥のそばからけっして離れなかった。二人は厨房のドアに鍵をかけた。また上階に戻れてほっとした。月が階段のやや下方へ移動したおかげで、ホールはさっきより明るい。二人はそろそろと、暗い円天井が見える上階へと上がり始めた。二人の重みで階段の踏板がきしんだ。

二階には広々とした二間続きの客間があり、調べた結果、とくに何もなかった。そこにもやはり家具はなく、人がいた気配もない。あるのは埃と影だけで、ただただ荒れていた。手前と奥の客間を分ける大きな折り戸を開け、また踊り場に戻って、さらに上階をめざす。

階段をすでに十段以上のぼったところで、二人は同時に足を止め、耳をそばだてた。揺らぐ蠟燭の炎越しに、新たに芽生えた不安をたたえた目を見合わせる。ほんの十秒ほど前に後にした部屋から、折り戸がそっと閉じていく音が聞こえたのだ。間違いなかった。重い扉がずしんと閉まる音に続き、掛け金がかかる鋭い金属音がした。

「戻って確かめないと」ショートハウスは低い声で短く告げ、踵を返してまた階段を下りた。

叔母は土気色の顔をして、ドレスに足をとられながらも、彼に引きずられるようにして続いた。

二人が前方の客間に入ったとき、折り戸が閉じているのがすぐにわかった。このわずか三十秒のあいだに閉じられたのだ。ショートハウスは躊躇なくそれを開けた。奥の部屋にはきっと人がいるものと思ったのだ。ところが彼を迎えたのは闇と冷気のみだった。両方の部屋をよくよく調べたものの、おかしなところはどこにもなかった。ドアがひとりでに閉まりはしないかとあれこれ試してみたが、蠟燭の炎を揺らすだけの隙間風さえない。折り戸はかなりの力をかけなければ動かなかった。あたりは墓場のごとく静まり返っている。室内に誰もいないのは確かだったし、屋敷の中は完全に静止していた。

「ついに始まる」とても叔母のものとは思えない声が肘のあたりから聞こえた。

ショートハウスはうなずき、時計を取り出して時間を確かめた。午前零時十五分前だ。それまでも起きたことを正確に手帳に書き留めていたが、今もそのために台に載せた蠟燭を床に置いた。書きやすいように壁に手帳を固定するのに、少し時間がかかった。

その後ジュリア叔母は、このとき自分はあなたを見ておらず、部屋のほうに顔を向けていたとくり返し訴える。何かが動いたような音が聞こえたというのだ。でもいずれにしろ、二人の意見が一致するのは、重い足音が部屋から走り出ていく音がした、ということだ。そして次の瞬間、蠟燭が消えたのである。

しかしショートハウスにとっては、話はそれで終わりではなかったし、叔母ではなく自分だけにそれが見えたのは運がよかった、と今でも天に感謝している。床に置いた蠟燭を持ち上げるためにかがみ込み、つと立ち上がったそのとき、蠟燭が消える直前に、目の前ににゅっと顔が突き出されたのだ。目と鼻の先だったので、唇に触れそうなくらいだった。熱情に駆られた男の顔だった。色黒で肉が厚く、怒りに燃えた獰猛な目をしていた。平民だと思われ、たとえ普段の冷静な顔であっても邪悪さが滲み出ていたはずだが、今目の前にあるその顔は狂暴さがあふれだした、恐ろしいほど憎々しい表情を浮かべていた。

空気に動きは感じられず、ただ駆けていく足音——靴下一枚になっているか、あるいは靴を何かでくるんだかしたくぐもった足音が聞こえただけだ。そして顔が現れ、ほとんど同時に蠟燭が消えた。

ショートハウスは思わず小さく声を漏らしてしまった。しかも叔母が本物の恐怖に圧倒されてこちらにいきなり全身を預けてきたので、あやうく倒れそうになった。叔母は無言でとにかくむしゃぶりついてきたのだ。しかしさいわい叔母は何も見ず、走り去る足音を聞いただけだったので、すぐに自分を取り戻し、彼のほうも叔母の腕をほどいて、マッチを擦ることができた。炎があがると周囲の影がさっと散り、叔母がかがんで貴重な蠟燭の載った葉巻ケースを探り当てた、そして二人は知ったのだ。蠟燭は吹き消されたわけではなく、踏みつぶされていたことを。芯が蠟の中にめり込んでいた。蠟燭の頭の部分が何か重くて平らな道具か何かでぺしゃんこにされていたのだ。

叔母がどうやってそんなにすぐに恐怖を克服できたのか、今でもわからない。でも、その自制心の強さには心底恐れ入ったし、おかげでくじけそうになっていた彼自身のやる気がその場で再燃した。その点では心から感謝している。同様に説明がつかないのは、目の前で目撃した物理的な力がどうやって働いたかということだった。ショートハウスは「物理霊媒」とそれが起こす危険な現象について訊いた話を思い出したが、すぐに胸に封じ込めた。もしそれが事実で、叔母か彼自身がはからずも物理霊媒だったとしたら、すでに目いっぱい充電された幽霊屋敷のパワーの爆発に手を貸していることになる。それでは、覆いのないランプを持って、火薬がむき出しのまま置かれた倉庫の中を歩いているようなものだ。

かくなるうえは、この手の記憶を極力掘り起こすまいとしながら、ショートハウスは無心で蠟燭にまた火をともし、次の階へ向かった。腕にすがりつく叔母の腕が震えているのは確かで、彼の足取りもおぼつかない。それでも隅々まで調べ、結局何も見つからなかったので、階段の最後の部分をのぼって最上階に到着した。

そこには小ぶりな使用人部屋がまるで何かの巣のように並んでいた。壊れた家具や汚れた籐椅子、整理箪笥、ひびの入った鏡、がたの来た寝台。どの部屋も天井が低く傾斜していて、あちこちに蜘蛛の巣が垂れている。窓は小さく、壁の漆喰も塗り方が雑だ。なんとも気の滅入る一画だったから、そこを抜けたときにはほっとした。

ちょうど午前零時になったとき、二人は階段の最上段にほど近い、四階の小部屋に入り、残りの探検のためにそこで少し落ち着いて、態勢を整えることにした。家具らしい家具は何もなく、かつては衣裳部屋だったその部屋こそ、怒り狂った馬丁が女中を追い詰めて捕まえた場所だと言われている。外の狭い踊り場を挟んだ向こうに上階へ続く階段があり、上がればさっき調べた使用人部屋の区域にたどりつく。

この部屋にはひどい閉塞感があって、深夜になって冷え込んできてはいても、窓を開け放ちたくなった。だがそれだけではない。家のほかのどこよりも、自分が自分でなくなるような感じがする場所——ショートハウスとしてはそんな表現の仕方しかできなかった。何かが神経にじかに働きかけ、決断力が鈍り、意志が弱くなった。彼は部屋に入って五分もしないうちにそのことに気づき、そのわずかなあいだだけで精気が一気に枯渇した。ショートハウスにとっては、その夜のどんな体験より恐ろしいことだった。

戸棚の床に蠟燭を置き、その戸をほんの数インチだけ開ける。これで、炎のまぶしい光で目が錯覚を起こしたり、壁や天井で影がゆらゆら動いたりすることもないだろう。それから二人は床にマントを広げ、壁に寄りかかって座ると、待機した。

ショートハウスは踊り場に続く扉から二フィートも離れていない場所にいた。その位置なら、闇に沈む階下へ続く主階段も、上階へ上がる使用人用の階段ののぼり口も、どちらもよく見えた。重いステッキは、すぐに手が届くところに置いてある。

月は今、家の上空高くにある。開けた窓の向こうに見える星々は、空からこちらをやさしく見下ろす友人たちの目のようで、心を慰めてくれた。町の時計台で真夜中を告げる鐘の音が一つ、また一つと響き、音がやむと、風一つない夜ならではの深い静寂がまたすべてを覆った。彼方で轟く寂莫とした波の音だけが、うつろな囁き声のように空中に漂っている。

屋敷の中の静寂は、今や耐えがたいものになっていた。彼がそう思うのは、いつ何時それが恐怖の前触れとなる音によって破られるか、わからなかったからだ。待てば待つほど緊張がぎりぎりと高まって、神経にこたえた。叔母と言葉を交わすにしても、小声で話した。自分たちの声さえ妙に不自然に聞こえたからだ。必ずしも夜気のせいだけではない冷気が部屋に忍び込み、二人を震え上がらせた。じわじわと迫ってくる力は、それが何にせよ、彼らの自信を、そして行動力を少しずつ削いでいった。二人のエネルギーがしだいに衰え、本物の恐怖の予感がそれまで以上にふくらんで実感を伴い始めていた。傍らにいる年配の叔母のことを思うと、震えが止まらなくなる。彼女にどれほど胆力があったとしても、限界はあるはずだった。

自分の血流がどくどくと音をたてているのがわかる。その音はときに耳を聾するほどで、屋敷のどこか奥から届き始めたごくかすかな物音をよもや聞き逃すのでは、と不安になった。音に意識を集中させるたび、ただちにそれはやんだ。けっして近づいてきているわけではなかったが、屋敷の下の区画のどこかで、何かが動いているような気がしてならなかった。どういうわけか折り戸が閉じていた、あの客間ではない。あそこでは近すぎる。音はもっと遠くから聞こえてきた。黒い虫が這いまわる広い厨房のことを、狭苦しい陰気な洗い場のことを考える。だが、どうもそのどちらでもなさそうだった。むろん、屋敷の外からではけっしてない。

そのとき突然、真実がひらめいた。そしてたちまち血流が止まり、そのまま凍りついたような気がした。

屋敷の下方ではない。上階からだ。あの、壊れた家具やら閉め切りの窓やらがある、天井の低い使用人部屋が並ぶ一角のどこか。犠牲者が最初に馬丁に襲われ、死に至るまで追いまわされたあの場所。

そして出所がわかったとたん、音がもっとはっきり聞こえるようになった。頭上の廊下伝いに、家具をよけながら部屋から部屋へ抜き足差し足で移動する足音だ。

ショートハウスは脇で身じろぎもせずに座っている叔母をちらりと見て、彼女にも音が上階から来るとわかったのかどうか確かめようとした。戸棚の扉の隙間から漏れる蠟燭のかすかな明かりで、影の深く差した叔母の顔が、白い壁を背景にくっきりと浮き彫りになって見える。しかし、彼が思わず息を呑み、そちらを二度見した理由はほかにあった。叔母の顔に奇妙な現象が起き、それが仮面のように全体を覆っていった。深い皺が均されていき、皮膚全体が少しぴんと伸びて、皺がきれいに消えた。老練なまなざしだけは残ったが、ほかはすっかり若い娘の、いや子供と言

ってもいい顔貌に変わったのだ。

ショートハウスは言葉をなくし、ただただ見つめていた。ほとんど恐怖に近い驚愕だった。叔母の顔には間違いないが、四十年前の顔、ぽかんとした無垢な少女の顔だった。あんまり恐ろしい思いをすると、ほかの感情が追い出され、それまでの表情を消してしまう、という恐怖の不可思議な効果について耳にしたことはあった。でも、それが事実だったとは思いもよらなかったし、今目にしているものにこれほど怖気を振るう自分も意外だった。横にある少女の人形のごとき虚ろな顔に、圧倒的な恐怖が残酷にも刻印されているせいだろうか。だから、凝視する視線に気づいて彼女がこちらを向いたとき、ショートハウスは本能的に目をぎゅっとつぶってしまった。

それでも、しばらくして人心地つき、目を開けてみると、そこに別の表情を見て心底ほっとした。叔母は微笑み、死人のように顔が蒼褪めていたとはいえ、あの恐ろしい仮面は剥ぎ取られ、いつもの表情が戻りつつあった。

「大丈夫ですか?」そのときはそんな言葉しか思いつかなかった。だが返事は、そこまで怯えている人にしてはしっかりしていた。

「寒いわ――それにちょっと怖い」叔母は囁いた。

窓を閉めましょうかと尋ねると、叔母は彼の腕をつかみ、一瞬でも一人にしないでと懇願した。「音がするのは上の階よね」なぜか半笑いを漏らして囁いた。「でも、とても上がる気にはなれない」

しかしショートハウスの考えは違った。行動を起こすことでこそ、自制心を保てそうな気がしたのだ。

彼はブランデーの入ったフラスコ瓶を出して、グラスになみなみと注いだ。これだけ強い酒をきゅっとやれば、どんな臆病者だって何でもできる。叔母は一気に飲み干して、体をぶるっと震わせた。今彼の頭にあるのは、叔母が完全に参ってしまう前に何としてもこの屋敷を出ることだけだった。しかし、敵を前に尻尾を巻いて逃げ出しては、無事にここを脱出できるかどうか心許ない。もはや何もしないわけにはいかない。刻々と自分が見失われていくのがわかった。これ以上ぐずぐずしてはいられない。しゃにむに行動するしかなかった。しかも、行動を起こすといっても、敵から逃げるのではなく、向かっていかなければならない。いざとなれば、敵と正々堂々戦うつもりだった。今ならそれもできるだろう。だが、あと十分もすれば、自分にそんな力が残っているとは思えなかったし、叔母の分も戦うとなればなおさらだった。

そうこうするうちに、上階の音がしだいに大きく、近くなってきて、ときおり板のきしむ音が加わった。誰かが忍び足で動きまわりながら、ときどきうっかり家具にぶつかったりしているようだ。

かなりの量を飲んだ酒の効果があらわれるのを待っていたが、この状況ではせっかくの高揚もそう長くは続かないとわかっていたから、ショートハウスは静かに立ち上がり、決然と言った。

「さあ、ジュリア叔母さん、上にあがって、物音の正体を確かめましょう。一緒に来てもらいますよ。それが約束ですから」

彼はステッキを持ち、戸棚から蠟燭を取り出した。傍らでへたっていた叔母が、ぜいぜいしながら震える体を起き上がらせた。「覚悟はできたわ」という今にも消え入りそうな声が聞こえた。それにしてもたいしたものだ。自分などよりはるかに度胸がある、と彼は思う。それから二人は

蠟の滴る蠟燭を掲げながら進みだしたが、横にいる、顔を蒼白にしてがたがた震えているその老婦人が発散するかすかなパワーこそが、ショートハウスの元気の源だった。そこには何か偉大な力が潜んでいて、こちらのほうが恐縮してしまう。その力の助けがなかったら、この事態に今ほど冷静に対処できなかっただろう。

二人は、手すりの向こう側に広がる深い闇には目を向けないようにして、暗い踊り場を進み、それから狭い階段をのぼり始めた。音はどんどん大きくなっていく。階段を半分ほど上がったところでジュリア叔母がつまずき、ショートハウスがとっさに振り返って叔母の腕をつかんだ。まさにそのとき、頭上の使用人部屋の廊下で何かが激しくぶつかる音がして、直後に苦しげな金切り声が響いた。そこには、恐怖の叫びと助けを求める悲鳴が溶け合っていた。

脇にどくか、階段を一段下りるかする暇もなく、誰かが上方の廊下を走ってきた。逃げ惑うかのように慌てていて、二人が立っているまさにその階段を、一度に三段ずつ全速力で駆け下りてくる。足取りは軽く、とまどいが感じられた。しかし、そのすぐ後ろから別のもっと重い足音が追いかけてきて、階段が揺れたような気がした。

どたばたとものすごい勢いで足音が下りてきたとき、ショートハウスと叔母はかろうじて壁に体を張りつけるのに間に合い、二人の人間がほとんど間を置かずに、彼と叔母の前を疾風のごとく駆け抜けていった。空っぽな建物を占拠する真夜中の静寂を破るにはうってつけの、竜巻さながらの轟音だった。

追う者と追われる者はどちらもショートハウスと叔母に触れもせずに階段を走り抜け、すでに一人目が下方の踊り場にたどり着いて床板をどんと踏む音が響き、二人目もそれに続いた。それでも甥と叔母には何も見えなかったのだ。手も、腕も、顔も、はためく服の一端さえも。

そこで二度目の小休止があった。それから、一人目、つまり二人のうち体が軽く、明らかに追われているほうが、先ほどまでショートハウスたちがいた小部屋に迷いながらも駆け込んだ。重いほうがそれに続く。揉み合う音、喘ぎ声、苦しそうな悲鳴が聞こえ、やがて踊り場に出てくる足音がした――ずしずしと重たげな一人分の足音が。

そのあと三十秒ほど静寂が続き、ふいに何かが宙を切っていく音がしたかと思うと、屋敷の最下方から鈍い音が響いた――玄関ホールの石の床に何かが落ちたかのように。

まったき静寂があたりを支配した。何一つ動かず、蠟燭の炎さえ揺れない。だが考えてみれば、炎はここしばらく一度として揺るがず、どんな騒ぎにもまったく動じていなかったのだ。恐怖で頭の動きが止まってしまったのか、ジュリア叔母は連れを待たずによろめきながら階段を下り始めた。彼女は一人で忍び泣いている。ショートハウスが叔母の肩に腕をまわし半ば抱きかかえるようにして進みだすと、彼女の体が木の葉のように震えているのがわかった。彼は小部屋に入ってマントを拾い上げ、それから腕を組んでそろそろと歩きだした。二人はひと言も喋らず、後ろを振り返りもせずに、階段を三度折れて玄関ホールにたどり着いた。

玄関ホールには何もなかった。しかし、階段を下りるあいだはずっと、誰かにつけられているのを感じていた。足を速めるとそれとの距離は離れ、速度を緩めると追いついてきた。でも二人はけっして背後を振り返らなかった。踊り場で段を折れるときにはあえてうつむいた。万が一、階段の上方が目に入れば、二人につきまとう恐怖が視界に飛び込んでくるかもしれなかったからだ。

ショートハウスは震える手で玄関扉を開け、外に出た二人は思う存分月明かりを浴びて、海から吹き寄せてくる冷ややかな夜風を胸いっぱいに吸い込んだ。

赤の間

The Red Room
Herbert George We

H・G・ウェルズ

The Idler magazine（1896年）初出

「言っておきますが」私は言った。「はっきり目に見える幽霊でなきゃ、驚いたりしませんよ」

そして手にグラスを持ち、暖炉の前に立った。

「決めたのはあんただ」片腕の萎えた男が私をじろりと横目で見た。

「二十八年間生きてきて、幽霊なんてまだ一度も見たことがない」私は言った。

どんよりとした目を大きく見開き、座ったまま暖炉の炎を見つめていた老婆が「へえ」と口を挟んできた。「二十八年間生きてきたとしても、ここみたいな屋敷は見たことないと思うがね。まだ二十八歳なら、見てないものがまだまだたくさんあるさ」老婆はゆっくりと首を横に振った。

「見たけど、見なきゃよかったと後悔するものがたんまりとね」

老人たちはそうやって物憂げに言い募って、この城の不気味な雰囲気をわざと盛り上げようとしているのではないか、そんな気さえした。私は空のグラスを置き、部屋の中を見まわした。奥にある古い歪んだ鏡に映る、ある部分は縮こまり、別の部分はありえないほどどっしりと広がって見える自分の姿が目に入った。「まあ、もし今夜何か見ることができれば、それで少しは物知りになる。胸を開いて、何でも受け入れるつもりで来たんですから」

「決めたのはあんただ」片腕の萎えた老人はくり返した。

外の通りの敷石を打つ杖の音と心許ない足音がかすかに聞こえた。扉の蝶番のきしみが響き、二人目の男が入ってきた。一人目よりさらに腰が曲がり、顔も皺くちゃで、歳も上らしい。一本の松葉杖を支えに歩き、黒眼鏡をかけている。血色のあまりよくない薄桃色の下唇が半分歪んで垂れ下がり、虫歯だらけの黄ばんだ歯が見えている。テーブルの反対側にある肘掛椅子にまっすぐ近づき、ぎこちなく腰を下ろして、咳き込みだした。片腕の萎えた男は新たな訪問者を明らかな嫌悪が滲む目でちらりと一瞥したが、老婆のほうは気にも留めずに相変わらず炎を睨みつけていた。

「あんたが自分で決めたことだと、わしは言ったんだ」咳がつかのま途絶えたところで、腕の萎えた老人が言った。

「ええ、私が自分で決めたことです」私は答えた。

黒眼鏡の男は私にようやく気づき、後ろに倒した頭をつかの間こちらに向けて私を見た。ぎらぎらと光る、血走った小さな目が一瞬見えたが、老人はまたゴホゴホと咳き込み始めた。

「少し飲んだらどうだ?」萎えた腕の老人がそう言って、男のほうにビールを押しやった。黒眼鏡の老人は震える手でグラスになみなみとビールを注いだが、その量の半分は樅材のテーブルにこぼした。テーブルにかがみ込むどこか怪物じみた影が壁で揺れ、ビールを注いで飲む男の真似をしている。正直言って、こんな醜悪な管理人たちが待ち構えているとは思ってもみなかった。

私の考えでは、人は歳をとると、どこか人間離れしていくように思える。かがむ姿が先祖返りしているかに見えるからかもしれない。老人は日に日に少しずつ、人間らしさを失っていく、そん

たがいへの、私への、そしてたがいへの、冷ややかな態度といい、その三人と一緒にいると居心地が悪かった。たぶんその晩は自分も人当たりのいい印象を与えなかったのだろう。私は、上階で待つ邪悪な何かをぼんやりと予感させるな気がする。むっつりとした沈黙といい、背中を丸めた姿勢といい、彼らとは、早々に別れることにした。

「もしその幽霊が出るという部屋へ案内してくれたら、そちらでゆっくりしますよ」私は言った。咳をしている老人が突然こちらを向いたので、ぎょっとした。老人は黒眼鏡の奥から赤い目でまた睨みつけてきたが、私の提案には誰も応じなかった。私は彼らの顔を順に見て、しばらく待った。老婆はまるで死人のように、生気のない目で炎を眺めている。

私はさっきより声を張り上げた。「もしその幽霊が出るという部屋へ案内してくれたら、私を歓迎するという大仕事から解放してさしあげますよ」

「ドアの外の床石の上に蠟燭がある」腕の萎えた男が私の足元を見ながら言ってよこした。「だが、今夜赤の間に行くというなら――」

「よりによって今夜!」老婆が小声で口を挟む。

「――一人で行ってくれ」

「いいですとも」私はひと言そう言った。「じゃあ、どう行ったらいいんです?」

「通路をしばらくまっすぐ行くんだ」男は肩越しにドアのほうへ顎をしゃくった。「すると螺旋階段が見える。そこを上がって二つ目の踊り場に、緑のラシャ張りのドアがある。そこを抜けて長い廊下を進むと、突き当たりだ。赤の間は左の段を上がったところだよ」

「確認していいですかね?」私は今聞いた説明をくり返した。

老人は一か所だけ訂正した。

「本気で行くつもりかね？」黒眼鏡の男が不自然な角度に顔を傾け、三たびこちらを見て言った。

「よりによって今夜！」老婆が囁く。

「そのために来たんですよ」私は言い、ドアに近づいた。同時に黒眼鏡の老人が立ち上がり、よろめきながらテーブルをまわって、暖炉の近くにいるほかの二人に近づいた。戸口で私が振り返ると、三人が身を寄せ合う姿が火明かりを背景に黒く浮き上がっていた。肩越しにこちらを見ている彼らの顔には、何かを訴えようとする表情がうかがえた。

「おやすみなさい」私はそう言って、ドアを開けようとした。

「決めたのはあんただ」腕の萎えた男が言った。

私はドアを大きく開けて蠟燭に火をつけ、それからドアを閉めて、こだまの響く、寒々とした通路を歩き始めた。

この際、正直に言おう。女城主がこの城の管理をまかせた三人の年金生活者の奇妙さ、彼らが集っていた管理人室の古風な暗褐色の家具のせいで、自分では事務的に事を進めようとしていたにもかかわらず、妙に調子を狂わされていた。管理人たちも家具も、もっと古い別の時代のもののように思えた。霊的な存在が本気で恐れられ、常識が常識として通用せず、虫の知らせや魔女が信じられ、お化けを否定する者などいなかった時代。そもそも、あの管理人たちの存在そのものが幽霊めいていた。服の裁断の仕方にしろ、今は亡き者が考え出したスタイルだ。部屋の内装や道具類さえ、どこか面妖な感じがする。現在の世界には所属せず、ただなんとなく付きまとっているだけの、すでにこの世から姿を消した者たちによる工夫の数々。そして今私が進んでいる、

暗い影のたちこめた長い通路も、壁が湿気をまとっててらてらと光り、まるで死を迎えて硬直した生き物のように不気味で冷たい。隙間風が吹き抜ける長い地下通路は冷え冷えとして埃っぽく、蠟燭の炎が揺らめいて、影が伸びたり縮んだりした。螺旋階段を上へ下へと足音のこだまが響き、影が一つ背後からすっと近づいてきたかと思うと、目の前にあった別の影が頭上の闇へ滑り込んで消えた。私は広々とした踊り場にたどり着き、そこでつかの間足を止めて、背後から忍び寄ってきたように思えた足音に耳を澄ました。何も聞こえなかったのでほっと胸を撫で下ろし、押してもなかなか開かなかったラシャ張りの扉を無理やり押し開けて、静まり返った廊下に立った。

目の前の光景は想像と違っていた。主階段の脇の大窓から差し込む月明かりのおかげで、すべてのものが漆黒の闇に沈んでいるか、窓の網目模様の浮かぶ銀色の光を帯びているか、そのいずれかで、対照が鮮やかだった。何もかもがあるべき場所に収まっているように見えた。城から住人がいなくなったのは十二か月も前ではなく、つい昨日のことのようだ。壁の燭台には蠟燭が備え付けられ、絨毯や磨き込まれた床にたとえ埃が溜まっていたとしても、均一に積もっているせいで、私の蠟燭の明かりでは見えなかった。すべてが、何かを待ち構えているかのように息を殺していた。先に進もうとして、ふと足を止める。踊り場に青銅の群像が立っていたのだが、壁際の角だったので私からはちょうど隠れて見えなかった。しかし白い壁板にその影がくっきりと浮かび、何ものかがうずくまって私を待ち伏せしているかのように見えたのだ。それに突然気づいて、一瞬その場に凍りついたのだと思う。やがてポケットに入れた拳銃を握って進みだし、それが月光を浴びて輝くガニュメデス［ギリシア神話で、宴での酌童とするために鷲に変身したゼウスに誘拐されたトロイの美少年］と鷲の像にすぎなかったと知って拍子抜けした。その出来事のおかげでしばらくは冷静さを取り戻し、象嵌細工のテーブルの上にあった、埃でくすんだ陶製の中国人像の首が、通りすがりに揺れたときも、たいして驚かなかった。

赤の間とそこへ続く階段は薄暗い片隅にあった。扉を開ける前に自分が立っているその奥まった場所をもっとよく確認しておこうと思い、蠟燭を左右に動かして眺める。自分の前に同じ挑戦をした者はそこで発見されたのだ。聞いた話が甦り、急に不安で胸が締めつけられた。私は、月光の中に浮かぶガニュメデス像を肩越しに一瞥し、月明かりで青褪めた静かな廊下になかば顔を向けたまま、やや焦って赤の間の扉を開けた。

中に入るとすぐに扉を閉め、中の鍵穴にあった鍵を回して、蠟燭を掲げてこれから寝ずの番をする、ロレーヌ城のその広々とした赤の間を眺め渡した。若き公爵はそこで死んだ。いや、死出の旅がそこで始まったと言ったほうがいいか。というのも、彼は扉を開け、今私が上がってきた階段で頭を下にして倒れていたのだから。それが彼の寝ずの番の、この部屋について古くから語り継がれる幽霊譚を克服せんとした果敢な挑戦の末路であり、思うに、脳卒中が伝説というものをこれほど上手に締めくくった例はほかにないだろう。この部屋についてはほかにもさまざまな、もっと古い逸話もあって、そもそもの起源にさかのぼれば、臆病な妻が彼女を脅かそうとした夫のいたずらのせいで悲劇的な最期を迎えたという、にわかには信じられないような話なのである。それにしても、その薄闇に閉ざされた巨大な部屋を眺めまわすと、真っ暗な部屋の隅々や何かが息づいていそうな闇から、そんな伝説が生まれても不思議ではないと誰もが思うだろう。黒い窓枠、奥まったくぼみやアルコーブ、埃っぽい赤茶色のカーテン、暗褐色の巨大な家具の数々。私の蠟燭は、その広大な部屋にあっては細々とした光の舌のようなもので、光線は部屋の奥までは

とても届かず、その光の小島の向こう側には濁った赤色の謎と暗示の海が広がり、影や闇が歩哨としてこちらを監視していた。そして、そのすべてを荒廃の静寂が覆っていた。

正直に言って、そのいにしえの部屋の持つとらえどころのない感じが神経に障った。不安をなんとか抑えたくて、室内を順序だてて調べようと考えた。妙な空想をする余地がなくなれば、想像力をかきたてようと闇が投げかけてくる暗示を、その虜になる前に追い払ってしまえるだろう。ドアの鍵を閉めてひと安心すると、部屋の中を歩きまわって、家具を一つひとつ点検し、ベッドの掛け布をめくり、カーテンを開け放った。ある場所を踏んだときにかぎって足音がおかしくなり、音がひどくくぐもって、静けさを乱すどころかむしろ静寂が深まった。私は鎧戸を引き上げて、窓の掛け金を確かめた。巨大な煙突から落ちてくる埃が気になって、上方に伸びる暗闇を覗き込む。その後も、科学的な思考回路を忘れるまいとしながら、室内を巡り、何か秘密の入り口でもないかとオーク材の壁板を叩いていったが、アルコーブにたどり着く前に足を止めた。鏡に映った自分の顔が目に入ったのだ。蒼白だった。

部屋には大きな鏡が二つあり、それぞれに蠟燭の置かれた突き出し燭台が一組ずつ備えつけられていて、さらには炉棚にも中国風の燭台に蠟燭が立っていた。私はそれらに一つひとつ火を灯していった。あの老管理人にしては意外な配慮だったが、暖炉には火を熾す用意がしてあり、できるかぎり悪寒を追い払いたくて、火を熾した。充分燃え盛りだしたところで私はそれを背にして立ち、室内をあらためて眺めた。チンツ織の肘掛椅子とテーブルを、バリケードよろしく目の前に引きずってきてある。その上に拳銃を置き、いつでも手に取れるようにした。室内を徹底的に確認したおかげで少しは安心したものの、遠くで沈む闇、そのあまりの静けさに、想像力がいやでも刺激された。石炭が崩れ、炎が爆ぜる音は、少しも心をなだめてはくれない。部屋のいちばん奥にあるアルコーブの影を見ているうちに、そこに何かいると思えてならなくなった。言いようのない存在感を放っているのだ。怪物か何かがそこに潜み、いつそろそろと近寄ってくるかわからない、そんなおかしな予感を覚えた。自分を納得させたくて、蠟燭を持ってアルコーブに近づき、目に見える範囲では何もないとわかってほっとした。アルコーブの床に蠟燭を立て、そのままにして離れる。

この頃には私はかなり気が張りつめていて、なぜそこまで緊張しているのか、理屈ではわからなかった。それでも頭はすっきりと冴えていた。超自然的なことなど絶対に起きないと信じていたから、時間をつぶすため、この部屋にまつわるいちばん最初の言い伝えをもとに、インゴルズビー［イギリスの十九世紀初めの文人R・H・バラムがまとめた韻文物語集『インゴルズビー伝説集』より］風の韻文を紡ぎ始めた。少し口に出してもみたが、声が部屋にこだまするのが気持ち悪かった。そこでこんどは幽霊や幽霊屋敷がいかにありえないか自問自答してもみたものの、同じ理由でしばらくしてやめた。私は階下に集っている体に歪みのきた三人の老人のことを思い返し、当分はそれについて考えることにした。

室内をいろどる赤色や灰色がなんとも恐ろしかった。七本の蠟燭に火が灯っていたが、それでも室内はまだ暗い。アルコーブの蠟燭の火は隙間風で震え、光も揺れるので、影がつねに音もなく気まぐれなダンスを踊っている。どうしたものかと案じるうちに、廊下にあった蠟燭のことをふと思い出し、重い腰を上げて蠟燭を一本持ち、扉の向こうの月明かりの中へ足を踏み出すと、ほどなく十本ほどの蠟燭を集めて戻った。それらを、室内のあちこちに飾ってあった小ぶりの陶器に立て、火を灯すと、影のとくに濃いところに配っていった。床に置いたものもあれば、窓の

桟に立てかけたものもある。十七本の蠟燭の置き場を細かく調整して、とうとう灯りがじかに当たっていない場所は一インチたりともなくなった。もし幽霊のやつが現れたら、それに蹴つまずかないよう注意してやらなければなるまい。今や部屋の中はまぶしいほど明るくなった。その音もなく燃える小さな炎の群れにはなんとなく陽気で頼もしいところがあり、それらがじりじりと短くなっていくのを観察するだけで暇がつぶせたし、時間の感覚も戻って心強かった。

　それでもひと晩そこで過ごすことを思うと、憂鬱な気分が肩に重くのしかかってきた。私は立ち上がり、自分の時計の長針がのろのろと深夜零時に近づくのを眺めた。

　そのとき、アルコーブでおかしなことが起きたのだ。蠟燭の火が消える瞬間を見たわけではない。思いがけず見知らぬ誰かが立っているのに気づいてぎょっとするかのように、ふと振り返ると、そこに闇があったのだ。真っ黒な影が、あるべき場所に舞い戻っていた。「おやおや」私はわれに返り、声を漏らした。「強めの隙間風が入ってきたみたいだ」それからテーブルの上のマッチ箱を手に取り、そのあたりをまた明るくするべく、急ぐでもなくそちらに近づいた。一本目のマッチはうまく火がつかず、二本目がやっと灯ったそのとき、目の前の壁でちらちらと何かが光ったような気がした。何気なく振り返ると、暖炉脇の小卓に置いた二本の蠟燭が消えるのが見えた。私はとっさに立ち上がった。

「おかしいな」私はつぶやいた。「うっかり自分でやったのかな」

　私はそちらに引き返して一本にまた火をつけたが、そうするあいだに鏡の一枚の右側の蠟燭が瞬いてふっと消え、ほとんど同時に左側のも続いた。炎は、蠟燭の芯をいきなり指でつまんだかのように消え、灯芯には火のくすぶりも煙もなく、ただ黒い燃えかすが残っているだけだ。さらにベッドの足元に置いた蠟燭が消えるのを、目を丸くして眺める。そうして影が一歩、また一歩とこちらに近づいてきていた。

「そんなまさか！」私がそう言ったそばから、炉棚の一本が、続いてもう一本も消えた。

「いったいどうしたんだ？」自分の叫び声が妙にうわずっているのがわかった。そして衣装箪笥の隅に置いた一本が消え、先ほどつけ直したアルコーブのものがそれに続く。

「やめろ！　蠟燭がないと困るんだ」ほとんど金切り声でそうわめきながら、炉棚の蠟燭のためにマッチを擦ろうとする。手がひどく震えて、二度も擦り損ねた。炉棚が再び姿を現したとき、部屋の奥のほうの二本の蠟燭が風前の灯火となっていた。しかし、同じマッチで大きめの鏡のところの蠟燭二本と戸口近くの床にあるものを再び灯したので、つかのま蠟燭が消えるペースに追いついたように見えた。ところが、部屋の四隅にある四本の灯火が音もなくいっせいに消え、震える手で慌ててまたマッチを擦った私は、どれからつけようかと迷ってしまった。

ためらいながら立ち尽くしていると、目に見えない手がテーブルの上の二本の蠟燭をさっと払い消した。私はひっと悲鳴をあげてアルコーブに走り、それから部屋の隅へ、窓辺へ急いで三本に火をつけたが、暖炉のそばでさらに二本消えた。そのとき、いい方法を思いつき、マッチを部屋の隅の鉄製の書類箱に放ると、寝室用燭台を手に取った。これを使えばマッチを擦る手間が省ける。それでも蠟燭は着々と消えていき、必死に抵抗するも恐るべき闇がまたぞろ戻ってきて、まずこちら側から一歩、そしてあちら側から一歩と、私のほうに這い寄ってくる。接近する影への恐怖で、今や私はほとんど半狂乱になり、しだいに自分を見失っていった。無慈悲に近づいてくる闇と競り合って、息も絶え絶えになりながら蠟燭から蠟燭へと空しく飛びまわる。

テーブルに思いきりぶつかって痣をこしらえ、勢い余って椅子を倒し、つまずいて転び、その拍子にテーブルクロスを引きずり下ろす。持っていた蠟燭がどこかへ転がっていき、別のをつかんで立ち上がる。ところが、テーブルにあった蠟燭をひったくった、その急な動きで風が起き、ふっと火が消えてしまい、残っていた二本の蠟燭も突然それに続いた。でも室内にはまだ明かりがあった。天井に向かって照り返す赤い光が、私を呑み込もうとする影をかろうじて食い止めていた。暖炉の火だ！　そう、火格子から蠟燭を差し入れれば、また火を灯すことができるだろう。

赤々と輝く石炭のあいだで今も躍り、家具を赤く照らしている炎のほうを見て、大また二歩で火格子に飛びついたそのとき、大慌てで炎が痩せ細り、消えた。輝きも消え、照り返しはすっと縮こまって失せた。火格子のあいだに蠟燭を差し入れてはみたものの、目でもつぶったかのように闇が押し寄せてきて、私を力ずくで抱き締め、視界を封じ、私の脳にわずかに残っていた理性を叩きつぶした。質量さえ感じられる闇だけでなく、耐えがたい恐怖まで襲いかかってきた。私の手から蠟燭が転がり落ちた。ずっしりと重いその闇をなんとか押しのけようと、やみくもに腕を振り回し、声をあげ、全力で叫んだ──一度、二度、三度まで。それからたぶんよろよろと立ち上がったのだろう。ふいにあの月明かりに照らされた廊下のことを思い出し、伏せた顔を両腕で覆って、おぼつかない足取りで扉に向かって駆けだしたことは覚えている。

だが、扉がどこにあるか正確な場所を忘れてしまっていた私は、ベッドの隅にしたたかぶつかった。後ろによろけて倒れ、何か別の大型家具が倒れてきたか、あるいは自分から倒れ込んだかしたらしい。私はそんなふうに闇の中であっちこっちにふらついては何かに体をぶつけるうちに、とうとう額にごつんととどめを食らって、スローモーションで体が倒れていく恐ろしい感覚を覚え、なんとか踏ん張ろうとしたものの、そこで記憶が途切れた。

目覚めたとき、あたりには日の光が満ちていた。頭にはぞんざいに包帯が巻かれ、片腕の萎えた男が私の顔を覗き込んでいる。私はあたりを見まわして、何が起きたのか、そこがどこなのか、思い出そうとした。目を部屋の隅のほうへぐるりと動かし、もはやぼんやりもしていないし、恐ろしげにも見えない老女が、青いガラスの小瓶から薬を数滴グラスにしたたらせている。「ここはどこですか?」私は尋ねた。「あなたの顔には見覚えがあるんだが、誰だか思い出せない」

彼らが顛末を話し、私は初めてそんな話を耳にするかのように、呪われた赤の間の話を聞いた。

「明け方にあんたを見つけたんだ」老人が言った。「額と唇から出血しておった」

どうしてこの男に嫌悪感を持ったりしたのだろう。日中に見る三人は、ごく普通の老人に見えた。緑の色付き眼鏡をかけている男は、眠っているかのように頭を傾けている。

昨夜の記憶がほんの少しずつよみがえってきた。「これであんたにもわかっただろう」腕の萎えた老人が言った。「あの部屋には何かいるって」彼の話し方は、もはや侵入者をしぶしぶ迎え入れる人というより、友人に同情を寄せる人のそれだった。

「はい」私は答えた。「あの部屋には何かいる」

「で、あんたは見たんだろう? 生まれたときからここで暮らしているわしらはというと、一度も見たことがないんだ。どうしても確かめる気になれなかった。教えてくれ、本当に例の伯爵だったのか――」

「いいえ、違います」私は答えた。

「ほら、言っただろう?」老女が手にグラスを持って言った。「脅かされた若い伯爵夫人のほう

だって——」

「そうじゃないんです」私は言った。「あの部屋には伯爵の幽霊も、伯爵夫人の幽霊もいない。幽霊なんかいないんです。だがもっと恐ろしい。ええ、もっとはるかに。さわることも、見ることもできない——」

「ほう?」老人たちが促す。

「哀れな人間につきまとう、この世でいちばん恐ろしいものです。それも、何にもくるまれていない、むき出しの形で現れる——『恐怖』ですよ! 光も音もない、理屈も通じない、人の耳を塞ぎ、目をくらませ、圧倒する恐怖。それは廊下を進むあいだずっと私をつけまわし、部屋で襲いかかってきた——」

私はそこでふいに口をつぐんだ。静寂がつかの間たち込める。手が無意識に持ち上がり、包帯に触れた。「蠟燭が次々に消えたんだ。だから私は逃げ出して——」

色付き眼鏡の男が顔を上げ、横目で私を見て言った。

「まさにそれだよ。そうだとわしにはわかっていた。闇の力だ。屋敷にそんな呪いをかけるとはな! ここではいつだってそれがつきまとう。昼間でさえ、夏のぎらぎらと太陽が輝く日でさえ、いつだってそれが感じられる。タペストリーにも、カーテンにも。何を前にしていても、それは必ず後ろにいる。夕方になれば廊下にそっと現れ、ずっとついてくるから、怖くてとても振り返れない。こんなふうに喋っているときにもな。あの部屋には恐怖そのものが巣食っておる。黒い恐怖が……未来永劫、この罪深き屋敷があるかぎり」

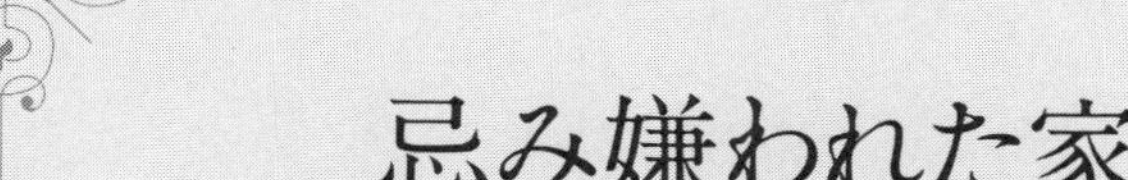

忌み嫌われた家

The Shunned House
Howard Phillips Lovecraft

H・P・ラヴクラフト

Weird Tales（1937年）初出

I

いかに偉大な恐怖譚でさえ、そこに皮肉がないことはめったにない。話の成り立ちそのものに入り込んでいることもあれば、人や場所が偶然皮肉な位置に巡り合わせただけという場合もある。後者の好例を、ロードアイランド州の古都プロヴィデンスで見ることができる。一八四〇年代末、エドガー・アラン・ポーはしばしばここに逗留し、才能ある詩人ホイットマン夫人に再三求愛したが、結局徒労に終わった。ポーは普段、ベネフィット通りにある〈大屋敷〉亭――かつては〈金の三つ玉〉亭と呼ばれ、ワシントン、ジェファーソン、ラファイエットといった面々が滞在したこともある――に投宿し、その通りを北へと散歩するのを好んだ。通り沿いにはホイットマン夫人の家が、そして近くの丘の斜面には聖ヨハネ教会の墓地があった。身を隠すようにして広がる十八世紀の墓石の数々にはとくに心を惹かれた。

皮肉なのはここだ。恐怖や怪奇を語らせたら世界でも右に出る者がいない彼が、そうして何度もくり返し散歩しながら、通りの東側に建つ特別な家を素通りしていたのだから。その煤けた古い建物は、ふいに現れる急な斜面にぽつんとあり、かつて一帯のところどころに広がっていた野原をそのまま活かした、草ぼうぼうの広い庭を備えていた。ポーがその建物について記したり、語ったりした形跡はなく、存在に気づいていたようにさえ見えない。それでもその屋敷は、ある二人の人物が所持する情報によれば、何も知らずにそこをよく通りかかっていたかの天才がしたためたどんな奇想天外な物語と比べても、引けを取らないくらい、いやむしろ凌駕するほど恐ろしい場所であり、有無を言わせぬ醜悪さの象徴としてそこに屹立しているのである。

屋敷は、人の興味をかきたてるたぐいのものだったし、その意味では今もかきたてているが、もともとは農家、あるいは半農家の建物で、十八世紀半ばのニューイングランドの平均的なコロニアル様式にのっとっている。とんがり屋根の立派な二階建てで、屋根窓のない屋根裏部屋があり、ジョージアン様式の玄関と内装の羽目板張りは当時の意趣の変化の影響を受けている。南向きだが、片側の破風の下側は下方の窓まで、東にそびえる斜面の陰になっており、もう一方の側は土台のあたりまで通りから丸見えだ。一世紀半前、すぐ隣にある道路が整備されたあとで、それは建設された。ベネフィット通りは最初はバック通りと呼ばれ、初期の植民者の墓地の中を這う曲がりくねった小道だったが、埋葬されていた遺体を〈北墓所〉へ移動させて昔の住民たちの土地区画を粛々と貫通できるようになってようやく、直線道路になったのである。

当初、家の西側の壁は、通りから切り立ったように続く急な芝地の上に、土台から二十フィートほど上方に築かれたのだが、独立戦争当時の道路の拡張に伴って、あいだにある邪魔な土壌が削り取られ、土台があらわになってしまったため、それを隠す煉瓦の壁を作らなければならなくなり、地上に出てきてしまった地下室に道路に面したドアと窓二つが取り付けられ、往来に通じる新しい近道ができた。一世紀前に歩道が作られたときには、最後に残ったあいだの空間もなくなった。だからポーが散歩中に目にしたのは、歩道と同じ高さから鈍色の煉瓦の壁がそびえ、そ

こに高さ十フィートほどの古びた板張りの母屋が載っている、そんな様子だったはずだ。農場風の敷地は裏がかなり奥まで続き、ホイートン通りに達するほどだ。ベネフィット通りと接している家の南側のスペースは、すでにある歩道より当然ながらかなり嵩高になっていて、苔むした湿った石垣をめぐらせた高台になっていた。その石垣を狭くて急な石段が貫いていて、さながら大渓谷のようなその石段をのぼっていくと、禿げてみすぼらしい芝生、湿っぽい煉瓦壁、放置された庭が目に入ってくる。庭のあちこちにはぼろぼろになったセメント製の甕、節だらけの木の棒でできた三脚から転がり落ちた錆びた薬缶、その他さまざまな道具類が転がっており、さらにその先に、壊れた扇形窓のある傷んだ玄関扉や、崩れかけたイオニア式の付柱、虫に食われた三角形のペディメントが見える。

その忌み嫌われた家について子供の頃に聞いたのは、そこで驚くほど大勢の人が死んだということだけだ。もともとの持ち主は、家が建って二十年ほどで引っ越してしまったという。おそらくは、地下室がじめじめしていて黴が生える、どの部屋もいやな臭いがする、廊下に隙間風が入る、井戸から汲み上げる水の質が悪い、といった理由から、純粋に健康に良くなかったのだ。たしかに好ましくない話だが、私の知人たちがそう信じているだけのことだった。古物研究家のおじ、エリフー・ホイップル医師の記録だけが、かつての使用人たちや貧民街の人々のあいだで細々と語り継がれている伝説を生んだ、もっと恐ろしい曖昧な憶測について、詳しく教えてくれた。その憶測は地域外にまで広まったわけではないし、プロヴィデンスが大都市に成長し、住人の入れ替わりが頻繁になってからは、ほとんど忘れ去られてしまった。

一つ事実として挙げられるのは、地域に長く定住している人々から、その家はどんな意味でも

「幽霊屋敷」とは見なされていなかった、ということだ。ガチャガチャと鎖が鳴る音や頬を撫でる冷たい風、ふっと消える灯り、窓に映る顔などという噂は一つもない。あの家は「不吉だ」などという極端な物言いも聞こえてはきたが、せいぜいその程度だ。とにかく、ぞっとするほど大勢の人がそこで死んだということだけは間違いのない事実だった。もっと正確に言えば、六十年以上前に次々におかしな出来事が起きてからはもはや借り手もいなくなり、誰も住まなくなったので、それ以前に大勢死んだ、ということだ。そうした人たちは、何か一つの原因で突然命を絶たれたわけではなく、生気をじわじわと吸い取られた末、たとえもともと何か虚弱なところがあったとしても、本来より早く息を引き取った。そして、もし死ななくても、そこに住むと、程度に差はあれ貧血やら衰弱やらの症状を示し、ときには精神状態が悪くなることもあって、やはりあの家はおかしいと言われる原因になった。ただしここで付け加えておかなければいけないのは、近隣の家々では住人にそういう健康被害は見られない、ということだ。

私はおじを質問攻めにして、とうとう記録を見せてもらうことになり、しまいに二人で忌まわしい調査に乗り出したのだが、それ以前にも屋敷について私はある程度のことは知っていた。子供の頃、忌み嫌われた家は空き家で、高台の庭には、実一つならないねじくれた古木や、妙に色の薄い伸び放題の芝、悪夢のようにひねこびた雑草が生えていた。われわれ男の子はよく敷地に入り込んだものだった。そうした妙に薄気味の悪い奇妙な草木だけでなく、荒れ果てた屋敷の不気味な雰囲気や臭いに怖気を振るったことを今でも思い出せる。われわれは鍵のかかっていなかった玄関から中に入り、よく肝試しをした。窓の小さなガラスは大部分が割れていて、剥がれかけた壁板、ぐらぐらしている鎧戸、破れた壁紙、剥がれ落ちた漆喰、崩れた階段、今もまだ残っ

ている壊れた家具の破片に、言いようのない侘しさが漂っていた。埃や蜘蛛の巣が余計に恐怖をかきたてたが、中には度胸のある子もいて、屋根裏部屋に続く梯子を自分から登った。垂木が見えている奥行きのある広い部屋で、切妻部分にある狭い窓から入ってくるわずかな光しかない。無残に壊れた箪笥や椅子、紡ぎ車などガラクタを積み上げた山があちこちにできて足の踏み場もなく、それは長年積もった埃で飾りたてられて、まるで地獄の怪物のように見えた。

だが結局のところ、その屋敷の中でも最悪な場所は屋根裏部屋ではなく、じめじめした地下室だった。道路側に面したほうは完全に地上に出ているうえ、人通りの多い歩道とそこを隔てるのは、煉瓦の壁をぶち抜いた薄いドアと窓だけだというのに、なぜか強い嫌悪感をかきたてた。われわれ子供は、怖いもの見たさにそこに近づいていいものか、それとも自分の魂と正気を守るために避けたほうがいいのか、ついぞわからなかった。一つに、地下室は例の悪臭が家の中で最も強かったこと。もう一つに、夏の雨がちな天候のときに固い土の床からときどきにょきっと頭をもたげる白い茸がいやだったこと。外の庭の植生とその気持ち悪さがどこか似ているこの茸は、姿形が本当に異様で、天狗茸やギンリョウソウモドキを真似ようとして失敗したかのような、よそでは一度も見たことがないたぐいの醜悪さだった。生えてもたちまち腐ってしまい、ときにうっすらと燐光を発した。そのため、夜そこを通りかかった人が、悪臭の流れ出す壊れた窓ガラスの奥に人魂を見たと噂することもあった。

子供たちは、たとえいつも以上に大胆な気分になっているハロウィーンのときでさえ、夜にその地下室を訪れたことはなかった。しかし、昼間に行ってみたときでも、とくに雨の降る暗い日には、燐光を目にすることがあった。それに、なんとなく見えたように思う微妙な現象もあった。

せいぜい、そんな気がしたという程度ではあったが、じつに奇妙な現象だった。土間に現れる白い霞のようなもののことで、地下の台所の大竈（おおかまど）近くにところどころ生えた茸のあいだで、黴か硝石の集積物みたいなものがもぞもぞと動くのがときどき見えるのだ。この塊が体を折り曲げた人の姿に似ていることがあり、ぎょっとしたが、普段はそんなふうには見えず、そもそもそんな白いものがまったく見当たらないこともしばしばだった。ある雨の日の午後、この幻がことに強く見えたとき、それに加えて、その白いぼやっとしたもののからきらきら光る黄色っぽい靄が立ちのぼり、大きく口を開けた大竈に入っていくのを目にしたような気がして、私はこのことをおじに話した。おじは妙に訳知り顔で微笑んだが、その笑みには何かを思い出しているような感じがうかがえた。のちに、住人たちに伝わる古い奇妙な言い伝えの中に、似たような話があるのを聞いた。食屍鬼か狼のような形の煙が大煙突から出ていったとか、緩くなった土台の石のあいだから地下室に入り込んだ厄介な木の根が奇妙な形をしていたとか。

Ⅱ

おじから、自分の集めた忌まれた家に関する記録や情報を見せてもらったのは、私が大人になってからだった。保守的で健全な、昔ながらの医者であるホイップル医師がかの家に興味を持ったのは、けっして、子供の想像力を超自然的なものに向かわせたかったからではない。おじとしては、あの家とその立地には明らかに健康に良くない要素があると単に仮定していただけで、関心の方向は超常現象とはまったく無関係だったのだが、自分でさえ興味をかきたてられるほどイ

メージ喚起力のある現象なのだから、頭の中が空想だらけの幼い子供なら恐ろしいものを次から次へと連想してしまうと気づいていたのだ。

　白髪頭の独身のおじは、髭をきれいに剃った古いタイプの紳士で、地元では有名な歴史家でもあり、シドニー・R・ライダーやトマス・W・ビックネル［いずれも十九世紀ロードアイランド州の歴史家］といった伝統を固守する議論好きな論客とよく意見を戦わせていた。ノッカーと錬鉄製の手すり付き階段のあるジョージアン様式の屋敷に、下男一人とともに暮らしていて、その屋敷はノースコート通りの急な坂道に今にも転がり落ちそうな体(てい)で建っており、隣には古い煉瓦造りの議会場と庁舎がある。彼の祖父――一七七二年に英国王の武装帆船ガスピー号を炎上させたかの有名な私掠船船長、キャプテン・ホイップルのいとこ――は、一七七六年五月四日、ここで開かれた議会でロードアイランド植民地の独立を問う投票をおこなった。天井が低く湿気の多いおじの書斎を見まわすと、黴臭い白い壁板、みっちりと彫刻をほどこされた暖炉上の棚飾り、小さなガラスに蔦の影が見える窓が目に入る。おじはそこで代々続く一族の遺品や記憶に囲まれ、その中には、ベネフィット通りのあの忌み嫌われた家についてほのめかす怪しげな記録も多数あった。あの不快な場所はそこからそう遠くないのだ。ベネフィット通りは、最初の植民者たちが登った切り立った丘沿いにある、議会場のすぐ上に張り出した岩棚を走っているからだ。

　長年にわたってしつこく頼み込むうちに、私も大人になって、ついにおじが蓄えた知識を開示してもらったとき、そこで目にしたのはじつに奇妙な年代記だった。中にはだらだらと続く統計値やら退屈な家系図やらもあったが、そこには一貫して陰鬱な恐怖や超自然的な邪悪な力が存在し、善良な医師であるおじ以上に、私はすっかり魅せられてしまった。別々の出来事が不思議と結びつき、一見無関係に見える要素の中に忌まわしい可能性があふれていた。新たな好奇心に火がついてぐんぐん燃え上がり、それに比べれば、子供の頃の関心などいかにもはかなく未熟なものだった。初めて資料を見たあと、私は徹底的な調査をし、しまいにあの恐ろしい探検に乗り出すことになるのだが、これは私とおじに最悪の結果をもたらした。というのも、おじが、私が始めた調査に加わるととうとう言いだしたのはよかったとはいえ、あの屋敷でひと晩過ごしたとき、無事には帰ってこられなかったからだ。長年、名誉と美徳、審美眼、善意、学びにあふれる日々を過ごしてきたあのやさしいおじを失って、本当に寂しい。私はおじを偲んで、ポーの愛した聖ヨハネ教会の墓地に大理石の墓を建立した。丘の大柳の木立の陰にひっそりと隠れるようにしてその墓はある。そこでは、古びた教会の建物とベネフィット通りの家々と石垣のあいだで、墓や墓碑が静かに身を寄せ合っている。

屋敷の歴史は、たくさんの日付で混乱する中で始まるのだが、その建設過程にも、それを建てた裕福で家柄の良い一族についても、邪悪なところはいっさい見当たらない。それでも当初から、まもなく大きな災いへと転じる、不幸の兆候は見えていた。おじが丁寧に集めた記録は、一七六三年に建物の建設が開始されたというところから始まり、そのあと異常なほど細かい大量の資料が蓄積されていく。忌み嫌われた家に最初に住んだのは、ウィリアム・ハリスとその妻ロビー・デクスター、そしてその子供、一七五五年生まれのエルカーナ、一七五七年生まれのアビゲイル、一七五九年生まれのウィリアム・ジュニア、一七六一年生まれのルースだったようだ。ハリスは西インド貿易に携わる裕福な商人そして船乗りで、オバダイア・ブラウンとそのいとこたちが経営する会社と取引していた。一七六一年にブラウンが亡くなると、ニコラス・ブラウン

社という新会社が、プロヴィデンスで建造された百二十トンの帆船プルーデンス号の船長にハリスを抜擢した。そのおかげで、結婚以来ずっと念願だった新居を建てる算段がついたのである。ハリスが選んだ場所は、ごみごみした貧民街を見下ろす丘の斜面に伸びる、最近になって新たに造成された当世風のバック通りにあり、まさに理想的だったたし、建物もその土地にぴったりなものに仕上がった。中流家庭が手に入れられる家としてはこれ以上は望めないほどだったので、ハリスは、まもなく誕生予定の五人目の子供が生まれる前に急いで引っ越した。十二月に男の赤ん坊が生まれたが、死産だった。そればかりか、それから一世紀半のあいだにその家で息のあるうちに生まれた子供は一人もいない。

翌年四月、子供たちが次々に病に倒れ、アビゲイルとルースが一か月と時を置かずに息を引き取った。ジョブ・アイヴス医師は小児性の熱病か何かだと診断したが、どちらかというと単純な衰弱あるいは体の衰えが原因だと言う者もいた。いずれにしても、伝染性のもののようだった。二人の使用人のうち、ハンナ・ボーエンが六月に亡くなった。もう一人の使用人、イーライ・リディーソンは疲れがとれないとしきりに訴え、本当ならリホーボスにある父の農場に戻る予定だったのに、ハンナのあとに雇われたメヒタベル・ピアースに一目惚れしてしまったらしく、そこに無理に留まり、結局、翌年に亡くなった。実際、それは悲しい一年となった。当主のウィリアム・ハリス自身がこの世を去ったからだ。彼は、それに先立つ十年間、仕事の都合でマルティニーク島に長期滞在することが増え、土地の気候が体に合わずに徐々に衰弱していたのである。

未亡人となったロビー・ハリスは夫の死のショックからとうとう立ち直れず、長女のエルカーナが二年後に亡くなったとき、それがとどめとなって正気を失った。一七六八年、彼女は精神に軽く異常をきたし、以降は屋敷の上階の部屋に閉じ込められた。未婚の姉、マーシー・デクスターが越してきて、妹と家族の面倒を見ることになった。マーシーは骨太の地味な女で、相当な体力があった。ところが屋敷に来て以来、健康状態がみるみる悪化していった。甲斐甲斐しく不幸な妹の世話をし、たった一人生き残った甥のウィリアムを特別かわいがった。かつてはたくましい少年だったそのウィリアムも、体の弱いひょろっとした若者になっていた。その年、使用人のメヒタベルが亡くなり、もう一人の使用人プリザーヴド・スミスは、まともな理由も告げぬまま、姿を消した。とはいえ、すくなくとも、あれこれ変な話を吹聴したり、あの家の匂いが嫌いだと文句を言ったりはしていたらしい。マーシーはしばらくのあいだ、手伝いの者を誰も雇えずにいた。わずか五年間に七人が死に、一人は気がおかしくなったその屋敷のことが、井戸端会議でちょっとした噂にのぼるようになったからだ。この噂がやがてかなりの大ごとになるのだが。しかし最終的には、外部から人を雇うことができた。今はエクセターの町（タウンシップ）となったノース・キングズタウン出身の陰気な女アン・ホワイトと、ボストン出身の有能な男ジーナス・ローである。

軽いお喋りのネタになる程度だった悪い噂話に具体的な裏付けを最初に与えたのが、このアン・ホワイトだった。ヌーズネック・ヒル地方から人を雇うなんて、マーシーは少々浅はかだったと言える。なぜなら、かの僻地の森林地帯は、当時も今もおかしな伝説の宝庫だからだ。一八九二年というごく最近でさえ、エクセターでは、公衆衛生と地元民の安寧を乱すある種の死者たちの訪問を防ぐため、儀式によって心臓を焼かれた遺体が発掘されている。だとすれば、一七六八年当時、彼の地の人々がどんな考え方をしていたか、想像できるというものだ。アンはそれこそべらべらとあることないこと言いふらし、数か月もしないうちにマーシーは彼女を解雇

して、かわりにニューポート出身の忠実で人好きのする屈強な女性、マリア・ロビンズを雇い入れた。

その間、哀れなロビー・ハリス未亡人は狂気に駆られ、世にもおぞましい夢や空想について口にするようになった。大きな悲鳴にまわりが耐えきれないほどで、長い時間恐ろしいことを金切り声でわめき散らすので、とうとう息子のウィリアムを、新しい大学の校舎に近いプレスビテリアン横丁に住む、いとこのペレグ・ハリスのところに一時的に避難させなければならなくなった。そうしていとこの家を訪問するたびにウィリアムの体調がよくなったので、善人だったマーシーが機転も利く女性だったら、彼をペレグの家にそのまま住まわせていたはずだ。激しい発作を起こしているときにハリス夫人が何を叫んでいたかということは、証言するのもはばかられたのか、あまり記録が残っていない。いやむしろ、そこまで馬鹿な話はないだろうと、自主規制したのかもしれない。それも当然だと思えてくる。フランス語の基礎しか教わっていない女性が、そのフランス語でいかにも下品な言い回しをそれこそ何時間もわめき続けるとか、監視のもと部屋に一人きりでいるはずなのに、自分を何かがじっと見つめ、噛みついてくると大声で文句を言うとか、じつに馬鹿げている。一七七二年に使用人のジーナスが死ぬと、それを聞いたハリス夫人が、今まで聞いたことがないような声で笑い、大喜びしたという。しかし翌年、彼女も亡くなり、〈北墓所〉で眠る夫の横に埋葬された。

一七七五年、大英帝国とのあいだで戦争が始まると、ウィリアム・ハリスはまだ十六歳で、体も弱いというのに、グリーン将軍率いる監視軍に志願した。するとそれからめきめき体調がよくなり、すっかり健康体になった。一七八〇年には、エンジェル大佐を隊長とするニュージャージーのロードアイランド連隊の隊長となり、エリザベスタウンのフィービー・ヘットフィールドと出会って結婚した。そして、翌年名誉除隊になったとき、ともにプロヴィデンスのわが家に帰ってきた。

若き兵士の帰還は、間違っても幸福とは言えないものだった。屋敷自体、まだまだ良好な状態だったことは事実だし、通りは拡張され、名前もバック通りからベネフィット通りに変わっていた。しかし、伯母のマーシー・デクスターのかつてはがっしりしていた体つきは悲しいかな、奇妙なくらい見る影もなく衰え、今では背中の丸まった哀れな姿となり、声にも張りがなく、驚くほど青白い顔をしていた。だがそういうありさまは、一人だけ残っていた下女のマリアにもそのまま共通していたのである。一七八二年の秋、フィービー・ハリスは女児を死産し、翌年の五月十五日に、マーシー・デクスターが有能かつ質素で高潔な人生を終えた。

その屋敷には、人の健康を無残に損ねる何か恐ろしい性質があるとようやく確信したウィリアム・ハリスは、そこを引き払って未来永劫閉じてしまう算段に取りかかった。自分と妻は開業したばかりの〈金の三つ玉〉亭に当面滞在することにし、グレート橋を渡った、町の発展しつつある地域にあるウェストミンスター通りによりよい新居を建てることにした。一七八五年、そこで息子のデュティが生まれたが、やがて商業地域がどんどん広がって一家はそこを退去せざるを得なくなり、再び川のこちら側に戻って丘を越え、新しいイーストサイドの住宅街にあるエンジェル通りに居を移した。一八七六年、そこに今は亡きアーチャー・ハリスが、豪華だがなんとも醜悪なフランス屋根の大邸宅を建設することになる。とにかく、ウィリアムとフィービーは二人とも一七九七年の黄熱病の流行で命を落とし、息子のデュティは、ペレグの息子である、またいと

このラスボーン・ハリスに育てられた。

ラスボーンは実際的な男だったので、空き家のままにしておいてほしいというウィリアムの願いにもかかわらず、ベネフィット通りの屋敷を人に貸した。子供の資産を最大限有効活用することが保護者としての務めだと考え、店子が次々に死んだり病気になったりするため借り手が年じゅう変わっても、その家を忌避する空気がまわりにどんどん広がっても、まったく気にしなかった。ただ、彼を不快にさせたことと言えば、その屋敷で人が四人も死んでいると広く噂になっていることを受けて、一八〇四年に町役場から、硫黄とタールと樟脳で屋敷を燻蒸(くんじょう)せよと命じられたことぐらいだろう。その頃にはすでに流行が終息に向かっていた黄熱病が原因ではないか、と役人たちは考えたらしい。ここは熱病の匂いがすると彼らは述べている。

デュティ自身は屋敷のことなどほとんど念頭になかった。というのも、大人になると私掠船の乗組員となり、一八一二年の米英戦争のときには、カフーン船長が指揮するヴィジャラント号ですぐれた働きをした。負傷もなく帰還し、一八一四年に結婚。一八一五年九月二十三日という忘れがたい夜に父親になった。その日、大嵐で湾の海水が押し上げられて町の半分を呑み込み、ウエストミンスター通りをぷかぷかと漂っていた背の高い帆船のマストがハリス家の窓にぶつかりそうになったほどだった。船乗りの息子、ウェルカムが生まれたと知らせる、象徴的な出来事である。

ウェルカムが亡くなったのは父親より早く、南北戦争中の一八六二年、北軍が大敗を喫したフレデリックスバーグの戦いで名誉の戦死を遂げた。彼も、その息子のアーチャーも、忌み嫌われた家については、長く放置されていたせいで黴と悪臭がもはや手に負えなくなったことがおそらくは原因で、賃貸することもできないお荷物だということしか知らなかった。実際、開戦の興奮に紛れてあまり目立ちはしなかったが、一八六一年にこれまで以上にそこで人がばたばたと死に、以降は一度も人に貸されたことはない。男系の最後の子孫であるキャリントン・ハリスも、私が経験したことを話すまでは、さまざまな伝説に彩られた廃屋という認識しかなかった。じつは、彼としてはいずれ屋敷は取り壊してアパートでも建てようと考えていたのだが、私の話を聞いて建物を保存することにし、配管工事をして、貸家にした。今では借り手に困ることもなくなった。恐怖は去ったのだ。

Ⅲ

私がどれだけハリス家の記録に心を動かされたか、想像できるだろう。この延々と積み重ねられた記録の中にこそ、私が今まで知らなかった、自然界にあるあらゆるものを超えて存在し続ける邪悪が生まれているような気さえした。そして明らかにその邪悪は、一族ではなく、家と結びついている。この印象を裏付けたのが、あまり系統立って分類されてはいない、おじの集めた種々雑多な情報なのだ。使用人たちの噂話を文字起こししたもの、新聞の切り抜き、同僚の医師から書き写させてもらった死亡証明書などなど。おじはじつに熱心な古物収集家であり、あの忌み嫌われた家にとりわけ強い関心を寄せていたからこそこれだけの資料を集めたわけで、すべてを公開することなどとてもできそうにないが、情報源の異なる多くの報告にくり返し登場することから気づいた、顕著な要点をいくつか紹介したい。たとえば使用人の噂話によると、邪悪な力が最

も強いのは、茸が生え、とてもいやな臭いがする、あの地下室だ、と誰もが事実上、口を揃えている。使用人の中には、アン・ホワイトなどその最たるものだが、地下室の台所をけっして使おうとしない者がいたし、地下室に潜り込んだ木の根っこと黴の塊が、人間もどき、あるいは悪魔じみた形に見えるとはっきり述べている伝承がすくなくとも三つはある。私は、自分が少年時代に似たようなものを見た経験から、この後者の伝承にとても興味を持ったのだが、どの話でも、地元のよくある幽霊話がそこに付け加えられて、大事なところが見えにくくなってしまっているように思えた。

エクセターならではの迷信を信じ込んでいたアン・ホワイトが広めた話が最も突飛で、同時に最も長く生き残った。彼女は、屋敷の地下にはかの吸血鬼――生者の生き血や息を吸って生き、腐らない肉体を持つ死者――が眠っており、夜な夜な、そのおぞましき群れが獲物を捕らえるおのれの似姿あるいは霊を巷に送り出す、と言いふらしたのだ。長老の老婆たちによれば、吸血鬼を退治するにはそれを掘り起こし、心臓を焼くか、すくなくともそこに杭を打ち込まなければならないという。地下室の床下を調べてみるべきだとアンがあんまりしつこく訴えるものだから、そのせいで解雇されたのである。

とはいえ、彼女の話に耳を貸す者は多く、実際、家がかつて墓地だった場所に建っていることもあって、噂はやすやすと受け入れられた。でも私からすると、人々がこの説にこれほど関心を持ったのは、屋敷のそうした環境のせいではなく、ほかのいろいろな事情とこの説明が妙にぴったり符合するからではないかと思う。たとえば、屋敷からいなくなった使用人プリザーヴド・スミスが、その屋敷にいたのはアンより前だから彼女の話など聞いたこともなかったはずなのに、夜何かが「自分の息を吸う」と苦情を訴えていたこと。一八〇四年にチャド・ホプキンス医師が発行した黄熱病の犠牲者の死亡証明書に、四人の死者について、なぜか全身の血が失われている旨が書かれていたこと。哀れなロビー・ハリス未亡人が狂乱の中で発したわけのわからない言葉に、虚ろな目をした半透明の化け物が鋭い歯を剥いてくるという訴えが含まれていたこと。

根拠のない怪しい伝説を信じるつもりは毛頭ないが、こうした話には妙に心を揺さぶられ、その気持ちは忌み嫌われる家にまつわる、年代はまったくかけ離れた二つの死亡事件についての新聞記事の切り抜きを読んだとき、いっそう強まった。一つは一八一五年四月十二日付の『プロヴィデンス・ガゼット・アンド・カントリー・ジャーナル』紙、もう一つは一八四五年十月二十七日付の『デイリー・トランスクリプト・アンド・クロニクル』紙で、いずれについても身の毛のよだつような出来事が詳しく報道されているが、その類似性は明らかだった。どちらの事件でも、死を迎えようとしていた人物――一八一五年のほうはスタフォードという名の穏やかな老婦人、一八四五年のほうはエリエイザー・ダーフィーという中年の教師――は姿が恐ろしく変貌し、虚ろな目で人をねめつけ、診察中の医師の喉に嚙みつこうとしたという。しかしもっと不可思議なのは、とうとう家の賃貸をあきらめなければならなくなった、最後の事件である。貧血による死者が続出したのだが、患者たちは死ぬ前にしだいに狂気にとらわれ、ある人物に至っては、家族の首や手首に刃物で傷をつけて巧みにその命を奪おうとしたのだ。

それが起きたのが一八六〇年から六一年にかけてで、おじが医師の仕事を始めたばかりの頃であり、戦火の前線に発つ前にその話を年長の同僚医師たちから直接耳にしていた。まったく説明がつかないのは、無学な犠牲者たち――その頃には、すでに広く忌み嫌われていた悪臭芬々(ふんぷん)た

るその家を借りるのは、そういう者だけだった――が、一度だって習ったはずのないフランス語でべらべらと呪詛の言葉を並べたことだった。そう聞くと、誰もが一世紀近く前にそこで暮らしていた哀れなロビー・ハリス未亡人を思い出したし、おじも俄然興味を持ち、戦争から戻ってきたあとしばらくして、チェイス医師とホイットマーシュ医師からじかに話を聞くと、屋敷の歴史資料を集め始めたのである。実際、おじがどれだけこのテーマに深く入れ込んでいたか私にはわかるし、私自身関心を持ったことをおじもとても喜んでいた。私が広い心で受け入れ、共感を示しながら知ろうとしたので、ほかの人々なら笑い飛ばすようなことでも真剣に話し合えたからだ。おじの想像は私を超えるものではなかったが、あの家は空想力を強くかきたてる稀有な場所であり、怪奇趣味や恐怖譚といった分野にインスピレーションを与えるものとして特筆に値すると感じていたようだ。

私はというと、この件について本気で取り組みたいと思い、すぐに、証拠資料を検証しただけでなく、できるかぎりさらに資料を集めようとした。当時の屋敷の持ち主だった老アーチャー・ハリスとは、彼が一九一六年に亡くなる前に何度も話をし、おじが集めた一族のすべての資料について、彼と、当時まだ存命だった彼の未婚の妹アリスに、本物かどうか裏付けをしてもらった。しかし、その屋敷と、フランスあるいはフランス語とのあいだにどんな関係があったのか尋ねても、二人ともとまどった様子で、あなたと同じくらいわれわれにもわからないと正直に答えた。アーチャーは何も知らなかったし、アリス嬢にしても、祖父のデュティ・ハリスが聞いたという古い話がもしかするとヒントになるかもしれない、という程度だった。老船乗りデュティは、息子ウェルカムの戦死から二年後に亡くなり、彼自身は屋敷の伝説については何も知らなかったが、ほんの幼い頃にいた乳母、老マリア・ロビンズが、哀れなロビー・ハリス未亡人が晩年によく口にしていたフランス語のたわごとについて、あれにはじつは恐ろしい意味があるのだと、何か理由を知っていたように見えたことは覚えていた。マリアは一七六九年から、一七八三年に一家がそこからよそへ引っ越すまで、忌み嫌われた家でともに暮らし、マーシー・デクスターが亡くなったときもそばにいた。マリアは幼いデュティに、マーシーが亡くなるまでのおかしな状況について一度、何気なく話してくれたことがあったが、デュティ自身は、妙な話だなと思ったくらいで、すぐに全部忘れてしまった。だから孫娘がそれについて思い出すのは、さらに難しかった。彼女も彼女の兄も、現在の所有者であるアーチャーの息子キャリントンほどには、屋敷に関心を示さなかった。私はあの体験のあと、このキャリントンと話をしたのである。

ハリス家の人々からは聞き出せるだけ聞き出してしまったので、初期の町の記録をせっせと調べることに意識を移し、かつておじが調査した以上に深く掘り下げた。できれば、一六三六年に植民が始まった当初から、もしナラガンセット族の伝説についての資料が見つけられれば植民以前についても、歴史を幅広く知りたいと思った。最初に、屋敷の土地は、もともと初期植民者の一人ジョン・スロックモートンに自宅用地として与えられた細長い区画の一部で、川沿いに伸びるタウン通りから始まり、丘の斜面を上がって、だいたい今のホープ通りと重なる線上まで続く、同様の数多くの区画の一つだった。もちろんスロックモートンの地所は後年、細かく分割された。私は、のちにバック通りまたの名をベネフィット通りが通過する区域について粘り強く調べた。噂でもすでに囁かれていたことだが、そこはやはりスロックモートン家の墓地だった。しかし記録を丁寧に検証するうちに、墓地は早いうちに、ポータケット・ウェスト通りにある〈北墓所〉

に移されていたことがわかった。

そんなとき突然、思わず夢中にならずにいられない情報に突き当たった。その記載は記録の本筋とははずれたところにあったので、ともすれば簡単に見過ごしていたかもしれず、まさに偶然の賜物だった。それは、小さな土地区画をエティエンヌ・ルーレとその妻に貸すと記した一六九七年の借地契約の記録だった。こうしてとうとうフランスに結びつく要素が見つかり、そのことに加えて、そのエティエンヌ・ルーレという名前が、ありとあらゆる奇妙な資料を読み漁った記憶の暗い片隅からまた別の深い恐怖の念を呼び起こしたこともあって、私はその土地の区画図を目を皿のようにして調べた。それは、一七四七年から一七五八年にかけてそこをバック通りが一部だけ直線道路として貫通することになる以前の話だったからだ。半ば予想していたことだが、現在忌み嫌われた家が建っている場所は、ルーレ家が屋根裏部屋付き平屋建ての小さな家の裏にしつらえた一家の墓所であり、その墓所をよそに移したという記録はどこにもなかった。

私は、ロードアイランド歴史協会とシェプリー図書館をくまなく探しまわり、結局エティエンヌ・ルーレという名前を鍵として、土地に埋もれていた秘密の扉を開けることができた。とうとう見つけたのだ――ぼんやりしてはいるが、そこにははなはだ重大な意味があり、私は興奮を胸に、ただちに忌み嫌われる家の地下室の詳細な調査に取りかかることにしたのである。

ルーレ家の人々は、一六九六年にイースト・グリニッジからナラガンセット湾の西岸に沿って移動してきたらしい。フランスのコード出身のユグノー教徒で、プロヴィデンスの行政委員が町に受け入れるまでは、ずいぶんと迫害を受けたようだ。ナントの勅令が廃止されたあと一六八六年に移住してきたイースト・グリニッジで、彼らはずっと爪はじきにされていたが、噂によれば、その原因は、単なる人種および出身国に対する偏見や、当時アンドロス総督でも収めきれなかったフランス人入植者とイギリス人とのあいだの土地を巡る諍いということでも、説明しきれないものだったという。それでも彼らが熱心なプロテスタントだということ——熱心すぎると陰口を言う者もいた——や、文字どおり村を追い出されて湾沿いを流れ流れて、明らかに困っていたことに、町の創始者たちは同情を禁じえなかった。そうしてルーレ一家はそこに安住の地を見出したのである。農作業よりおかしな本を読んだり妙な図表を描いたりするほうが得意だった色黒のエティエンヌ・ルーレは、タウン通りのずっと南にある、町の名士パードン・ティリンガストの埠頭の倉庫で事務の仕事を得た。しかし、のちに——おそらく老ルーレ亡きあと四十年ほどして——騒動が起き、その後は一家の噂はいっさい聞かれなくなった。

一世紀以上経っても、ルーレ家の人々について記憶している人は多かったし、ニューイングランドの港町の静かな日々を鮮やかに彩る出来事として、よく話題にのぼった。エティエンヌの息子ポールの突飛な行動が、一家をそこにいられなくした騒動のきっかけだったと思われ、さまざまな憶測が広がったのもとくに彼が原因だった。プロヴィデンスでは、近隣の清教徒たちを襲った魔女騒動は一度も起きなかったとはいえ、地元の長老の老婆たちは、あの男の祈祷は、唱える時間も捧げる相手もまともじゃないとおおっぴらに非難した。こういう噂をもとに、老マリア・ロビンズが承知していたたぐいの伝説が形作られたことは間違いなかった。ロビー・ハリスやその他あの屋敷の住人たちがフランス語で何事かわめいていたという話とこのことがどう関係しているのかは、想像をたくましくするか、今後のさらなる調査を待つしかない。伝説を知っていた人たちのうちいったいどれくらいの者が、私がこれだけあれこれ読み漁ってやっとつきとめた

禍々しい事実と伝説とのつながりに気づいていたのだろう？　恐ろしい出来事を集めた記録の中に、こんな不吉な話があったのだ。コード出身のジャック・ルーレという人物が、一五九八年に魔術を使ったとして死刑を宣告されたが、その後パリの議会によって火刑を免れ、精神病院に幽閉されたという。森の中である少年が二匹の狼に八つ裂きにされて殺されるという事件が起きたとき、直後にそのジャック・ルーレが血と肉片まみれの姿で見つかったのだ。現場では、一匹の狼が無傷で逃げ去るのが目撃されていた。与太話のたぐいだということは確かだが、名前と場所の一致にぞっとするものがある。とはいえ、プロヴィデンスで噂を広めた人々が、一般にこのことを知り得たはずはないと私は結論づけた。もし知っていたら、名前の合致に気づき、何かもっと思いきった、ぞっとするような行動がとられたはずだ。第一、こそこそと内輪で囁かれていただけのことが突如騒ぎを引き起こし、ルーレ家の人々を町から消してしまうまでの事態になるなんて、ありえないのでは？

こうして私は、その呪われた場所を頻繁に訪ねるようになった。庭のとても健やかとは言えない草木を調べ、建物の壁という壁を検証し、地下室の土間を隅々まで検分した。しまいには、キャリントン・ハリスの許しを得て、地下室からベネフィット通りに直接出られる、今では使われていないドアの鍵を開けた。暗い階段を上がり、一階のホールを通って正面玄関から出るルートより、そちらのほうがすぐに外に出られるのでありがたかった。どこよりも陰々滅々としているその場所で、蜘蛛の巣のかかった、地面より上にある窓から日が差し込んでいる長い午後のあいだ、私はあちこちつつきまわして調査を続けたが、ドアの鍵が開いているおかげで、外の穏やかな歩道とはほんの数フィートしか離れていないのだという安心感が生まれた。それだけ努力をしたのに、新しい手がかりは何も見つからなかった。相変わらず、気の滅入るような一面の黴と、かすかな悪臭と、床に積もった硝石（しょうせき）の描く模様ばかりだ。道行く人々は、割れた窓ガラス越しに私の姿を見て、何事だろうと思ったに違いない。

私はとうとう、おじの勧めに従って、夜間に屋敷へ行ってみることにした。ある嵐の晩、真夜中に、不気味な形や、うっすらと燐光を放つ歪んだ茸のある、黴だらけの床を懐中電灯で照らしてみた。その晩はそこに到着したとたんなぜかやけに憂鬱な気分になり、白っぽい塊の中に、子供の頃に気づいた「うずくまった何か」がくっきりと見えた、あるいは見えたような気がしたとき、やはりそうだったかと思ったほどだった。これほどはっきり見えたのは前例のないことで、心底驚いた。そしてそのまま眺めていると、遠い昔の雨の午後に私を驚愕させた、あの黄色っぽくきらきら光る薄い煙のようなものがまた見えたように思えたのだ。

大竈近くの人間の形に似た黴の染みの上に、それは舞い上がった。発光しているようにさえ見えるなんとも不気味な蒸気は、震えながらふわふわと浮かび、見ているだけで衝撃的な、ぼんやりとした形を取り始め、やがて徐々に霞のごとく形は崩れ、あとに悪臭を残しつつ暗い大煙突の奥へとのぼっていった。なんという恐ろしさだ。その場所の秘密を知っている今は余計に恐ろしい。逃げずに踏ん張り、私はそれが消えるのを観察した。そうして観察していると、向こうも、形は見えない幻の目で、こちらを貪欲に見つめ返しているような気がした。私がこのことを話すと、おじはとても興奮し、しばらくじっと考え込んだあと、きっぱりと思いきった決断をした。事の重大さと、このことに私たちが関わる意味を考慮して、あの茸の生える黴臭い呪われた地下室で、二人で一、二晩寝ずの番をしようじゃないか、そしてあの家の恐怖に果敢に挑み、可能な

らやっつけてやろうと言ったのだ。

Ⅳ

一九一九年六月二十五日水曜日、キャリントン・ハリスに、そこで見つかると予想されるものについては伏せつつも、きちんと意図は説明したのち、私とおじは忌み嫌われた家に野営用の椅子を二脚と折りたたみ式の簡易寝台を一つ、それにかなりの重量の、仕組みの複雑な科学機器を運び込んだ。私たちはそれらを昼間のうちに設置し、窓に紙で覆いをして、初めての寝ずの番のために夕方にそこに戻る予定だった。地下室から一階に続くドアには前もって鍵をかけてあったし、外に続くドアの鍵も持っているので、たとえ寝ずの番が何晩続くことになろうとも、大枚をはたいてひそかに手に入れた高価で繊細な機器はそこに残しておくつもりだった。計画としては、かなり遅くまでともに寝ずに待ち、そのあと二時間交代で一人ずつ番をする。最初が私、次がおじ。そのあいだにもう一人は簡易寝台で休む。

生来、人を率いる力に長けているおじは、私たちの冒険の行きつく先を直感的に察してブラウン大学とクランストン通り兵器庫から必要な機器や武器を調達した。それだけでも、八十一歳という年齢にしてはおじがいかに生命力と柔軟性に富んでいたかわかる。おじエリフー・ホイップルは、医師として人々に指導してきた衛生管理を実践してこれまで生きてきたし、あんなことが起きなければ今も元気に活躍していただろう。何が起きたかおおよそわかっているのは二人だけ——キャリントン・ハリスと私だ。キャリントンには話さなければならなかった。あの家の所有者だし、何があったのか知る権利がある。彼には調査に先立って、屋敷を使うお伺いを立ててもあった。それに、おじが亡くなった今、彼なら事情を理解してくれるだろうし、おおやけに説明する段になったときに協力してくれそうな気がしたのだ。キャリントンは真っ青になったが、私を助けると言ってくれたし、屋敷を人に貸してももう大丈夫だとも考えたようだ。

監視を決行したその雨の夜、神経質になっていなかったと豪語するのはひどい虚勢だし、そんな見栄を張るのは馬鹿げてもいる。すでに言ったように、私たちは子供っぽい迷信は一つも信じていなかったが、科学研究や科学的思考を通じて、われわれが知る三次元空間は、物質とエネルギーから成る全宇宙のごく一部にすぎないと理解していた。さらには、数多くの確かな情報源から得た驚くほどたくさんの証拠から、人間の目から見ると特別悪意のある、とてつもない力が執拗に存在していることが示唆されていた。だからと言って、私たちが吸血鬼や狼男を信じているかといえば、それは早合点だし、大雑把すぎる考え方だろう。というより、生命力がわれわれには馴染みのない、これと特定できない形に変化し、煙のような希薄な物質になる可能性はかならずしも否定できない、とでも表現するべきだ。それはごく稀に三次元空間にも出現する。なぜならそれは別次元とより密接につながっていて、とはいえわれわれの次元との境界のごく近くに存在しており、だからたまに私たちの前に現れるが、私たちがその存在について理解したくても、充分な視野がないためおそらくはけっして理解できないのである。

要するに、おじと私には、目の前に並ぶ否定できない複数の事実から考えて、かの忌み嫌われた家には何かの力が今も存在していると思えたのだ。それは二世紀前の好ましからざる一人あるいは二人のフランス人入植者に由来し、原子および電子運動の未知の珍しい法則によって今も作

用を続けているらしい。ルーレ家が、ここのことは別の存在空間――一般人なら嫌悪と恐怖しか感じない暗黒世界——と普通ではないやり方でつながっていたことは明らかだった。そうして、去る一七三〇年代に起きた騒動が、一家の一人か二人——とくにあの邪悪なポール・ルーレ——の病的な頭の中で何かの運動パターンを引き起こし、群衆に殺されて体は埋められたが、その運動パターンはひそかに生き残って、このコミュニティで狂ったようにふくらんだ憎悪から生じた力を原動力に、複数の次元でずっと作用を続けてきたのではないのか？

そういうことは、相対性理論や原子運動論を含む新たな科学理論に照らせば、物理的に、あるいは生化学的に不可能ではないはずだった。物質やエネルギーのまだ誰も知らない核のようなもの——形があるにしろないにしろ——が、何か別の確かな形のある生物に入り込み、組織内にときには完全に溶け込んで、その生物の生命力や体組織や体液からこっそりと抽出する、もしかすると物質でさえないもので生き続ける、ということは容易に想像できるだろう。それは積極的に敵意を持っているのかもしれないし、単に無意識の生存本能に導かれているだけなのかもしれない。いずれにせよ、そんな怪物は、われわれの物質原則においては必然的に異物あるいは侵入者であり、人々の生命や心身の健康を大事に考える者であれば、根絶やしにすることが最大の義務だ。

困るのは、われわれが遭遇する可能性のあるものがどういうありさまなのか、まったくわからないことだった。正常な人でそれを目にした者は誰もいないし、はっきり感知した人もほとんどいない。純粋なエネルギー——物質世界に属さない、この世ならざるもの——なのか、部分的には物質なのか。可塑性のあるあやふやな未知の塊か、思いどおりに形を変えることができる雲に似た何かで、固形か液体か気体か、あるいはよくわからない分子状態かもしれない。古い話に登場する、土間の上の人型の黴の塊、黄色っぽい蒸気、歪んだ木の根などは、どれも、すくなくともぼんやりとは人間の姿を連想させる。しかしその類似性がたとえ全体の代表意見か共通項のように見えても、確信をもって人の姿だと言える者はどこにもいないのだ。

それと戦うためにわれわれが用意した武器は二つ。一つは、強力な電池で動く、特別にあつらえた巨大な真空放電管である、クルックス管。特殊なスクリーンと反射鏡も備え、もし触れることができず、驚異的な破壊力を持つエーテル放射でしか対抗できないとわかったときにはこれを使う。もう一つは、世界大戦で使われたたぐいの軍用火炎放射器二台。これは、どこかしら形があり、物理攻撃が可能なときの対策だ。迷信深いエクセターの田舎者のように、心臓をそれで焼いてやるつもりだった。そいつに心臓があれば、の話だが。これらの武器を、私たちは寝台と椅子、それに大竈の前の土間の奇妙な形の黴、それぞれの位置を考えて慎重に設置した。ちなみに、この思わせぶりな塊は、私たちが装備類を配置していたときも、実際の監視のために夕方に戻ってきたときも、かろうじて見えた程度だった。一瞬、はたして自分は本当にあれをもっとはっきり見たのだろうか、と半信半疑になった。いや、でもいろいろな談話にもあったではないか、と思い直す。

私たちが地下室で寝ずの番を始めたのは夏時間の午後十時で、時間が経つにつれ、かならずしも思いどおりにことが運ぶ保証はないのだと気づいた。窓からは雨に煙る街灯の弱々しい光が差し込み、室内では薄気味悪い茸がかすかな燐光を放つおかげで、水滴のしたたる石壁が見えた。白く上塗りされていたはずの石灰は今では跡形もない。ほかにもいろいろなものが見える。気味の悪い茸の生えた、白黴に覆われて悪臭を放つ、じめじめした土間。スツールや椅子やテーブルその他、今では形を成さない、壊れて腐った家具の残骸。頭上の一階の床の厚板や太い梁。貯蔵庫や、家のほかの部分の下部に当たる室に続く、ぼろぼろの扉板。崩れかけた石造りの階段と壊れた木製の手すり。ぽっかりと口を開けた黒ずんだ煉瓦の大竈。周辺には錆びた鉄のかけらが転がっており、かつては鉤、薪架、金串、自在鉤があったことがわかる。石竈の扉。それに加えて、われわれが持ち込んだ質素な寝台と野営用の椅子、複雑な造りの重たい武器類。

前回自分で探検したときに、道路側のドアの鍵は開けておいた。もし私たちの手に負えない事態になったようなときに、すぐに使える逃げ道になりそうだからだ。くり返し夜間に訪れれば、そこにどんな悪霊が宿っているにしろ、きっとそいつを呼び醒ますことになる。こちらがそう覚悟をしておけば、その出現に気づいてしっかり特定できたらすぐに、用意した機器のどちらかを使って相手を片づけられる、私たちはそう考えていた。相手が現れて、退治できるまでにどれくらい時間がかかるのか、見当もつかなかった。それに、これがとても危険な作戦だということも承知していた。どれくらい強力な相手なのか、誰にもわからないのだ。それでも、勝負をかける意味はあると思っていたので、ためらわず二人だけで立ち向かうことにした。よそに応援を求めれば好奇の目を引くだけだし、やろうとしていたことがすべて台無しになるかもしれない。そんなふうに考えながら、私たちは夜が更けるまであれこれ話をしていたが、おじがうとうとし始めたので、そろそろ寝てください、と促した。おじが先に二時間眠る予定だった。

こんな真夜中過ぎに一人でそこに座っていると、さすがに恐怖に似たものを感じぞっとした。一人と言ったのは、二人でいても片方が眠っていれば、やはり一人だからだ。たぶん、自覚する以上に孤独だった。おじは深い呼吸をしている。息を深々と吸って吐く音に外の雨の音の伴奏が付き、そこに建物のどこか遠くで水が滴る、神経を逆撫でする音がときおり加わる。たとえ晴れていても屋敷は不快なほどじめじめしているので、こういう嵐の日はもちろん湿地さながらなのだ。私は、茸の燐光と、覆いをした窓から忍び込む街灯のかすかな光線で、緩みの出た古い壁の石組みを調べた。そのとき、悪臭のたち込める空気で気分が悪くなりそうになり、とっさにドアを開けると、通りを眺め渡し、見慣れた光景で目を、健全な空気で鼻を楽しませた。せっかく見張っているのに、いまだに何も起きなかった。欠伸が何度も出て、疲労が不安を打ち負かそうとしていた。

そのとき眠っているおじが身じろぎし、私は気になってそちらを見た。休息する最初の一時間の後半、おじは寝台で落ち着きなく何度か寝返りを打ったが、今はいつになく呼吸が乱れ、ため息をときどき漏らして、喉が詰まって呻くような声がそこに何度かまじった。懐中電灯で顔を照らそうとしたが、おじが顔をそむけたので寝台の反対側に移動して、どこか痛いところでもあるのかと、再度懐中電灯を向けた。その顔を見たとたんに不安に襲われ、そんなささいなことに不安になったことのほうに私は驚いた。妙な使命を帯びてこんな薄気味の悪い場所にいるせいで、変な連想をしてしまっただけだ。状況そのものは、べつに恐ろしくも不自然でもないのだから。ただ、この状況が引き起こした悪夢を見ているに違いないおじの表情が、やけにつらそうで、まるでおじらしくないと思えたのだ。ふだんおじの顔は穏やかで、品がよく、落ち着いているのに、今はさまざまな感情が心の中で争っているかのようだった。要するに、私が何に不安になったかといって、この感情の多様さだったのだと思う。おじはますます気持ちを乱してあえいだり、寝

返りを打ったりし、今ではだんだん開き始めている目も一人ではなく大勢の人間がそこにいるかのようで、不思議とおじ自身からはしだいに離れていくような感じがした。

突然おじが何事かつぶやき始め、その唇と歯の動きが私には気に入らなかった。何を言っているか最初はわからなかったが、あることに気づいたとき私はとんでもなく驚き、冷たい恐怖が全身を満たした。いや、だがおじは幅広い教育を受け、フランスの評論誌『両世界評論』の人類学や古物に関する記事を延々と訳していたではないか。そう、高徳のおじエリフー・ホイップルはフランス語でつぶやき、私が聞き分けることができたいくつかの言葉は、おじがかの有名なパリ発行の雑誌から訳した世にも恐ろしい神話と関係しているように思えた。

ふいにおじの額に玉の汗が浮かび、寝ぼけ眼で突然跳ね起きた。わけのわからないフランス語の囁きは英語の叫びに変わり、興奮のあまりしゃがれた声で「息が、息が！」とわめいた。そこでおじが完全に目を覚まし、いつもどおりの落ち着いた表情で私の手を握ると、夢の話を始めた。それが真に何を意味するかについては、驚愕とともに推察するしかなかった。

おじの話では、初めはごく普通の夢らしい風景にいたものの、そこからふわふわとしだいに離れていき、今まで本で読んだこともないような奇妙な場面の中に入っていったという。そこはこことは同じ世界なのだが、やはり違っていて、めちゃくちゃな並び方をした暗い幾何学模様のなか、見覚えのあるさまざまな要素が、まったく見覚えのない、思わず不安になるような組み合わせで存在していた。いろいろな光景が秩序なく重なり合い、妙な感じがした。そのせいで、場所も時間も溶け合って混ざり、いかんせん筋が通らなかった。こんなふうに幻めいたイメージが万華鏡のごとく渦巻くなか、くっきりと明瞭ながらひどく異質なスナップ写真――この単語が適切なのかどうかわからないが——がところどころに紛れ込んでいた。

ふと気づくと、おじは地面にぞんざいに掘られた穴に横たわっていて、憤怒に駆られた顔をした人々がこちらを見下ろしていた。ほつれた巻き毛を垂らした者、三角帽子をかぶった者。すると次の瞬間には、また家の中にいた。古い家らしいが、内装の様子や住人は次々に変わっていき、どんな顔だったか、どんな家具があったか、部屋そのものさえはっきりしなかった。というのも、ドアも窓も、固定された建具ではなく簡単に移動させられるものみたいに、どんどん変化するように見えたからだ。奇妙、いやはなはだ奇妙だったし、さらにおじが、どうせ信じてもらえないだろうと言わんばかりにおずおずと話したのは、そうした見知らぬ顔の多くは間違いなくハリス家の人々のものだったという。そして、そんな夢を見ているあいだずっと、おじ自身は息苦しい圧迫感を感じていたそうだ。何か威圧的な存在がおじの体の中に触手を伸ばし、おじの命の営みをわがものにしようとするかのように。私は考えただけで怖気を振るった。八十一年間作動し続けて、だいぶくたびれたおじの命の営みが、どんなに若く力強い生命システムでさえ怯えてしまいそうな未知の力と勇敢に戦ったとは。でもふとわれに返ると、夢はしょせん夢だと思い直した。どんなに不快なビジョンでも、それは、最近ほかに何も考えられなくなるほど私たちの頭を占領している調査や期待に、おじが反応しただけではないか。

そうして会話をするうちに、ずっとつきまとっていた違和感もまもなく消えた。するとすぐに欠伸が出始めて、私もおじと交代して寝ることにした。おじは今やすっかり覚醒し、悪夢のせいで本来割り当てられた二時間が経過するずっと前に目覚めてしまったにもかかわらず、監視番を歓迎した。私はたちまち眠りに落ち、すぐに最悪と言っていいたぐいの夢が襲いかかってきた。

見渡したところ、私は底知れぬ宇宙空間に一人ぽつんといる。閉じ込められた牢屋か何かに横たわっていて、四方から敵意が波のように押し寄せてくる。私は縛られ、猿轡を嚙まされていて、私の血を求める大勢のわめき声が遠くから響き、私をなじる。おじの顔が近づいてきたが、目覚めているときと比べてなんともいやな感じがして、自分がむなしくあがき、必死に叫ぼうとしたことを覚えている。不快極まりない眠りだったので、夢の壁を切り裂く甲高い悲鳴ではっとしていきなり目覚め、まわりのあらゆるものがいつもよりくっきりと現実感を帯びて目に飛び込んできたとき、一瞬たりとも残念だとは思わなかった。

V

私はおじのいる椅子から顔を背けて横たわっていたので、そうしていきなり目覚めたとき、目に飛び込んできたのは通りに面したドアと、その北のほうにある窓と、部屋の北側の壁、床、天井だった。そのどれもが、茸の燐光や外の街灯の灯りよりもっと明るい光で照らされ、病的な鮮明さで私の脳裏に刻まれた。それは強くはない、まずまず強いとさえ言えない光だった。その程度の光では、普通の本ならとても読めないだろう。だが、その光のせいで私と寝台の影が床に落ち、貫くような黄色っぽい光の力で、燐光以上に強烈に事物を際立たせていた。私の視覚はこんなふうに病的なほどくっきりと知覚したわけだが、じつはほかの感覚器官のうち二つにはひどい邪魔が入っていたのである。さっきの恐ろしい叫び声がいまだに耳でわんわんと反響していたし、鼻は部屋に充満する悪臭でひん曲がりそうになっていた。感覚器官と同様に警戒していた私の頭も、何か異常事態が起きていると察知していた。私はほとんど無意識のうちに跳ね起き、振り返って、大竈（おおかまど）の前の黴の塊に向けておいた例の機器をつかもうとした。振り返ったそのとき、目の当たりにした光景に震え上がった。先ほどの悲鳴はおじの声であり、どんな脅威を相手におじとも自分の身を守らなければならないのか、私にはわかっていなかった。

だが目にしたのは、恐れていた以上のものだった。恐怖を凌駕する恐怖というものがこの世にはあるが、これは、呪われた不運な少数の者たちを襲わせるために宇宙が残しておいた、考えうる最悪の忌まわしきものの一つだった。黴に覆われた床から、いかにも軽そうな、病に倒れた死体にも似た黄色い蒸気が立ちのぼり、人間のようでもあり怪物のようでもあるぼんやりした形をとりながら、見上げる高さへとぶわぶわふくれ上がって、その透けた体の向こうに煙突と大竈が見えた。全体が、人を嘲笑う狼のような鋭い目であり、皺だらけの昆虫めいた頭部は、そのてっぺんが腐臭を放ちながら浮遊する薄い靄の流れとなって溶け、しまいに煙突に昇って消えた。私はこれを見たと言ったが、意識して記憶をたどってようやく、それが呪わしい形を取っていく様子が思い描けたにすぎない。そのときはうっすらと燐光を発する胸の悪くなるような黴の煙が揺れ動いているようにしか見えず、自由に形を変えながら、私が全意識を集中させていた対象を包み、溶かし込んでいた。その対象とはわがおじ、尊敬すべきエリフー・ホイップルであり、衰えつつある黒ずんだ顔をこちらに向けて睨み、何事か私につぶやきながら、この恐怖がもたらした怒りを私にぶつけ、引き裂かんと、何かをぽたぽたと滴らせる鉤爪を伸ばしてきたのだった。

頭がおかしくならずにすんだのは、いつもの習慣のおかげだった。いざというときにどうするか、その心構えを頭に叩き込んできた私は、しゃにむに重ねた訓練のおかげで救われたのだ。邪

悪な煙は物質や物理化学では打撃を与えられないと即座に判断し、左手にぼんやり見えていた火炎放射器は無視し、クルックス管を作動させて、その冒瀆的な不死者の跋扈する光景に向け、人類の技術が自然界の空間や液体から抽出する最強のエーテル放射を浴びせた。青い靄が立ち、パチパチと激しく弾ける音が響いて、黄色い燐光がみるみる薄れていくのがわかった。しかし、それは単に明るさの対比でそう感じられただけで、結局エーテル放射は何の効果もなかった。

そのとき、その悪魔的な光景のさなかにあって、私は新たな恐怖を目にし、思わず悲鳴を漏らすと、静かな通りに続く鍵のかかっていないドアへと倒けつ転びつ逃げだした。自分がいかに異常な恐怖を世に放ってしまったのかも、人にどう思われ判断されるかも、もはや念頭になかった。青と黄色がまざるぼんやりした光のなか、おじの姿がどろどろと溶け出した。その薄気味悪さは言葉にしたくてもできない。消えかけた顔はいろいろな人物のそれに次々に変化し、狂人にしか想像しえないようなありさまだった。それは悪魔であると同時に大衆であり、納骨堂であり、仮装行列だった。色のまざり合う曖昧な光線に照らされて、ゼラチン状の顔面に浮かぶ顔は十にも、二十にも、百にも見えた。獣脂のごとく体が溶けて床に埋もれていく顔はにやにやと笑い、知っているのに知らない人々の群れを戯画化したかのようだった。

ハリス家の人々とその関係者の顔が見えた。男も女も、大人も子供も、ほかの老いた者も若い者も、野卑な顔、上品な顔、見覚えのある顔もない顔も。一瞬、デザイン学校美術館で見た、狂気にとらわれた哀れなロビー・ハリス未亡人の細密画の下手な模写のようなものが垣間見えたかと思うと、キャリントン・ハリスの家で見た絵にあったと記憶する、マーシー・デクスターの骨ばった顔が見えた気がした。想像を絶する恐ろしさだった。終幕が近づくにつれ、緑がかった油脂が水たまりのように広がる黴だらけの土間近くで、使用人や赤ん坊の顔が奇妙にまじり合いながら明滅し、そのさまはまるでいくつもの顔が表に出んとしてたがいに競い合い、あのおじのやさしい顔を真似るべく奮闘しているかのようだった。そのときにはまだおじはそこにいて、私に別れを告げようとしていたのだと思いたい。私はしゃくり上げながら、からからになった喉からさよならのひと言を絞り出すと、通りによろめき出た。樹脂の細い流れが私に続き、ドアから雨に濡れる歩道へと流れ出てきた。

そのあとのことはぼやけているが、やはりぞっとする。濡れた通りには誰もいなかったが、この世の誰にも話しかけたいとは思わなかった。あてもなく南へと向かい、カレッジ・ヒルと図書館を通りすぎ、ホプキンズ通りを進み、橋を渡って商業地区に入った。近代的な科学技術が古い不健全な驚異から世界を守るように、そこに建ち並ぶ高い建物が私を保護してくれるような気がした。やがて雨の降る東の空に灰色の夜明けが訪れ、太古の丘とそこに並ぶ古さびた尖塔のシルエットが浮かび上がり、禍々しい仕事をやりかけのまま放置した場所へ戻れと手招きした。だから結局、無帽のまますびしょ濡れになって引き返し、朝の光に眩暈を覚えながら、開けっ放しだったベネフィット通りに面した恐怖の扉から中に入った。戻ったとき、扉は謎かけでもするようにまだゆらゆらと揺れていて、早起きの通行人たちに丸見えだったが、私は彼らに話しかける気にはなれなかった。

油脂はもうなくなっていた。黴に覆われたでこぼこの土間は水分が染みやすい。大竈の前の、人がうずくまったような形の大きな硝石は跡形もなかった。私は室内を見まわした。寝台、椅子、機器類、忘れていった自分の帽子、おじの黄ばんだ麦わら帽子。これまで以上に頭がくらくらし

て、どこまでが夢でどこまでが現実か、ほとんど思い出せなかった。やがて少しずつ頭が働きだし、考えもしなかった恐ろしい現象を目撃したのだと思い知った。腰を下ろし、理性が許すかぎり起きたことを推察し、この恐怖をどうやって終わらせればいいか考えようとした。あれが現実だったとして、ではあるが。物質でもエーテルでも、いや、人間の頭で考えうる何ものでもなかったと思う。では、何か異界のものが発散されたのか。エクセターの田舎者たちがどこかの墓地で現れたと言っていたたぐいの、吸血鬼もどきの煙か何か? これが手がかりのような気がして、黴と硝石が奇妙な形を作っていた、大竈前の床をあらためて眺めた。十分もすると心が決まり、私は帽子を手に帰宅して、風呂に入り、食事をし、そのあと電話で、ツルハシ、シャベル、軍用ガスマスク、硫酸の大瓶六本を注文し、すべて翌朝までにベネフィット通りの忌み嫌われた家の地下室のドア前に配達するよう頼んだ。それからひと眠りしようとしたが眠れず、本を読んだり、つまらない詩作に励んだりして時間をやり過ごし、気持ちを落ち着かせようとした。

翌朝午前十一時に私は土間を掘り始めた。晴れたので、ほっとしていた。私は依然として一人で挑んでいた。自分が追う未知の恐怖が恐ろしくもあったが、人にこのことを話すほうがもっと怖かった。のちにハリスに打ち明けたのは、どうしてもその必要があったからだし、ハリス自身、とても信じる気になれないような妙な話を老人たちから聞かされてきたという背景がある。いやな臭いのする黒土を掘り起こしては大竈の前に積み上げるうちに、シャベルがいやでも白い茸を切り刻み、黄色いねばねばした汁のようなものが滲み出す。自分が発見するかもしれないものについて考えるにつけ不安が募り、体が震えた。地中に隠れた秘密の中には人間にとって好ましくないものもあり、これはその一つのように思えた。

手が震えだしたのが自分でもわかったが、それでも掘り続けた。しばらくすると、私は自分が掘った大きな穴の中に立っていた。穴は今では六フィート四方ほどになっていたが、深くなればなるほど、悪臭が強くなっていった。もはや疑いはない。それが発散するものがこの家を一世紀半以上ものあいだ呪い続けてきた。その忌まわしいものに、私はまもなく相まみえようとしている。いったいどんな姿をしているのか？　形は、材質は何か？　長年にわたって命を吸い上げ続け、どれくらい大きく育ったのか？　しまいに私は穴から這い出し、山となった土を散らして、穴の四辺のうち二辺に沿って硫酸の大瓶を並べて、いざとなったらそれらを続けざまに穴の中に流し込めるようにした。それ以降は残りの二辺のほうに土を捨てた。臭いがいよいよ強くなったので、作業の速度を緩め、ガスマスクを装着した。穴の奥底にある正体のわからないものに接近しつつあると思うと、怖気づきそうになる。

突然、シャベルが土より柔らかいものに当たった。私は身震いして、今では首までの深さがある穴から慌てて這い出しにかかった。しかしそこで勇気が舞い戻り、用意してあった懐中電灯で照らしながらさらに土を掻き出した。あらわになったそれの表面は生臭く、半透明だった。うっすらと透き通った、腐敗しかけの凝固したゼリーのような感じだ。さらに土をどけると、何か形があることがわかった。折りたたまれた部分があり、そこに裂け目が見える。表に出ているところは大きな円筒のような形状だった。二つに折りたたんだ、巨大で柔らかい青白い色のストーブ用排気管といった体で、いちばん大きな部分が直径二フィートほどだ。さらに土を掻き出したところで、私は弾かれたように穴から飛び出し、その不気味なものから離れた。半狂乱で重い瓶の栓を抜くと、中に入っている腐食性の液体を次々にあのおぞましい死の深淵へ流し込み、その信

じがたいほど異常なしろものに浴びせた。私がこの目で見たのは、そいつの巨大な肘だった。

酸を滝のように流し込むうちに穴から黄緑色の蒸気がもうもうとせり上がってきて、嵐のごとく渦を巻き、私は目がくらんだ。あの光景は一生忘れられないだろう。丘の住民たちは、工場が廃棄物をプロヴィデンス川に捨てたせいで恐ろしい有毒ガスが発生した「黄色の日」のことを今でもよく話題にするが、彼らが原因を誤解していることを私は知っている。住民たちは、同時に地下の水道管かガス管が破裂したかどうかして、ひどい騒音が聞こえたという話もするが、これについても、できれば訂正してやりたい。あれは言葉にできないほど衝撃的な出来事で、よく生きて帰れたものだと思う。四本目の大瓶を手にしたとき、すでにガスがマスクの内側に侵入し始めていて、それを空にしたあと実際に気を失ったのだ。でも、意識を取り戻したとき、穴の中からはもう新たな蒸気は湧いていなかった。

残りの二本の大瓶の中身もすべて空けたがとくに何も起きず、少しして、もう大丈夫だろうと思えたとき初めて、穴に土を戻し始めた。作業を終えたときすっかり日が暮れていたが、すでにそこから恐怖は消え去っていた。湿気はあったがもうあまり臭わず、奇妙な茸はみなしおれて害のない灰色の粉となり、灰のように土間へ吹き飛ばされた。地下の奥底で眠っていたその恐怖は永遠に消滅した。もし地獄というものがあるなら、罪深き邪悪な魂はついにそこへ迎え入れられたことだろう。そして、土の最後のひとすくいをシャベルでそこへ置いたとき、私はそれから無数に流すことになる涙の最初のひと粒をこぼし、愛するおじの思い出に心からの敬意を捧げた。

翌年の春、忌み嫌われた家の高台の庭にはもはや色の抜けた芝や奇妙な草は生えず、まもなくキャリントン・ハリスはそこをまた人に貸すようになった。家は今もまだどことなく謎めいていて、その違和感に私は心惹かれる。だからもし取り壊されて、安っぽい店や品のないアパートか何かに建て替えられたりしたら、安堵と奇妙な後悔の入りまじった気持ちになるだろう。庭の不毛だった古木にも小さくて甘い林檎がなるようになり、去年はねじ曲がった大枝で鳥が巣を作った。

幽霊屋敷

The Spook House

Ambrose Bierce

アンブローズ・ビアス

The San Francisco Examiner（1889年）初出

一八六二年、ケンタッキー州東部のマンチェスターから北へ二十マイルほど離れたブーンヴィルへ向かう街道沿いに、そのあたりのほかの住まいに比べ、やや上等な木造の農家が建っていた。しかしその翌年には焼け落ちてしまった。おそらく、北軍のジョージ・W・モーガン将軍が南軍のカービー・スミス将軍によってカンバーランド渓谷からオハイオ川へ退却させられた折に隊を離れた、敗残兵の放火が原因だと思われた。焼失したとき、農家はすでに四、五年は空き家だった。家を囲む農場には茨が生い茂り、柵はなくなり、納屋はほとんどが、数戸の黒人小屋さえ、荒廃や略奪のせいで崩れかけていた。近隣の黒人や貧しい白人たちにはその建物や柵が格好の薪に見え、白昼堂々と躊躇なく持ち出した。ただし彼らがそういうことをするのは日中だけだった。夜間は、このあたりには不案内の通りすがりの旅人以外、家に近づく者は誰もいなかった。

そこは「幽霊屋敷」と呼ばれていた。あそこには悪霊が棲んでいて、ちゃんと姿が見えるし声も聞こえ、自由に動きまわっていると、そのあたりの人々は、巡回牧師が日曜日に説教する話と同じくらい固く信じていた。屋敷の持ち主がその噂についてどう考えていたかはわからない。所有者とその家族はある晩、忽然と姿を消し、以来、杳(よう)として行方がわからないからだ。彼らは何もかも置き去りにしていた――家財道具、衣服、食料、厩には馬、牧場には牛、小屋で暮らす黒人たちまですべて。なくなったものは何もなかった――本人と女房、三人の娘と男の子一人、それに赤ん坊だけが消えていた。七人の人間が人知れず一度に失踪するような農場に疑いの目が向けられたとしても、当然といえば当然だろう。

一八五九年六月、フランクフォートの住民で、どちらもケンタッキー州市民軍の一員だった、J・C・マッカードドル大佐とマイロン・ヴェイ判事は、ブーンヴィルからマンチェスターに向かって馬車を走らせていた。日が暮れてしまったうえ、ゴロゴロと低く轟く雷鳴が嵐を予言していたとはいえ、大事な用事があったので、道行きをそのまま強行したのだが、とうとう馬車が「幽霊屋敷」の前まで来たときに嵐につかまってしまった。ひっきりなしに雷光がひらめいていたので、門を通って納屋まで続く道はすぐにわかり、二人は馬たちを馬車の引き具から解いて、そこにつないだ。それから雨をついて母屋へ向かい、扉という扉を叩いたが、返事はなかった。耳を聾するような雷鳴が延々と鳴り続いているせいだと思い、扉の一つを押してみると、なんと開いたではないか。二人は遠慮なく中に入り、扉を閉めた。とたんに闇と静寂が二人を包んだ。窓からもひび割れからも、絶え間ない稲光はちらりとも入ってこなかったし、すさまじい雷鳴もいっさい聞こえてこなかった。まるで、突然目と耳が使い物にならなくなってしまったかのようだった。のちにマッカードドルが語ったところでは、中に入ったその瞬間に、自分は雷に打たれて命を落としたのだとばかり思ったという。残りの顛末については、一八七六年八月六日付けの『フランクフォート・アドヴォケート』紙に語った彼自身の言葉を引用しよう。

「さっきまで大音響のもとにいたのに、しんとした静けさの中にいきなり放り込まれて、なにや

ら頭がぼうっとしていたが、ようやく多少はわれに返ったとき、私はとっさに今閉じたドアをまた開けようと思った。ドアノブから手を離した覚えはなかったのだ。指にはっきりと握っている感覚があった。はたして本当に視覚と聴覚を失ってしまったのかどうか、再び嵐の中に戻って確かめよう、そういうつもりだった。私はドアノブを回し、扉を引いた。するとそこに別の部屋があったのだ！

その部屋はうっすらと緑がかった光で満たされていた。光源がどこかはわからないものの、おかげですべてがはっきり見え、とはいえなぜか輪郭がぼやけていた。すべてとは言ったが、実際にはその何の飾り気もないむき出しの石壁に囲まれた部屋にあるものは、人間の死体だけだった。数はおそらく八体から十体ほどだったと思う。とても数える気になれなかったことは、理解いただけるだろう。年齢はまちまちで、いや、大きさがさまざまというべきか、とにかく子供から大人まで、男性のものも女性のものもあった。みな床に横たわっていたが、若い女性と見受けられる一体だけは背中を壁にもたせかけて座っていた。赤ん坊は、もう一人のもう少し年配の女性の腕の中でぐったりしている。大人になりかけという感じの若者はうつぶせになり、ひげ面の男の脚の上に倒れ込んでいた。裸同然の遺体も一、二体あり、若い娘の手には、胸の部分が引き裂かれた自分のガウンの端切れが握られている。腐敗の度合いはさまざまだが、どの顔も体もひどく干からびて、中にはほとんど骸骨にしか見えない死体もある。

その恐ろしい光景を前に、扉を開けたまま愕然と立ち尽くしながら、どういうつむじ曲がりなのか、私の意識はその衝撃的な場面からよそに逸れ、些細な細部に引っかかった。たぶん私の脳みそは、自己防衛本能から、危険水域まで高まっていた緊張をどうにかして緩めてくれそうな息抜きを探そうとしたのだろう。そんななか、私はよりによって今自分が支えているドアを観察し始めた。それは重い鉄板を鋲打ちしたもので、斜め縁から三本の頑丈なボルトが上下等間隔に突き出している。ドアノブを回すとそれらは縁からすっと引っ込み、ノブから手を離すとたんに飛び出した。ばね錠だった。部屋の内側にはドアノブばかりか、いかなる突起物もない。ただの滑らかな鉄板だった。

今思い出すと驚くのだが、そんな仕掛けを見てもちっとも興味が湧かずにいた私は、体がぐいっと押しのけられるのを感じた。ヴェイ判事だった。強烈な感情の浮き沈みに翻弄され、私は彼の存在さえ忘れていたのだ。彼は私を押しやるようにして部屋に入っていった。『頼むからやめてくれ！』私はわめいた。『そっちに行くな！　早くこの気味の悪い場所から出よう！』

彼は私の懇願には耳を貸さず、南部紳士の中でも指折りの肝っ玉の持ち主らしく、ずかずかと部屋の中央へと歩を進め、死体の一つの脇にしゃがみ込むと、仔細に観察しようと、干からびて黒くなった頭部を両手でそっと持ち上げた。鼻が曲がりそうに強烈な悪臭が戸口にまで漂ってきて、私を打ちのめした。頭がくらくらして意識が遠のき、体が崩れていくのがわかった。なんとか体を支えようと扉の縁をつかんだ拍子に、扉が押され、ガチャリと閉じてしまったのだ！

それ以降の記憶はない。六週間後、私はマンチェスターのホテルでやっと正気を取り戻した。出来事の翌日、見知らぬ人々が私をそこに運び込んでくれたのだ。その間ずっと私は心因性の発熱でうなされ、ずっとうわ言を口にし続けた。例の農家から数マイル離れた路上で倒れているところを発見されたらしいのだが、どうやってそこまで逃げてきたのかはついぞわからなかった。回復すると、いや、まだ回復はしていなかったが、医師たちから話をしてもいいと許しが出ると

すぐ、ヴェイ判事はどうしたのかと尋ねた。今となっては、私を落ち着かせようとしたのだとわかるが、無事に帰宅したと聞かされるばかりだった。

私が出来事について話しても、誰も信じなかった。だが無理もないだろう。そして、二か月後にフランクフォートの自宅に戻ったとき、あの晩からヴェイ判事の行方がわからないと知り、私がどんなに嘆いたことか。そのときひどく後悔したのだ——私は、正気を取り戻してから最初の数日で、誰も自分の話を信じてくれないとわかり、プライドを保つためにそれ以上真実にこだわるのをやめてしまったのである。

その後の顛末——農家の捜索がおこなわれたが、私が話したような部屋は見つからなかったこと、私は頭がどうかしていると診断がくだされそうになったこと、すべては私の企てだという非難に対し、私が勝利したこと——については、『アドヴォケート』紙の読者ならよく知っているはずだ。あれから何年も経ったが、あそこを発掘しさえすれば、私の不運な友人の失踪の謎が明らかになると今でも信じている。たぶん、あの人里離れた場所にある、今では焼け落ちてしまった家のかつての住人や持ち主の運命についても。だが、私にはそうする法的権利も、金銭的な余裕もない。発掘をまだあきらめたわけではないが、実現が遅れているのは、故ヴェイ判事の家族や友人たちからの不当な敵意と愚かな不信感のせいであり、それが本当に悲しくてやりきれない」

マッカードル大佐は、一八七九年十二月十三日にフランクフォートにて死去した。

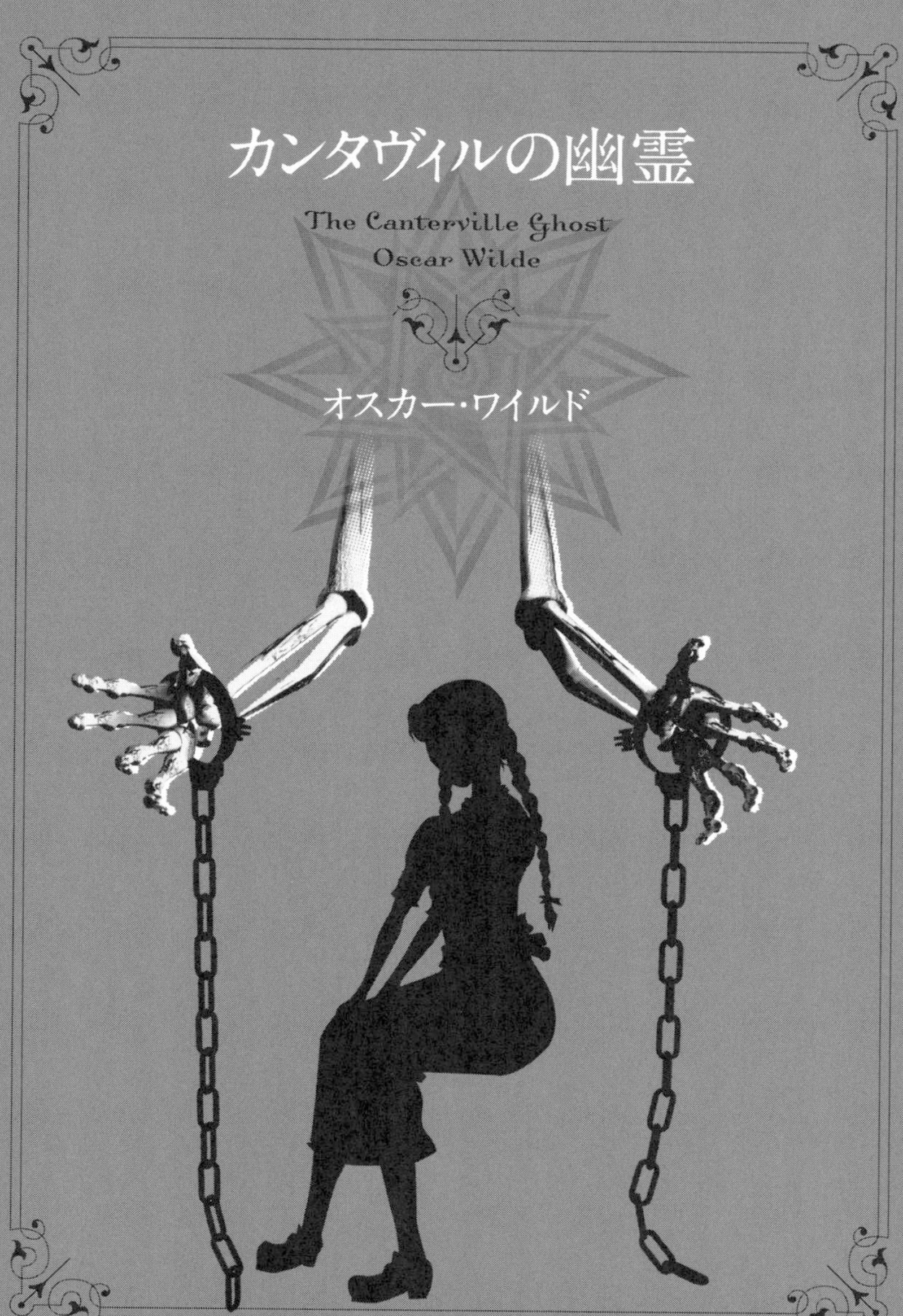

The Court and Society Review（1887年）初出

I

アメリカ人公使のハイラム・B・オーティス氏がカンタヴィル・チェイス荘を買ったとき、なんと愚かなことをするものだと誰もが言った。そこはまごうことなき幽霊屋敷だったからだ。もちろん、道義心を重んじるカンタヴィル卿自身、売買条件について話し合う段において、そのことをオーティス氏にきちんと話さなければならないと感じていた。

「われわれ自身、あそこではとても暮らす気になれませんでした」カンタヴィル卿は言った。「大おばのボルトン公爵未亡人が晩餐のために着替えをしておったときに、骸骨の両手が肩に置かれたのを見て、恐ろしさのあまり卒倒しましてね。回復しないまま息を引き取ったのです。ですから、どうしてもお知らせしなければ、と思いましてね、オーティスさん。あの屋敷では、今存命中の私の家族だけでなく、ケンブリッジ大学キングス・カレッジの特別会員でもある教区牧師のオーガスタス・ダンピア師までが幽霊を目撃しておるのです。公爵未亡人の不幸な事故のあと、比較的若い使用人たちはみなさっさと辞めていき、わが妻も、廊下や書斎から妙な音が聞こえると言って、夜眠れないことがよくありました」

「閣下」公使はそれを聞いて言った。「家具も幽霊も込みで買い取らせていただきます。私は近代的な国からやってまいりました。そこには金で買えるものなら何でもある。わが国の活きのいい若者たちが旧世界で大盤振る舞いをして、あなたがたのところの有名女優やプリマドンナをこちらへさらってきたことを思えば、もしヨーロッパに幽霊なんてものがいるなら、わが国でも間もなく公共博物館や巡業の見世物小屋なんかで見物できるようになるはずです」

「残念ながら、幽霊はおりますよ」カンタヴィル卿はほほ笑んで言った。「あなたのお国の進取の精神に富んだ興行主からの提案には抵抗してきたようですが。じつを言えば、あの屋敷の幽霊は一五八四年から三世紀にもわたってよく知られていて、わが一族の誰かが死ぬ前にかならず姿を現すのです」

「死ぬ前に現れるといえば、かかりつけ医もそうですな、カンタヴィル卿。だが、幽霊なんてものはいやしませんし、たとえ英国の貴族社会であっても、自然法則が通用しないなんてことはないと思いますよ」

「あなたがたアメリカの人たちはさぞ自然でいらっしゃるのでしょうな」カンタヴィル卿は言ったが、オーティス氏が口にした最後の一文の意味はじつはよくわからなかった。「まあ、幽霊がいてもかまわないとおっしゃるなら、それはそれでけっこう。ただし、私がこうして警告したことはお忘れなく」

その数週間後、契約が成立し、ロンドンの社交期間が終わる頃、公使とその家族はカンタヴィル・チェイス荘に引っ越してきた。かつては西五十三丁目のルクレティア・R・タッパンとして、ニューヨーク美人の名をほしいままにしていたオーティス夫人は、今もとても美しい中年女性で、

澄んだ瞳と横顔の輪郭がすばらしかった。国を後にしたアメリカ人貴婦人というのは、それがヨーロッパ流の洗練だと思うのか、慢性病でも患っているかのような憂鬱な雰囲気を装いがちなのだが、オーティス夫人はその手の失敗をしなかった。彼女はとても健康的で、ことのほか陽気な気性の持ち主だった。実際、彼女はさまざまな面できわめて英国的で、じつは英国は今どきのアメリカと何もかも共通していること（むろん言葉は除いて）を示す好例だった。長男には、当時の愛国精神流行(ばや)りに乗った両親がワシントンという洗礼名をつけたのだが、本人はそれがずっと不服だった。とはいえ金髪の美しいハンサムな青年で、ニューポート・カジノ社交場のダンスフロアで三期連続でドイツ人のリードを務めて、アメリカ流外交術の旗手であることを見せつけていたが、ここロンドンでもダンスの腕前を認められていた。彼の弱点はクチナシの花と貴族連中だけで、ほかの点ではじつに実際的だった。

　ヴァージニア・E・オーティス嬢は十五歳の少女で、子鹿のようにほっそりしていて愛らしく、大きな青い瞳に自由な精神が宿っていた。かなりの男勝りで、一度など、老ビルトン卿と愛馬のポニーでハイドパークを二周する競走をして、駿足で知られるかのアキレウスの像の目の前で、一馬身半の差をつけて勝利を収めたことがある。若きチェシャー公爵はこれに感激して、その場で彼女に求婚したが、その晩のうちに泣く泣く後見人たちにイートン校へ送り返された。ヴァージニアの下は双子の兄弟で、いつも鞭で打たれてばかりいるので、「星条旗」と呼ばれていた［「星条旗（スターズ・アンド・ストライプス）」のストライプスには「鞭打ち」の意味もある］。二人とも明るい少年で、偉大なる公使ご本人と違って、家族の中で唯一の共和党支持者だった。

　カンタヴィル・チェイス荘にいちばん近い鉄道の駅はアスコットで、それでも七マイルはあるので、駅まで馬車を迎えによこすよう事前にオーティス氏が電報を打っておいたから、彼らはそこから意気揚々と馬車で新居へ向かった。気持ちのよい七月の午後で、あたりにはうっすらと松の香りが漂っていた。そこここで卵を抱く森鳩のやさしい声が聞こえたり、羊歯の茂みを揺らす雉のつやつやと輝く胸が垣間見えたりした。山毛欅(ぶな)の林に通りかかるや、小さな栗鼠がこちらを覗き見し、低木林や苔むした丘を兎たちが白い尻尾を振りながら走り去った。ところがカンタヴィル・チェイス荘の通りに入ったとたん、にわかに空に雲がかかり、あたりがなぜかしんと静まって、鳥の群れが頭上を音もなく飛び去り、屋敷にたどり着く頃にはとうとう大粒の雨が落ちてきた。

屋敷の前の階段に立ち、彼らを迎えてくれたのは、黒い絹のお仕着せをまとい白いキャップとエプロンをつけた一人の老婦人だった。家政婦長のアムニー夫人だ。彼女をそのまま雇い続けてほしいというカンタヴィル夫人のたっての願いを、オーティス夫人が聞き入れたのである。ずらりと並んだオーティス一家の面々一人ひとりに深々とお辞儀をしたあと、彼女は妙に古風な言い回しを使って、「カンタヴィル・チェイスにようこそおいであそばしました」と言った。家政婦長の案内で、彼らは壮麗なチューダー様式の玄関ホールを抜けて書斎に通された。天井の低い、細長い部屋で、壁板は黒い樫材、部屋の突き当たりにはステンドグラスの大窓がある。一家のためにすでにお茶の用意がされていて、アムニー夫人が給仕をするなか、彼らは上着を脱ぐと腰を下ろし、あたりを見まわした。

突然オーティス夫人が暖炉のすぐ前の床に赤黒い染みがあるのに気づき、いったい何の染みなのかわからないまま、アムニー夫人に告げた。「そこに何かこぼれた跡があるみたいだけど」

「はい、奥様」老家政婦長は低い声で答えた。「そこにこぼれたのは血でございます」

「なんとまあ、恐ろしい！」オーティス夫人は叫んだ。「客間に血痕があるなんて、もってのほかです。すぐに拭き取ってしまわなきゃ」

老夫人はにやりと笑い、謎めいた低い声で言った。「それは一五七五年にまさにその場所で、夫であるサイモン・ド・カンタヴィル卿に殺された、エレノア・ド・カンタヴィル夫人の血でございます。サイモン卿はその九年後に突如、謎の失踪をし、公の遺体は最後まで見つからずに、罪深きその魂は今もまだこの館でさまよっているのです。その血痕は今日まで旅人や客人から大変に賞賛を受けてまいりましたので、取るわけにはまいりません」

「ばかばかしい」ワシントン・オーティスがわめいた。「ピンカートン印のチャンピオン染み抜きとピカピカ洗剤があれば、こんなものすぐにきれいになる」そして、ぎょっとした家政婦長が止める暇もなく、ワシントンはひざまずき、黒い化粧品のような小さな棒切れで床をささっと擦った。血痕はたちまち消えた。

「さすがピンカートンだ」ワシントンは鼻高々な様子で言い、彼を感心しきりの様子で眺めている家族の顔を見まわした。しかし彼がそう言うが早いか、薄暗い部屋を恐ろしいほどの稲光が照らして、雷のバリバリッという轟きで全員が飛び上がり、アムニー夫人は卒倒した。

「なんて天気なんだ」アメリカ人公使は長い葉巻に火をつけながら冷静に言った。「この古き国には人が多すぎるから、全員にまずまずの天気が行き渡らないんだ。以前からイングランドの住人には移住してもらうしかないと思ってるんだがな」

「ねえ、ハイラム」オーティス夫人が訴える。「気絶してしまったこのご婦人、どうしましょう？」

「物を壊したときにそうするように、給料から罰金を差っ引くことだ」公使は答えた。「そうすれば、もう失神したりしなくなるだろう」数分後、アムニー夫人は無事に意識を取り戻した。とはいえ、彼女がひどく動揺しているのは見て明らかで、この屋敷にとんでもない災いが訪れるでしょう、とオーティス氏にきつく注意した。

「わたくしはこの目でいろいろなものを見てきたんですよ、ご主人様。敬虔なキリスト教徒でも総毛立つようなものをね。そして、わたくしでさえ何晩も眠れなくなるような恐ろしいことがここでは起きるんです」しかしオーティス氏とその妻は、正直にそう訴える老婦人に、自分たちは幽霊など怖くないとやさしく言い聞かせた。老婦人は新たな主人夫婦に神のご加護を祈り、給金を上げてもらう段取りをつけてから、そそくさと自室へ引っ込んだ。

II

その晩は夜通し風雨が激しく吹き荒れたが、これといって特別なことは起きなかった。ところが朝になって彼らが朝食をとりに階下におりると、また書斎の床に大きな血の染みができていた。

「ピカピカ洗剤のせいじゃないよ」ワシントンが言った。「いろんなものに試してみたけど、かならずきれいになったんだ。きっと幽霊のしわざだな」それでもあらためて染みを擦ったが、翌朝またそれは現れた。三日目の朝も同じことのくり返しだったから、今度はオーティス氏みずから夜間は書斎に鍵をかけ、その鍵を階上の自室へ持っていった。今や家族全員が興味津々だった。オーティス氏は、幽霊のことをあまりにもきっぱりと否定しすぎたかもしれない、と反省し始め

ていた。オーティス夫人は〈心霊現象研究協会〉［一八八二年にケンブリッジ大学トリニティ・カレッジで設立された、心霊現象や超常現象の科学的研究を目的とする協会］に参加するつもりだと話した。ワシントンは、〈心霊現象研究協会〉のマイヤーズ氏とポドモア氏に宛てて、「犯罪に関係する血痕が永続的に残存する現象について」と題する長い手紙を準備した。しかしその晩、幽霊が客観的に存在するかどうか、という問いに対する疑いはきれいに消えたのである。

その日、日中はよく晴れて暑かったのだが、夜になると涼しくなり、家族総出で馬車で出かけることにした。夜九時にようやく帰宅し、軽い夕食をとった。幽霊の話はいっさい出てこなかったから、心霊現象が起きる前にはそれを期待するような素地ができているものだ、という前提条件さえ整っていなかったのである。私がオーティス氏からのちに聞いたところでは、そのときはアメリカの教養ある上流階級の人々がいつも話すような話題に終始したという。女優としてはサラ・ベルナールよりファニー・ダヴェンポート嬢のほうがはるかに格上だとか、イギリスのどんなに裕福な家庭でも、青トウモロコシやそば粉のパンケーキ、ひき割りトウモロコシ（ホミニー）粉を手に入れるのはやはり難しいとか、世界霊魂［宇宙はそれ自体が活きた統一体であり、その統一原理として魂が偏在するという、プラトンに始まる考え方］の発達にはボストンが重要な役割を果たすとか、列車旅行における荷物検査の重要性とか、だらしなく言葉を引き伸ばすロンドン訛りに比べニューヨーク訛りは響きがやさしいとか。超常現象についても、サイモン・ド・カンタヴィル卿についても、誰もおくびにも出さなかった。十一時には家族全員が部屋に引き上げ、その三十分後には灯りもすべて消えた。しばらくしてオーティス氏は、部屋の外の廊下から聞こえてくる妙な音で目が覚めた。ガチャガチャと金属と金属がぶつかるような音で、だんだん近づいてくるように思えた。オーティス氏は跳ね起き、マッチを擦って時間を確かめた。午前一時ちょうど。ちっとも慌てていなかったし、脈をとってみても少しも乱れていなかった。妙な音は続いていて、それと一緒にはっきりと足音も聞こえた。彼は室内履きをつっかけ、道具入れから小さくて細長い小瓶を取り出し、ドアを開けた。目に飛び込んできたのは、青白い月明かりに照らされた、ひどい顔つきをした老人の姿だった。目は燃え盛る石炭のように赤く、伸びた白髪の巻き毛はもつれて肩まで垂れている。古風な仕立ての服は汚れてぼろぼろになり、手首と足首から重そうな手枷と錆びた足枷を引きずっていた。

「そこの旦那さん」オーティス氏は声をかけた。「その鎖には是が非でも油を差していただかないと。タマニー社の朝日印潤滑油の小瓶をお持ちしましたよ。たった一滴落とすだけで効果覿面だそうで、包装紙には、その効果のほどについて、わが国でも指折りのお偉い聖職者の方々の証言が並んでいます。ここにある寝室の蠟燭の横に置いておきますし、もしもっとご入用なら喜んでお持ちしましょう」アメリカ公使はそう言って小瓶を大理石のテーブルに置き、ドアを閉めてベッドに引き取った。

カンタヴィルの幽霊は当然ながら憤怒に駆られ、つかの間その場に立ち尽くしていたが、おもむろに小瓶を手に取ると磨き込まれた床に投げつけ、うつろなうめき声を漏らすと、怪しい緑色の光を発しながら、廊下を走って逃げた。ところが樫材の大階段の最上段にたどり着いたそのとき、いきなりドアが開き、白いローブ姿の二つの小さな影が現れたかと思うと、大きな枕が飛んできて、彼の頭上をシュッとかすめていったのだ。もはやもたもたしている暇はなく、カンタヴィルの幽霊は急いで〈四次元空間〉を使うことに決め、羽目板を通り抜けて姿を消した。屋敷はまた静かになった。

左側の棟の秘密の小部屋にたどり着いた幽霊は、月明かりの光線に寄りかかって息を整え、自分の今の状況を確認しようとした。この三百年間というもの、何者にも邪魔されることなく目覚ましい功績を残してきた彼が、これほどの侮辱を受けたのは初めてだった。彼は記憶をたぐり寄せた。ひらひらしたレースやらダイヤモンドやらを身につけて鏡の前に立った公爵未亡人を脅かし、卒倒させたこと。控えの寝室でカーテン越しににっこりほほ笑んでやっただけで、ヒステリーを起こした四人の女中。ある晩遅くに書斎から出てきたときに蠟燭を吹き消してやったら、すっかり神経がおかしくなってしまった教区牧師は、以来ずっとサー・ウィリアム・ガル医師の世話になっている。老トレムラック夫人は、ある朝早く起き出すと、暖炉のそばの肘掛椅子に座った骸骨が自分の日記を読んでいるのを見つけ、脳炎を発症して六週間床に就いたあげく、回復してからは教会と和解して、それまで手を携えてきた悪名高き懐疑主義者のヴォルテール氏と袂を分かった。そして、かの悪党カンタヴィル卿が喉にダイヤのジャックを詰まらせて、化粧室で窒息しかけているところを見つかった、あの恐ろしい夜のことを思い出した。彼は、賭博場のクロックフォード・クラブでまさにそのカードを使っていかさまをして、チャールズ・ジェームズ・フォックスから五万ポンドを巻き上げたことを死の直前に告白し、このカードは幽霊に呑み込まされたと訴えた。すばらしい偉業の数々が甦ってくる。窓ガラスを叩く緑色の手を見たせいで、銃で自殺した執事から、首の白い肌に五本の指の跡がくっきりと刻み込まれているのを隠すため、いつも黒いビロードのリボンを巻かなくてはならず、しまいにはキングズ・ウォークの突き当たりにある鯉の泳ぐ池に身投げをした美しきスタットフィールド嬢まで。真の芸術家なら誰でもそうかもしれないが、彼はそうした名演の数々を振り返っては熱心に自画自賛し、思わず苦笑いした。最後に「赤きルーベン、あるいは首を絞められた赤ん坊」として登場したときのこと、「グアント・ギベオン、バクスリー荒れ野(ムア)の吸血鬼」として「デビュー」したときのこと、ある六月のすてきな夜、ローンテニス場で自分の骨を使って九柱戯をプレーしてみせただけで起きた「大騒動」にどんなに興奮したか。それほど華々しい活躍のあとで、よりによってあの下劣でモダンなアメリカ人連中がやってきて、このわしに朝日印潤滑油を差し出し、頭に枕を投げつけてくるとは！　だが、歴史上、幽霊がこんな辱めを受けたためしは一度もないのだ。それゆえ彼は復讐を誓い、夜が明けるまでじっくりと策を練ったのだった。

Ⅲ

翌朝、オーティス一家が朝食の席で顔を合わせたとき、幽霊のことがひとしきり話題になった。アメリカ公使は、せっかくの贈り物を受け取ってもらえなかったと知ったとき、当然ながら少々がっかりした。「私は幽霊に危害を加えようなどというつもりは毛頭ないし、彼がこの屋敷で長いあいだ暮らしてきたことを思えば、枕を投げつけるのは礼儀にかなったおこないとは到底思えない」じつに正当な指摘だというのに、あとで聞かされた私としては残念ではあるが、当の双子は大笑いした。「そうは言っても」オーティス氏は続けた。「もし彼が朝日印の潤滑油をあくまで拒否するというなら、あの鎖を彼から取り上げなければなるまい。寝室の外であんなにうるさくされては、おちおち眠れない」

しかしその週の残りは彼らが幽霊に困らされることはなく、唯一関心の的となったのは、相変わらず新しくなる書斎の床の血の跡だけだった。それにしてもおかしな話なのだ。夜間はオーティス氏がかならず鍵をかけ、窓という窓は閂で固く閉ざされているのだから。カメレオンのごとく染みの色がころころ変わるのも一家の話題となった。ある朝は、蝦茶色といってもいい濁った赤だったのに、それが朱赤となり、翌日には濃い紫に、そして一度など、彼らが自由アメリカ改革聖公会の簡素なやり方で家族で祈祷をするために階下におりてきた折に、鮮やかなエメラルドグリーンになっていたこともあった。万華鏡さながらの変化に一家が大喜びしたのは当然で、毎晩、翌朝の色について賭けまでおこなわれる始末だった。冗談まじりのお喋りに加わらなかったのは小さなヴァージニアだけで、どういうわけか血痕を見るのをいつもひどくいやがり、エメラルドグリーンだった朝には泣きだしそうにさえなった。

二度目に幽霊が現れたのは日曜の夜だった。一家がベッドに入った直後、突然玄関ホールから聞こえてきた大音響に、全員が飛び上がった。慌ててみんなが階下に駆け下りると、古い巨大な鎧が台座からはずれて石の床に倒れているのが目に入り、さらには背もたれの高い椅子に腰かけたカンタヴィルの幽霊が、いかにも痛そうに顔をしかめて膝を撫でていた。自慢の豆鉄砲を手にしていた双子は、即座に二発、正確に命中させた。習字の先生相手に地道に練習を積んだことで、これだけの腕前になったのだ。一方アメリカ公使は拳銃を構え、カリフォルニア流の礼儀にのっとって、「手を挙げろ!」とまずは命じた。幽霊は甲高く怒りの声をあげていきなり立ち上がり、霧のごとく彼らのあいだをすっとすり抜けて、通りすがりにワシントン・オーティスの蠟燭を消し、彼らを完全な闇で包んだ。階段の最上段にたどり着くと、やっとわれに返り、お得意のおどろおどろしい笑い声を披露することに決めた。これまでにも一度ならずこの笑い声がとても役に立った。これを聞いたレイカー卿の髪の毛が一夜にして真っ白になったと言われているし、カンタヴィル嬢の三人のフランス語家庭教師が一か月ももたずに辞めていったのも間違いなくそれが理由だった。だから幽霊は、これ以上ないというくらい凄まじい声で笑い、声は古びた丸天井に幾重にも反響したが、その恐怖のこだまがまだやみもしないうちにドアが開き、水色の化粧ガウンを羽織ったオーティス夫人が現れた。「なんだかずいぶん体調が悪いみたいね。ドーベル先生のチンキを持ってきてさしあげたわ。もし消化不良が原因なら、あっという間に治ってしまいますのよ」幽霊は激怒してオーティス夫人を睨みつけると、さっそく彼が得意とする名高い変身術を駆使して、巨大な黒犬になる準備を始めた。かかりつけ医に言わせると、カンタヴィル卿のおじのトマス・ホートン閣下が痴呆症になったまま、いっこうに回復しないのは、その犬のせいだったという。しかし、こちらに近づいてくる足音を耳にして実行をためらい、結局かすかに燐光を放つ人魂に変身するに留め、死の喘鳴さながらの低い呻き声を漏らして姿を消した。ちょうど、さっき双子が現れたときのように。

　自室にたどり着くと、幽霊はがっくりと気落ちし、激情に身をまかせた。あの双子の狼藉やオーティス夫人の下劣な物質主義が本当に不愉快だったが、何よりいらだたしかったのは、鎧を身につけられなかったことだ。たとえ現代的なアメリカ人でも「甲冑姿の幽霊」を見ればさすがにおののくだろう。とくに理にかなった理由があるわけではないが、すくなくとも祖国の天性の詩人ロングフェローへの敬意があれば怖がるはずだ［ロングフェローには『甲冑姿の骸骨』という作品がある］。彼自身、カンタヴィル家の人々がロンドンに出かけたときなど、優美で魅力的な彼の詩を読んで、持て余す暇をつぶしたものだ。そうでなくても、あれは彼の甲冑なのだ。あれを着て、ケニワース城の馬上槍大会

でみごとな成績を収め、誰あろう、かの処女王［エリザベス一世のこと］ご自身からお褒めの言葉を頂戴したのだ。ところが今になって身につけてみると、分厚い胸当てや鋼の兜の重さに耐えきれず、石の床にもろとも倒れてしまい、両膝をひどく擦りむいただけでなく、右手の関節にも痣を作るはめになった。

それから数日は体の調子が悪く、書斎の血の染みを元通りにする以外には、部屋の外にも出なかった。しかし、そうして辛抱強く養生したおかげで回復し、アメリカ人公使とその家族を脅かす三度目の試みを決行することにした。日にちを八月十七日金曜日と定め、その日はほぼ一日じゅう衣装箪笥を眺めて、最終的に赤い羽根飾りのついた大きなつば広の帽子、手首と首にひだ飾りのある経帷子（きょうかたびら）を選び、錆びついた短剣を腰に挿した。夜が近づくにつれ、激しい嵐が到来し、吹きすさぶ風で古びた屋敷のあらゆる窓やドアが揺れてガタガタと鳴った。実際、決行にうってつけの天気だった。計画はこうだ。まずこっそりワシントン・オーティスの部屋に忍び込み、ベッドの足元から小声で話しかけて、かそけき音楽にのせて自らの喉を三回短剣で突く。ワシントンには格別の恨みがあった。ピンカートン印のピカピカ洗剤でかの有名なカンタヴィルの血痕を毎日せっせと取っているのは、ワシントンその人だからだ。向こう見ずな若者を恐怖の淵へ陥れたのちに、アメリカ公使とその妻の部屋へ向かい、オーティス夫人の額にじっとり湿った冷たい手をのせてやる一方で、震えている夫の耳元で納骨堂にまつわる身の毛のよだつような秘密を囁く。小さなヴァージニアについては、どうするかまだ決めかねていた。これまで彼女にはどんな侮辱も受けたことはなかったし、とてもやさしく愛らしい娘だ。衣装箪笥からうつろな声で何度か呻く程度で充分だろう。それでも起きないようなら、ベッドの掛け布の上をぴくぴくと引き攣る指でまさぐってもいい。双子にはよくよく思い知らせてやらねばなるまい。まずはもちろん、二人の胸の上にどっかと腰を下ろし、悪夢の胸苦しさを味わわせてやることだ。それから、氷のように冷たい緑色の死体を装い、ごく近くに並ぶ両のベッドのあいだに立てば、二人は恐怖で体が凍りつくに違いない。仕上げとして、経帷子を脱ぎ捨て、風雨にさらされて真っ白になった骨をあらわにし、片方しかない目をぐりぐりと回しながら、室内を這いまわってみせよう。これは「物言わぬダニエル、あるいは自殺者の骸骨」に登場する役柄で、一度ならずこれに扮して大成功を収め、まさに「気狂いマーティン、あるいは仮面の謎」での彼の名高い演技にも匹敵するものだ。

十時半になったとき、一家が寝室に入る音が聞こえた。しばらくは、双子の甲高い笑い声にいらいらさせられた。いかにも明るく元気な学童らしく、ベッドに入る直前まで遊んでいるようだったが、十一時十五分にはあたりはしんと静まり返り、時計が真夜中を打つと同時に幽霊は出撃した。梟がくちばしで窓ガラスを叩き、烏が櫟（いちい）の古木でカアカアと鳴き、隙間風が迷子の魂のごとく屋内を泣きながらさまよった。それでもオーティス一家はこの先どんな運命が待ち構えているかも知らずにすやすやと眠り、アメリカ公使の絶え間ないいびきの音が、雨風の音さえ凌駕して聞こえてきた。幽霊は、皺だらけの酷薄な唇によこしまな笑みを浮かべながら、壁の羽目板からそっと抜け出した。大きな張り出し窓の前を素通りするあいだ、月が雲間に顔を隠した。その張り出し窓には、彼自身のと彼が殺した妻のと、二種類の紋章が青と金で描かれている。幽霊は邪悪な影さながら滑るように進んでいき、彼が通りかかると闇そのものさえ彼を忌み嫌ってよけるかのようだった。一度、何かに呼び止められたような気がして足を止めたが、レッド農場のた

だの犬の吠え声だったので、十六世紀風の奇妙な悪態をつくと、また進みだし、ときどき闇で満ちた宙に錆びた短剣を振りかざした。とうとう不運なワシントンの部屋へ続く廊下の角にたどり着いた。つかの間そこで立ち止まるあいだ、風が長い白髪をかき乱し、言いようのない恐怖を醸す経帷子に奇怪で幻想的な皺を作った。そのとき時計が十二時十五分を打ち、幽霊はいよいよだと心を決めた。くすくすと一人笑いながら、角を曲がる。ところがとたんに恐怖の呻き声を哀れに漏らして尻もちをつき、長い骨ばった手で青ざめた顔を隠した。目の前に、彫刻のように微動だにせぬ、狂人の夢のように巨大な、世にも恐ろしい化け物が立っていたのだ！ 頭は禿げ上がり、つやつや光っている。顔はまん丸で肉づきがよく、真っ白。おぞましい笑いを浮かべ、永遠の笑みが刻まれたかのような歪んだ表情だ。目からは緋色の光線が伸び、ぱっくりと開いた口では炎が燃え、彼自身のそれと似た醜悪な服はタイタンさながらの巨体を無音の雪のごとく包んでいた。胸には古びた文字で何か妙な文句が書かれた札を下げている。長々とした恥辱の歴史のようにも、恐るべき罪の記録のようにも、途方もない犯罪の一覧のようにも見える。そして高々と掲げた右手には、ぎらぎらと光る鋼の曲刀が握られていた。

自身では今まで一度も幽霊を見たことがなかった彼は、当然ながら震え上がり、その恐ろしげな怪物をもう一度だけちらりと見ると自室へ逃げ帰った。廊下を走るうちに長々とした経帷子に足を取られ、錆びついた短刀を公使の長靴にうっかり落としてしまった。それは翌朝執事が発見することになる。安全な自室に帰り着くと、幽霊は小さな簡易ベッドに飛び込み、顔を伏せてシーツをかぶった。しかししばらくすると、勇敢で老獪な本来のおのれがおのずと頭をもたげ、朝になったらすぐにもう一人の幽霊に話をしに行こうと心に決めた。そこで、山のてっぺんに朝の銀色の光が差し込むや、あの気味の悪い化け物を最初に見つけた場所に戻った。結局のところ、幽霊一人より二人のほうが心強いし、新たな友人の協力があれば、楽に双子を組み伏せられるかもしれない。しかしその場に到着したとき、目にしたのは悲惨な光景だった。怪物の身に何か災難が振りかかったのは明らかだ。目の光はすっかり消えてうつろな空洞となり、ぎらぎらと輝いていた曲刀は手から滑り落ち、なんとも不自然な格好で壁に寄りかかっていた。慌てて駆け寄り、抱え起こしたとたん、恐ろしいことに、頭がごろりと床に転がり落ちて、体も力なくだらりとなった。ふと気づくと手の中にあるのは薄地の白いベッドカーテンで、足元には箒と肉切り包丁、それに蕪が転がっていた。なぜ怪物がこんなものになり果ててしまったのかわからず、勢い込んで札をひっつかんだ。灰色の朝の光に照らされると、そこにはこんなぞっとするような言葉があったのだ——

汝オーティスの幽霊

汝こそ唯一無二の真の化け物なり
汝の模造品にご注意あれ
ほかはすべて偽物なり

ようやく彼もすべて悟った。自分はまんまと騙され、一杯食わされ、出し抜かれたのだ！　かつてのカンタヴィルの幽霊のまなざしがその眼(まなこ)に戻ってきた。歯のない歯茎を擦り合わせ、皺だらけの両手を頭上に高々と掲げ、いにしえの鮮やかなる言いまわしでもって誓った。雄鶏が二度高らかに時を告げるとき、事はなされ、鮮血は華々しく流れ、殺人者は音もなく凱旋するであろう。

彼がこうして恐ろしい誓いを立てるや、どこか遠くの家屋の赤い瓦の屋根の上で雄鶏が時をつくった。彼はくつくつと低く苦い笑いを続け、待った。ところが何時間も待ったのに、なぜか雄鶏は二度と啼かなかった。結局、七時半になって女中たちが屋敷に到着しだしたところで恐怖の寝ず番をあきらめ、無駄に終わった誓いとくじかれた決意のことを思いながら、すごすごと自室へ戻った。そして、ことのほか好んで読んでいる、古い騎士道物語の本を調べてみて、過去あの誓いの文句が使われたときはかならず、雄鶏は二度、時の声あげていたことを確認した。「わからず屋の雄鶏は地獄行きだ」彼はつぶやいた。「わしがまだ現役であれば、頑丈な槍で彼奴の喉をずんと突き、断末魔の声をあげさせてやったのに」それから寝心地のよい鉛の棺桶に収まり、夕方まで眠った。

Ⅳ

翌日、幽霊はとても体が弱り、疲れていた。この四週間、張りきりすぎたツケがまわってきているのだ。神経がずたずたになり、ほんのわずかな音にもびくっとした。五日間連続で部屋から出ず、とうとう書斎の床の血痕のこともあきらめた。あんなに貴重なものを汚れ扱いするようなオーティス一家のために、わざわざ拝ませてやることもない。連中が低級な物質主義的世界観の中で生きていることは明らかで、感覚に訴える現象の象徴的な価値がわからないのだ。幻の体を作り出し、幽霊として出現することは、もちろんそれとは事情が別で、じつは彼自身がどうこうできることではない。週に一度廊下に出ること、毎月第一と第三の水曜日に大きな出窓越しによしなしごとをぼそぼそと話すことは彼の厳粛な義務で、その仕事を怠るのはけっして許されないと思っていた。自分の人生がとても邪悪なものだということは確かだが、その一方で、超常現象にかかわることには何でも誠実に取り組んだ。だからその後の三回の土曜日には、いつものように真夜中から午前三時までのあいだに、人に見られたり聞かれたりしないよう細心の注意を払って、廊下をうろうろした。大きな黒いビロードのマントを羽織って、ブーツは脱ぎ、虫に食われた古い床板の上をできるだけそろそろと歩いた。そして、鎖に朝日印潤滑油を丁寧にさした。言っておくが、彼がこの最後の予防措置に手を出すまでには、かなりの葛藤があったのだ。しかし、ある晩、一家が晩餐をとっているあいだにオーティス氏の寝室に忍び込み、小瓶を拝借した。最初は少々屈辱感を覚えたものの、彼にも分別はあるので、たしかにこの発明は賞賛してしかるべきだとのちに認めた。ある意味、自分の目的にとっては持ってこいの道具でもあったのだ。そんなふうにいろいろと改善したというのに、まだ放っておいてはもらえなかった。廊下にはいつも糸が渡されていて、彼は暗がりでそれに足を引っかけ、またあるときなど、「黒いアイザック、あるいはホグリーの森の狩人」の役柄に扮していたとき、床に塗られていたバターで足を滑らせて思いきりすっ転んだ。双子のやつらが「タペストリーの間」の入り口から樫材の階段の最上段までそうして床をバターまみれにする悪戯をしたのだ。これにはさすがに腹が立って、最後にもう一度こちらの威厳と社会的地位を見せつけようと、「向こう見ずなルパート、あるいは首なし

伯爵」のかの有名な役柄に扮して、翌晩、あの年若く無礼なイートン校生たちのもとを訪ねることにした。

この扮装を最後にしたのは、じつに七十年以上前のことだ。そう、その格好でバーバラ・モディッシュ嬢を怖がらせて以来だ。そのせいで彼女は今のカンタヴィル卿の祖父との婚約を突然破棄し、あんなに恐ろしい幽霊が黄昏時に歩廊をうろつくような家へはとても嫁げないと宣言して、ハンサムなジャック・キャッスルタウンとスコットランドのグレトナ・グリーンへ駆け落ちした。哀れなジャックは、のちにウォンズワース・コモンでカンタヴィル卿と拳銃で決闘して命を落とし、バーバラ嬢はその年のうちに、タンブリッジ・ウェルズの町で傷心がもとで亡くなった。だから万事、大成功を収めたのである。しかしそれはきわめて難しい「扮装」なのだ——超自然現象（いや、もっと科学的な表現を用いるなら高位の自然界）の中でも最大級の謎を説明するのに、こんな演劇用語を使っていいのかどうかわからないが。なにしろ準備に丸々三時間もかかるのである。ようやく準備が整い、彼は自分の見かけにいたく満足がいった。彼にはやや大きい衣装を身に着け、それに合わせて大きめの革の乗馬靴を履いた。本来二丁持たなければならない馬上短銃が一丁しか見つからなかったとはいえ、なかなか様になっている。一時十五分過ぎに壁の羽目板から滑り出て、廊下をそろそろと進んだ。双子のいる部屋は、壁紙の色から「青の寝室」と呼ばれているのだが、そこにたどり着いたとき、ドアが半開きになっているのに気づいた。劇的な効果を演出しようと、思いきり押し開けたそのとき、上からいきなり重い水入れが落ちてきて、数インチというところでぎりぎり左肩にぶつからずにすんだものの、全身ずぶ濡れになってしまった。間髪を置かずに、四柱式のベッドから押し殺した笑い声が聞こえてきた。ショックのあまり、彼は脇目も振らずに全速力で部屋に逃げ戻ったが、ひどい風邪を引き、翌日は床に臥せった。せめてもの慰めは、頭を持っていかなかったことだった。もし体に頭をのせていっていたら、もっと大変なことになっていただろう。

彼はもはや無礼なアメリカ人一家を脅かそうとするのをあきらめて、いつもの習慣どおりに縁飾りつきの室内履きをつっかけ、隙間風をやり過ごすために喉に分厚い赤いマフラーを巻き、万が一双子に襲われたときのために小さな拳銃を持って、廊下をうろつくだけでよしとした。しかし、九月十九日に決定打を受けた。彼は、そこならとにかく誰にも邪魔されないとわかっていたから、階下の広い玄関ホールへ向かったのだ。かつてカンタヴィル一家の肖像画があった場所に今は飾られている、アメリカ人の写真家サロニーによるオーティス氏と妻の巨大な写真を眺めて、嫌味を言ってやるのが楽しかった。ところどころ教会墓地の土で汚れた、簡素だがきちんとした長い経帷子をまとい、顎が落ちないように黄色い麻のリボンで結びつけ、小さな角灯と寺男のシャベルを持っている。じつを言うとこれは、彼の演じる役の中でも最高傑作の一つ、「墓なしのジョナス、あるいはチャーツィー納屋の死体泥棒」の格好であり、これこそがカンタヴィル一家と隣人のラフォード卿が諍いを起こしたきっかけなので、一家には忘れようにも忘れられない役柄だったのだ。時刻は午前二時十五分頃、彼が確認したかぎり、誰もが身じろぎ一つせずに眠っていた。ところが、血痕が残っているかどうか確かめようと、書斎に向かって移動し始めたとき、通路の隅の陰から二つの人影が、頭上で武器を激しく振りながら突然飛びかかってきて、彼の耳元で「ワッ」とわめいたのだ。

状況を考えれば当然だが、気が動転した彼は階段を駆け上がり、そこで大きな園芸用霧吹きを

持って待ち構えていたワシントン・オーティスと出くわして、四方を敵に囲まれ、追い詰められた幽霊は、巨大な鉄製のストーブに逃げ込んだ。火が入ってなかったのは、彼にとってはさいわいだったと言える。幽霊は通気管や煙突を通ってなんとか部屋に戻ったが、服は乱れ、煤でひどく汚れて、絶望にまみれていた。

その後、彼が夜さまよう姿はいっさい見られなくなった。双子はたびたび待ち伏せを仕掛け、毎晩廊下にクルミの殻をまいて両親や使用人たちを困らせたが、無駄骨に終わった。気分を害して、もう二度と人前には現れるまいと思っているのは明らかだった。それならと、オーティス氏は、ここ数年続けてきた、民主党の歴史を研究するという大仕事を再開した。オーティス夫人は海辺で大規模なパーティを催して、州じゅうの人々をあっと驚かせた。男の子たちは、ラクロス、トランプのユーカーやポーカーなど、アメリカ風のゲームに興味を移し、ヴァージニアは、休暇の最後の週にカンタヴィル・チェイス荘に遊びに来た、若きチェシャー公爵と一緒に、ポニーに乗って田舎道を走った。幽霊はどこかに行ってしまったのだろうと誰もが思い、実際オーティス氏はカンタヴィル卿に宛てた手紙にその旨をしたためた。卿は、それはよかったと返事をよこし、夫人に対しても祝いの言葉を贈った。

しかしオーティス一家はまんまと騙されていた。幽霊はまだ屋敷にいたし、今は心身ともに弱って動くに動けなかったが、このまま引き下がるつもりはなかった。とりわけ、今いる客人の一人が若きチェシャー公爵だと聞いては、黙っていられない。昔、彼の大おじフランシス・スティルトン卿はカンタヴィルの幽霊と骰子遊びをしてみせると言って、カーバリー大佐を相手に百ギニーを賭け、翌朝、カード部屋の床で力なく伸びているところを発見されたのだ。ずいぶんと長生きはしたものの、それからというもの、「六のゾロ目」以外の言葉を発することができなくなってしまった。当時その話はあっという間に世に広まった。もちろん、高貴な両家の心情を慮って、噂を揉み消そうとあらゆる手が講じられたが、無駄だった。やがて、出来事の前後関係も含めた完全版が、タトル卿が著した『摂政皇太子とそのご友人たちの思い出』の第三巻に収録されることになる。だから当然ながら幽霊としては、遠縁にあたるスティルトン家の人々に影響を及ぼす力をまだ失ってはいないというところを、人に見せつけたくて仕方がなかったのだ。彼自身の従姉妹がド・バルクリー卿と再婚（アン・スコンズ・ノス）し、知ってのとおり、チェシャー公爵はその子孫なのだから。それゆえ、彼はヴァージニアの若い恋人の前に、かの有名な「吸血僧、あるいは血も涙もないベネディクト会修道士」に扮して出ていってやろうと計画したのだ。彼がこれを演じると、それはもう恐ろしく、一七六四年の運命の大晦日に老スタータップ夫人がこれを目撃したとき、耳をつんざくような悲鳴をあげ、とうとう重い卒中を起こして、三日後に息を引き取った。夫人は亡くなる直前に、いちばん近い親戚であるカンタヴィル家から相続権を剝奪し、全財産をロンドンの行きつけの薬局に遺したのである。しかし、幽霊はいざ部屋を出ようとしたとき、双子のことを思い出して怖気づいた。おかげで若き公爵は「王家の寝室」で羽飾りつきのみごとな天蓋のもと、すやすやと眠り、ヴァージニアの夢を見たのだった。

V

その数日後、ヴァージニアは巻き毛のナイト役とともにブロックリー牧場へ遠乗りに行き、生垣を抜けるときに乗馬服をひどく破いてしまったので、帰宅すると、人に見られないようにこっそり裏階段を上がることにした。「タペストリーの間」の前を通りかかったとき、たまたまドアが少し開いていたので、誰か中にいるのかなと思った。母のメイドがときどきそこに縫い物などを持ち込んでいたから、彼女だろうと思い、どうせだから破れたところを繕ってもらおうと、中を覗き込んだ。ところが驚いたことに、そこにいたのはなんと、カンタヴィルの幽霊だったのだ！彼は窓辺に腰かけ、黄色く色づいた木々から黄金がはらはらと散りしだき、延々と続く通りで赤い木の葉が乱れ舞うのを眺めていた。彼は頬杖をつき、全身から究極の憂鬱が滲んでいた。すべてに見放され、癒せないほどに傷ついているように見え、最初小さなヴァージニアはとっさに逃げ出して部屋にこもろうかと思ったのだが、なんだかあまりにもかわいそうで、ためしに慰めることにした。とても軽い足取りだったし、幽霊自身、鬱の虫にとり憑かれていたので、彼は話しかけられるまでヴァージニアがそこにいることに気づかなかった。

「本当に申し訳なく思っているわ」彼女は言った。「でも兄や弟たちは明日イートン校に戻るから、あなたがお行儀よくしさえすれば、誰もあなたを困らせないと思う」

「わしにお行儀よくしろと頼むなんて、馬鹿げてる」幽霊はあたりを見まわし、自分に話しかけるほどの勇気の持ち主が小さなかわいい女の子だったことを知って驚いた。「鎖をガチャガチャ鳴らし、鍵穴から呻き声を漏らし、夜中に歩きまわるのがわしの仕事だ。おまえがそれをやめろと言っているのだとすれば、じつに馬鹿げた話だ。それこそが、わしが存在する唯一の理由なんだ」

「そんなの、存在する理由になんかならないわ。それに、あなたは今までとっても悪い子だった。

ここに来た日にアムニーさんから聞いたけど、あなた、奥さんを殺したんでしょう?」

「いかにも」幽霊は不服そうに答えた。「だが、それは純粋に夫婦の問題だし、誰も口出しはできないことだ」

「人を殺すのはとても悪いことよ」ヴァージニアは言った。そんなふうに彼女の言動には、大昔のニューイングランドの祖先から受け継いだ、清教徒らしい生真面目さがときどき顔を見せた。

「ああ、わしはそういう中身のない道徳観の安っぽい押しつけが大嫌いなんだ！ 妻は器量が悪くて、わしのひだ襟の糊づけさえまともにできず、料理の何たるかがまるでわかっていなかった。いいか、ある日わしはホグリーの森で雄鹿を仕留めた。それはみごとな二歳の雄鹿だったが、あいつがどんなふうに料理してテーブルに出したと思う？ まあ、今ではどうでもいいことだ。みんな過去のことだからな。だが、たとえわしがあいつを殺したとしても、あいつの兄弟たちがわしを飢え死にさせたのは、どうかと思うぞ」

「飢え死にさせられたの？ まあ、幽霊さん、いえ、サー・サイモン、お腹は空いてなくて？ 籠にサンドイッチがあるの。一ついかが？」

「いや、けっこう。今はもう何も食べないのだ。それでも、じつに親切なことだ。無礼で下品、人をだまくらかすことばかり考えている、忌まわしい家族のほかの連中とは大違いだ」

「そこまで！」ヴァージニアは足をドスンと踏み鳴らして大声で言った。「無礼で下品で忌まわしいのはあなたのほうだし、人を騙すということで言えば、あなたは私の道具箱から絵具を盗んでは、書斎のあのおかしな血痕をせっせと手入れしていたじゃないの。最初は、朱色も含めて赤い絵の具を全部盗まれたから、私はもう夕焼けを描くことができなくなってしまった。すると今

度はエメラルドグリーンやらクロムイエローやらがなくなって、今では群青色と白しか残っていない。これでは月光に照らされた景色しか描けないわ。月明かりの光景って、見るとなんだか気持ちが暗くなるし、描くのも難しいのよ。告げ口なんてしなかったし、私はとても不愉快だったけれど、あれってすごく変だと思った。だって、エメラルドグリーンの血なんて、聞いたことがないわ」

「うむ、確かにな」幽霊は意外と素直に認めた。「では、どうすればよかったんだ？　近頃では本物の血を手に入れるのは簡単なことではないし、そもそも、おまえの兄さんがピカピカ洗剤を持ち出したのが悪いんだから、わしがおまえさんの絵の具を失敬していけないわけがない。色については、結局のところ好みの問題だ。たとえばカンタヴィル家の人間はみな血が青い。イングランド一、青いんだ。だが、アメリカ人がこの手の話を好まないことは承知しておる」

「あなた、なんにも知らないのね。アメリカに移民して、考えを改めたほうがよさそう。パパなら喜んであなたに渡航許可証を出してくれるわ。あなたは幽霊（スピリット）で、お酒（スピリッツ）ならどんな種類のものでも重い関税がかかるけど、税関の役人はみんな民主党支持者だから、するっと通れるはず。そしていざニューヨークに上陸すれば、あなたならきっと大成功を収めるわ。立派なご先祖様が手に入るなら、大枚をはたこうという人が大勢いるの。一家憑きの幽霊を求める人よりはるかに多い」

「アメリカが好きになれるとは思えんね」

「それは、アメリカには廃墟も骨董品もないからかしら」ヴァージニアが皮肉たっぷりに言った。

「廃墟も骨董品もないとは！」幽霊が応じた。「あるのは海軍と礼儀作法だけか」

「あら、よくってよ。パパのところに、双子の休暇をもう一週間延ばしてちょうだいとお願いしに行くわ」

「行かないでおくれ、ヴァージニア嬢」彼は必死だった。「一人では寂しくて、つらすぎる。もうどうしていいかわからないのだ。眠りたいのに眠ることもできない」

「そんな馬鹿な！　ベッドに入って蠟燭を吹き消せばいいだけよ。たとえば教会に行ったときとか、目を開けておくのがとても難しいことはときどきあるけれど、眠るのに苦労するなんてこと、ありえない。だって、赤ん坊でさえ眠り方を知ってるのよ？　あんなに何ものを知らないのに」

「わしはもう三百年も眠っておらんのだ」彼が悲しげに言うと、ヴァージニアの美しい青い目が大きく見開かれた。「もう三百年ものあいだ、まんじりともせず、ほとほと疲れてしまった」

ヴァージニアの表情が暗く重くなり、小さな唇が薔薇の葉のごとく震えだした。彼女は幽霊に近づき、横にひざまずいて、皺だらけの年老いた顔を見上げた。

「かわいそうな幽霊さん」彼女は囁いた。「安心して眠れる場所はどこにもないの？」

「はるか彼方の松林にある」彼は夢見るような低い声で答えた。「小さな庭園があってな。草々が高く伸び、ドクニンジンの花の白い星がそこここに顔を出し、ひと晩じゅう小夜啼鳥が囀っている。そうしてひと晩じゅう囀りが響くなか、冷えた玻璃のごとき月がこちらを見下ろし、眠りを貪るものたちの上に、櫟がその巨大な枝を長く伸ばしている」

ヴァージニアの瞳にみるみる涙が浮かび、彼女は両手で顔を覆った。

「それは『死の庭』のことね」彼女は囁いた。

「そう、死だ。死は本来とても美しいものなのだ。柔らかな褐色の土に横たわり、頭上では草が揺れ、静寂に耳を傾ける。昨日も明日もなく、時間を忘れ、人生を忘れ、安らかにある。おまえならわしを助けることができる。死の家の門をわしのために開けてくれ。おまえの心にはつねに愛があるのだから。愛は死よりも強いのだ」

ヴァージニアは震えた。冷たい戦慄が体を駆け抜け、つかの間二人とも口をつぐんだ。まるで悪夢の中にいるような気分だった。

するとと幽霊がふたたび話し始めた。彼の声はまるで風のため息のようだった。

「書斎の窓に書かれた古い予言を読んだことがあるかね？」

「ええ、何度も」少女は顔を上げて声を張り上げた。「とてもよく知っているわ。なんだかおかしな黒い文字で書かれているから、読みにくいけれど。たった六行しかない。

黄金の少女が勝利するとき、
罪の唇より祈り聞かれん、
実を結ばぬアーモンドが実を結び、
幼子がその涙を贈りしとき、
屋敷はことごとく静まり、
カンタヴィルに安らぎが訪れる

だけど私にはどういう意味かわからないわ」

「教えよう」彼は悲しそうに言った。「わしの罪のためにおまえに涙を流してもらわねばならないということだ。わしの涙はもう涸れ果ててしまったから。そしてわが魂のために祈りを捧げてほしい。わしには信心などないのでな。そして、もしおまえがこれまでずっとやさしく善良で、かわいい娘だったなら、死の天使がわしに情けをかけてくれる。闇に紛れていかにも恐ろしげな何かが現れ、おまえの耳元でよこしまな声が囁きかけてくるかもしれぬ。だがやつらにはおまえを傷つけることはできぬ。幼子の無垢さには、地獄の力は勝てないからだ」

ヴァージニアは何も答えず、幽霊はうつむいた少女の金髪の頭頂部を見下ろしながら、必死の思いで両手を揉み絞った。ふいに少女が顔を蒼白にして立ち上がった。その目には奇妙な光が宿っていた。「私は怖くないわ」ときっぱり言う。「あなたにお慈悲を、と死の天使にお願いする」

幽霊はかすかに喜びの声を漏らして椅子から立ち上がり、優雅で古風なやり方で少女の手を取り、かがみ込んで接吻をした。幽霊の指は氷のように冷たく、唇は炎のように燃えていたが、ヴァージニアはひるまず、そのままその薄暗い部屋を彼に連れられて進んだ。色褪せた緑色のタペストリーには、狩人たちが小さく刺繍されている。彼らは房つきの角笛を吹き、小さな手を振って、彼女を追い返そうとしている。「お戻り、小さなヴァージニア!」彼らがわめく。「お戻りよ」しかし幽霊はさらに強く彼女の手を握り、ヴァージニアは目を閉じて狩人たちを視界から締め出した。彫刻の施されたマントルピースから、トカゲの尻尾を持つ恐ろしげな獣がぎょろっとした目をこちらに向けてしばたたき、囁いた。「気をつけろ、小さなヴァージニア、気をつけろ!二度とおまえの顔を拝めなくなるかもしれんぞ」それでも幽霊はさらに足を速め、ヴァージニアにも声に耳を貸さなかった。部屋の奥にたどり着いたとき、幽霊は立ち止まり、ヴァージニアには理解できない言葉をつぶやいた。彼女が目を開けると、壁が霧のようにゆっくりと薄れていき、目の前に巨大な洞穴がぽっかりと口を開けた。まわりでは刺すような寒風が吹き、何かがスカー

トを引っぱっているような気がした。「急げ、急げ」幽霊がわめいた。「さもないと、遅れてしまう」その瞬間に壁紙が二人の背後で閉じ、「タペストリーの間」には誰もいなくなった。

VI

そのおよそ十分後、お茶の時間を知らせるベルが鳴ったが、ヴァージニアが下りてこないので、オーティス夫人は従僕に呼びに行かせた。少しして下りてきた従僕は、ヴァージニア嬢の姿がどこにも見えないと夫人に告げた。娘は毎日夕方になると、晩餐のテーブルを飾る花を摘みに庭に出るので、しばらくは気にしていなかったが、時計が六時を打っても戻らないので、だんだん不安になってきた。息子たちに外へ探しに行かせ、自分とオーティス氏は部屋を一つひとつ見てまわった。六時半に息子たちが戻ってきたが、妹はどこにもいないと報告した。今では全員がひどく動揺し、どうしていいかわからなくなった。そのときふとオーティス氏が、数日前にジプシーの一団から庭園で野営をさせてほしいと頼まれたことを思い出した。彼はすぐに、長男と二人の作男を連れて、ジプシーたちがいたとわかっているブラックフェル盆地(ホロー)へ向かった。若きチェシャー公爵は心配で気が気でない様子で、自分も一緒に連れていってほしいと強く懇願したが、諍いが起きては困るので、同行を許さなかった。ところが目的地に着くと、すでにジプシーたちの姿はなく、連中がかなり慌ててそこを発ったことは、見れば明らかだった。焚火がまだくすぶっていたし、草の上に皿が数枚置き去りにされている。ワシントンと二人の作男にあたりを虱潰しにさせる一方、自分は自宅に取って返し、州内の全警察に電報を送って、宿無しかジプシーに誘拐された女の子をすぐに探してほしいと訴えた。それから愛馬を引いてこさせ、三人の息子と妻には晩餐を始めておくよう言い置いて、厩番とともにアスコット通りを駆けだした。ところが数マイルも行かないうちに、早駆けの馬の足音が近づいてくるのに気づき、振り返ると、若き公爵が顔を真っ赤に紅潮させ、帽子もかぶらずに、ポニーにまたがって追ってくるではないか。「どうかお許しください、オーティス閣下」若者はあえぎながら言った。「でも、ヴァージニアの行方がわからないかぎり、食事など喉を通りません。どうか僕を叱らないでください。去年僕らの婚約を許していただいていれば、こんな騒動は起きなかったはずです。僕を送り返したりなさいませんよね？　とても戻れないし、戻るつもりもありません！」

公使は、そのハンサムな若き厄介者に思わずほほ笑み、彼のヴァージニアへの献身に胸を打たれて、馬から身を乗り出して肩を軽く叩くと言った。「そうかセシル、戻らないなら、一緒に来るしかないな。だが、アスコットで帽子を買ってやらねばならん」

「ああ、帽子などどうでもいい！　僕が欲しいのはヴァージニアです！」若き公爵はそう言って笑い、彼らは鉄道の駅まで馬を走らせた。そこでオーティス氏は駅長に、ヴァージニアの年恰好と一致するような女の子をホームで見かけなかったか尋ねたが、芳しい答えは返ってこなかった。それでも駅長は路線の各駅に打電して、そういう女の子に特別気をつけることを約束してくれた。今しも店じまいをしようとしていた織物商で若き公爵のために帽子を買ったあと、オーティス氏は四マイルほど離れたところにある村、ベクスリーに向かった。隣に共有地があるので、ジプシーの根城としてよく知られている場所だと教えられたのだ。到着すると、寝ていた地元の警察官を起こして話を聞いたものの、何も情報は得られなかった。共有地を馬で巡ってみたあと家路につき、チェイスに到着したときにはすでに十一時近くになっていて、誰もが疲れきり、ほとんど絶望していた。番小屋でワシントンと双子が角灯を持って待っているのがわかった。夜道はもう真っ暗だったからだ。

ヴァージニアの行方は杳として知れなかった。例のジプシーたちはブロックリー牧場で捕まったが、ヴァージニアは一緒ではなかった。彼らが慌てて出発したのは、チョートンで開催される祭りの日にちを勘違いしていたからで、遅れてはならじと急に発ったのだという。実際、彼らはオーティス氏が庭園での野営を許可してくれたことにとても感謝していたから、ヴァージニアが行方不明になったと聞いてとても心を痛め、捜索を手伝わせるために仲間のうち四人をそこに残していったほどだった。鯉の池も浚われ、チェイスじゅうがくまなく捜索されたが、何の手掛かりもなかった。とにかくその晩は、もはやヴァージニアはどうやっても見つかりそうになく、屋敷にとぼとぼと向かうオーティス氏と若者たち、続く二頭の馬とポニーを引き連れた厩番は、みなひどく沈んでいた。玄関ホールには怯えた様子の使用人の一団が集まり、オーティス夫人は恐怖と不安でひどく取り乱し、書斎のソファーに横たわって、年老いた家政婦長がその額をオーデコロンで冷やしている。オーティス氏はすぐに妻に何か食べなければだめだと告げ、全員に軽い夕食を出すようにと使用人に注文した。暗い雰囲気のなか、一同は食事をした。ほとんど誰も喋らず、双子さえ怯え、打ち沈んでいた。二人は姉さんが大好きだったのだ。食事が終わると、オーティス氏は若き公爵が食い下がったにもかかわらず、今夜はもうどうすることもできないと言って、全員に就寝を命じた。そして、明朝ロンドン警視庁(スコットランドヤード)に電報を打ち、すぐに何人か刑事をよこしてもらうと話した。彼らが食堂を後にしようとしたとき、時計塔から午前零時を告げる鐘の音が聞こえた。その最後の鐘が鳴り響いた瞬間、ドスンと何かが壊れる音と突然絹を裂くような悲鳴が聞こえた。不気味な雷鳴が屋敷を揺るがし、この世のものとは思えない音楽の旋律が宙を舞い、階段の最上段の壁板がバリバリッと吹っ飛んだかと思うと、真っ青な顔で小箱を手にしたヴァージニアが踊り場に現れた。たちまち全員が彼女のもとへ殺到した。オーティス夫人は娘を熱烈に抱き締め、公爵は乱暴なくらいキスの雨を降らせ、双子は戦で勝ったかのように、一同のまわりで踊り狂っている。

「なんということだ！　今までいったいどこにいたんだ？」オーティス氏は、娘がくだらない悪戯か何かを仕掛けたのだととっさに思い込み、少々立腹した様子で言った。「セシルと私はおまえを捜してあたりを馬で駆けずりまわったし、お母さんは死ぬほど心配していたんだぞ。こういう悪ふざけは二度とするな」

「相手が幽霊なら別だけど！　相手が幽霊なら別だけど！」双子は跳ねまわりながら声を張り上げた。

「ああ愛しい子、見つかって本当によかったわ。二度と私のそばから離れないでちょうだい」オーティス夫人はつぶやいて、震えている娘にキスし、もつれた金髪を撫でた。

「パパ」小さな声でヴァージニアが言った。「私、幽霊さんと一緒にいたの。彼は死んでしまった。見に来てちょうだい。幽霊さんは悪いことばかりしてきたけれど、とても反省して、死ぬ前にこのきれいな宝石の小箱をくれたの」

家族全員が驚きのあまり言葉もなく彼女を見つめていたが、ヴァージニアはごく真剣で、厳粛な面持ちだった。彼女は踵を返し、全員を引き連れて壁の穴から狭い秘密の通路を進んでいった。ワシントンは、火の灯った蠟燭をテーブルから取ってきてから続いた。しまいに彼らは、錆びついた釘の打ち込まれた、巨大なオークの扉の前にたどり着いた。ヴァージニアが触れると、蝶番の抵抗に遭いながらも扉は重々しく開き、そこに低い丸天井の小部屋が現れた。鉄格子のはまった小さな窓が一つだけある。壁に巨大な鋼の輪が埋め込まれ、そこに鎖で不気味な骸骨が繋がれていた。骸骨は床に長々と横たわり、肉体を失った長い指を、ぎりぎり届かないところに置かれた時代遅れな仕様の木皿と水差しに必死に伸ばしているように見えた。水差しがかつては水で満たされていたことは、中が緑色の黴でびっしりと覆われていることからも明らかだった。木皿の上には埃が積もっているだけだ。ヴァージニアが骸骨の横にしゃがみ込み、小さな手を組み合わせて静かに祈り始める一方で、一団のほかの人々は、今初めて白日のもとにさらされた恐ろしい悲劇の秘密をまじまじと眺めていた。

「おおい!」突然双子の一人が声をあげた。彼は窓の外をのぞき、その部屋が家のどこにあるのか確認しようとしていたのだ。「おおい! 枯れていた古いアーモンドの木が花を咲かせたぞ。月明かりで花がはっきりと見える」

「神は彼をお許しになったのよ」ヴァージニアが厳かに言い、立ち上がった。幽玄たる光が彼女の顔を輝かせているかのように見えた。

「君は本物の天使だ!」若き公爵は感嘆の声をあげ、彼女の首に腕をまわして抱き寄せると、口づけをした。

Ⅶ

その不可思議な出来事の四日後、夜中の十一時頃に、カンタヴィル・チェイス荘で葬儀が始まった。霊柩馬車は頭の上で上下に揺れるみごとな孔雀の羽根飾りをつけた八頭の黒馬に引かれ、鉛製の棺は、金糸でカンタヴィル家の紋章が刺繍された深紫の布で覆われている。霊柩馬車と四頭立ての馬車の列の脇を篝火を掲げた使用人たちが歩き、葬列はじつに壮麗に進んだ。喪主は、葬儀に参列するためにはるばるウェールズからやってきたカンタヴィル卿が務め、小さなヴァージニアとともに先頭の馬車に乗った。二台目の馬車にアメリカ公使とその妻、三台目にワシントンと三人の若者たち、そして最後の馬車にはアムニー夫人がいた。生まれてこのかた五十年以上もかの幽霊に脅かされ続けてきたのだから、その最後を見送る権利があると誰もが思ったのだ。教会墓地の隅、櫟の古木のすぐ下に、深い墓穴が掘られ、オーガスタス・ダンピア師によって粛々と祈祷がおこなわれて、とても感動的な葬儀となった。式が終わると、カンタヴィル家の古い慣習にのっとり、使用人たちが篝火を消し、棺が墓穴に下ろされたところで、ヴァージニアが進み出て、白とピンクの花のついたアーモンドの枝で作った大きな十字架をそこに置いた。折しも月が雲間から顔を出して、狭い教会墓地を静かに銀の光で満たし、彼方の低木林で小夜啼鳥が囀りだした。幽霊が話してくれた「死の庭」のことを思い出した彼女のまなざしが涙で曇り、帰りの馬車の中ではほとんど喋らなかった。

翌朝、カンタヴィル卿がロンドンへ向かう前に、オーティス氏はヴァージニアが幽霊から贈ら

れた宝石について話をした。どれもすばらしいが、とくに古いヴェネチアンチェーンのおそらくはルビーのネックレスは十六世紀の作品として特筆に値するものだったし、とにかくどの宝石もかなり価値が高いと思われたので、オーティス氏としては娘にそのまま受け取らせていいものか、かなりためらいがあったのだ。

「閣下」彼は言った。「この国では土地だけでなく装身具につきましても永代所有が法で定められていると存じております。ですからあれらの宝石は貴一族の家宝ですし、そう考えるべきです。よって、あれらは貴殿にロンドンへお持ちいただき、一風変わった状況下で保管されていた御みずからの財産の一部とお考えいただきたいのです。私の娘はまだほんの子供ですし、さいわいなことに、ああした無駄に贅沢な品にはまだほとんど興味がありません。それにわが妻は、幼少時にボストンで冬を過ごしたおかげで、美術品については相当見る目があり、あれらの宝石は金銭的価値も高く、もし売りに出せばかなりの高値がつくだろうと申しております。そうした状況を鑑みましても、カンタヴィル卿、私としては、あれらをわが家族の所有するところとするのは不可能だとおわかりいただけると存じます。それに、ああした無用に華々しい玩具は、英国貴族制度が威厳を保つうえではふさわしい、あるいは必要なものかもしれませんが、幼き頃から原則的に共和主義的簡素を厳格に不朽と信じて育った者の暮らしには、まったく相容れないものでしょう。ただヴァージニアが、不運な、しかし道を誤ってしまった貴殿の祖先の思い出に、あの小箱だけは手元に置いておくことをお許し願えないだろうかと気を揉んでいたことを、お伝えしておきます。とても古いものゆえ、修理も難しそうなので、娘の望みに応じていただけますとありがたく存じます。私としましては、まさかわが子がいかなる形にしろ中世趣味に共感するとは思ってもおりませんでした。ヴァージニアは、わが妻がアテネ旅行から戻った直後、ロンドン郊外で生まれましたが、そのせいだとしか思えません」

カンタヴィル卿はしごく厳粛な表情で公使の話に耳を傾けながら、灰色の口髭をときおり引っぱっては、つい漏れてしまう笑みを隠していた。そして公使が話を終えると、その手を力強く握って言った。「公使殿、貴殿の魅力あふれる小さな娘さんは、わが不運な祖先サー・サイモンのために力を尽くしてくださり、その驚くべき勇気と行動力に私も家族も感謝してもしきれないのです。あの宝石は間違いなく彼女のものですし、いやはや、もし私が無情にも取り上げたりすれば、あの性悪なじいさんのことだ、二週間もしないうちに墓を脱け出して私にとり憑くでしょう。あれが家宝かどうかということについては、誰かの遺言状にも法的書類にもいっさい記載はありませんし、そもそもあんな宝があったことさえ誰も知らなかったのです。はっきり申しあげて、あの宝石に対する所有権があなたの執事にないのと同じくらい、私にもありません。それに、ヴァージニア嬢が大人になれば、ああいった美しい装身具を持っていてよかったとかならず思うときが来る、私はそう請け合いますよ。そうでなくても、お忘れのようですが、貴殿は幽霊も含め、家具付きであの家を買ったのですから、幽霊の持ち物はすべてそのままあなたの所有するところとなるのです。なにしろ、サー・サイモンが夜な夜な廊下に現れて何をしていたにせよ、法に照らせばとうの昔に死んでいる。だから売買契約が成立した時点で、彼の所有物は貴殿のものとなったのです」

オーティス氏はカンタヴィル卿に断られて困り果て、考え直してほしいと頼んだが、人のよい卿は頑として譲らず、とうとう公使のほうが、幽霊の贈り物を娘に受け取らせなさいと説得され

る始末だった。しかし、一八九〇年の春に、若きチェシャー公爵夫人が婚礼に際して女王の公式接見会に参上したときには、彼女の宝石がもっぱら賞賛の的となった。すべての善きアメリカ人娘にとっての誉である貴族の小冠をヴァージニアは拝受し、幼い頃からの恋人が成人するとすぐに結婚した。二人ともとても魅力的で、心から愛し合っており、誰もがこの縁組を喜んだ。とはいえ例外はいた。老ダンブルトン侯爵夫人は、七人の未婚の娘たちの相手にぜひ公爵を、と考え、縁結びのために大枚をはたいて三度も晩餐会を開いたのに、無駄になった。それに、おかしな話だが、オーティス氏自身も例外の一人だった。オーティス氏は若き公爵のことはとても気に入っていたのだが、道理として貴族制に反対しており、本人の言葉を拝借すれば、「快楽を享受する貴族社会の影響下にあると、共和主義ならではの質素をもってよしとする真（まこと）の精神がぶれるのではないかという心配がなきにしもあらず」だったからだ。しかしながら彼の反対は完全に退けられたし、ハノーヴァー広場にある聖ジョージ教会の身廊を娘に腕を貸して歩いたとき、イングランドじゅうの誰よりも誇らしい気持ちだったことは間違いない。

　公爵夫妻は新婚旅行を終えるとカンタヴィル・チェイス荘に出向き、到着したその日の午後に、松林のそばにぽつんとある教会墓地に向かった。サー・サイモンの墓碑をどうするか最初はなかなか決まらなかったが、最終的には名前のイニシャルと書斎の窓にあった詩が刻まれることになった。公爵夫人は持ってきた美しい薔薇の花を墓に供え、しばらくそこで佇んだあと、古い聖堂の崩れた内陣の中をゆっくりと歩いた。そこで夫人は倒れた柱に腰を下ろし、夫は彼女の足元で横になって煙草を吸いながら、妻のきれいな瞳を見上げた。彼はふいに煙草を投げ捨て、妻の手を取ると言った。「ヴァージニア、妻たるもの、夫に隠し事があってはだめだ」

「あら、セシル！　秘密なんてないわ」

「いや、ある」公爵はにこにこしながら言った。「幽霊とあの部屋に閉じこもっていたとき何があったのか、一度も話してくれていない」

「それは誰にも話せないの、セシル」ヴァージニアが重々しく言った。

「わかっているが、僕には話してくれてもいいだろう」

「お願いだから訊かないで、セシル。どうしても話せないのよ。かわいそうなサー・サイモン！彼は私の大の恩人よ。いやだ、笑わないで、セシル。本当なんだから。彼は私に人生とは何か、死の意味とは何か、なぜ愛はそのどちらよりも強いのか、教えてくれたの」

公爵は起き上がり、妻に愛をこめて接吻した。

「君が僕を愛してくれるかぎり、秘密を持っていてもかまわないよ」彼は囁いた。

「今までずっと愛してきたわ、セシル」

「じゃあ、いつか僕らの子供に話すのかな？」

ヴァージニアが顔を赤らめた。

サーンリー・アビー

Thurnley Abbey

Perceval Landon

パーシヴァル・ランドン

短編集『Raw Edges』（1908年）初出

三年前、私が東洋へ向かうことになったとき、途中ロンドンで一日多く寄り道できるとすればそれはとても貴重だったので、普通は木曜朝のマルセイユ急行に乗るところを、金曜夕方のイタリアのブリンディジ行き郵便列車を使った。四十八時間もかけてヨーロッパを列車で延々と横断し、そのあと速度十九ノットのイシス号かオシリス号で慌しく地中海を渡ると聞くと、たいていの人は尻込みするが、列車も郵便船もじつは意外と快適だし、とくに用事がないときにはいつも一日半ロンドンで余計に過ごし、そうした遠出を前に都との別れを惜しむことにしていた。

このときは、たしか出荷最盛期が始まってまだ間もない、たぶん九月の初め頃だったと思うが、ほとんど乗客がおらず、P&Oインド急行のコンパートメントをフランスのカレーから独り占めできた。日曜日は日がな一日、あたりを眺めて過ごした。穏やかに波立つ濃紺のアドリア海。切り通し沿いの淡い色のローズマリー。屋根の平らな飾り気のない白い建物の並ぶ町には、堂々たる教会堂(ドゥオーモ)がそびえている。イタリアの先端プッリャの灰緑色のねじくれた幹のオリーブ園。いつもどおりの退屈な旅だ。常識の範囲内でできるだけ頻繁かつ長時間、食堂車に入り浸る。ランチのあとは昼寝。午後は安手の小説本を片手にだらだら過ごす。ときには喫煙室で客同士ありきたりな会話をしたりもする。アラステア・コルヴィンと出会ったのはそこでだった。

コルヴィンは中背の男で、顎は形がよくがっしりしていて、髪には白いものが交じり始めていた。口髭は日に焼けて色が抜けていたとはいえ、きちんと整えられていた。明らかに紳士だが、いつも明らかにうわの空だった。正直なところ、ウィットに富んでいるとは言えない。話しかけると、ただちにありふれた答えが返ってきた。まわりの連中と比べて口数がすくないおかげで、つまらない人間にならずにすんでいるとさえ言える。いつもワゴンリー社の時刻表に鼻を突っ込んでいたが、ちっとも集中できないように見えた。私がシベリア鉄道に乗ったことがあると知り、十五分ほどその話をしたが、ふいに興味を失って立ち上がると、自分のコンパートメントに引き上げた。ところがすぐに戻ってきて、中断した会話をいそいそと始めようとした。

もちろん、そうであっても特段おかしいとは思わなかった。列車に乗って三十六時間もがたごと揺られていれば、たいていの人間は気持ちが少々不安定になるものだ。しかし、コルヴィンは必要以上に落ち着きがないように見え、威厳ある重要人物にはそぐわない態度だった。とくに、幅広で均整のとれた健康そうな爪を備えた、皺のほとんどない大きくてきれいな手と釣り合わない。私がその手を見ると、最近できたばかりらしい、長々と切り裂かれたような深い傷があるのに気づいた。とはいえ、どこか普通じゃないと思っていることをわざわざ口に出すのもおかしな話だ。日曜の午後五時、ブリンディジに到着するまであと一、二時間はあるので、私は部屋に引き取り、ひと眠りすることにした。

いざ到着すると、私を含め一部の乗客、全部でわずか二十人ほどは船に荷物の積み替えをして、自分の寝台を確かめると、ブリンディジの町をぶらぶらと三十分ほど散歩し、それからディナーのためにホテル・インターナショナルに戻ったが、この町がウェルギリウスの死地だったとしても驚くことではないと思えた。私の記憶に間違いがなければ、かのホテルの玄関ホールの壁はとても鮮やかな色合いだった。何も宣伝するつもりはないのだが、ブリンディジで郵便船の到着を待つとすれば、あのホテルをおいてほかにないだろう。ディナーのあと、青い花を咲かせた蔦が茂りすぎるほど茂った蔓棚を感心しながら眺めていると、コルヴィンが部屋の向こうから私のテーブルにやってきた。彼は『イル・セコーロ』紙を手に取ったが、読むふりをしようとしてすぐにあきらめた。そして、私を正面から見据えて言った。

「一つ、お願いがあるのですが」

大陸横断急行で顔見知りになった相手の頼み事を聞くとしても、もう少し相手のことをよく知ってからだろう。それでも私はどっちつかずの笑みを浮かべ、どういったことですかと尋ねた。コルヴィンについて私が予想したことの一部は、間違っていないことが証明された。彼はずけずけとこう言ったのだ。

「オシリス号に乗り込んだら、あなたの船室で寝かせてもらえませんか?」そう訴えたとたん、彼は顔を少し赤らめた。

航海中に誰か決まった相手と船室をともにするのはほとほと疲れることなので、やや当てつけのように尋ねた。

「全員分、部屋があるはずですがね」不潔なレヴァント人か誰かと同室にさせられて、なんとしても逃げたいのだろうと思ったのだ。

コルヴィンは依然としておたおたした様子で言った。「ええ。個室をもらってます。でも、もしあなたの部屋を一緒に使わせていただけたら、それほどありがたいことはない」

べつにかまわないのだが、私は一人のほうがいつもよく眠れるということを除いても、最近イギリスの定期船で盗難事件が何件か起きていたから、コルヴィンと同様、自分に正直になり、胸に手を当ててよく考えると、やはり躊躇(ためら)いを感じた。ちょうどそのときガタゴトと音をたて、蒸気をシューッと漏らしながら、郵便列車がやってきたので、船に乗ってからまた来てくれと頼んだ。コルヴィンは、私の態度に不信感を見て取ったのか、勢い込んでこう返事をした。「私はホワイツ・クラブ［一六九三年にロンドンで設立された排他的な紳士クラブ］の会員です」そう聞いて、私はつい苦笑してしまった。だがすぐに、この男がもし言うとおりの紳士クラブの会員だとして――まあ、間違いなくそのとおりだとは思うが――きっとこれから打ち明け話をするのに、このブリンディジのホテルでまったく見ず知らずの相手に自分は信用できる人間だと証明するために、慌ててそれを根拠としたのだと考え直した。

その晩、ブリンディジの赤や緑の港の灯りに別れを告げながら、コルヴィンの話を聞いた。彼が自分の言葉で語った話が、これである。

「数年前、私がインドを旅していたときに、林野省に勤めるジョン・ブロートンという若い男と知り合ったんです。一緒に一週間ほど野営をし、気持ちのいい相棒だとわかりました。仕事以外のときには明るく元気ですが、そういう部署にいれば必ず次々に降りかかってくるさまざまな問題を前にしても落ち着いて事に当たる、できる男でした。地元民にも好かれ、信頼されていて、シムラーやコルカタのような都会にたまに逃避できるときには大喜びしたとはいえ、政府における彼の将来はすでに保証されていました。ところが思いがけずかなり広大な土地を相続すること

になり、彼は嬉々として足を覆っていたインドの大地の土埃を払うと、イギリスに戻ったのです。彼は五年ほどロンドンでのんびりしていました。私もときどき会い、一年半に一度は食事をともにしましたが、彼が怠惰な暮らしにだんだん嫌気がさしていくのがはっきりと見て取れました。やがて長期の旅行に出かけては、毎回いたたまれずに帰ってくるということをくり返し、とうとうある日、結婚して、長らく留守にしていた地所のサーンリー・アビー館に落ち着くことにした、との報告がありました。地所の管理をし、世の常として、地元の人々を代表して議員に立候補しようと思うと彼は話しました。婚約者のヴィヴィアン・ワイルドは、すでになにくれとなく彼の世話を始めているようでした。豊かな金髪の美人で、振る舞いはいかにも上流階級の出という感じでした。敬虔な信仰心を持つ箱入り娘として育ちましたが、それでも明るくやさしい女性です。ブロートンは果報者でした。幸せにあふれ、将来はまさに順風満帆でした。

私はとくにサーンリー・アビー館について彼に尋ねました。じつは屋敷のことはあまりよく知らないのだと彼は答えました。最後にそこを借りていたクラークという男は、誰にも会わずに、十五年ものあいだその一翼で暮らしていました。けちんぼの世捨て人だったんです。日が暮れてからアビーで灯りがともることはめったにありませんでした。生活にどうしても必要なものだけを店に注文して、クラーク自ら裏口で受け取りました。混血の使用人が一人だけいたのですが、一か月そこで仕えたあと、前もって辞めるとも言わずに突然屋敷を去り、南部へ帰ってしまったそうです。ブロートンが一つ、おおいに不満を漏らしていたのは、クラークが村人たちに、アビーには幽霊が出るとわざわざ吹聴してまわっていたことで、アルコールランプと塩を使って子供じみた悪戯をして、夜近くを通りかかった者を驚かして追い払うようなことまでしていたらしくて。彼の悪ふざけだと発覚していたというのに、噂は広まって、ブロートンが言うには、昼日中でもなければ、誰も家に近づこうとしないそうです。サーンリー・アビーが幽霊屋敷だということは、今やその田舎の村では紛れもない真実なんだ、とブロートンはにやにやしながら言いましたが、自分と若妻とで払拭してみせると意気込んでいました。いつかその気になったら、ぜひ訪ねてくれたまえ、と彼は言い、うかがうよともちろん答えましたが、同じくもちろん、きちんと招待されなければ勝手に赴くつもりもありませんでした。

　屋敷は、古い家具やタペストリーはそのままに、すっかり改修される運びとなりました。床や天井は張り替えられ、雨漏りしていた屋根も全部直り、半世紀分の埃もきれいに払われました。私は屋敷の写真を見せてもらいました。寺院（アビー）と呼ばれてはいますが、実際には、そこから五マイルほど離れたところにあった、今はもうなくなって久しいクロスター寺院の診療所だったそうです。建物の大部分は宗教改革前の時代に建設された当時のままですが、イングランド王ジェームズ一世治世のジャコビアン時代に一翼加えられ、その部分についてはクラーク氏がずっと手入れを続けていました。一階と二階のどちらにも、前時代の部分とジャコビアン時代の棟のあいだの通路に、強力な閂付きのどっしりした木製の扉を取りつけ、扉の向こう側はまったく放置されていました。ですから、やるべき作業が山積みだったんです。

　この当時、私はブロートンとロンドンで二、三度会いましたが、日没後は絶対に屋敷に残ろうとしない大工たちを彼はせせら笑っていました。すべての部屋に電灯が取りつけられたあとでさえ、彼らを引き留めることはできませんでした。ブロートンに言わせれば、電灯で幽霊どもは死刑宣告されたも同然だというのに。アビーの伝説は近辺にあまねく伝わっていたので、どの大工

も危険を冒そうとはしませんでした。五、六人で固まって帰宅し、日中でさえ、仲間の誰かの姿がたまたま見えなくなったりすると、むやみに大騒ぎする。総じて、五か月間にわたるアビーの改修工事のあいだ、過熱した彼らの想像力をもってしても、その手のおかしなことは何も起きなかったというのに、大工たちが不安ばかり口にしていたせいで、サーンリーの伝説はむしろこれまで以上に真実味が増す結果となり、幽閉された修道女の幽霊はやはり存在すると地元の人々は口々に噂しました。

『いにしえの善なる尼さんよ!』ブロートンは言いました。

一般論として幽霊はいると思うかと私が尋ねると、驚いたことに、まったく信じないわけではないと彼は答えたのです。インドにいるときに、一緒に野営をしていた男が、ある朝突然、イングランドにいる母が死んだようだと言いだしたそうです。昨夜、母親のまぼろしがテントに現れたというのです。男は驚きはしませんでしたが、何も言わずにいると、まぼろしは消えてしまいました。実際、そのあと到着した駅伝郵便配達員(ダク・ワラ)が母の死去を伝える電報を携えてきたそうです。『かの地では物事はそんなふうだった』ブロートンは言いました。しかしサーンリーにあっては、彼はもっと実際的で、クラークのくだらない利己的な行動を痛烈に罵倒しました。そいつの馬鹿げた悪戯のせいで、あれこれ困らされているのですから。同時に、単純な大工たちには多少の同情を禁じえませんでした。『あくまで私の考えだが、もし幽霊が現れたら、話しかけるべきだと思う』

私も賛成でした。幽霊の世界のこともそのしきたりについてもほとんど知りませんが、幽霊は礼儀として話しかけられるのを待つことになっているのだ、と肝に銘じてきました。話しかけたって何の役にも立たないように思えるかもしれませんが、どんなときでも自分の声を聞くとはっとして我に返るものです。もっともヨーロッパの外にはほとんど幽霊はいません――つまり、白人の目に見える幽霊は、ということです――し、私自身困らされたことは一度もないのですが。とにかく、今言ったように、私はブロートンに賛成しました。

そうして結婚式がおこなわれ、私はこのときのために購入したシルクハットをかぶって参列し、新妻のブロートン夫人は式が終わると私ににっこりとほほ笑みかけてくれました。あいにく私はその日の夕方にはオリエント急行に飛び乗り、六か月近くまたイングランドを離れたのです。帰国する直前に、私はブロートンから手紙を受け取りました。ロンドンでも、サーンリーに来てもらうのでもかまわないので、君にぜひ会いたい、私を助けてくれるとしたら君以外に考えられない、というのです。手紙の最後に彼の奥方からの親切な言葉も添えられていたので、すくなくとも夫婦仲のことではないとわかってほっとしました。私はブダペストにて、ロンドンに到着してから二日後にサーンリーにお邪魔すると手紙を書き、郵便に出しがてらパンノニア通りからケレペシ通りまでぶらぶらと歩きながら、私などが現実に彼のどんな役に立つのだろうと考えました。インドで彼と徒歩で虎狩りに出かけた経験から、事業か何かで危機に瀕したとしても、彼以上にうまく乗り切れる者はまずいないと思えました。それでも、帰国後とくにすることもなかったので、留守中に溜まっていた仕事を片づけると、旅行鞄を準備してユーストン駅へ向かいました。

サーンリーロード駅にブロートンの豪勢なリムジンが迎えに来ており、七マイル近く走ったのち、サーンリーの村の眠っているような通りにエンジン音を響かせ、やがて突き当たりにある広々とした敷地の正門が押し開けられました。その門がまたすばらしく、どっしりとした柱を構え、

上部には翼を広げた鷲や後ろ足で立ち上がった雄猫の造形が見えました。私はけっして宣伝屋ではありませんが、ブロートン家が人々の支持を集めるのも、まあ当然だと思えました。正門からは、山毛欅林の中を四車線分の幅がある道が四分の一マイルほど続きます。きれいに刈り込まれた芝生が道端から山毛欅林まで広がっていました。林の下には腐食した枯葉が積もり、芝生の生育を阻むのです。道にはたくさんの轍ができており、折しもポニーが引く快適そうな軽馬車が横を走り抜けていきました。乗っていたのは教区牧師とその妻と娘です。どうやらアビーではガーデン・パーティがおこなわれているようでした。道は右へと曲がり、そこで行き止まりでした。広々とした牧草地と、客があちこちに佇むどこまでも続く芝地の向こうに、館が見えました。

建物の前面は簡素でした。建設された当初は無慈悲なまでに厳格な雰囲気だったのでしょうが、時とともに角が取れて、木蓮やジャスミン、それに蔦のカーテンの奥に垣間見えるかぎり、石の色にも柔らかい味が生まれ、地衣類のせいかオレンジがかった灰色に変わっていました。その向こうには、背が高く壮麗なジャコビアン様式の三階建ての別棟が見えました。手前と奥の建物は、たがいに似せようという意図がどこにも見えないほど異なっていましたが、接続部を蔦が親切にもこんもりと覆っていました。建物の中央部にゴシック様式の高い尖塔があり、頭頂部に小さな鐘楼がのっています。館の背後には青々としたヨーロッパグリの大きな繁みが見え、それが丘の頂まで続いていていました。

ブロートンは遠くから私の到着に気づき、ほかの客たちのあいだを縫って私を出迎えると、執事に案内をまかせました。砂色の髪をしたこの執事は、ややおしゃべりなところがありましたが、館のことについては質問してもあまり答えられませんでした。本人曰く、そこに来てまだ三週間しか経っていないのだそうです。ブロートンから聞かされたことが頭にあったので、幽霊についてはは尋ねませんでしたが、案内された部屋は、さもありなんと思わせるような雰囲気でした。天井の低いだだっ広い部屋で、白い天井にオーク材の梁が突き出していました。壁という壁、そう、ドアまでもがタペストリーで覆われ、思わず目を引かれる分厚いカーテンの掛かったイタリア風の優美な四柱式ベッドが、その部屋の暗鬱さと厳粛さをさらに強調していました。調度はどれも古く、暗い色合いで、丁寧な造りでした。足元のパイルの絨毯は緑色の無地で、電灯と水差しと盥を除けば、その部屋で唯一新しい品です。化粧台の鏡さえ、重々しいつや消し銀の打ち出し加工された飾り枠に入った、古い巨大なヴェネチアンガラスでした。

数分かけて体の汚れを落とし、体裁を整えてから階下におりて芝地に出ると、女主人が私を歓迎してくれました。集まっているのは田舎によくいるタイプの人々で、パーティをせいぜい楽しもうとしつつ、アビーの新しい主人への好奇心をむき出しにしていました。嬉しい驚きだったのは、バロツェランドで過ごした遠い昔の知り合いであるグレナムと再会したことです。彼はにっこり笑って、このすぐ近くに住んでいると言いました。いやはや、知っていてしかるべきでした。グレナムは続けて、『だが、こんな豪勢なところには住んではないよ』と、惚れ惚れしながらアビーの延々と続く低い建物に沿ってさっと手を振りましたが、そのあと小声で『さいわいなことにね！』と囁いたんです。興味津々の私の様子を見て、独り言を聞かれたと気づいたらしく、彼はこちらを向いてきっぱりと言いました。『たしかに今、さいわいなことにね、と言ったし、それは本心だよ。たとえブロートンに財産を全部くれてやると言われても、ここには住みたくない』『だが、知ってるだろう？』私は反論した。『老クラークは、自分でこしらえた幽霊に火を灯し

ている現場を見つかったんだぞ』

グレナムは肩をすくめました。『ああ、知ってるとも。だが、それでもここは何かがおかしい。とにかく私に言えるのは、ここに住むようになってから、ブロートンが別人になってしまったってことだ。ここを去るのもそう先ではないと思う。だが、君はここに泊まってくんだろう？　それなら今夜、事情は全部わかるさ。きっと豪華な晩餐なんだろうな』そこで話題が昔の思い出話に変わり、グレナムは直後に用事があって帰宅しました。

その日の夕方、着替える前に、私は書斎でブロートンと二十分ほど話をしたんです。彼が変わったこと、それもかなり深刻な変わりようだということは、間違いありませんでした。ぴりぴりしていて落ち着きがなく、私が目を逸らしたときだけこちらを見ていることに気づきました。当然ながら、私にどうしてほしいのか尋ね、君のためなら何でもするが、君に何が不足していて私が何を提供できるのか、教えてもらわないととても想像がつかない、と話しました。ブロートンは生気のない笑みを浮かべて、君ならできることが確かにあるんだが、明日の朝、話すよ、と言いました。どうやら彼は自分を恥じていて、おそらくは私に演じさせたい役割のことも恥じている、私はそう気づいたんです。とはいえ、私はその話題を頭から追いやり、着替えのために壮麗な部屋に戻りました。

ドアを閉めた勢いで風が起こり、壁に掛かっているシバの女王がめくれ上がって、タペストリーは下の部分が壁に固定されていないのだと気づきました。幽霊についてはいつも現実的な視点から考えるのですが、蠟燭の光のなか、壁にきちんと鋲留めされていないタペストリーが風でゆっくり揺れたというようなことで、幽霊話として耳にするものの九十九パーセントは説明がつくのではないかと思うのです。タペストリーの中で、女王は従者や狩人たちを従え、金羊毛騎士団員である白髪頭のフラマン人貴族として描かれたソロモン王が女王を待つ、まさにその階段で、従者たちの一人が朽葉色の鹿の喉をぞんざいに掻っ切っています。その女王が威厳たっぷりにうねる様子は、私の仮説の正しさをいよいよ証明してくれました。

晩餐の席ではとくに何も起きませんでした。列席者たちは、ガーデン・パーティに参加していた人々とよく似ていました。私の隣に座っていた若い女性は、ロンドンではどんな本や雑誌が読まれているのか知りたがっているようでした。彼女のほうが私なんかよりはるかに最新の雑誌や新聞の文芸付録のことを知っていそうだったので、最近の小説の傾向について教えを乞うことでなんとかごまかしました。本物の芸術はすべて、メランコリーがどこにもかしこにもちりばめられているものです、と彼女は言い、さらに続けました。現代の書物の多くがそうですが、ウィットで勝負しようだなんて、俗悪極まりありませんわ。文学が誕生したときから、あらゆる年齢層に最も届くのは悲劇でした。そういう作品を陰気だと言うのは、いかがなものでしょう。思慮深い方であれば――ここで彼女は金属縁の眼鏡越しにじろりと私を見ました――きっと私の意見に賛成してくださるはずです。誰でもそうだと思いますが、もちろん私もすぐに、夜ベッドでユーモア作家のペット・リッジやW・W・ジェイコブズを読んでいるといつの間にか眠ってしまうし、ロバート・スミス・サーティーズの『ジョロックス氏』シリーズがあんなに角張った大判な本でなければ、きっとそこに仲間入りしていたでしょう、と話しました。彼女はそのどれも読んだことがなかったので救われた形です――当面は。ところが残念なことに、彼女はこう言いだしたのです。何より自分が願っているのは、一生に一度でいいから魂さえ凍るような恐怖を味わ

ってみたいのだ、と。それから、ブラウンブレッド・アイスクリームを食べ食べ、ナット・ペインターの吸血鬼譚の主人公について熱心に論じ始めたので、こういう人が近所にわんさといたら、わが友グレナムがアビーについて馬鹿げた話をどっさり詰め込まれたとしても不思議ではない、と考えないわけにいきませんでした。それでも、食卓じゅうにあふれる銀器やグラスのきらめき、抑えた照明、にぎやかな会話は、鳥肌の立つ恐怖とはあまりにも程遠いものだったんです。

女性たちが別の部屋へ移動したあと、気づくと地方参事が隣にいました。痩せ型の真面目な男で、すぐに老クラークの悪戯の話になりました。でも彼が、ブロートンさんがこのアビーだけでなく、言うなればこの近辺全体に新しい明朗な風を吹き入れてくれたおかげで、過去の無知蒙昧な迷信は、今後は忘れ去られることを願っていますよ、と言ったとたん、やはりこの近くに住む地位ある資産家で、恰幅のいい紳士が、聞こえよがしに『アーメン』と言ったので、地方参事は鼻白み、私たちは話題を変えて、過去や現在の鶉猟、今後の雉猟について話をしました。テーブルの反対側では、ブロートンが数人の友人と座っていました。赤ら顔の狩猟家たちです。彼らが私のことを話しているのに気づきましたが、そのときはとくに何とも思いませんでした。でも数時間後に思い出すことになります。

十一時には客人たちもみな帰っていき、ブロートン、その細君、私だけがジャコビアン様式の棟にある客間のなめらかな漆喰天井の下に残されました。ブロートン夫妻は近隣の人を一、二人取り上げて話題にしていましたが、やがて細君が笑みを浮かべて、そろそろ失礼いたしますと言うと、私と握手し、寝室に引き上げました。人の心を読むのはそう得意ではありませんが、あまり楽しそうに会話をしているようには見えませんでしたし、少々無理をして、お義理で笑っているみたいでした。ですから、部屋に戻れて、心底ほっとしているように見えました。そんなことは今ここで改めて話すまでもない些細なことに思えるかもしれませんが、私は終始、何もかもがおかしいとぼんやり感じていたんです。そんな状況では、一体全体私に何をさせようというのか、とつい首をひねりたくなりました。まさか、この企みそのものが、単に狩猟会に加わらせるために私をロンドンからここまで引っぱり出そうとした、正直言って軽率すぎる冗談か何かではなかろうな、とも考え始めました。

細君が去ったあと、ブロートンは口数がすくなくなりました。でも、いわゆるアビーの幽霊を話題にしたくて逡巡していることは明らかでした。私はもちろん、そう見て取るとすぐ、率直に尋ねました。するとたちまち話に興味をなくしたように見えました。もう間違いありませんでした。ブロートンは変わってしまった。それも、私の見るかぎり、けっしてよい方向にではなく。夫人が原因ではなさそうでした。ブロートンが彼女をとても大切に思っていることははっきりわかりましたし、それは彼女のほうも同様です。明日の朝には私を呼んだ理由を話してほしいと念を押し、寝室に引き上げる旨を告げ、蠟燭に火をともしてともに階上に向かいました。古い棟へ続く通路の終点で立ち止まり、ブロートンは私に弱々しく笑いかけて言いました。『いいかね、もし幽霊を見たら、ぜひ話しかけてくれたまえ。さっき言っていたとおりに』彼は一瞬躊躇して、それから踵を返しました。そして、化粧室の前で再び足を止めました。『私はここにいる』そう言ってよこしました。『もし何か必要なときは思い出してくれ。おやすみ』そして彼はドアを閉めました。

私は通路を進んで部屋に着くと、服を脱ぎ、ベッド脇のランプのスイッチを入れ、『ジャングル・

ブック』を数ページ読んだところで眠気が押し寄せてきたので、灯りを消し、深い眠りに落ちました。

三時間後、目が覚めました。外ではそよとも風が吹いていないようでした。暖炉でも小さな火灯りさえ見えません。ベッドで横たわっているあいだ、冷えていくにつれて燃え殻がかすかにコトリと音をたてましたが、火床には鈍い赤光の気配すらありませんでした。外の丘を覆う静まり返ったヨーロッパグリの森で梟が啼きました。その日の出来事をつらつらと振り返りながら、この回想が晩餐の時間にたどり着くまでにまた眠れるといいのだが、と思いました。結局、すっかり目が冴えてしまったようでした。こうなっては仕方がありません。眠気が訪れるまでまた『ジャングル・ブック』を読むしかないと思い、ベッドまで垂れ下がっている紐の先端の洋ナシ形のつまみを手探りして、ベッド脇のランプをつけました。突然のまぶしい光で一瞬目がくらみました。寝ぼけ眼で枕の下にあるはずの本を探していると、だんだん光に目が慣れてきて、ベッドの足元のほうにたまたま目が向いたのです。

そのとき何が起きたのか、正しく伝えることはとてもできません。私の情けない語彙力をどんなに尽くしても、あのときの気持ちを表現するのは到底無理でしょう。とにかく、心臓がその場で止まり、気道が勝手に閉じました。とっさにベッドのヘッドボードにひっついて縮こまり、恐怖の光景に目を見開いていたのです。その動作で心臓がまた打ち始め、全身の毛穴から汗が噴き出しました。私はあまり信心深いほうではないですが、神に情けがあるならば、こんな状況でこんな格好をした者の前にこの世ならざるものを出現させて、身心に悪影響を及ぼすようなひどい仕打ちだけはしないだろうと思っていました。この瞬間、揺るぎなかったはずの私の人生も理性もぐらぐらと揺らぎだした、とだけは申しあげておきます」

オシリス号のほかの乗客たちはみなすでに寝室に引き取り、そこに残っているのは彼と私だけだった。私たちは右舷の手すりに寄りかかっていたが、その手すりが船外機の激しい振動でときどきがたがたと震えるので、あまり居心地がよくなかった。夜の漁に出かけている小型漁船の灯りが遠くにちらほらと見え、白く波頭をたてて渦巻く水が、勢いよく私たちの船から遠のいていく。

やがてコルヴィンが話を再開した。

「朽ちてぼろぼろになった屍衣（しい）に包まれたそれが、ベッドの足元からこちらに身を乗り出して、私を見ていました。頭はベールにすっぽりと覆われていましたが、両の眼のあたりと顔の右側だけは見えているんです。屍衣は伸ばした腕に沿って、ベッドの足元のレールをつかんでいる手まで垂れていました。顔は骸骨そのものではないとはいえ、目と顔の肉はすべて削げ落ちていました。乾いた薄い皮膚が顔に張りついていて、手にも皮膚の一部が残っていました。額にも髪がひと房落ちています。それはぴくりとも動きませんでした。私たちはおたがいにじっと見つめ合い、私の脳みそが頭の中で熱く干からびていきました。手にはまだランプの紐のつまみがあり、なんとなくいじっていましたが、再び灯りを消す勇気はありませんでした。目をつぶってみたけれど、あんまり怖くて一瞬で開けました。それはやはり微動だにしていません。心臓が早鐘のように鳴り、汗が乾いて体が冷えていきます。火床でまた燃え殻がコトリと音をたて、壁板がきしみました。

理性がすっかり吹っ飛んでいました。二十分だったか、二十秒だったか、私はその恐ろしい影

のことしか考えられませんでした。が、そのとき、空っぽになっていた私の意識に記憶が猛スピードで舞い戻ってきたのです。そういえば、晩餐の席でブロートンと友人たちがひそひそと何か話し合っていたではないか。ひょっとすると悪戯かもしれない、そのかすかな可能性がありがたくも私の暗い心に入り込んできて、いったんそこに落ち着くと、全身に張り巡らされた無数の血管にじわじわと活力が広がっていきました。最初に感じたのは、私の脳みそはこの試練にきっと打ち勝つという、根拠のない盲目的な感謝の気持ちでした。私は臆病な人間ではありませんが、どんな人でも窮地にあるときには何か支えが必要であり、これはただの質(たち)の悪い悪戯かもしれない、というかすかな、でもどんどん膨らんでいくこの希望こそが、私に必要だった踏切台となったんです。とうとう私は行動を起こしました。

　どうやってそんなことをしたのか話せと言われても話せませんが、とにかく私はベッドの足元に一気に飛びつき、腕が届くところまで来ると、そいつに思いきり拳を振るったんです。それはどさっと崩れ落ち、私の手には骨にまで届く深い切り傷ができました。恐怖に続いて、胸の悪くなるような嫌悪感が湧いてきました。私は半分朦朧としながら、ベッドの向こうにごろりと転がり落ちました。やっぱりただの悪ふざけだったんだ。きっとこれまでにも何度も実行してきたのだろう。そして、不気味なあの影を見たとき私が何をするか、ブロートンと友人たちは大金を賭けていたに違いない。さっきまで恐怖に打ちひしがれていた私は、わけのわからない怒りに駆られました。ブロートンに大声で悪態をつき、私はベッドによじのぼるというより、飛び込みました。骸骨がまとっているベールを引き裂き——それにしてもじつに巧妙なやり口だと、そのとき私は思いました——しゃれこうべを床に叩きつけて、からからに乾いた骨を踏みつけにする。

頭の部分はベッドの下に投げつけ、胴体部の脆い骨をばらばらに引きちぎる。細い大腿骨を膝に押し当ててへし折り、四方へ投げる。脛骨はスツールに置き、踵で砕く。狂戦士ベルセルクさながら、その忌まわしいものに怒りをぶつけ、背骨からあばらをひねり取っては、戸棚に向かって投げつけました。破壊作業が進むにつれ、怒りはどんどん高まっていきました。朽ちて脆くなったベールを二十片にも引き裂き、舞い上がった埃が、真っ白な吸い取り紙やら銀のインク壺やら、あらゆるものに落ちました。そしてとうとう作業は終わったのです。そこにはもう、粉々になった骨片と布切れと糸くずしかありませんでした。私はそれから頭蓋骨を一片——右側の頬からこめかみにかけての骨だったと記憶します——拾い上げ、ドアを開けると、ブロートンの化粧室まで通路をずんずんと突き進みました。歩くあいだ、汗まみれになったパジャマが体に張りついていたことを今でも覚えています。戸口に着くと、私はドアを蹴り開けて中に入りました。

　ブロートンはベッドの中でしたが、すでに灯りをつけ、怯えて身を縮めているように見えました。一瞬、自分で自分がわかっていないような様子でした。私は堰を切ったように話を始めました。自分でも何を言ったのかわかりません。とにかく胸の内は憎悪と軽蔑でいっぱいで、ついさっきあんなに怖気を振るった悔しさに衝き動かされるようにして、ただただしゃべり続けました。ブロートンは何も答えませんでした。自分でもこんなに口がまわることに驚いたくらいです。汗で濡れた額に髪が力なくへばりつき、手はひどく出血していて、傍から見たらさぞかし妙な光景だったでしょう。ブロートンはさっきの私と同じように、ベッドのヘッドボードのところで縮こまっていました。依然として何も答えず、弁解もしません。私の非難以外に何か気になっていることがあるらしく、一、二度、舌で唇を湿らせました。でも、まだ言葉が喋れない赤ん坊のよう

にときどき手をせわしく動かすだけで、何も話せませんでした。

しまいにブロートン夫人の部屋に続くドアが開いて、怯えて顔を蒼白にした彼女がこちらに入ってきました。「何？　いったいどうしたの？　ああ神様、いったい何事？」夫人は何度もわめき、それから夫のほうに近づくとネグリジェ姿でベッドに腰かけ、二人してこちらを見ました。私は彼女に事情を話しました。夫人がそこにいるとはいえ、ブロートンを非難する言葉を少しもやわらげませんでした。彼はいまだにほとんど理解できないようでした。そして、君らの卑劣な冗談を台無しにしてやったと私が告げたそのとき、ブロートンが顔を上げたんです。『あの偽幽霊は今やこなごなさ』私は言いました。ブロートンはまた唇を舐め、口をぱくぱくさせました。『まったく！』私は声を張り上げました。『どうせなら、君を殴って半殺しにしてやったほうが役に立ったかもな。少しでもまともな私の知り合いには、君に二度と話しかけさせないようせいぜい注意するよ。それから』私はそこで、彼のベッド脇の床に砕けた頭蓋骨のかけらを放った。『これは君へのお土産だ。今夜のための労作だもんな！』

ブロートンが骨を見たその瞬間、今度は彼のほうが私を脅かすことになりました。罠にかかった兎のように、金切り声をあげ始めたのです。叫びに叫び、とうとう私と同じくらいうろたえた様子のブロートン夫人が彼を抱き、子供を泣きやませようとするかのようになだめすかし始めました。ところがブロートンは——彼の行動を見るにつけ、十分前までは、私も彼と同じくらいどうかしているように見えたのだろうと思いました——妻を押しのけ、ベッドから飛び出して床に立つと、いまだに悲鳴をあげながら骨に手を伸ばしました。そこには私の血がこびりついていました。でも彼は私のことなど眼中にない様子です。実際、私は無言でした。その晩の恐怖体験の第二幕がそのとき始まったのです。ブロートンは骨を手にして立ち上がり、無言で立ち尽くしていました。まるで何かに耳を澄ましているかのようでした。『そろそろだ。たぶん』彼はそうつぶやいたかと思うと、絨毯の上にばたんと倒れ、炉格子に頭をぶつけました。その拍子に手にしていた骨が吹っ飛び、ドア近くに落ちたのです。慌てて抱え上げると、彼はげっそりした表情で、ぱっくり割れた頭から流れる血が顔を伝っていました。そして、しゃがれ声で早口に囁いたのです。『聞け、聞くんだ！』私たちは耳をそばだてました。

完全な静寂があたりを支配し、十秒ほど経ったでしょうか、何か聞こえたような気がしたんです。最初は自信が持てませんでしたが、やがて間違いないとわかりました。それは何かが通路を移動する、とても静かな音でした。規則正しい小さな足音が、硬い樫材の床を踏んでこちらに近づいてくるのです。真っ青な顔をして押し黙ったままベッドに座っている妻にブロートンは近づき、自分の肩に彼女の顔を伏せさせました。

そのとき彼が灯りを消したので、私が最後に見たのは、ブロートン自身ベッドにうつ伏せになって、枕に顔を押しつけるところでした。夫婦がそうして寄り添い、びくびくしているのを見てなぜか力が奮い立ち、私は開け放たれた戸口に顔を向けました。通路がぼんやりと灯りで照らされているせいで、戸口の輪郭ははっきり見えました。私は暗闇のなか、片手を伸ばしてブロートン夫人の肩に触れました。でもいよいよとなったとき、やはり私にも耐えられず、膝をついてベッドに顔を埋めました。私たちにできたのは、聞くことだけ。足音がドアのところまで来て、はたと止まりました。そこから一ヤードほど内側に、骨のかけらが落ちていました。衣擦れの音がして、それは部屋に入ってきました。ブロートン夫人は黙りこくり、ブロートンが祈り続ける、

枕に埋もれてくぐもった声がします。私は自分の臆病さを呪いました。やがてまた通路の樫材の床板を進んでいく足音が聞こえ、それはしだいに遠ざかっていきました。突然後悔の念に襲われ、私は戸口に駆けつけて外を覗きました。廊下の突き当たりで何かが動くのが見えたような気がしましたが、次の瞬間、そこにはもう何もありませんでした。私は立ったまま、なんだか急に体調が悪くなった気がして、戸口の脇柱に額を押しつけていました。

『もう灯りをつけても大丈夫だよ』と私が言うと、それに応えてあたりがぱっと明るくなりました。足元にあったはずの骨はなくなっていました。ブロートン夫人は気を失い、ブロートンも役に立たない状態だったので、私が夫人の世話をし、十分後にやっと彼女は意識を取り戻しました。ブロートンはそのとき一つだけ記憶に残ることを言いました。それ以外はずっと祈りの言葉をつぶやいていたからです。でも、彼がそう言ったことを思い出すことができて、あとでよかったと思いました。彼は抑揚のない声で、質問とも非難ともとれる口調で言ったのです。『君、彼女に話しかけなかったな』

私たちは夜の残りを一緒に過ごしました。ブロートン夫人は夜明け前になんとか少しうとうとしたものの、あんまりうなされているので、私がまた揺さぶり起こしました。夜明けがこんなに待ち遠しかったことはありません。三度か四度か、ブロートンは何やら独り言をつぶやきました。そのたびにブロートン夫人が彼の腕をぎゅっとつかみましたが、何も言いませんでした。私はといえば、正直に言うと、時が過ぎ、外が明るむにつれて、どんどん精神状態が悪くなっていきました。すでに二度激しい発作が起きて視界が歪み、自分の人生はしょせん砂上の楼閣だったのだと思い知らされました。私は押し黙り、タオルで手を縛ったあとは微動だにしませんでした。そのほうが落ち着きました。二人は私を助け、私は二人を助け、三人とも、今自分たちは発狂寸前なのだと自覚していました。とうとう朝の光が力強く差し込んできて、外で鳥たちがにぎやかに囀り始めたとき、そろそろ行動を起こさなければと感じましたが、やはり誰も動けませんでした。そんなところを使用人に見つかることだけは避けたかったのでは、と普通なら思ったかもしれませんが、そのときは外聞だとかそういうことはまるで気にならなかったし、私たちは抗いがたい気怠さに縛りつけられて、ただぐったりと座り込んでいました。そしてとうとう、ブロートンの従者チャップマンがドアをノックして開けたのです。私たちは誰も動きませんでした。ブロートンがやっとのことで声を絞り出し、『チャップマン、五分後にまた来てくれ』と言いました。チャップマンは口の堅い男でしたが、たとえ彼がこのことをすぐさま使用人部屋でぺらぺら吹聴したとしても、私たちにはどうでもいいことでした。

私たちはたがいに顔を見合わせ、部屋に戻らなくてはと私は言いました。私としては、チャップマンが戻ってくるまで部屋の外で待っているつもりでした。あの寝室に一人でまた入ることなど、とてもできなかったからです。でもブロートンが立ち上がり、一緒に行こうと言ってくれました。ブロートン夫人は、鎧戸を全部押し上げ、ドアというドアを開けておいてくれるなら、五分程度であれば自室で待っていられると、約束してくれました。

というわけで、ブロートンと私はぎゅっと身を寄せ合いながら、私の寝室へ向かいました。鎧戸越しに朝日が漏れていたので足元はよく見え、私は部屋の鎧戸を開け放ちました。室内はどこも異変はなく、ただベッドの端と長椅子、それにすべてを粉々にしたはずの絨毯の上に、私の血痕が残っているだけでした」

コルヴィンは話を終えた。何も言うことはなかった。船首楼でぎくしゃくと七つ、鐘が鳴り、闇に悲しげなこだまが響いた。私は彼を階下へ同行させた。

「もちろん今ではだいぶ回復しましたが、それでもあなたの船室で寝かせていただけたら、とてもありがたく思います」

判事の家

The Judge's House

Bram Stoker

ブラム・ストーカー

Illustrated Sporting and Dramatic News Weekly（1891年）初出

大学の試験の日が間近となり、マーカム・マーカムソンはどこか一人でじっくり本が読めるところに行こうと思い立った。海辺の町は誘惑が多そうだし、あんまり人里離れた田舎も碌なことにならないと昔からよく知っているから、やはり不安だ。だから、気が散るようなことが何もなさそうな、地味な小村を探すことにした。友人たちから推薦してもらうのは避けた。どうせ、それぞれがすでに知っているか、実際に行ったことがある場所を勧めてくるはずだ。友人の友人たちから余計な干渉をされたくないという気持ちから、自力で探すことに決めたのである。マーカムソンはさっそく旅行鞄に衣類を少しと必要な書物をすべて詰め込み、聞いたこともない地方路線の時刻表を見て、その最初に名前のあった駅まで切符を買った。

三時間ほど列車に揺られてベンチャーチ駅に降り立ったとき、マーカムソンは心静かに勉強できるよう、自分の足跡をうまく隠してここまで来ることができたので、ご満悦だった。その眠たげな小さな町にあるたった一軒の宿屋に直行し、そこでひと晩泊まることにした。ベンチャーチは市場の立つ町だったから、三週間に一度は人でごった返すが、残りの二十一日間は砂漠さながらに静かで、願ったりかなったりだ。今泊っている〈善き旅人〉亭もほとんど客がいなかったが、さらに上をいく孤独を楽しめる場所はないかと、到着した翌日、マーカムソンはあたりを探索した。気に入った場所が一つだけあった。いや、静けさをとことん求める彼にとっては、まさに願ってもない物件だ。実際、静けさという言葉はふさわしくない――あれだけまわりから孤立していると、唯一ふさわしいのは寂寥という表現ぐらいだ。四方に翼が広がった、ジャコビアン様式の頑丈な造りの屋敷で、重々しい切妻屋根と窓が見えた。窓はやけに小さくて、この手の建物の通例より高い場所に取りつけられている。しかも周囲を背の高い、ずいぶんと仰々しい煉瓦塀で囲まれていた。しげしげと見るにつけ、普通の住宅というより、まるで要塞のようだ。でもそうした要素のどれもがマーカムソンを喜ばせた。「これだ」彼は思った。「これこそまさに求めていた場所だ。ここが使えれば、それ以上ありがたいことはない」間違いなく現在空き家だと気づいたとき、マーカムソンはいよいよ高揚した。

郵便局で代理人の名前を教えてもらい、あの古い屋敷の部屋を貸してほしいと申し出ると、代理人は驚きを隠しもしなかった。地元の弁護士で、不動産の斡旋もしているカーンフォード氏は親切な老紳士で、あそこに進んで住みたいという者がいるとは、と正直に喜んだ。

「率直に申し上げて、所有者の代理人としましては、あの家を数年単位で無料でも喜んでお貸ししたいところなんです。この界隈の住民たちに、あそこに人が住んでいることをしかと見せて、それが当たり前だと思ってもらうこと、ただそれだけのためであっても。ずっと空き家で、今じゃ馬鹿げた偏見さえ生まれているくらいなんです。だが、人さえ住んでくれれば、そんな噂は帳消しになる。たとえば」彼はマーカムソンをちらりと盗み見て続けた。「しばらくでもあそこの静けさを求める、あなたのような学生さんに」

マーカムソンは、その「馬鹿げた偏見」について代理人にわざわざ尋ねる必要はないと思った。必要なら、よそでいくらでも情報は手に入るだろう。彼は三か月分の家賃を払い、領収書と、彼のために「炊事洗濯」を引き受けてくれる婆さんの名前を教えてもらい、ポケットに鍵を入れてそこを出た。それから宿屋のおかみのところに行き、陽気で親切な人と見込んで、あの屋敷で暮らすのにどんなものが入り用になりそうか尋ねてみた。彼が逗留することになる場所について話すと、おかみは驚いて両手を挙げた。

「まさか判事の家じゃないでしょうね！」彼女の顔がみるみる青ざめていく。マーカムソンは屋敷の場所を説明し、家の名前までは知らなかったと言った。話を聞くと、おかみは答えた。

「ああ、やっぱり。やっぱりあそこだ！　ええ、判事の家ですよ」マーカムソンは彼女に、あの屋敷がなぜそう呼ばれるようになったのか、どんな悪い噂があるのか尋ねた。大昔――どれぐらい昔なのかは、自分もここの出身ではないのでわからないけれど、たぶん百年以上前だと思うと彼女は言った――囚人に激しい敵意を持ち、厳しい判決をくだすことで恐れられていた、巡回裁判所のある判事がここに住んでいたので、地元でそう呼ばれるようになったのだ、とおかみは話した。あの家にまつわる悪い噂そのものについてはわからないという。今まで何度か人に尋ねてみたけれど、誰も教えてくれなかった。でも、漠然と何かあるという感じがするし、自分としては、たとえドリンクウォーター銀行にあるお金を全部積まれても、一人では一時間とあの家にはいたくない――。そこまで話したところで、水を差すようなことを言ってごめんなさいね、とおかみは言った。

「残念だなと思いましてね。あなたみたいな立派な若い紳士でもあるお方を、あんなところに一人で住まわせるのは忍びないんですよ、こんなこと言いたかないんですけどね。もしあなたがあたしの息子なら、こんなこと言って申し訳ないけど、あんなところでひと晩だって寝かせられやしませんよ。あたしが一緒にそこに行って、屋根についてる大きな警鐘を鳴らしてやれるんなら別ですけど」気のいいおかみが、大真面目に、でもこちらのためを思って言ってくれているのがわかったので、マーカムソンは内心面白がっていたとはいえ、胸を打たれた。彼はご親切にどうもありがとうございますと告げ、こう続けた。

「でもウィザムのおかみさん、どうか僕のことはご心配なく。大学の卒業試験のために数学を勉強するような人間には考えることが山ほどあって、そんな謎めいた〝何か〟にかまっている暇はないし、とても精密で殺伐とした学問ですから、頭の片隅にさえ神秘なんてものが入り込む隙はないんです。調和数列や順列組み合わせや楕円関数だって、僕には充分神秘ですからね！」おかみが親切にも彼の雑務の片づけを引き受けてくれたので、マーカムソン自身は雑役婦にと推薦された老女に会いに行った。数時間後、その老女と一緒に判事の家に戻ると、おかみその人が荷物を持った数人の男衆と待っていて、馬車にベッドを積んだ家具屋までいる。おかみが言うには、テーブルだの椅子だのは上等かもしれないが、たぶん五十年は風通しもしていないベッドでは、若い人が寝るにはよろしくないのだそうだ。どうやらおかみは屋敷の中が見たくて仕方がないらしい。例の〝何か〟に見るからに怯えていて、わずかな音にもマーカムソンにしがみつく始末で、全体を見て歩くあいだ片時もそばを離れなかった。

屋敷の中をひと通り調べてみて、マーカムソンは大食堂に逗留することにした。そこなら必要なものを全部運び込んでも広さは充分だ。そしてウィザムのおかみさんは、雑役婦のデンプスタ

ー婆さんに手伝ってもらいながら、部屋の中を整えた。次々に運び込まれる箱が荷ほどきされていくうちに、前もって彼女が気を利かせ、数日はもつように自宅の台所からあれこれ食料品を詰め込んでおいてくれたことがマーカムソンにもわかった。おかみは帰る前にいろいろと気遣う言葉を並べ、ふと戸口で振り返ると言った。

「それとね、旦那、この部屋はだだっ広いし、隙間風も入るから、夜になったら大ぶりの衝立を持ってきて、ベッドを囲ったほうがいいですよ。本当のことを言うと、いろんな〝何か〟と一緒にここに閉じこもり、そいつらが衝立の脇やら上やらからあたしを覗き見するかと思うと、生きた心地がしませんけどね」想像しただけでぞっとしたらしく、そそくさと帰っていった。

おかみが姿を消すと、デンプスター婆さんは見下したように鼻を鳴らし、あたしはこの国のどんな化け物だってまるで怖かないね、と言った。

「理由を教えようか、旦那さん」彼女は言った。「ありとあらゆるものが化け物の正体で、化け物そのものじゃないんだ。鼠やらゴキブリやら、キーキーきしむドアやら、緩んだ瓦やら、割れた窓ガラスやら。固い引き出しの把手なんか、引っぱっても開かないからそのままにしたら、真夜中にガタンと落っこちる。この部屋の壁の羽目板をごらんよ。どれだけ古いか、ああ、何百年も前の代物だ！　ここに鼠やゴキブリがいないとでも思うかね？　ねえ旦那、考えてもみとくれよ。そいつらをこれから一匹も見かけないとでも？　そうとも、化け物は鼠で、鼠が化け物なんだ。別の何かだなんて、考えないことだね！」

「デンプスターさん」マーカムソンは丁重にお辞儀をしながら、厳かに言った。「あなたは卒業試験の首席一級合格者より物知りだ！　心身ともにそれだけ健全とは、あっぱれ。敬意のしるしとして、僕がここを去ったとき、あなたがここを使えるようにしましょう。僕の目的には四週間もあれば充分なので、賃貸契約をした残りの二か月間は、あなたがここに滞在してもらってかまいません」

「それはご親切なことで、旦那さん！」老婆は答えた。「だがあたしは、ひと晩もよそに泊まるわけにはいかないんだよ。あたしはグリーンハウ養老院に厄介になってるんだが、ひと晩でも外泊したら、もうそこで暮らせなくなっちまうのさ。規則がとても厳しくてね。部屋が空くのを虎視眈々と狙ってる連中が大勢いるから、うっかりしたことはできないんだ。そこさえ許してもらえれば、旦那がここにいるあいだは喜んでうかがって、お世話させてもらうよ」

「心配ご無用ですよ」マーカムソンは慌てて言った。「僕は孤独を求めてここに来たんです。それに、亡きグリーンハウ氏が養老院を、どういう形にしろ厳しく管理してきたこと、むしろ感謝してますよ。あなたが夜もここにいれば、僕がそういうたぐいの誘惑に苦しめられることもあったかもしれないが、その機会が否応なく奪われちまったわけですからね。聖アントニウスだって、そこまで厳格じゃなかったはずだ〔聖アントニウスは修道院制度の創始者と言われ、悪魔からさまざまな誘惑を受けて信仰心を試された〕」

老婆は大笑いした。「ああ若旦那、ちっとも怖がってないんだね。おまえさんの求める孤独とやらは、ここで好きなだけ手に入るだろうさ」老婆は掃除を始め、夜になる頃、マーカムソンが散歩から帰ってきたとき――彼はいつも歩きながら本を読んで勉強する――には、部屋は整理整頓され、すっかり箒もかけられて、古びた火床には火が焚かれ、ランプが灯り、テーブルにはウィザムのおかみのご馳走が並んでいた。「これは快適だ」マーカムソンはそう言って、手を揉みしだいた。

夕食を終えると、お盆を巨大な樫材のテーブルの向こう端に運び、また本を取り出して、暖炉に薪をくべ、ランプの芯を切り、しばし猛勉強に取りかかった。十一時頃まで休みなく勉強を続けたが、そこで少し区切りをつけて暖炉の薪をくべ直し、ランプの火を調節して、お茶を淹れた。彼は昔からお茶が好きで、大学生活のあいだ、いつもお茶を飲みながら遅くまで勉強をしたものだった。ひとときの休息は彼にとってはまさに贅沢で、一服のお茶をじっくりと味わいながら満ち足りた気分になった。勢いを取り戻した炎がパチパチと火花をあげて燃え盛り、その古風な広い部屋に奇妙な影を投げかけた。マーカムソンは熱いお茶をすすり、まさに求めていたとおりの孤独の感覚を楽しんだ。そのときだった。鼠のたてる物音に初めて気づいたのは。

「僕が本を読んでいたあいだ、ずっとそこにいたわけではないはずだ」彼は思った。「もしいたら、気づいたはずだからな」ほどなく騒音が大きくなり、やっぱり始まったのは今しがたなのだと納得した。初めのうち、鼠は見知らぬ人間や暖炉やランプの光にびくついていたが、しだいに大胆になって、今ではいつものように大はしゃぎ、というわけだ。

それにしても、忙しないこと！　そして、あのへんてこな音を聞いてみるがいい！　古い壁板の裏や天井の奥、床下で連中は競走し、齧り、引っかいている。マーカムソンはデンプスター婆さんが言った「化け物は鼠で、鼠が化け物なんだ」という言葉を思い返し、ほくそ笑んだ。お茶がその効果を現わして知性や知覚神経が冴え始め、これから明け方までひたすら勉強する喜びを想像した。それにお茶のおかげでなんとなく不死身になったような気がして、それをいいことに室内を偵察してやろうと考えた。彼は片手にランプを持ち、部屋をぐるりと巡った。長いこと放置されてきた古い屋敷とは、こうも美しく趣があるものなのか。樫材の壁板の彫刻はじつに繊細で、ドアや窓のまわりのそれも優美で貴重なものだ。壁には古い絵画がいくつか飾ってあるが、ランプを高々と頭上に掲げてはみたものの、分厚く埃に覆われていて細かいところまでは見えない。巡るうちに、そこここにある割れ目や穴に一瞬鼠の顔が飛び出して、目が光を反射してぎらりと光ったが、すぐに引っ込み、甲高い鳴き声と走り去る足音が続いた。しかし何より印象に残ったのは、屋根にある大警鐘に続くロープで、それは暖炉の右側の部屋の隅に垂れていた。マーカムソンは、高い背もたれに彫刻が施された、大きな樫材の椅子を暖炉の近くに引きずってくると、そこに座ってお茶の最後の一杯を飲んだ。飲み終わると、暖炉の火にまた薪をくべ、暖炉を左にしてテーブルの隅に座り、勉強を再開した。しばらくのあいだは、鼠たちが絶え間なく走りまわる音が気になったものの、たとえば時計のカチコチいう音や川の急流の音に慣れるように、やがて気にならなくなり、勉強に没頭するにつれ、今自分が解こうとしている問題以外のまわりのすべてのことが意識から遠のいていった。

問題はまだ解けていなかったが、ふと顔を上げたとき、夜明け前の気配があたりに漂っていた。日常をふと疑いたくなるような不気味な時間だ。鼠の音も静まっていた。音が止まったのは、きっと今しがたに違いない。たぶん、急に音が消えたから気になったのだ。火の勢いも衰えていたが、まだ赤々と光を放っていた。そちらに目をやったとき、いかに冷静な彼でもぎくりとした。

暖炉の右側に置いた、高い背もたれに彫刻のある大きな樫材の椅子の上に、巨大な鼠がうずくまり、凶悪な目でこちらをじっと睨んでいたのだ。追っ払おうとして手をしっしっと動かしたが、そいつは動かなかった。次に何かを投げつけるふりをしてみた。やはり身じろぎ一つしなかったが、怒ったように大きな白い歯を剥きだして、悪意のさらに強まった酷薄そうな目がランプの灯

りを映して光った。

マーカムソンは驚いて、火床にあった火掻き棒を手に取り、息の根を止めてやろうと投げつけた。ところがそれが命中するのを待たずに、やつは憎しみという憎しみをこめたかのような悲鳴をあげると、床に飛び下り、警鐘のロープをよじのぼって、緑色の笠のランプの光の届かない闇の中に姿を消した。おかしなことに、たちまち壁の向こうで鼠たちの走りまわる音がまた始まった。

そのときには、マーカムソンの気持ちは試験問題からすっかりそれてしまっていた。折しも朝の到来を告げる雄鶏の啼き声が外で響き、彼はベッドに入って眠ってしまった。

ぐっすり寝込んでいたので、デンプスター婆さんが一日の準備をするために部屋に入ってきたときも目が覚めなかった。婆さんがすっかり片づけを終え、朝食の用意をして、彼のベッドを囲んだ衝立をノックしたとき、マーカムソンはようやく目覚めた。明け方まで猛勉強したあとなのでまだ疲れが取れなかったが、濃い目のお茶ですぐにしゃきっとして、本を片手に朝の散歩に出かけた。夕食まで戻らなくてすむように、サンドイッチも持参した。町はずれにある楡の林の中を歩くうちにその静けさに気づき、そこでフランスの数学者ラプラスの本を読んで一日の大半を過ごした。帰る途中でウィザムのおかみさんのところに寄り、いろいろと親切にしてもらったお礼を言うことにした。私室の菱形格子付きの張り出し窓からマーカムソンが近づいてくるのを見たおかみは、玄関の外で彼を出迎え、中に招き入れた。彼女はマーカムソンをしげしげと見て、首を振り振り言った。

「根を詰めすぎてはいけませんよ、旦那。今朝はいつもより顔色がすぐれないようですね。夜更かしのし過ぎも、勉強のし過ぎも、誰の脳みそにだってよくないんですから！　でも旦那、昨夜はどうだったんです？　大丈夫だったんですよね？　でもほっとしましたよ。今朝デンプスターさんから、家に入ったときには旦那が無事で、ぐっすり眠っていたと聞いて」

「ああ、もちろん大丈夫でしたよ」マーカムソンはにこにこしながら答えた。「〝何か〟は今のところまだ出てきやしません。鼠だけです。やつらは部屋じゅうでサーカスをしてました。一匹、悪魔みたいなのがいましてね。暖炉のそばに置いた僕の椅子でうずくまって、ぴくりとも動かないから火掻き棒を投げつけてやると、警鐘のロープをよじのぼって、壁か天井のどこかに消えちまいました。暗かったので、どこへ行ったかははっきりしませんが」

「ああ、なんてことでしょう」ウィザムのおかみは言った。「暖炉のそばに悪魔が座ってたなんて！　気をつけないと、旦那、ほんとに。いくつもの冗談の中には真実がある、っていうでしょう？」

「どういう意味ですか？　正直、わかりません」

「悪魔のことですよ！　いえ、例の悪魔と言ったほうがいいかも。ねえ旦那、笑ってる場合じゃありませんよ」おかみがそう言ったのは、マーカムソンが爆笑していたからだ。「あなたたち若者は、年寄りなら身震いするようなことでも平気で笑うんですからね。まあいいですよ、旦那、お気になさらず。ええ、どうかそんなふうにずっと笑ってらして。あたしはそう切に願いますよ」

気のいいおかみは楽しそうなマーカムソンに同調して満面の笑みを浮かべた。彼女の不安もつかのま吹っ飛んだようだった。

「ああ、どうかお許しを！」マーカムソンがやがて言った。「無礼なやつだと思わないでください。どうにもピンと来なくって。昨夜、例の悪魔そのものが椅子の上にいたなんて！」そう考えただ

けで、彼はまた笑いだした。それから彼は夕食のために帰路についた。

その夜、鼠たちの運動会は昨日より早く始まった。実際、マーカムソンが帰り着いたときにはすでにどたばた駆けまわっていて、彼が現れたことに気づいてつかのま音がやんだが、また再開された。食事を終えたあと、マーカムソンは暖炉のそばに座って煙草を吸い、やがてテーブルの上を片づけると、再び勉強を始めた。その晩、鼠たちは昨夜以上に彼の邪魔をした。まさに上へ下への大騒ぎだ。キーキー鳴き、引っかき、齧った。しだいに大胆になっていき、巣穴の出口や、壁板の隙間という隙間、割れ目という割れ目に顔を出し、暖炉の炎が揺らぐたび、彼らの目が小さなランプのようにきらきら光った。しかしマーカムソンが今やすっかり慣れたことも事実で、その目をまがまがしくは感じず、むしろ連中の悪戯っぷりに感心した。ときどき特別向こう見ずなやつらが床に下りたり、壁板のモールディングに沿って走ったりした。マーカムソンも、ときおり気になったときにはテーブルをドンと叩いたり、鋭く「しっしっ」と言ったりして音をたてて連中を脅した。すると連中はさっと巣穴に逃げ込んだ。

そんなふうに夜の前半は過ぎ、マーカムソンは騒音をものともせずに、しだいに勉強にのめり込んでいった。

ふいに彼は手を止めた。昨夜と同じように、突如あたりの静寂に気づかされたのだ。齧ったり引っかいたりする音も、鳴き声も、いっさい聞こえない。重い静寂だった。マーカムソンは昨夜の不思議な出来事を思い出し、無意識に暖炉のそばの椅子に目を向けた。その瞬間、妙な戦慄が背筋を走った。

暖炉脇に置いた、彫刻のある高い背もたれの樫材の椅子に、あの同じ大鼠がいて、こちらを悪意に満ちた目でじっと睨んでいるではないか。

とっさに手近にあった対数の教科書をつかみ、投げつけた。本は大きくはずれ、鼠はぴくりとも動かなかったので、ゆうべと同じ火掻き棒のくだりをくり返すはめになった。すると同様に鼠は、危機一髪というところで命中を逃れ、警鐘のロープを伝って逃げた。やはり不思議なことに、この鼠が姿を消すやいなや、ほかの普通の鼠たちの騒ぎが再開されたのだ。前回と同じく今回も、マーカムソンは大鼠がどこに消えたのか見届けられなかった。彼の緑色の笠のランプでは部屋の上半分を照らしきれず、しかもいつのまにか炎が小さくなっていた。

時計を見ると、もう真夜中近くだった。気晴らしも悪くないと思い、暖炉に薪をくべ、夜のお供となる茶を淹れた。すでに相当な時間、勉強をしていたから、煙草を一本吸ってもバチは当たらないだろうと思った。そこで、暖炉のそばの樫材の大きな椅子に腰かけ、煙草を楽しんだ。そうして喫煙しながら、あの大鼠がどこに消えたのか知りたいものだと思った。朝までに鼠捕りと言えなくもない罠をかけることを思いついたからだ。マーカムソンは別のランプを灯し、暖炉脇の壁の右手隅に光が当たるような位置に設置した。それから手持ちの書物をすべてまとめ、いつでもあの性悪に投げつけられるよう、手元に置いた。最後に警鐘のロープを持ってテーブルの端に置き、先端の上にランプを置いて固定した。ロープを手にしたとき、長いあいだ使われていなかった割には、よくしなうことに気づいた。しかもとても丈夫なロープだ。「これなら絞首刑にも使えるな」と独り言ちる。準備が整ったとき、彼は周囲を見まわし、悦に入った。

「さあ、わが友よ、今度こそおまえさんのことが、少しはわかるだろうさ」マーカムソンはまた勉強を始め、先ほどと同様に初めのうちは鼠の騒音が気になったが、すぐに命題やら問題やらに

没頭した。

またしても、ふいに身のまわりの現実に引き戻された。ただし今回は、今までいつもこのときだけははっと気づかされてきた突然の静寂だけが原因ではなさそうだった。ロープがかすかに揺れ、ランプも動いたのだ。体は動かさないまま、本の山が手に届く範囲にあることを確認し、それから目でロープをたどった。するとあの大鼠がロープから樫材の肘掛椅子に飛び下り、そこにうずくまってこちらを睨みつけた。マーカムソンは右手で本を振り上げ、慎重に狙いをつけて鼠めがけて投げた。鼠はすかさず脇に飛びのき、飛んできたものをよけた。彼はすぐに別の本を、そして三冊目を取り、次々に鼠に投げつけたが、いずれも当たらなかった。とうとう彼は本を手に立ち上がり、大きく振りかぶってみせると、鼠はキーッと鳴き、怯えたように見えた。マーカムソンはそれまで以上に念入りに狙いすまし、飛んでいった本が鼠にバンとぶつかる音が響いた。それはギャッと怯えた声を漏らし、攻撃者をぞっとするような目で睨みつけると、椅子の背によじのぼり、警鐘のロープに飛び移って、稲妻さながらに走り去った。ロープがとつぜん引っぱられてランプがぐらりと揺れたが、かなり重いので倒れなかった。マーカムソンは鼠から目を離さず、二つ目のランプの光のおかげで、それが壁板のモールディングに飛び移って、壁に掛かった大きな絵画の一つにあいた穴に消えるのを見届けた。埃に覆われているせいで、はっきりとは見えないあの絵だ。

「朝になったら、わが友の住処を調べてやろう」マーカムソンはつぶやき、投げた本を集めに向かった。「暖炉のところから三番目の絵だな。絶対に忘れるもんか」本を一冊一冊拾い上げながら、それについて意見を述べた。「『円錐曲線』にはびくともしなかったな。『サイクロイド振り子』

にも、『プリンキピア』にも、『四元数』にも、『熱力学』にも。さあ、次がやつを仕留めた本だ」マーカムソンはそれを拾い上げ、しげしげと見た。とたんにぎょっとして、顔がみるみる蒼白になった。周囲を不安げに見まわし、かすかに身震いしてそっと囁く。

「母さんにもらった聖書だ！　なんておかしな偶然なんだ」彼が腰を下ろして勉強を再開すると、壁の向こうの鼠たちもまた悪ふざけを始めた。とはいえけっして邪魔ではなく、むしろ心強い仲間のように思えた。でも、なかなか集中できず、目下の課題を習得しようとしばらく四苦八苦したのち、とうとうあきらめて、最初の夜明けの光が東の窓からこっそり差し込む頃、ベッドに入った。

眠りは深かったが不安定で、たくさん夢を見た。そして朝遅い時間にデンプスター婆さんに起こされたときにはなんとなく落ち着かず、自分がどこにいるのかしばらくわからなかった。彼に最初に頼まれた仕事に、婆さんはかなり驚いたようだった。

「デンプスターさん、僕が今日、外出しているあいだに、梯子を持ってきて、あそこにある絵の埃を払うか、洗い流すか、してもらえますか？　とくに暖炉から数えて三番目の絵を。何が描いてあるか知りたいんです」

午後遅い時間になって、マーカムソンは日陰を散歩しながら本を読んでいたが、時とともに昨日の明るい気分が戻ってきて、ふと気づくと読書もずいぶん進んでいた。今までなかなか解けなかった問題にもすべて満足のいく結論を出すことができた。そんなうきうきした気分で、彼は〈善き旅人〉亭のウィザムのおかみさんを訪ねたのである。居心地のいい居間には、おかみと一緒に見知らぬ客人がいて、こちらはお医者様のソーンヒル先生ですとおかみに紹介された。おかみは

ずいぶん落ち着かない様子だったし、それに加えて医師がいきなり矢継ぎ早に質問を投げかけてきたので、彼がここにいるのは偶然ではないな、とマーカムソンは察し、前置き抜きで言った。「ソーンヒル先生、あなたのご質問には何でも喜んでお答えするつもりですが、先に一つこちらから質問させてください」

医師は驚いた様子だったが、にっこり笑って即座に答えた。「もちろんだ。それで、質問とは何だね？」

「ウィザムのおかみさんがあなたをここに呼んで、僕の様子を見て助言をしてほしいと頼んだんですか？」

ソーンヒル先生はつかのま面食らっていたし、ウィザムのおかみさんは顔を真っ赤にしてそっぽを向いた。それでも医師は率直で機敏な人だったので、すぐに胸襟を開いた。

「そのとおりだよ。だが、おかみとしては内密にしておくつもりだったんだ。私が下手に慌てたものだから、君に気取られてしまったんだね。おかみが言うには、君があの屋敷でたった一人で暮らしていること、そして飲んでいるお茶が濃すぎることが気に入らないそうだ。じつはね、できればお茶を飲むことも、夜更かしすることもやめるよう、私から助言してほしいと頼まれた。私も学生時代は熱心だった口だから、かつては大学生として同じ穴の狢だったというよしみで、気を悪くせずに聞いてほしい」

マーカムソンはにっこり笑って手を差し出した。「握手しましょう！　アメリカではそうやって水に流すんですよね」彼は言った。「あなたの、そしてウィザムのおかみさんの親切に感謝しなくてはいけませんし、僕のほうもそれにお応えするべきでしょう。これ以上濃いお茶を、いえ、あなたのお許しが出るまではお茶そのものも飲むのをやめ、今夜はどんなに遅くても一時には床に入るようにします。これでいかがですか？」

「すばらしい！」医師が言った。「では、あの古い屋敷で君が気づいたことを全部話してくれないか？」そこでただちにマーカムソンは、この二晩のあいだに起きたことを事細かに話し始めた。ウィザムのおかみが漏らす声でたびたび中断され、聖書の一件について打ち明けたときには、鬱積していたおかみの恐怖がとうとう大きな悲鳴となって発散されて、強いブランデーの水割りを与えられてようやく落ち着き始めた。話を聞いていたソーンヒル医師の表情もどんどん暗くなり、マーカムソンが語り終わって、ウィザムのおかみも人心地着くと、こう尋ねてきた。

「その鼠はいつも警鐘のロープを伝っていくのか？」

「ええ、決まって」

「知っているんだよな？」医師はそこでひと呼吸置いた。「あのロープが何か？」

「いいえ、存じません」

医師はゆっくりと話しだした。「あれは、判事の深い恨みを買った犠牲者たちを吊るすのに使われた、まさにそのロープなんだ」そこでまたウィザムのおかみがあげた叫び声に阻まれ、回復のために手段を講じなければならなくなった。時計を見たマーカムソンは、夕食の時間が間近だと知り、おかみが完全に冷静さを取り戻す前に帰宅することになった。

やっとわれに返ったウィザムのおかみは、あの哀れな若者の頭にそんな恐ろしい考えをわざわざ埋め込むなんてどういう了見なのか、と医師に食ってかからんばかりに尋ねた。「そうでなくても、あそこでもうたっぷり恐ろしい目に遭っているのに」おかみは続けた。ソーンヒル先生は

こう答えた。

「まあまあ、おかみさん、私にもちゃんとした目的があったんだ。あの警鐘のロープに彼の意識をしっかりと引きつけて、そこに集中させたかったんだよ。彼は勉強のしすぎだし、かなり神経の昂った状態にあるようだ。ここまで見たかぎりでは、心身ともに健全な若者だと言えるが、鼠の話や、大鼠を悪魔呼ばわりしていることが気になる」医師は首を振ってから先を続けた。「最初の晩に付き添いを申し出ればよかったのかもしれないが、彼はきっと気を悪くしたはずだ。今日も夜になったら、何か恐ろしい目に遭ったり、まぼろしを見たりするかもしれない。そのとき、彼にあのロープを引いてもらいたいんだよ。彼はあそこで一人っきりだが、警鐘を鳴らして知らせてくれれば、手遅れになる前にわれわれが急いで駆けつけて、なんとかしてやれるかもしれない。私はなるべく遅くまで寝ずの番をし、耳をそばだてておくつもりだ。夜明け前にベンチャーチの町じゅうが叩き起こされたとしても、驚かんでくれたまえ」

「ああ先生、どういうことです、それは？」

「つまりこういうことだ。おそらく、いや十中八九、今夜判事の家から響く警鐘をわれわれは聞くことになる」それから医師は、これ以上ないというくらいもったいぶって宿屋を出ていった。

マーカムソンが家に到着したとき、いつもより少し遅い時間だったので、デンプスター婆さんはすでに帰宅したあとだった。グリーンハウ養老院の規則は絶対なのだ。部屋の中は明るく、掃除も行き届き、暖炉では火がにぎやかに燃え、ランプもきちんと調節されていたので、ほっとした。その晩は四月にしては寒く、風も刻々と強さを増していき、夜中に嵐になるのは間違いなさそうだった。マーカムソンが家に足を踏み入れたとたん、鼠たちの物音が消えたが、彼がそこにいることに慣れると、すぐに悪ふざけを再開した。鼠たちの音が聞こえるとやはり仲間がそこにいるような気がして、嬉しくなった。考えてみると不思議だが、彼らはあの一匹――凶悪な目をした大鼠――が現れたときにだけ、存在を消すのだ。灯してあるのは読書用のランプだけで、緑色の笠のせいで部屋の上部や天井は闇に閉ざされており、床と、テーブルの隅のほうを覆う白いテーブルクロスのみ明るく照らしている、暖炉の陽気な火明かりが余計に暖かく、元気よく見えた。マーカムソンは腰を下ろし、ほがらかな気分で夕食をもりもり食べた。食事を終え、煙草を一本吸うと、脇目もふらずに勉強を始めた。医師との約束を破る気はなかったので、使える時間を最大限有効に活用するべく、勉強に集中する覚悟だった。

一時間ほどは問題なく勉強を進めたが、ふと気持ちが本からそれ始めた。今の周囲の状況、体調が気になること、神経がひどくぴりぴりしていることは否定できない。すでに風は突風となり、突風は嵐に姿を変えていた。古い屋敷は造りが頑丈とはいえ、土台から揺さぶられているように感じられ、吹き荒れる強風が無数の煙突や古い奇妙な形の妻壁から吹き込んで、がらんとした部屋や廊下でこの世のものとは思えない不気味な音を響かせている。屋根の上の大警鐘さえ風の力に翻弄されているに違いなかった。というのも、鐘がときどき揺れ動いているかのようにかすかに上がり下がりしていたしなやかなロープが、樫材の床にうつろな音をたてて落ちたからだ。

その音を聞いたマーカムソンは、「あれは、判事の深い恨みを買った罪人たちを吊るすのに使われた、まさにそのロープなんだ」という医師の言葉を思い出し、暖炉の隅に行ってロープを手に取るとじっくり観察した。死を思わせるような重みがそこにはあり、つかのま惹き込まれるように観察しながら、その犠牲者とはどんな人たちだったのだろうと考えた。それにしても、こん

な身の毛のよだつような遺物を手元に置いておきたいと思うなんて、その判事とやらはずいぶんと悪趣味だ。そうしてそこで手に持っているあいだも、屋根の上の警鐘が揺れてロープがのたうつのがわかった。しかしほどなく別の感覚が伝わってきた。何かがロープを伝って移動しているような、かすかな振動。

反射的に目を上げると、大鼠がこちらを睨みつけながら、確かな足取りでゆっくりと近づいてくるではないか。マーカムソンは驚いてロープを取り落とし、悪態を一つ漏らして飛びすさった。大鼠はたちまちロープを引き返していき、姿を消した。と同時にマーカムソンは、つかのまやんでいた鼠たちの騒音がまた始まったことに気づいた。

そうした一連の出来事で彼の脳みそがやおら回転しだし、そういえば、大鼠の巣穴をまだ調べていないし、絵も確認していなかったと気づいた。やろうと思っていたのにすっかり忘れていたのだ。笠のない別のランプに火を灯し、それを掲げて暖炉の右手から数えて三番目にある絵の正面に立った。昨夜大鼠が姿を消した場所だ。

見たとたん、ぎょっとして後ずさりしたので、危うくランプを取り落とすところだった。顔が死人のごとく蒼ざめ、膝ががくがくし、額に大粒の汗が噴き出し、体が木の葉のように震えた。だが若く気丈なマーカムソンだから、すぐに気持ちを奮い立たせ、しばらくするとまた一歩足を踏み出してランプを掲げ、絵をじっくり調べ始めた。埃を払われ、洗い清められた今、絵の内容がはっきりわかった。

それは、白い毛皮付きの真っ赤なガウンを着た裁判官の肖像画だった。力強い顔つきで、平気で厳しい懲罰を加える容赦のなさ、邪悪なずる賢さが滲み出ている。唇は厚く肉感的で、赤らんだ鷲鼻は猛禽類のくちばしを思わせる。鼻と唇を除けば、顔色は死体のように青白い。目は独特な輝きを持ち、ひどくよこしまな色をたたえている。その目を眺めるうちに、マーカムソンは体が冷たくなった。あの大鼠の目と瓜二つだったからだ。絵の隅にあいた穴から大鼠のその悪意の滴る目が覗いているのに気づき、思わずランプを落としそうになる。そういえば、ほかの鼠たちの物音も急に静まっていた。それでもマーカムソンはなんとか気を取り直して、また絵を調べ始めた。

判事は、大きな石造りの暖炉の右側に置かれた、彫刻を施された背もたれの高い樫材の椅子に座っている。そして隅には天井から垂れるロープが描かれ、先端は床の上でとぐろを巻いていた。マーカムソンは、絵の舞台は今自分の立っているその部屋なのだと気づいてさすがに恐ろしくなった。背後に何かおかしなものがいそうな気がして、びくびくしながら周囲を見まわす。そのときふと暖炉の脇に目が行き――ギャッと叫んでとうとうランプを取り落とした。

そこに、天井から垂れたロープを背にした判事の肘掛椅子があり、あの大鼠がいたのだ。判事と同じ憎悪に満ちたその目はさらに悪魔的な力を強め、こちらを睨みつけている。外から聞こえる嵐の咆哮を除けば、あたりは静まり返っていた。

転がったランプを見て、マーカムソンはわれに返った。さいわいそれは金属製だったから、油はこぼれていなかった。倒れたランプをなんとかする、という実際的な作業に迫られたおかげで、不安はすぐに吹っ飛んだ。とりあえずランプの灯を消すと、彼は額の汗を拭い、考え始めた。

「これはまずいぞ」と独り言ちる。「こんなことを続けていたら、頭がおかしくなる。馬鹿な真似はおしまいにしないと！　お茶は飲まないとあの医者に約束した。まったく、あの医者の言う

とおりだったな。僕はきっと、神経が参りかけていたに違いない。自分で気づかなかったなんて、おかしな話だ。こんなに気分がすっきりしたことは今までにないくらいだ。もう大丈夫。二度と愚かなことはするまい」

それからマーカムソンは強めのブランデーの水割りを作り、猛然と勉強を始めた。

一時間近く経った頃、突然の静寂に気づいて、彼はふと本から顔を上げた。とはいえ、外ではこれまで以上に風が吹きすさび、土砂降りの雨がまるで雹のように窓ガラスに打ちつけている。だが屋内では、大煙突に吹き込む風のこだまや、嵐が小休止したときに煙突にわずかに雨粒が降り込むときの小さな音以外には、何も聞こえない。暖炉の火は弱まって、すでに炎はあがっていないが、熾火の赤い光は残っている。マーカムソンは耳を澄まし、やがてごくかすかに何かがきしむ音が聞こえてきた。ロープが垂れ下がっている部屋の隅から届くので、鐘が揺れるのに合わせて、垂れたロープが床に擦れているのだろうと彼は思った。ところが目を上げると、薄明かりのなか、あの大鼠がロープにしがみつき、それを齧っているのが見えた。ロープはもうすぐ齧り切られそうだった。撚りが解けてむき出しになった内側の明るい色が見えたからだ。ついに作業が終わり、切断されたロープの先が樫材の床にコトンと落ちた。そのとき大鼠はというと、前後にゆらゆら揺れるロープの先端に、房か握り玉のようにしがみついていた。これで外界に助けを求める手段がなくなってしまったのか、とマーカムソンは思い、つかのまた恐怖に駆られたが、すぐにその恐怖は燃え上がる怒りに呑み込まれ、彼はそのとき読んでいた本をむんずとつかむと大鼠に投げつけた。狙いどおりだったのに、的に届く直前に鼠がロープから飛び下り、本はストンと床に落ちた。マーカムソンは間髪を入れずにあとを追ったが、鼠は一散に逃げていき、部屋の奥の暗がりに消えた。マーカムソンは今夜の勉強はもうやめだと思い、今すぐこれまでの単調なやり方を変えて大鼠を狩ってやろうと決めた。そこでもっと広い範囲を灯りで照らすため、ランプの緑色の笠を取っ払った。とたんに部屋の上部の影が追い払われて、闇に沈んでいたそれまでの部屋とは打って変わって光があふれ、壁の絵画がはっきりと浮かび上がった。マーカムソンは、暖炉の右側の壁に掛かった、数えて三番目の絵の真ん前にいた。驚いて目をこするうちに、身が凍るほどの恐怖が襲いかかってきた。

　絵の真ん中に不規則な形の空白ができていて、絵の具の下の茶色いキャンバス地がむき出しになっていたのだ。今の今までそんな空白はなかったはずなのに、額縁までそれが広がっている。背景はそのままで、椅子も暖炉の端もロープも描かれているのに、判事の姿だけが消えていた。

　マーカムソンはぞっとしながらゆっくりと後ろを振り返った。全身麻痺した人のように体が激しく痙攣し始めた。力がすっかり抜け、行動を起こすことも、体を動かすことも、考えることさえもはやできなかった。できるのはただ目で見、耳で聞くことだけ。

　あの彫刻の施された背もたれの高い樫材の椅子に、白い毛皮付きの赤いガウンをまとった判事がいて、復讐に燃える邪悪な目でこちらを睨み、意志の強さを感じさせる残酷そうな唇に勝ち誇ったような笑みを浮かべながら、黒い帽子を両手で持ち上げた。マーカムソンは、ずっと宙ぶらりんの状態にあった人がたいていそうなるように、心臓で滞っていた血流が突然巡りだした気がした。耳の奥でどくどくと鼓動が響く。それさえなければ、大嵐の吠え声も、その激しい風に乗って、市場にある大きな時計塔で午前零時を告げる鐘が鳴ったのも、聞こえただろう。彼は永遠とも思える時間、恐怖で目を見開き、息もできずに、まるで彫像のようにその場で立ち尽くしていた。時計塔の鐘の音が一つ打つごとに、判事の顔に浮かぶ勝利の笑みがどんどん大きく広がっていき、最後の音が響くとともに、彼は頭に黒い帽子をかぶった。

判事はわざとのろのろ椅子から立ち、噛み切られて床に落ちているほうの警鐘のロープを拾い上げると、感触を楽しむかのように手でしごいた。それからその先端にゆっくりと結び目を作り、輪をこしらえていく。足で具合を確かめながら、満足がいくまで締め上げると、罠結びができあがった。判事はそれを手にし、テーブルを挟んでマーカムソンの逆側に立つと、彼から目を離さないままテーブルの縁に沿って移動し、マーカムソンの前を通過してすばやく戸口の前に立った。マーカムソンは急に逃げ場を失くしたような気がして、さてどうしようかと思案する。判事の目には魔力のようなものがあって、ひたと見つめられると、いやでも見つめ返さずにいられなかった。判事は、戸口を背にしたままじりじりと近づいてきて、やおら輪を振り上げると、マーカムソンをそれで捕えようとするかのように投げつけてきた。マーカムソンは必死の思いで脇に飛びのき、ロープが横に落ちて、樫材の床にコトンとぶつかるのを見た。判事は再びロープを拾い上げると、邪悪な目でこちらを睨みながらまた投げつけ、マーカムソンでかろうじてそれをよけた。それが何度もくり返されたものの、判事はがっかりもせず、慌てもせず、鼠をもてあそぶ猫のようにむしろ楽しんでいる。マーカムソンはいよいよ切羽詰まって、まわりをさっと見まわした。ランプの火がいつのまにか大きくなっていて、室内を普段以上に明るく照らしている。無数の巣穴や壁の割れ目や裂け目から鼠たちの目が覗いているのがわかり、それだけは超常現象なんかではない、紛れもない現実だと思うと、なんとなくほっとした。さらに観察を続けると、大警鐘に繋がっているほうのロープにずらりと鼠たちが群れているのがわかった。隙間もないほどぎっしり並んでいて、ロープが垂れている天上の小さな丸い穴から今も続々と鼠があふれ出し、その重さで警鐘がゆらゆらと揺れ始めた。

ほら聞こえた！　揺れはついに舌が鐘に触れるまでになった。音は小さなものだったが、鐘は揺れだしたばかりなので、音はもっと大きくなるだろう。

鐘の音を耳にした判事は、それまでマーカムソンを見つめていた目を上に向け、顔を憤怒に歪ませた。真っ赤に焼けた石炭のように目が輝き、家全体を揺るがすような勢いでドスンと足を一つ踏み鳴らす。頭上で天を切り裂く雷鳴が轟き、鼠たちが時間と競争するかのように焦ってロープ上で右往左往する一方で、判事がまた手元のロープを頭上に掲げた。しかし今度はそれを投げるかわりに、輪を大きく開げたまま、じわじわと餌食ににじり寄っていく。しだいに近づいてくる判事の姿そのものに、人の動きを封じ込める魔力のようなものがあり、マーカムソンは死体のごとくその場で硬直した。判事の氷さながらに冷たい指が喉に触れ、ロープがかけられたのを感じる。輪がしだいに締まっていく。やがて判事は学生の硬直した体を抱えると、樫材の椅子まで運び、その上に立たせた。一緒に椅子に上がって手を伸ばし、天井から垂れたゆらゆら揺れるロープの端をつかむ。彼の手が伸びてきたとたん、鼠たちはキーキー悲鳴をあげて逃げだし、天井の穴に姿を消した。判事はマーカムソンの首にまわしたロープの先を警鐘のロープに結びつけ、床に下りると同時に椅子を引いた。

判事の家の警鐘が鳴りだすと、たちまち人が集まってきた。さまざまな灯りや松明があちこちから現れ、まもなく無言の群衆がその場へ急いだ。彼らは激しく扉を叩いたが、返事はなかった。とうとう扉が打ち壊され、医師を先頭に人々は大食堂へなだれ込んだ。

大警鐘のロープには学生の亡骸が吊るされ、絵の中の判事の顔にはよこしまな笑みが浮かんでいた。

黄色い壁紙

The Yellow Wallpaper

Charlotte Perkins Gilman

シャーロット・パーキンス・ギルマン

The New England Magazine（1892年）初出

ジョンとわたしのような、良家の出でも何でもないごく普通の市民が、避暑のためにこんな大霊廟みたいなお屋敷を借りられるなんて、本当に運がいい。

先祖代々伝わる、コロニアル風の大邸宅。わたしなら幽霊屋敷と呼びたいところだ。至福の心持ちでうっとりする――わかってる、これ以上望むのは贅沢というもの!

それでもはっきり言わせてもらいたい。この家には何か奇妙なところがある。

だってそうでもなければ、どうしてこんなに家賃が安いの? そして、どうしてこんなに長いあいだ、住む人が誰もいなかったの?

もちろんジョンはわたしを笑った。夫とはそういうものだ。

ジョンは極端な現実主義者だ。神様なんてこれっぽっちも信じていないし、迷信が大嫌いだし、手で触れられないもの、目に見えないもの、数字にできないものは、あからさまに馬鹿にする。

ジョンは医者で、たぶん――(こんなこと、もちろん人間相手には言わない。だけど息もしていない紙に書いているだけだから、安心して打ち明けられる)――たぶんわたしがなかなかよくならないのはそのせいだと思う。

だってそうでしょう、あの人はわたしが病気だと思ってないんだから。

だからといって、何ができる？

自分の夫が地位ある医者で、友人や親戚に、妻はべつにどこが悪いわけでもない、一時的に参っているだけだ、せいぜいちょっとヒステリーの気がある程度でね、なんて請け合ったとしたら、その妻にいったい何ができるというの？

兄もやはり地位ある医者で、同じことを言っている。

だからわたしは、リン酸塩か亜リン酸塩か、よく知らないけれどどちらかと強壮剤を飲み、空気のいいところに旅行し、運動をしている。だけど、回復するまでは「仕事」をすることだけは厳しく禁じられている。

自分としては、そんなの全部おかしいと思う。

わくわくできて、気分転換になるような、自分の性に合った仕事こそ、体のためになるはず。

だからといって、何ができる？

仕事はやめろとは言われているけれど、それでもわたしは書き物をした。だけど実際、とても疲れる。隠れてこっそり書かなければいけないからだ。見つかったりしたら、どんなに責められるか。

こんなにあれはだめ、これはだめと言われず、もっと人と会って刺激をもらったら、体調はどうなっていただろう、とときどき考える。だけどジョンからは、体調について考えるのはいちばんよくないことだと言われているし、実際、考えるたびに落ち込んでしまう。

だから体調のことは置いておいて、この家について話そうと思う。

本当にきれいな場所なのだ！　ぽつんとした一軒家だし、通りからも充分に引っ込んでいて、村からもゆうに三マイルは離れている。本で読んだことがあるようなイギリスの土地を思わせ、生垣や塀、錠つきの門、庭師や下働きの人たち用の小さな離れがたくさんある。

庭がまたすばらしいこと！　こんなにすてきな庭を見たのは初めてだった。広々としていて、木陰がそこここにあり、刈り込んだ柘植の生垣の小径が縦横にめぐらされ、蔦を這わせた背の高いあずまやにはベンチが置かれている。

温室もあったけれど、今では全部壊れている。

相続人か、共同相続人かのあいだで、何か法律上の揉め事があったらしい。だから屋敷は何年ものあいだ空き家だったのだ。

残念ながら、そういう現実的な話はわたしの考える幽霊屋敷とはそぐわないけれど、気にしない。この家は本当にどこか変なのだ。わたしは肌でそれを感じる。

ある月夜の晩に、ジョンにそう話したことさえあったが、そんなの隙間風のせいだと彼は言い、窓を閉めた。

ときどき、無性にジョンに腹が立つことがある。わたしだって以前はこんなにぴりぴりしていなかったのに。今は神経が参っているからなんだと思う。

でもジョンは、君がこの家のことをそんなふうに感じるなら、そのうち自分をきちんとコントロールできなくなるかもしれんな、と言う。だから必死に自分を保とうとしているのだ――すくなくとも彼の前では。でもそうして無理をすると、ひどく疲れる。

今いる部屋がどうも気に入らない。本当は、一階下にある、ポーチに面した部屋がよかった。

窓辺に薔薇があふれ、ずいぶんと古風なチンツ織のカーテンがまたいい感じなのだ。でもジョンは聞く耳をもたなかった。

窓が一つしかないし、ベッドを二つ置いたら狭すぎるし、自分が別の部屋に移るとしても近くに適当な部屋がない、と彼は言った。

夫はやさしくて、とても注意深くすべてに目を配り、特別な監督のもと、わたしをできるだけ動揺させまいとしている。

わたしの一日は一時間単位でスケジュールが決まっていて、彼があらゆる負担を肩代わりしてくれている。だから、それをもっとありがたいと思わなかったら、恩知らずな人間だと感じてしまう。

ここに来たのは、ほかでもない君のためなんだ、とジョンは言う。完全に休息して、いい空気をたっぷり吸うことだ、と。「運動するとしても、体力しだいだよ、君」彼は言った。「食事も無理しちゃいけない。だが空気はいつも好きなだけ味わえる」そういうわけで、わたしたちは家の最上階にある育児室を寝室とした。

一階分ほぼぶち抜きの、風通しのよい大きな部屋で、窓から四方を見渡せるうえ、広々として、日当たりも抜群だった。最初は育児室だったはずだが、見たところ、そのうち子供たちが遊んだり運動したりする場所になったようだ。窓には小さな子供が落ちないように横木が渡され、壁には輪っかやら何やらの道具が取り付けられている。

壁の塗装や壁紙は、まるで昔の男子校のそれのようだ。壁紙は、わたしのベッドの頭部分では手の届くかぎりあちこち、部屋の反対側では低い部分が、大きく破り取られている。こんなにひ

どい壁紙は今まで見たことがなかった。

それは、火焔がのたくっていくかのようなフランボワイヤン模様で、あらゆる美術様式の悪いところを結集したかのような代物だった。

目で追っていこうとしても模様がぼんやりしているので頭が混乱する一方、もう少しよく見たいと人をいらだたせる程度にははっきりしていて、まだるっこしい曲線をしばらく追いかけていくと、急に自殺でも図るかのように四方八方に跳ね散る。そんなふうにとんでもない矛盾を抱えて、模様が破綻するのだ。

色がまた不快で、むかむかするほどだ。ゆっくり移動していく日光にさらされて妙に色褪せた、鈍くくすぶる黄色。

くすんでいるのに毒々しいオレンジ色の部分もあれば、硫黄を思わせる気持ちの悪い色のところもある。

子供たちがこの壁紙を嫌ったとしても不思議ではない。わたしだってこの部屋でずっと暮らすことになったら、毛嫌いしたはずだ。

ジョンが来たから、ここまでにしなければ。わたしが書き物をしていると、彼がいやがる。


ここに来て二週間になるが、最初の日から今まで何も書く気になれなかった。

今は、屋敷上階のこのぞっとする育児室で窓辺に座り、好きなだけ書き物をしても何も邪魔するものはない。体力の衰えさえ除けば。

ジョンは、日中はずっと外出している。深刻な症状の患者がいるときは夜も帰れないことがある。

わたしの症状がそこまで深刻でなくてよかった！

でも、どうも神経がぴりぴりして、とても気が滅入る。

ジョンは、わたしが本当はどれほど苦しんでいるかわかっていない。わたしが苦しむ理由などないと知っているから、それで安心しているのだ。

もちろん、ただ不安になっているだけだろう。やるべき仕事ができないことが、つらくて仕方がないのだ。

わたしはジョンを助け、彼が心から安らげる場になろうとしていたのに、今ではむしろお荷物になってしまっている。

身支度をしたり、人をもてなしたり、物を注文したり、わたしにできることなんてせいぜいその程度だけれど、それだけでもどんなに苦労するか、聞いても誰も信じないだろう。

メアリーみたいに赤ん坊の世話をよくやってくれる人が見つかって、運がよかった。ああ、かわいい赤ちゃん！

だけどわたしは息子と一緒にいてやれない。ひどく神経に障るのだ。

ジョンは生まれてこのかた、不安になったことなどないのだろう。だって、この壁紙についてわたしが不満を訴えると、大笑いするのだ。

最初は壁紙を貼り替えようと言ってくれたのに、そのうち、君はこの壁紙に負けちゃだめだ、そんなふうに空想ばかりするのは、神経症の患者にとって何よりよくないことなんだと言いだした。

壁紙を替えたら、次は重たいベッドが気になりだし、それから横木を渡した窓、そのあとは階段のてっぺんにあるゲート、というように際限がないと彼は言った。

「この場所が君にいい影響を与えているとわかるだろう？」ジョンは言った。「それにね、この家を借りるたった三か月間のためにわざわざ壁紙を貼り直すのは、やっぱりどうかと思うんだ」

「じゃあ下の階に移りましょうよ」わたしは頼んだ。「すてきなお部屋がたくさんあるじゃない」

すると夫はわたしを抱き寄せ、かわいいお馬鹿さんと呼んで、君がそう望むなら地下室に行き、それから壁を塗り直させることになるとしても、僕はかまわないよと言った。

たしかに、ベッドやら窓やら何やらキリがないというのは、彼の言うとおりだ。

ここは風通しといい居心地のよさといい、理想の部屋であり、もちろんわたしだって、ただの気まぐれで夫を困らせるほど愚かではない。

じつはこの広い部屋がだんだん好きになってきていたのだ。あの忌まわしい壁紙を除けば。

窓の一つからは庭が見える。謎めいた濃い日陰を作るあずまや、昔風のにぎやかな花壇、藪、節くれだった木々。

別の窓からは入り江とこの地所専用の小さな波止場が見渡せて、とても景色が美しい。この屋敷からそこまで下っていく、木陰になったすてきな散歩道もある。そうした無数の小径やあずまやを人々が行き交う様子をわたしはいつも想像するのだが、けっして空想に身をまかせてはいけない、とジョンからは注意されていた。君は想像力が豊かだし、お話を作る習慣もある。おかげで、今みたいに神経が弱っているときには、想像力がいやでも活発になって、ありとあらゆる空想が飛び出してくるにちがいない。意志の力と常識でもって、そういう傾向を抑えることだ。だからわたしはそうしようとした。

ときどき思うのだ。もう少し回復して、多少でも書き物ができたら、そこで想像の翼を解放すれば気が休まるのでは、と。

でも、やってみたら、あまりにも疲れるのだ。

わたしの仕事について誰からも助言をもらえず、励ましてくれる友もそばにいないのは、やはり張り合いがない。わたしがすっかり回復したあかつきには、いとこのヘンリーとジュリアに声をかけて、ここにしばらく滞在してもらおうとジョンは言った。でも、今君をああいう刺激的な連中に会わせるくらいなら、君の枕に花火を仕込むね、と付け加えた。

できるだけ早くよくなりたい、とわたしは思った。

だって、ついこんなことを考えてしまうから。この壁紙、自分に邪悪な力があることを知っている、いるみたいに見える！

模様の中に、首がだらりとうなだれて、球根みたいな目が上下逆さまにこちらを見上げているかのように見える部分がくり返し現れる。

その無礼な感じや、どこまでも終わりがないことに、わたしはひどく腹が立った。上下方向へ、横方向へ、それは延々と続いていき、その馬鹿みたいな、瞬き一つしない目がありとあらゆるところに見える。壁紙の合わせ目が一か所、きちんと合っていないところがあり、そこでは模様の片方の列がもう片方より少し上にずれているので、目が上下方向にしか並んでいないように見えた。

無生物のものにこんなにたくさん顔があるのを見るのは初めてだった。だけど、生きていないものにもけっこう表情があることを、誰もが知っている。わたしは幼い頃、ベッドに入っても眠らずに、何もない壁やただの家具をじっと見ては、おもちゃ屋さんに入った子供たちに負けないくらい、面白がったり怖がったりしたものだった。

昔持っていた大きな古い整理ダンスのつまみがとてもやさしくウィンクしてくれたことを覚えているし、頼れる友人みたいにいつも思えた椅子が一脚あった。

ほかのものがあまりにも恐ろしげに見えたときは、いつでもその椅子に飛び乗れば安心だと思っていた。

この部屋の家具は調和しているとはとても言いがたいが、どれも階下から運び込んだのだから、まあ仕方がない。遊戯室として使われることになったとき、育児室向けの家具を全部外に運び出さなければならなかったのだろう。それも当然だ。しかし、子供たちがここでおこなった暴虐ぶりは、今までお目にかかったことがないほどひどいものだった。

さっきも言ったが、壁紙はあちこちで剥ぎ取られ、それでもまだ兄弟より仲良く壁とひっついているところもある。きっと壁紙と壁のあいだには、憎しみと同じくらい忍耐力もあったのだろう。

そして床には引っかき傷や穴ぼこ、割れ目があり、壁の漆喰はあちこち抉られ、部屋に唯一置いてあったこの巨大な重いベッドは、戦争を何度もくぐり抜けてきたかのようだ。

でもそれについてはちっとも気にならなかった。問題は壁紙だけだ。

そのときジョンの妹が帰ってきた。とてもやさしい子で、甲斐甲斐しくわたしの世話を焼いてくれる。わたしが書き物をしていることを見つかってはまずい。

彼女は完璧で熱心な主婦で、こんなにすばらしい職業はほかにないと思っている。わたしを病気にしているのは書き物だと、間違いなく信じている。

でも彼女が外出しているあいだは書いていられるし、窓から見るかぎり、ここにたどり着くまでにはまだだいぶ距離がある。

窓の一つから、道が見える。木立の陰になった、曲がりくねった美しい道だ。その窓からはこのあたりの田園風景も見渡せる。楡の大木の林やビロードのような牧草地が広がる、やはり美しい田園。

壁紙には、別の色味の、ある種隠れた模様もある。それがまた人をいらだたせるのだ。特定の光線が差し込んだときにしか見えず、見えたとしてもぼんやりとしか浮かんでこないからだ。

でも、色褪せていない部分にその特定の日差しが当たったとき、どこか人の神経を逆撫でする、形らしい形のない奇妙な模様が見えるのだ。くっきりした、あの馬鹿みたいな前面のデザインの陰になって拗ねているように見える。

妹がもう階段をのぼりだした!

独立記念日がやっと終わった! 客たちが帰り、わたしはもうくたくただった。ジョンは、こぢんまりとした集まりならわたしのためになるだろうと考え、母、そしてネリーとその子供たちが一週間ここに滞在した。

もちろんわたしは何もしなかった。今では妹のジェニーが家の中を全部取り仕切っている。

それでも結局のところ、わたしは疲れきってしまった。

このまま遅々として回復しなければ、秋にはわたしをウィア・ミッチェルのところに送ることになる、と言う。

でもわたしは絶対に行きたくない。かつて彼の治療を受けたことがある友人がいて、あの医者はジョンやわたしの兄の同類だし、むしろ彼ら以上に彼らしいと友人は言った。

そうでなくても、そんなに遠くまで出かけるのは大仕事だ。

今は新しいことに手をつけても自分のためになるとはとても思えず、いらいらが募り、不平ばかりこぼすようになっている。

理由もなく涙があふれ、ほとんどずっと泣き暮らしている。

もちろんジョンが、いえ、ほかの誰であっても、人がいるときには泣かないけれど、一人のときには泣いている。

そして今はかなり長い時間、一人でいる。ジョンは患者の容体が悪くなってしょっちゅう町に足止めされるし、ジェニーはやさしいので、頼めばわたしを一人にしておいてくれる。

だからわたしは庭やあの美しい小径を少し散歩したり、薔薇の咲くポーチで座ったり、この部屋のベッドで長いあいだ横になったりしている。

わたしは、こんな壁紙にもかかわらず、この部屋が本当に好きになり始めていた。もしかすると、壁紙のおかげで好きになっているのかもしれない。

だって、今では壁紙のことばかり考えているのだ。

この動かない大きなベッド——釘付けされているのだと思う——に横たわり、何時間もかけて模様を追っていく。体操をしているみたいなものだ、本当に。たとえば、まずいちばん下の、隅っこの無傷のところから始めてみる。そうして、このどこに向かうかわからない模様を何かしらの終点まで必ずたどってやろうと心に決めたのは、もう千回目ぐらいだ。

デザインの基礎を多少は知っているので、この壁紙が放射、交互、反復、対称など、わたしが今までに聞いたことがあるどんな模様のパターンとも違っていることはわかっていた。

もちろん壁紙を並べて張れば模様が反復するのは当然だけれど、それ以外にはとくに法則がない。

一方向に見ると、一枚一枚の壁紙はそれぞれ独立していて、ふくらんだ曲線やら花柄やらが、譫妄状態にある「品のないロマネスク様式」とでも言いたくなるような模様を作ってよたよたと上下方向に伸びて、それぞれが孤立した愚かしい行列を作っている。

その一方で、斜め方向にはつながっていて、斜めに傾いた大波となって続き、見ていると恐ろしくなってくる。たくさんの海藻がのたうちながら全速力で追いかけっこしているかのようだ。

全体が水平方向にも広がり、いや、すくなくともそう見え、左右に続く法則を見極めようとするうちに、わたしは疲労困憊してしまった。

水平方向の壁紙が帯状装飾として使われていて、それがみごとに混乱に拍車をかけている。

部屋の奥のほうに壁紙にほとんど損傷のない部分があり、交差するように差し込む光が薄れて、低い夕日がそこにじかに当たると、放射模様まで見えてくるような気がする。終わりなきグロテスクな模様が共通の中心点に集まったかと思うと、一気に四方八方へさっと均等に発散されるのだ。

模様を追うのは疲れる。昼寝をしたほうがいいのだろう、たぶん。

どうしてこの手記を書かなければならないのか、自分でもわからない。

書きたくない。

書けるとも思えない。

そして、わたしが物を書くのをジョンが馬鹿げていると思っていることも知っている。だけどわたしは、何らかの形で自分の気持ちや考えを表現しなければならない。そうするとほっとするのだ。


でも最近では、ほっとするより苦労のほうが大きくなってきた。

今では一日の半分はひどくだるくて、長いこと横になっている。

体力をすり減らすようなことはしちゃだめだ、とジョンは言い、肝油やら強壮剤やらをわたしにたっぷり与えた。エールやワインや珍しい肉類は言うまでもない。

ああ、愛するジョン！　彼はわたしを心から愛し、わたしの病を憎んでいる。このあいだ、きちんと理詰めで彼と話をして、いとこのヘンリーとジュリアの家を訪問させてほしいと真剣に頼んだ。

でも彼は、外出なんてわたしには無理だし、たとえ二人のところに行ったとしても、そこで過ごす時間に耐えられないだろうと言った。わたしはきちんと反論できなかった。話し終える前に泣きだしてしまったからだ。

まともに頭を働かせるのがどんどん難しくなってきていた。こんなふうに神経が弱っているせいだと思う。

すると愛しのジョンがわたしを抱き上げ、階上に運ぶとベッドに寝かせた。それから横に腰かけ、わたしが疲れて眠くなるまで本を読んでくれた。

君は僕の大事な人だ、慰めなんだ、僕には君だけだと彼は言い、僕のために体を大切にして、元気にならなくてはいけないとも話した。

君の体を回復させられるのはほかでもない君だけだ、意志の力で自分を律し、くだらない空想に頭を乗っ取らせちゃだめだ、と彼は言う。

一つだけほっとしているのは、赤ちゃんが元気に楽しく過ごしていて、この恐ろしい壁紙のある育児室を使わずにすんでいることだ。

もしわたしたちがここを使っていなかったら、あの大事な赤ちゃんが使うはめになっていたかもしれない。運よく避けることができて、本当によかった。自分の赤ちゃんに、感受性の強い小さな子供に、こんな部屋を使わせたいなんて絶対に思わない。

今まではそんなことは考えもしなかったけれど、ジョンがここをわたしたちの部屋と決めたのは運がよかったのだ。赤ん坊に比べれば、わたしのほうがはるかに耐えやすい。そうでしょう？

もちろん、そんなことはもう、あの人たちには言わない。わたしは利口だから。それでもやはり壁紙のことは注意深く見張り続ける。

あの壁紙には何かがある。わたし以外に誰も知らないし、たぶんこれからも知ることはない何かが。

表側の模様の背後にあるぼんやりとした形が、日に日にくっきりしていく。

いつも同じ形だけれど、ただ数がとても多い。

それはなんだか、表の模様の陰で、身をかがめて這いずりまわっている女のように見えた。虫唾が走る。わたしは考え始めていた——ジョンがわたしをここから連れ出してくれればいいのに、と。

ジョンにわたしの状態を説明するのはとても難しい。彼はあまりにも頭がいいし、わたしのことを心から愛しているから。

でもゆうべ試してみた。

月が出ていた。まるで太陽みたいに、あたりを照らしていた。

ときどき月を見るのが嫌いになる。月光はのろのろと這い寄ってきて、いつもどれか一つの窓から入ってくる。

ジョンはぐっすり眠っていたから、起こしたくなかった。だからじっとしたまま、波打つ壁紙を照らす月明かりを眺めていたけれど、とうとう怖くてたまらなくなった。

背後にいるぼんやりしたものが模様を揺すっているように見えた。まるで、そこから出たがっているみたいに。

わたしはそっとベッドから出て壁紙に近づき、本当に動いているのかどうか触れてみた。でもベッドに戻ったとき、ジョンは目を覚ましていた。

「どうしたの、君?」彼は言った。「そんなふうに歩きまわってはいけないよ。風邪を引くぞ」

話をするのにちょうどいい機会だと思い、ここにいてもちっともよくならない、だからできればよそに移してほしいと話した。

「いったいどうして?」彼は驚いて言った。「三週間先まで契約してるんだ。その前にここを発って、どうしろと?

自宅の改装はまだ終わってないし、僕も今町を離れるわけにはいかない。もちろん、もし君の身が危険なら何とかするが、君は本当によくなってるよ。君にその自覚があるかどうかにかかわらず。僕は医者なんだよ、君。だからちゃんとわかる。だんだん顔もふっくらして、肌つやもよくなってきたし、食欲も戻っている。僕も心からほっとしてるんだ」

「体重はちっとも増えてない」わたしは言い返した。「それにまだ痩せてるわ。夜はあなたがここにいるから、食欲があるかもしれないけれど、朝はあなたが行ってしまったあと、むしろ食欲がなくなるの」

「ああ、ほんとに君って人は」ジョンはわたしをぎゅっと抱き締めた。「そんなに病気でいたいのか。さあ、たっぷり眠ることで時間を目いっぱい有効に使って、朝また話をしよう」

「じゃああなた、ここにいてくれるの?」わたしは暗い気持ちで尋ねた。

「どうして? それは無理だよ。たった三週間待てばいいだけだ。そしたらジェニーが家の片づけをするあいだ、何日間か小旅行にでも行こう。本当に君はよくなってるよ!」

「体はよくなっているかもしれないけど――」わたしはそう始めたが、途中で言葉を呑み込んだ。ジョンが起き上がって、わたしを非難するかのような険しい目で睨んだので、先が続けられなくなってしまったのだ。

「ねえ君」彼は言った。「お願いだ、僕のためにも、子供のためにも、もちろん君自身のためにも、そういう妙なことを一瞬でも考えないでほしい。君みたいな気性だと、ついそう思いたくなるだ

ろうけど、何より危険だ。僕がそう言ってるのに、医者としての僕が信用できないのかい？」

だからそのことについてはわたしもそれ以上何も言わず、まもなくわたしたちは眠りについた。彼は、わたしのほうが先に眠ったと思っただろうけど、じつは眠っていなかった。何時間もベッドに横たわったまま、あの前面の模様と背後の模様はじつは一緒に動いているのか、それとも別々に動いているのか、見定めようとしていた。

昼の光のもとで見ると、こういう脈絡のない確固とした法則が見当たらない模様には、正常な心の持ち主であれば、つねにいらいらさせられる。

色ももちろんおぞましく、あてにならず、腹立たしいけれど、やはり模様が本当に苦痛だ。もう完全にわかったと思って、さっそくたどり始めると、模様は突然後ろに宙返りして、ほら目の前にいる。それはあなたの頬を平手打ちし、打ちのめし、あなたをのしのし踏みつけにする。まるで悪夢だ。

表側の模様はけばけばしいアラベスクで、どこか茸を思わせる。根元でくっついた毒茸が想像できるだろうか。それがどこまでもつながって続いていき、芽を出し、はてしなく渦を巻きながら生長していく。そう、何かそんな感じ。

でもそう見えるのはときどきだ。

この壁紙の一つ独特なところは、たぶんわたし以外に誰も気づいていないことだけれど、光の加減で変化することだ。

東側の窓から朝日が差し込むと――わたしはいつも一日の最初に入ってくる長い真っ直ぐな光線を待ち構えている――それはもうすばやく変化するので、とても信じられないくらいだ。

いつも目を離さずに観察しているのは、それが理由。

月明かりで見ると——月が出ているときにはひと晩じゅう月光が入ってくる——昼間と同じ壁紙とはとても思えない。

夜は、それが黄昏の薄明りでも、蠟燭の灯りでも、ランプの灯りでも、そして最悪なのが月明かりだが、模様が鉄格子に変身する。つまり表側の模様のことだけれど。そして、その背後にいる女の姿がとてもはっきりするのだ。

背後にあるものが、あのぼんやりした隠れた模様が何か、ずっとわからなかったのだが、今では女だと確信している。

昼の日差しには従わされて、おとなしくしている。彼女をじっとさせているのは表の模様なのではないかとわたしは思う。それはあまりにも複雑怪奇だから。わたしもそのせいで何時間もおとなしくさせられている。

わたしは今では長いあいだ横になっている。できるだけ眠りなさい、それが君のためになるんだ、とジョンは言う。

実際、食事のたびに一時間わたしを寝かせるという習慣を彼は作った。

でも、とても悪い習慣だと絶対に思う。おわかりのとおり、結局わたしは眠らないからだ。

そしてそれが欺瞞を育んだ。自分は起きているということを、彼らには言わないからだ。いけないことだって、わかっている。

じつは、わたしはだんだんジョンのことが少し怖くなってきたのだ。

彼はときどきすごく奇妙に見えるし、ジェニーさえ説明のつかない表情をする。

そしてときどき、はっとひらめくのだ。科学的な仮説として、原因はもしかするとあの壁紙なのではないか、と。

わたしは、わたしが見ていると本人が知らないときにジョンを観察し、まったく罪のない言い訳をしながらいきなり部屋に入ったりした。そして、なんと彼その人が壁紙を眺めているところを何度か見つけたのだ。ジェニーが壁紙に手を這わせているのを一度見かけたこともある。

そのとき彼女はわたしが部屋にいるとは知らず、わたしはできるだけ自分を抑え、ごく小さな声で、壁紙がどうかしたのと尋ねた。彼女は盗みを働いているところを見つかりでもしたかのように慌てて振り返り、ひどく腹を立てた様子で、どうしてそんなふうに驚かせるのよ、とわたしに尋ねた。

そして、壁紙に触れたものが全部汚れてしまうんだもの、と彼女は言った。あなたの服にもジョンのにも黄色い染みが見つかった、できればもう少し気をつけてほしいというのだ。なによ、しらばっくれて。本当は壁紙を調べていたのだと、わたしにはお見通しだ。わたしは決めた――壁紙の秘密を解き明かすのは、誰でもなく、このわたしだ。

今までになく、毎日がとても楽しくなってきた。だって今では、期待や目的、観察するものがいろいろある。実際、以前よりよく食べているし、落ち着いている。

わたしが快方に向かっているのを見て、ジョンも喜んでいる。先日は少し笑って、壁紙がどうのと言っていたけど、ずいぶん元気そうじゃないかと言った。

わたしは笑ってごまかした。壁紙のおかげなのだと打ち明けるつもりはなかった。そんなことを言ったら、きっと馬鹿にされる。最悪の場合、よそへ移されるおそれさえある。
真相がわかるまで、ここを離れたくない。あと一週間だけど、それだけあれば充分だろう。

本当にいい気分だった。夜はあまり眠れない。模様が変化していくのを観察するのが面白くてたまらないからだ。かわりに昼間たっぷり眠っている。

日中は退屈で、頭が混乱している。
いつでも茸の新しい発芽があり、ありとあらゆるところに新しい色合いの黄色が生まれる。注意深く一つひとつ数えようとしてきたけれど、全部は追いきれない。

それにしても、おかしな黄色だ。今まで見たことがある、あらゆる黄色いものを思い出す――キンポウゲみたいなきれいなものではなく、古くて汚らしい、よくない黄色いものだ。

でも、この壁紙にはほかにも特徴がある――匂いだ。この部屋に最初に入ったときに気づいたけれど、風通しがよくて、日差しもたっぷりあったときには、そういやな感じはしなかった。一週間ずっと霧や雨が続いている今、窓が開いていてもいなくても、匂いが感じられる。

今や家じゅうに忍び込んでいる。
食堂にも漂い、客間にもそっと潜み、玄関ホールにこっそり隠れ、階段でわたしを待ち伏せしている。

それはわたしの髪の毛にまで入り込んでいる。
乗馬をするときでさえ、頭をさっと振ったときに、はっとする。髪からあの匂いがした！
しかも独特の匂いなのだ。分析して、何の匂いに似ているか、何時間も考えた。

そういやな匂いではない。最初はとてもやさしく、でもごくうっすらと、いつまでも消えない。こんなに長持ちする匂いは初めてだった。

でもこういうじめじめした天気だと、ひどいものだった。夜中に目覚めると、匂いが自分の上に垂れ込めているのに気づく。

最初のうちは気持ちが悪かった。家を燃やしてやろうかと真剣に考えたものだ――それで匂いをなんとかできるなら。

でも今では慣れてしまった。何の匂いだろうと考えたとき思いつくのは、これは壁紙の色の匂いだということだけ。黄色の匂いだ。

この壁には、幅木に近い、下の低いところにおかしな跡がある。部屋をぐるりと一周している筋だ。ベッドを除くすべての家具の背後を通る、長くてまっすぐな、何かの汚れみたいに見える。まるで、何度も何度もこすったみたいに。

誰がどうやって、何のためにつけた跡なのだろう。ぐるぐるぐるぐる。ぐるぐるぐるぐる。目が回ってしまう。

とうとう答えを見つけた。

夜のあいだに、それが変化するのをよくよく観察したおかげで、ついに発見したのだ。

前面の模様は本当に動いている。それも不思議ではない。背後にいる女が揺すっているのだ。

後ろにものすごくたくさんの女がいるように思えるときもあるし、一人しかいないと思うときもある。彼女はすばやく這いまわり、そうやって這うせいであっちもこっちも揺さぶられる。

とても明るい場所に行き当たると彼女はじっとしているが、とても暗い場所では鉄格子をむんずとつかみ、激しく揺さぶる。

そしていつもそこから這い出ようとしている。でも誰もあの模様から這い出せる者はいない。模様に絞め殺されるからだ。だから模様の中にあんなに顔があるのだと思う。

彼女たちは模様から這い出すが、模様に締め上げられて、逆さ吊りにされる。すると女たちは白目を剥く。

あの模様の顔を覆い隠すか、剥ぎ取ってしまえば、こんなにひどいことにはならないだろう。

女は昼間は外に出ているらしい。

なぜか教えてあげる、こっそりと。わたしは彼女を見たのだ。

部屋の窓のどれからでも、彼女を見ることができる。

同じ女だとわかっている。なぜなら、いつも這っているからだ。昼日中に這う女などめったにいない。

木陰になった長い小径をうろうろと行ったり来たりしているのが見える。あの暗い、蔦に覆われたあずまやにもいるのも見るし、とにかく庭じゅうを這いまわっている。

並木のある長い道を這っていくのも見る。馬車が来たときには、黒苺の茂みに隠れる。

それも仕方がないことだと思う。日中に這っているところを人に見つかったら、それはそれは恥ずかしいはずだ。

わたしが昼間這うときは、必ずドアに鍵をかける。夜はできない。何か変だとジョンがすぐに疑うに決まっているからだ。

それにこの頃ジョンは本当におかしいから、いらだたせたくなかった。ジョンがほかの部屋を使ってくれればいいのに！　それに、ほかの誰にもあの女を外に出させたくない。それができるのはわたしだけ。

外にいる彼女をどの窓からも同時に見られればいいのに、とよく思う。

でも、どんなにすばやく振り向いても、一度に一つの窓からしか見ることができない。

そして、いつも彼女を見ることはできるとはいえ、わたしがどんなに急いで振り向いても、彼女の這う速度のほうがたぶん速いのだ。

ときどき開けた田園を遠ざかっていく彼女を見かけるけれど、空高くで風に吹かれて飛んでいく雲の影より、這い進む彼女のほうが速い。

あの表側の模様を、裏の模様から引っ剥がすことができればいいのに。わたしは少しずつそれを試している。

じつはもう一つ面白いことを見つけた。でも今回はここで話す気はない。人をあんまり信じすぎるのも考えものだから。

この模様を剝がそうにも、あと二日しかないのに、どうやらジョンが気づき始めているようだ。彼の目つきが気に入らない。

それに、彼がわたしについて、ジェニーに専門的な質問をたくさんしているのを耳にした。彼女はたっぷり報告していた。

彼女は日中よく眠っているわ、とジェニーは言った。

ジョンは、わたしが夜あまり寝ていないことを知っている。わたしはあんなに静かにしていたというのに。

彼はわたしにもありとあらゆる質問をし、やさしく思いやり深いふりをした。

わたしには魂胆が読めっこないとでもいうように！

それでも、彼がそんな行動をとることに、わたしは驚かない。なにしろ彼もこの壁紙の下で三か月も眠ってきたのだから。

わたしは壁紙に興味をかきたてられているだけだけれど、ジョンとジェニーはひそかに壁紙から影響を受けているような気がする。

やった！　今日が最終日だが、一日で充分だ。ジョンは町で泊まることになっていて、夕方まで帰らない。

ジェニーがわたしと寝たがった。まったく、何を企んでいるのか！　だけどわたしは、一人で寝たほうが間違いなくよく休めると訴えた。

そう話したのは賢明だった。だって、本当はちっとも一人ではないのだから。月が昇るとすぐ、あのかわいそうな人が這い、模様を揺らし始めたので、わたしは飛び起きて駆け寄り、彼女を助けた。

わたしが引っぱって彼女が揺さぶり、わたしが揺さぶって彼女が引っぱった。そして夜が明ける前には、一緒にかなりの壁紙を引っ剥がした。

わたしの頭ぐらいのところまで、部屋の半分は剥がした。

そして日が昇り、あのとんでもない模様がわたしを嘲笑い始めたとき、今日じゅうに終わらせてやると宣言した。

わたしたちは明日ここを発つので、家具が全部また階下に下ろされ、部屋が元の状態に戻されようとしている。

ジェニーは目を丸くして壁を眺めていたが、わたしは、気味の悪い壁紙がとにかくいやだったからやったのと明るく言った。

彼女は声をあげて笑い、わたしがしてあげてもかまわないのよと言った。だってあなたが疲れてしまっては元も子もない、と。

よく言うわね。

だけどわたしはここにいるし、この壁紙にはわたし以外、誰にも触らせない。そう、生きているものにはね！

ジェニーはわたしをこの部屋から追い出そうとした。見え見えなのよ。でもわたしは、ここはこんなに静かで、空っぽで、清潔になったから、また横になって、できるだけ眠っておきたいと告げた。たとえ夕食の時間になっても起こさないで。目が覚めたら呼ぶから。

そうして彼女は去り、使用人たちも去り、家具も消え、残されたのは釘付けされた巨大なベッドと、最初からその上にあったキャンバス地のマットレスだけになった。

今夜は階下で眠り、明日船で家に帰るだろう。

また何もなくなったその部屋を、わたしは心ゆくまで楽しんでいる。

それにしても、子供たちはよくもまあこんなに部屋をめちゃくちゃにしたものだ。このベッドだって、ひどく傷だらけ。

でも、仕事に取りかからなければならない。

わたしはドアに鍵をかけ、鍵を玄関正面の小径に投げ捨てた。

部屋を出る気はないし、誰にも入ってきてほしくない。ジョンが来るまでは。

彼をあっと驚かせたいのだ。

わたしはロープをここに持ってきておいた。ジェニーにさえ見つからなかった。もしあの女が壁紙から出て、外に逃げようとしたら、それで縛っておける。

だけど、足場になるものが何もないと、上のほうまで手が届かないことを忘れていた。

このベッドは動かせないし！

わたしは必死になってベッドを持ち上げたり押したりしようとしたが、とうとう手が痺れ、腹が立って端のほうを少し齧り取ってやった。そんなことをしても、歯を痛めただけだったけれど。

そこで、床に立ったまま手の届く範囲の壁紙を全部剥がした。気持ち悪いくらいべたべたしていて、模様はそれをおおいに楽しんでいた。首を絞められた頭や球根みたいな目、よたよたと育っていく茸たちが、嘲笑いながら悲鳴をあげる。

どんどん怒りが燃え上がり、どんな命知らずなことでもできそうだった。窓から身を投げればそれはもうあっぱれだろうけど、横木がしっかり取り付けられているので、はずそうとしても無理だ。

どのみちそんなことはしない。当然だ。そこまでするのはまともではないし、誤解されかねな

い。

窓の外を覗くことさえ気が進まない。あまりにも大勢の女たちが這っていて、しかも這う速度が速い。

みんな、わたしみたいに、壁紙から出てきたのだろうか?

でも今わたしは、上手に隠しておいたロープでしっかりと縛られている。だから誰にも、わたしをあそこの道に連れ出すことはできない。

夜になったら模様の後ろに戻らなければならないと思うけれど、つらいことだ。

この広々とした部屋に出てきて、好きなだけ這いまわれるのは、本当に楽しいのだ。

部屋の外になんて出たくない。たとえジェニーに頼まれても、出るものか。

だって外では地面を這わなければならないし、まわりのすべてが黄色ではなく、緑なのだ。

でもここではすいすいと床を這えるし、わたしの肩の高さが、壁をぐるりと巡る細長い汚れにちょうどぴったりなので、道に迷うこともない。

あら、ジョンが戸口にいるじゃないの。

無駄よ、お若い人。ドアは開かないわ。

彼の呼び声やドアを叩く音の、まあ大きなこと。

今度は、斧を持ってこいとわめいている。

あんなに美しいドアが壊されるなんて残念なことだ。

「ねえジョン」わたしは、これ以上ないというくらいやさしい声で言った。「鍵は下の玄関の階段脇、オオバコの葉の下にあるわよ」

それを聞いて、ジョンがしばらく黙り込んだ。

それから言った——とても静かな口調で。「ドアを開けてくれ、君」

「できないわ」わたしは言った。「鍵は下の玄関の階段脇、オオバコの葉の下よ」

それからも同じ言葉を何度かやさしくゆっくりとくり返し、わたしがあんまり何度も言うものだから、ジョンも行って確かめないわけにいかなくなって、もちろん彼は鍵を拾って戻り、部屋に入ってきた。そして戸口ではたと足を止めた。

「どうした んだ?」彼は叫んだ。「頼むよ、いったい何をしてるんだ!」

わたしはそれまでどおり這い続けたが、肩越しに彼を見た。

「ついに外に出られたの」わたしは言った。「あなたとジェニーにあれだけ阻まれたけれど! それに、ほとんどの壁紙を引っ剥がしてやったから、もうあなたにもわたしをあそこに戻すことはできないわ」

　そのときどうして突然あの男は気を失ったのだろう?　でも彼は気を失い、壁際のわたしの通り道を邪魔するように倒れたから、わたしは通過するたびに彼を這い越えなければならなかった。

The Haunted Dolls' House

Montague Rhodes James

M・R・ジェイムズ

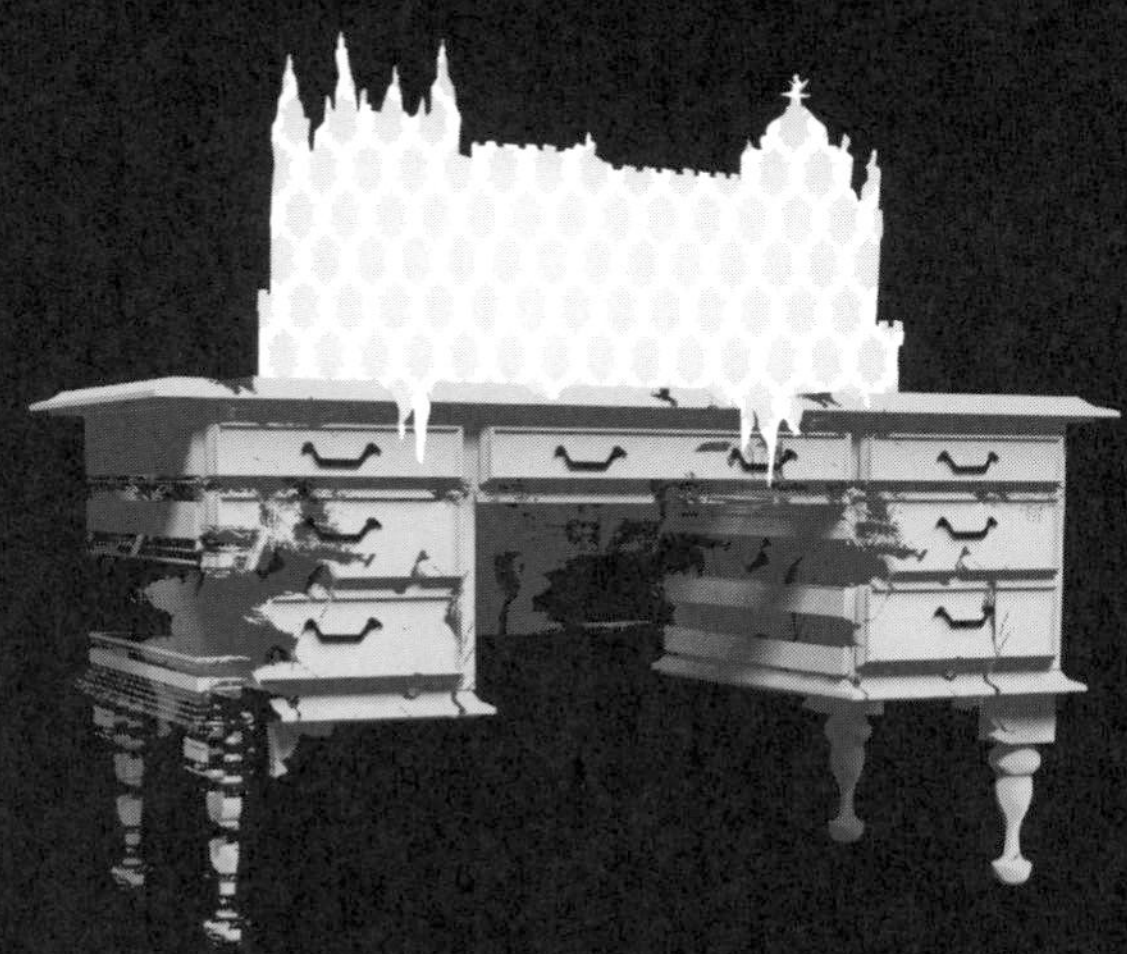

Empire Review（1923年）初出

「このたぐいのものは、貴殿の扱う品としてはそう珍しくもないんだろう?」ディレット氏はステッキでその品物を指したが、それが何かは、しかるべきときが来たらお伝えしよう。とにかく、ディレット氏はそう言いながらも、本心から出た言葉ではないと自分でわかっていた。何か国も巡って掘り出し物を探し出してきたベテランのチッテンデン氏でも、この二十年、これほどの代物にはお目にかかったことはないし、この先一生お目にかかれないかもしれない。今のは収集家ならではの決まり文句であり、チッテンデン氏もそう心得ていた。

「このたぐいのものとはね、ディレットさん。なんて言い草だ。博物館に展示されたって不思議じゃないですよ、これは」

「まあ、どんなものでも引き取る博物館だってあると思うがね」

「ここまでの逸品ではありませんが、何年か前に一つ見たことがあります」チッテンデン氏は考え込むように言った。「ですが、それはまず売りには出されないでしょう。この当時のものでやはりすぐれものが海外にあると耳にしたことはあります。ですが、最初のご質問への答えは『いいえ』です。正直に申し上げますが、ディレットさん、手に入るかぎり最高の品を、と金に糸目をつけないご注文をなさるおつもりなら、そして、ご存じのとおり私にはそういう品を探す伝手がありますし、自分の評判を落とすわけにもいきませんから、私に言えることは、あなたを即座にこちらにお引き合わせして、『これ以上は私にも致しかねます』ということだけです」

「謹聴！」ディレット氏は、ステッキの先で店の床をトントンと叩いて皮肉っぽく賞賛した。「アメリカ人なら何も知らないと思って、どれだけ吹っかけるつもりなんだ？」

「アメリカ人だろうとそうでなかろうと、私は無体なことは申しません。値段というのはつけ方があるんですよ、ディレットさん。品物の来歴がもう少しわかっていれば──」

「いや、むしろもう少しわからないほうが貴殿には得では？」ディレット氏は口を挟んだ。「ハハハ、冗談はよしてください。違いますよ、つまりもしこの品について今よりもう少しわかっていれば、お示しする値段とは別の数字になるだろう、ってことです。もっとも、誰が見ても、どこを見ても、これが本物だってことはわかりますし、入荷して以来、店の者たちにさえいっさい触れさせていませんから」

「それで、その値段は？　二十五ギニー？」

「その三倍でお分けしましょう。七十五ギニーというところです」

「こちらとしては五十だな」ディレット氏は言った。

もちろんそのあいだのどこかで話がまとまったわけだが、具体的な値段はこの際どうでもいい──たぶん六十ギニーではないかと私は思う。とにかく、三十分後には品物は梱包され、一時間もしないうちにディレット氏はそれを自分の車に運ばせて、去っていった。チッテンデン氏は小切手を手に、にこにこしながらそれを見送り、妻がお茶を淹れている居間に戻ったときもまだ

にこにこしていた。彼は戸口で立ち止まった。

「やっと厄介払いできた」彼は言った。

「ああ、助かった！」チッテンデン夫人はティーポットを置きながら言った。「買ってくれたのはディレットさんなの？」

「ああ、そうだ」

「まあ、あの人でよかったわ」

「それはどうだろう。そんなに悪い人間でもないと思うがね」

「そうかもしれないけど、私が思うに、あの人ならちょっとばかり怖い目を見ても平気でしょうよ」

「おまえがそう思うなら、私としては、ディレットさんが自分で望んだことだとしか言えんな。とにかく、あれが私たちの手元からなくなってありがたい、それだけだ」

それからチッテンデン夫妻は腰を下ろし、お茶を飲んだ。


そして、ディレット氏と彼が新たに手に入れた品物はどうなったか？　それが何かは、この話の題名から察しがつくだろう。それがどんなものかについては、これからできるかぎりお伝えしなければならない。

車の中にぎりぎり入ったぐらいだったから、ディレット氏は助手席に座らなければならなかった。それに、のろのろ行ってもらう必要があった。人形の家の部屋にはすべて柔らかい綿が丁寧に詰めてあったとはいえ、振動は禁物だった。なにしろ小さな付属品がたんまりあったからだ。

ああしてはだめ、こうしてはいけないと、あれこれ注意のしどおしだったが、それでも十マイル移動するあいだ、ずっとはらはらしていた。ようやく正面玄関にたどり着いたとき、執事のコリンズが迎えに出てきた。

「さあコリンズ、これを運ぶのを手伝ってくれ。細心の注意が必要な仕事だ。横に倒さずに、車から出さなきゃならない、いいな？　中にはぎっしり付属品が入っているから、できるだけはずれないようにしないと。さて、どこに置こう？　（しばし考える）まあ、とりあえず私の部屋にしよう。大机の上に。それがいい」

それは、車まわしを見下ろす、二階のディレット氏の広い部屋に運ばれた。運ぶあいだもあれやこれや指示は止まらなかった。包装を解き、家正面を開けると、その後一、二時間、ディレット氏は詰め物を取ったり、各部屋の部品を順に置いたりすることに集中した。

この楽しい仕事が終わった時点で私が思うに、ストロベリーヒル風［ストロベリーヒル・ハウスは一七五〇年頃に作家のウォルポールが建てたゴシック様式の邸宅］ゴシック様式の人形の家として、これほど完璧で魅力的な例はほかにはまず見つからないだろう。今ディレット氏の大きな両袖机にそびえているそれは、背の高い三つの上げ下げ窓から斜めに差し込んでくる夕日の光を浴びている。

家正面の向かって左側にある礼拝堂と、右側の厩舎を含めると、横幅は六フィートほどにもなる。母屋部分は、さっきも言ったようにゴシック様式だ。つまり窓は尖頭アーチで、その上部は、教会の壁に埋め込まれた墓の庇にあるような拳葉飾りや頂華で装飾されている。建物の四隅には、アーチ形の石板でできた奇妙な小塔がある。礼拝堂は小尖塔や控え壁を備え、小塔には鐘が下がり、窓にはステンドグラスがはめ込まれている。建物正面が開いていると、寝室、食堂、客間、

厨房と四つの広い部屋が見え、それぞれにふさわしい家具が置かれて、完璧な状態だった。右側の厩舎には仕切りが二つあり、馬、馬車、厩番とあるべきものが揃っている。屋根にはゴシック風の丸屋根の時計台がのっている。

もちろん家の付属品にどんなものがあるか、すべて書こうと思えば書ける——フライパンがいくつ、金箔が施された椅子がいくつ、絵画や絨毯、シャンデリア、四柱式ベッド、テーブルクロスやナプキン、コップ、陶器類にどんなものがあるか。でもすべてご想像にまかせるしかない。ただ、家が建っている基礎というか台座（玄関扉とテラスに上がるのに、一部手すりのついた階段が取り付けられているため、少し高さが必要だったのだろう）の部分に浅い引き出しがあり、そこに刺繍付きカーテンや住人の衣服類がきちんと畳んでしまってあるということだけはひと言触れておこう。つまり、模様替えをしたり人形を着替えさせたりするための用意まで周到に揃っているので、持ち主はますます夢中になって楽しめるというわけだ。

「ホレス・ウォルポール様式のまさに典型だ。これを作るのに、彼が関わっていたに違いない」ディレット氏は家の前にひざまずき、畏敬の念を隠しもせずうっとり眺めながら、そうつぶやいたのだった。「とにかくすばらしい！　間違いなく今日は幸運だった。今朝、これまで気にも留めていなかった飾り棚を処分したら五百ポンドにもなり、今度はこれが安く手に入った。普通ならすくなく見積もってもその十倍はしたはずなのに。いやはや、運がよすぎて、引き換えに何か悪いことでも起きるんじゃないかと思うくらいだ。さて、人形を見てみよう」

そこで彼は人形を目の前に並べてみた。ここでも、せっかくの機会なので衣装一覧を披露したいと人によっては思うだろうが、私には難しい。

紳士と淑女が一人ずつ、それぞれ青いサテンと絹紋織の衣装を身に着けている。子供は二人で、男の子と女の子だ。使用人は、料理人、乳母、従者、それに厩舎の下働きが何人か、騎乗御者が二人、御者、厩番が二人。

「ほかにも誰かいないかな？　うん、いるかもしれん」

寝室の四柱式ベッドのカーテンが四方すべてきっちりと閉じていたので、ディレット氏はあいだに人差し指を差し入れて探ってみたが、あわててその指を引っ込めた。何かがあった。そしてそれは、たぶん身じろぎしたわけではないが、何か生き物みたいに柔らかくへこんだような気がしたのだ。本物のベッドそのままにレールに掛かったカーテンを引き、人形をベッドから取り出した。長い麻の寝巻とキャップを身につけた白髪の老人だ。ディレット氏はそれをほかの人形のそばに横たえた。これで全部揃った。

まもなく晩餐の時間だったので、ディレット氏は五分間だけ使って貴婦人と子供たちを客間に、紳士を食堂に、使用人たちを厨房と厩舎に配置し、老人をベッドに戻した。それから彼は隣の化粧室に姿を消し、夜十一時頃まで物語の舞台には登場しないのである。

ディレット氏は気まぐれから、大切なコレクションに囲まれて眠ることにしている。先ほど彼がいた大きな部屋には彼のベッドがある。バスタブや衣類、その他の装身具などは続き部屋に置かれている。しかし、それ自体かなり貴重なものである四柱式のベッドは大部屋のほうにあり、そこではときどき書き物をしたり、ゆっくり過ごしたり、客を迎えることさえある。今夜、その部屋に向かうディレット氏は、すっかりご満悦の表情だった。

言っておくが、そこで眠るディレット氏の耳には、時計の鐘の音など聞こえるはずはないのだ

った。階段にも、厩舎にも、遠くの教会の塔にも、あたりに時計はない。ところが彼は、間違いなく午前一時を告げる鐘の音で、安らかな眠りを破られたのだ。

あんまり驚いたので、彼はベッドから身を起こした。目を大きく見開いたまま、息を殺して横になっているだけなんて、耐えられなかった。

部屋には何の灯りもないのに、両袖机に置かれた人形の家がはっきり見えたのはなぜか、ということさえ考えなかった。その疑問がふと浮かんだのは、朝になってからだった。とにかく、白亜の大邸宅の正面が、秋らしい明るい満月で煌々と照らされているように見えたのだ。四分の一マイルほど離れたところにあるようだったが、それでも細かいところまで写真のようにはっきりしていた。まわりには木々も見えた。礼拝堂と家の背後に木立があるのだ。九月の夜の静かでひんやりした空気の匂いまで感じられた。厩舎から、馬が身じろぎして足を踏み鳴らしたり、馬具がぶつかり合ったりする音が聞こえたような気がした。さらに驚いたことには、家の上方に見えるのは絵画が並ぶこの部屋の壁ではなく、濃紺の夜空だった。

窓には複数の灯りが見えていて、これはあの前面が取り外しできる、部屋が四つある人形の家ではなく、部屋をたくさん備え、階段もある、本物の家だと彼はまもなく気づいた。それをあたかも望遠鏡の反対側から眺めているような感じなのだ。「私に何か見せようというのか」ディレット氏はつぶやき、灯りのともった窓を熱心に観察し始めた。これが現実なら、窓には間違いなく鎧戸が下りているか、カーテンが引かれているはずだ。ところが、見てのとおり彼の視界を遮るものは何もなく、部屋の中が丸見えだった。

灯りがともっているのは二部屋だ。一階の入口右側の部屋と、二階の左側の部屋。前者の灯りはとても明るいが、後者はやや薄暗い。階下の部屋は食堂で、テーブルがあるが食事は終わっていて、ワインとグラスだけが残されている。部屋にいるのは青いサテンの服を着た男と絹紋織のドレスの女の二人きりで、テーブルに肘をついて身を寄せ合い、熱心に話し込んでいるが、ときおり会話を中断して何かに耳を澄ましているように見える。一度など、男が立ち上がって窓辺に近づき、窓を開けて首を出すと、耳に手をあてがうしぐさをした。食器棚の上にある銀の燭台には、小蠟燭がともっている。男は窓辺から離れ、そのまま部屋を出ていったようだった。女のほうは燭台を手にしてしばらくそこに立ったまま聞き耳を立てていた。その表情は、自分を圧倒しようとする恐怖と必死に闘い、そしてなんとか克服したことを物語っていた。それは同時にのっぺりとした、憎々しくいやらしい顔でもあった。また男が戻ってきて、女は彼から何か小さなものを受け取ると、急いで部屋から出ていった。男のほうもまた姿が見えなくなったが、ほんの一瞬のことで、玄関がゆっくりと開いて彼が現れ、外階段の最上部に立ち、あちこち見まわした。そして灯りのついている上階の窓を見上げ、拳を振った。

さて、二階の窓に目を向けてみよう。そこから四柱式ベッドと、肘掛椅子に座り、明らかに眠りこけている看護婦か使用人の姿が見える。ベッドには老人が横たわっているが眠っているわけではなく、寝返りをうち、ベッドカバーを指でトントン叩いている様子から、何かいらいらしているように見える。ベッドの向こう側にあるドアが開き、天井に光が差したあと、例の女が入ってきた。蠟燭をテーブルに置き、暖炉に近づくと、看護婦を揺すり起こした。女は古風なワインの瓶を持っており、すぐに飲めるように栓も抜いてある。看護婦はそれを受け取り、銀製の小鍋に注いでから、テーブルの上の調味料入れに入った香辛料と砂糖を少し加え、暖炉に置いて温め

始めた。そのあいだにベッドの中の老人が女を力なく手招きし、女はにっこり笑って近づくと、老人の脈でも診るかのように手首を取り、とまどった顔で唇を噛んだ。老人は不安げに女を見、それから窓を指さして何か言った。女はうなずき、下にいる男がさっきやったのと同じ動作をした。窓を開け、ややわざとらしく耳を澄ましたのだ。それから頭を引っ込めて、老人を見ながら首を振った。老人はため息をついたように見えた。

火にかけたミルク酒［牛乳にワインなどを入れ、砂糖や香辛料を加えた飲料］が温まると、看護婦がそれを持ち手が二つついた小さな銀の鉢に注ぎ、枕元に運んだ。老人は手を振って拒んだように見えたが、婦人と看護婦は二人で彼にかがみ込んで、明らかに無理強いしている。老人もとうとう折れたらしく、二人に支えられて体を起こすと、口にあてがわれたものを飲み始めた。何回かに分けてほとんどを飲み干し、また二人の助けで横になった。夫人はにっこりほほ笑んで老人におやすみなさいと告げ、鉢とワインの瓶、銀の小鍋を持って部屋を出ていった。看護婦は椅子に戻り、またしばらく完全な静寂が部屋を満たした。

突然老人が飛び起きた。看護婦が椅子から飛び上がってベッド脇にわずか一歩で駆け寄ったところを見ると、老人は声をあげたかどうかしたのだろう。老人は見るも無残な、ひどいありさまだった。顔がほとんど黒く見えるほどに紅潮し、目がぎらぎらと白光を放ち、両手で心臓のあたりをつかみ、口に泡を噴いている。

看護婦は一瞬老人を残してドアに駆け寄り、大きく開けると、大声で助けを呼んだようだった。すぐにベッドに駆け戻り、必死に老人をなだめ、横たえるなり何なりしようとした。しかし婦人とその夫、使用人たちがおののいた表情を浮かべて部屋に駆け込んできたときには、老人は看護婦の腕の中でぐったりと横になり、苦痛と怒りに歪んだ顔はゆっくりと弛緩し始めていた。

しばらくすると、家の左側が明るくなり、松明を掲げた馬車が玄関先に乗りつけた。黒い服に身を包み、白い鬘をつけた男が小さなトランク型の革の箱を持ってきびきびと馬車から降り、階段を駆け上がった。男とその妻が戸口で彼を迎えた。女は両手でハンカチをぎゅっとつかみ、男は沈痛な面持ちだったが自制心を保っていた。二人は客を食堂に通し、鬘の男は書類の入った箱をテーブルに置くと、二人のほうに向き直り、困惑の表情を浮かべて二人が事情を説明するのに耳を傾けた。何度もうなずいていたが、飲み物と今夜の逗留を勧められたものの、軽く両手を前につきだして断ったように見えた。数分もすると玄関に姿を現し、ゆっくりと階段を下りて馬車に乗り込むと、来た方向へ引き返していった。階段の最上段で彼を見送った、青いサテンの服の男の肉付きのよい生白い顔に、見ていてあまり気持ちのよくない笑みがじわじわと広がった。馬車の灯りが遠ざかっていくにつれ、全体が闇に閉ざされた。

しかしディレット氏は依然としてベッドで起き上がっていた。まだこの続きがあると踏んでいたからだ。予測は正しかった。家の正面にまた光が戻ってきたのだ。しかしさっきとは違いがある。灯りがともっているのは別の窓で、家の最上階の部屋と、礼拝堂に並ぶステンドグラスだ。なぜそのステンドグラスの奥が見えるのか定かではないが、とにかく見えた。屋敷のほかの部分と同様、礼拝堂の中も設備がよく整っており、席の前の台には小さな赤いクッションが備えつけられ、聖職者席にはゴシック様式の天蓋、西側には桟敷席、そして金のパイプが尖塔のごとく並ぶパイプオルガンまである。黒と白の市松模様の通路の中央に棺台があり、四隅に背の高い蠟燭がともっている。棺台の上には、黒いビロードの布で覆われた棺が安置されていた。

ディレット氏が見守るうちに、布の襞がかすかに動き、端が持ち上がったかと思うと、ずるずると滑り落ちていくではないか。布は床に落ち、銀の取っ手と名札のついた黒い棺があらわになった。背の高い蠟燭の一本がぐらりと揺れ、倒れた。そちらはそこまでにして、ディレット氏は慌てて家の最上階の灯りのついた窓に顔を向けた。そこでは男の子と女の子が二台の車輪付きのベッドにそれぞれ横になり、それらを見下ろすような位置に乳母用の四柱式ベッドがあった。そのときは乳母の姿は見えず、かわりに父親と母親がそこにいた。今は喪服を着ているが、その態度には喪に服しているような様子はこれっぽっちもなかった。実際二人は笑い、明るくお喋りしており、二人で話していたかと思うと、子供のどちらかに言葉をかけ、返ってきた返事にまた笑った。すると父親が抜き足差し足で戸口へ向かい、ドア近くの釘に掛かっていた白い布を取ってから部屋を出た。一、二分後にドアがまたゆっくりと開き、真っ白な頭がぬっと出てきた。背をかがめた恐ろしげな格好のものが車輪付きベッドに近づいたかと思うと突然足を止め、にょきっと出てきた腕が布を取っ払うと、もちろんそれは笑い声をあげる父親だった。子供たちはすっかり怯え、男の子はシーツを頭にひっかぶり、女の子はベッドを飛び出して母親の腕に飛び込んでいた。親たちはすぐに子供を慰めにかかった。それぞれが子供を一人ずつ膝に乗せ、やさしく背中を叩き、白い布を見せて「ほら、何でもないんだよ」と種明かしをしたりした。ようやく子供を寝かしつけ、励ますように手を振って部屋を出た。入れ替わりに乳母が部屋に入り、まもなく灯りが消えた。

それでもディレット氏は動かずに家を観察し続けた。

ランプでも蠟燭でもない、それまでに見たことがないようなぼうっとした気味の悪い灯りが、部屋の奥のドア枠越しに兆し、ドアが再び開いた。部屋に忍び込んできたものについて、見ている者としてはあまり深く考えたくないだろう。あえて描写するとしたら、蛙だろうか。大きさは人間ぐらいある。そして蛙のくせに頭に白い髪がわずかに生えていた。車輪付きベッドのあたりをうろうろしていたが、そう長いあいだではない。悲鳴が聞こえた。とても遠くから聞こえてくるかのように、ごくかすかだったが、それでもそのぞっとするような声は確かにこちらの耳に届いた。

家じゅうが騒然とした。灯りが右往左往し、ドアが開いては閉じ、走る人影が窓の向こうを通り過ぎた。厩舎の時計塔で午前一時を告げる鐘が鳴り、またあたりに闇が落ちた。

しかしまたしても闇は追い散らされ、家の正面が見えた。階段の下に、松明を持った人影が二列になって待っている。続いて階段に現れた別の人影は、小さな柩を一台、続いてもう一台、運んでいる。そして、松明を持つ人々に挟まれた柩を運ぶ人々の列は、しずしずと左側へと進んでいった。

夜はのろのろと過ぎていった――これほど時間が遅々として進まないとは、とディレット氏は思った。体を起こしていた彼はゆっくりベッドに身を沈めた。だが目は開いたままだった。そして、翌朝早くに医者を呼びに行かせた。

神経が参っているようですね、と医者は言い、海辺での静養を勧めた。そこでディレット氏はのんびりと自家用車で東海岸の静かな土地へ向かった。

到着して最初に出会った人々の中にチッテンデン氏がいた。彼も同じように、妻を連れてどこかに旅行し、気分転換してくるよう勧められたらしい。

顔を合わせたとき、チッテンデン氏はどこか決まりが悪そうにこちらを見た。それも当然だ。

「あなたが少々動揺なさったのは無理もないと思いますよ、ディレットさん。ええ、私とかわいそうな家内が見たものをあなたもご覧になったのなら、少々どころではないでしょう。ただね、二つのうちどちらか選べと言われたら、あなたならどうなさいますか？　あんなに美しい品をお払い箱にするか、お客様にこう言うか。『昔現実に起きた出来事をお芝居にした演目が、毎晩一時になると決まって開幕する、まさに映画館のような人形の家をお求めになりませんか？』そんなことを言われたら、あなたならどう答えます？　とたんにあの裏町にいる二人の治安判事が現れて、われわれ夫婦を荷馬車に乗せて精神病院送りにするでしょうよ。近所の連中は『ああ、そんなこったろうと思った。あそこの旦那、酒の飲み方が普通じゃない』と噂する。だけどお隣も、そのまたお隣も、完全な禁酒主義だからそんなふうに言うだけなんだ。で、私はどうするべきか。何ですって？　返品させてほしいと？　そりゃ、あなたはそうおっしゃるでしょう。では、私の考えを申しましょう。仕入れ値の十ポンドを引いて、いただいたお代をお返しします。それで品物はあなたの好きになさってください」

その日の後刻、ホテルの中で厄介者扱いされているいわゆる「喫煙室」で、二人はしばしひそひそと話をした。

「本当のところ、あの品のこと、もっと知ってるんだろう？　出所はどこなんだ？」

「ディレットさん、正直な話、何も知らないんですよ。きっと田舎のどこかの屋敷の物置にでもあったものでしょう。それぐらいは誰だって想像がつきます。まあ、ここから百マイルも離れていない場所でしょう。方角や正確な距離はわかりませんが、私なりに推理してみただけです。あれを私が買い取った相手はお得意さんではなかったもので、消息もわかりません。ただ、このあたりの出身だってことはピンと来ました。それは確かです。それから、一つ思いついたことがあるんですが、あの家の玄関に馬車で乗りつけた老紳士をご覧になったでしょう？　あなたは医者だと思いましたか？　妻もそう言うんですが、私にはやはり弁護士に思えるんですよ。なぜって、書類をたくさん持っていたし、折りたたまれた紙を取り出して渡していた」

「同意見だ」ディレット氏は言った。「よくよく考えてみると、あれは老人の遺言書で、あとは署名さえあれば完成ということだったんじゃないかな」

「私もまさにそう思ったんです」チッテンデン氏が言った。「で、あの若夫婦がそれを阻止したってわけだ、違いますか？　いやはや！　いい教訓になりましたよ。もう二度と人形の家は買わないし、映画なんか観て金の無駄遣いをするのもやめます。それにお祖父ちゃんに毒を盛ることについては、私はおのれってものがよくわかってますから、そんなことは考えもしませんね。人は人、自分は自分――それが私の人生のモットーですし、まあそれでなんとかうまくやってきました」

チッテンデン氏はそうして得意満面で、自分の宿に帰っていった。翌日ディレット氏は、どうしても頭から離れない謎について手がかりを探そうと、地元の資料館に赴いた。カンタベリー大聖堂やヨーク大聖堂の信者たちの長大な記録を必死になって調べてみたが、徒労に終わった。階段や通路に掛かっている版画の中にも、悪夢の屋敷に似たものは見つからなかった。彼は悄然として、今は使われていない部屋にいつしか足を踏み入れていた。埃まみれのガラスケースにある、やはり埃まみれの教会の模型を眺める。「コックスハム教区、聖スティーヴン教会の模型。

一八七七年、イルブリッジ邸のＪ・ミアウェザー氏寄贈」、「彼の祖先ジェイムズ・ミアウェザー（一七八六年没）製作」その模型には、あの恐怖の家をどこか髣髴とさせるものがあった。壁に地図が貼ってあったことを思い出してそこへ戻り、イルブリッジ邸がコックスハム教区にあることを確かめた。コックスハムのことは、先ほど教区記録を調べていたときに、その名があったことをたまたま覚えていた。だから、一七五七年九月十一日に七十六歳のロジャー・ミルフォードが、同月の十九日にそれぞれ九歳と七歳のロジャーとエリザベスのミアウェザー兄妹が、埋葬されたという記録がすぐに見つかった。わずかな手がかりとはいえ、追ってみる価値はある。そこでディレット氏はその日の午後にコックスハムへ車で向かった。実際、教会の北側廊の東の突き当たりにミルフォード家の専用礼拝堂があり、北の壁に例の人物たちの墓碑があった。老ロジャーは、「父として統治者として人として、偉大なる人物なり」と墓碑に記されていることからしても、あらゆる面で傑出した人物だったようだ。この墓碑を建立したのは愛娘のエリザベスで、「娘の幸福をつねに案じていた父と、愛する二人の子を亡くした悲しみから、時を置かずしてこの世を去った」とある。この銘文が父親のものにあとから加えられたことは明らかだった。

また、墓碑のさらに下のほうに、エリザベスの夫ジェイムズ・ミアウェザーについての記述もあった。「若き頃より建築家として腕を磨き、すぐれた技量を身につけた彼は、もしそのまま才能を存分に発揮していれば、英国のウィトルウィウス〔前一世紀の古代ローマの建築家〕とさえ呼ばれていただろうと同業の敵手らが意見を述べるほどなれど、愛する妻と幼き子供たちを失うという不幸に見舞われ、円熟の機にあって、上品ではあるが隠遁した養護院にて日々を過ごす。相続人たる甥は、比類なき才のこれほど短き記述に終わりしことを心より惜しむものなり」

子供たちの死についてはさらに簡単に記されているだけで、どちらも九月十二日の夜に死亡したとある。

ディレット氏は、自分が見たあの悲劇の舞台はイルブリッジ邸だと確信した。何か古い描画か、あるいは当時の版画でも見つかれば、自分の勘が正しいことが証明されるかもしれない。しかし、現在のイルブリッジ邸は彼が求めていたものではなかった。隅石や化粧石材の装飾を施された、一八四〇年代のエリザベス様式の赤い煉瓦の建物にすでに建て替えられていたのである。そして、そこから四分の一マイルほど離れた、庭園の中の低くなったところに、蔦や蔓の絡む古木や下生えを背にして、鬱蒼と茂る雑草の中に少し高くなった土台部分の痕跡が見つかった。あちらこちらに石造りの手すりの欄干が横たわり、壊れた拳葉飾りや細工された石の山が一つ二つ見えるが、やはり蔦やイラクサに覆われている。昔の家はそこにあったと、ディレット氏は人づてに聞いたのだった。

車で村を出るとき、どこかの玄関ホールで古時計が四時を告げる鐘の音が響き、ディレット氏はぎくりとして思わず耳を両手で覆った。その鐘の音を聞くのはそれが初めてではなかった。

ディレット氏が海辺での静養に旅立った日、人形の家は執事のコリンズが丁寧に包装して、厩舎の二階にしまい込んだ。今は大西洋の向こう側からの買い手を待ちながら、そこで静かに眠っている。

〈この話は、私が以前ものした「銅版画」という小編の変形にすぎないと不当にも考える向きもあろうかとは思う。モチーフは同じだとしても、ふんだんに変更を加えて充分鑑賞に堪えるもの

になっていると私としては期待するばかりである。）

オルラ

The Horla
Guy de Maupassant

ギ・ド・モーパッサン

1887年初出。本作は短縮版で、こちらの初出は1886年ジル・ブラス誌。

五月八日。なんとまあ、いい陽気だろう。午前中はずっと、屋敷全体を覆い隠すようにそびえるプラタナスの巨木の下、家の前の草叢で寝転がって過ごした。私はこの界隈が好きだ。ここでの暮らしも気に入っている。自分はとても深い根っこの部分でこの土地とつながっているからだ。祖先たちが生まれて死んだ土とつながり、彼らの伝統や慣習、食物、訛り、農民たち独特の言葉、土の匂い、村落とつながり、空気そのものとつながる、とても奥深く繊細な根っこ。自分が生まれ育ったこの家も大好きだ。私の部屋の窓からはセーヌ川が見える。わが家の土地を突っ切るかのように、庭の脇を、通りの向こう側を流れる大いなるセーヌ。ルーアンを通過し、ル・アーヴルへ向かうその川は、今は行き交う船で混雑している。

左手をしばらく行けば、ルーアンの町がある。空をつんざくゴシック様式の尖塔の下、青い瓦屋根が密集する、多くの人々が暮らすルーアン。尖塔は、細くて今にも折れそうなものからどっしりしたものまで数えきれないほどあり、なかでも大聖堂の堂々たる鐘楼が主としてあたりを睥睨し、そこに備わるたくさんの鐘が晴れた朝の青空に音を響かせる。遠くから聞こえるその甘やかな鋼の音が私の耳にまとわりつき、風の強さによってときに強く、ときに弱くなる。

なんと美しい朝だろう。十一時にもなると、もくもくと煙を吐き喘ぎながらえっちらおっちら進む、蝿と見紛うほど小さな蒸気船に曳かれ、船が長い列を作って、わが家の門の前を通り過ぎる。

掲げた赤い旗が空に向かってはためいているイギリスのスクーナー船が二艘通ったあと、ブラジルの三本マストのすばらしい帆船が来た。染み一つない純白で、光り輝いている。私は思わず敬礼した。自分でも理由はわからないが、たぶん帆船を眺めているだけで楽しくて仕方がなかったからだと思う。

五月十二日。この数日微熱があり、気分も悪く、やや気落ちしている。

幸福だったのにいきなり意気消沈し、自信が気後れに変わるとき、いったいどんな力が働いているのか謎だ。目に見えない空気には未知の力が満ちており、われわれはその不可思議な存在に甘んじなければならない、そう思いたくなる。晴れ晴れとした気分で目覚め、つい鼻歌でもうたいたくなるときがある。いったいどうして？　散歩しに川辺に行ったはいいのだが、ほんの少し歩いただけで、まるでその先で何か不幸が待ち構えているかのように、ふいに憂鬱な気分になって帰宅したりする。なぜか？　急に寒気を覚え、肌を震えが走ったせいで、神経が逆撫でされて落ち込むのか？　雲の形や空の色合い、移ろいやすい周囲の事物の色がふと目に入ったとき、動揺してしまうのだろうか？　そんなこと、誰にわかる？　われわれを囲むすべての物、見ようとも思わないのに目に入ってくるもの、知らず知らずのうちに触れているもの、持っている感触もないのに持っているもの、はっきり気づかないまま出合っているものが、すばやく私たち自身や体の器官に説明のつかない驚くべき効果を及ぼし、そうして私たちの考えや存在そのものを変え

てしまうのだ。
目に見えないものの謎の深さは底知れない。私たちのお粗末な感覚器官ではとてもとらえきれない。私たちの目は、小さすぎるものも大きすぎるものも、近すぎるものも遠すぎるものも見ることができない。よその星の住人も、水の分子も、見えないのだ。耳は私たちを騙す。空気の振動を音符に変えて伝えるからだ。聴覚はまるで妖精だ。空気の動きを音に変えるという奇跡を起こし、その変化を通じて音楽を生む。そうして自然界の本来無音の騒動を勝手に和音にしてしまうのだ。それは、犬にも劣る嗅覚もそうだし、ワインの年代さえ判別できない味覚にしてもそうだ。

ああ、われわれにもっと別の感覚器官があり、私たちのためになるような奇跡を起こしてくれれば、周囲にどれだけたくさんの新発見があることだろう！

五月十六日。間違いなく私は病気だ。先月はあんなに元気だったのに。熱があった。それもかなりの高熱だ。いや、正確に言えば、熱のせいで衰弱しており、体だけでなく心まで病んでいる。何か危険が迫っているような気がしてならない。災厄が待ち構えている、あるいは死が近づいている、そんな不安。まだ正体の知られていない病が間違いなくこの肉体に、血液に、じわじわと広がっている予感。

五月十八日。今、医者に相談に行ってきたところだ。ちっとも眠れないのだ。医者によれば、脈が速く、目が腫れ、神経が張りつめてはいるが、危険な症状はないという。シャワーを浴び、臭化カリウムを服用するよう指示された。

五月二十五日。何も変わらない。じつに妙な症状なのだ。夜が近づくにつれ、わけのわからない不安にとらわれる。まるで、夜が何かとんでもない悪意を隠しているような感じ。急いで食事を口に詰め込み、それから読書をしようとするが、文字がかろうじて識別できる程度で、内容はまったく頭に入ってこない。それから客間をうろうろし、混乱した、抑えきれない恐怖心を、眠る恐怖、ベッドに対する恐怖を押し殺そうとする。

十時頃、自室へ上がる。部屋に入るとすぐにドアに鍵をかける。怖かった——何が？ 今までは怖いものなど何もなかったのだ。戸棚を開け、ベッドの下を確認する。耳を澄ます——何に？ 血流が遅くなったか早くなったかしてどこか不快な感じがするとか、おそらくは何か神経に障るとか、わずかな滞りとか、およそ不完全で繊細な体のシステムがわずかに故障している、ただそれだけで、人一倍陽気な人が憂鬱症になったり、誰より勇敢だった人が腰抜けになったりするのは、じつに不思議だ。とにかく私はベッドに入り、処刑人を待つ死刑囚のごとく、眠りの訪れを待つ。私は待ちながら恐怖に縮こまり、心臓は早鐘のように鳴り、脚は震え、温かなベッドカバーの下で全身をぶるぶると震わせ、やがて澱んだ水に身を投げて溺れる人のように、ついに突然眠りに落ちる。この不実な眠りがやってくる感じは以前とは違っている。今は、眠りは近くで私のことをじっとうかがい、そのうちいきなり頭につかみかかってきて、目をつぶらせ、力ずくで圧倒する。

私は眠る——長い時間——たぶん二、三時間だ——すると夢を見る——いや——悪夢に襲われる。自分はベッドに横たわり眠っている——そう感じるし、そうわかっている——すると別の誰かが近くにやってきて、私の顔を覗き込み、触れ、ベッドに載り、私の胸に膝をつき、首を両手でつかんで絞め——それも全力で絞め上げて、私を窒息させようとする。

私は、よく夢の中で何もできなくなるあの恐ろしい金縛りで雁字搦めになりながらも、必死に抵抗する。叫ぼうとするが声が出ず、動こうとするが動けない。頑張ってはみるのだ。力を尽くし、息を切らして、私を押しつぶし息の根を止めようとしているものを投げ飛ばそうとする――でもできない！　そこで突然目が覚める。全身がわなわな震え、汗でぐっしょり濡れている。蠟燭に火をともしてみるが、まわりには誰もいない。この発作が毎晩起こるのだが、そのあとやっと眠りに落ち、朝まで静かに惰眠を貪ることになる。

六月二日。症状は悪化の一途をたどっている。私はいったいどうしてしまったのか。臭化カリウムはいっこうに効かず、シャワーも何の足しにもならない。ときどき、もっと体を疲れさせたほうがいいと思い、とっくに疲れきっているにもかかわらず、ルマールの森へ散歩に出かける。初めのうちは、薬草や木の葉の香りに満ちた新鮮な日光や外気に触れれば、血管に新たな命が浸み込み、心臓に活力が伝わると思っていたのだ。ある日、森の中で広い騎馬道路を進み、それからラ・ブィユへ向かう小径へ入った。その小径の両側にはやけに高い木が並び、ほとんど黒に近い緑の分厚い天蓋で空が見えないほどだった。

とたんに体に震えが走った。寒気ではなく戦慄だ。急に森で一人きりでいることが、その深い孤独感が、これといって理由もないのに愚かにも怖くなり、不安になって、思わず歩みを速めた。ふいに何かにつけられているような感じがした。すぐ後ろに、触れるほど近くに、誰かがいる。

いきなり振り返ったが、誰もいなかった。背後にはただ両側を並木に挟まれた広くまっすぐな騎馬道路が続いているだけだ。ぞっとするほどがらんとしていた。また前を向けば、やはり道が遠く見えなくなるまで続いている。後方とまったく同じように見えた。恐ろしい。

私は目を閉じた。なぜか？　そして私は踵でくるくると回り始めた。そう、独楽のように。あやうく倒れそうになって、目を開けた。まわりで木々が躍り、大地が波打っている。腰を下ろさずにいられなかった。そしてふと思ったのだ。おやおや、どうやってここまで来たのか、今ではもう思い出すこともできない！　妙な話だ。本当に妙じゃないか！　もうさっぱりわからない。私はとりあえず右手に歩きだし、やがてこの森の真ん中まで私を連れてきた通りに突き当たった。

六月三日。ひどい夜だった。数週間ほど、どこかに出かけたほうがよさそうだ。旅に出ればまた自分を立て直せるに違いない。

七月二日。戻ってきたとき私はすっかりよくなっていたし、そのうえとてもすばらしい旅だった。私はモン・サン＝ミシェルに行っていたのだ。行くのはそれが初めてだった。

私と同じように、夕刻にアヴランシュに到着した人は、その景色に驚くだろう。町は丘の上にあるのだが、まず町はずれにある公園に案内された。私は驚嘆して、思わず声をあげてしまった。見渡すかぎり広々とした美しい湾が広がり、湾を囲む二つの山は霧に包まれていた。そして雲一つない黄金色の空の下、その黄色く染まった広い湾の中央で、砂地の真ん中に黒々とした奇妙な山が天を突くようにそそり立っている。夕日がちょうど沈んだところだったので、まだ燃え立っている空を背景に、頂上に壮麗な建造物を掲げた奇抜な岩山のシルエットが浮かび上がっていた。

翌朝、夜明けとともにそこへ向かった。昨夜そうだったように潮は引いていて、近づくにつれ、そびえたつみごとな教会堂が迫ってきた。数時間歩いて、ようやく巨大な岩山にたどり着いた。その岩盤が小さな町を支え、その中心を占めているのが巨大な修道院だ。狭くて急な通りをのぼり、ついに、地上から神を求めてそびえる、世にも荘厳なゴシック様式の建物に足を踏み入れた。

大きさは町そのものと変わらず、丸屋根の下に埋もれているかのように見える低い部屋が並び、天井の高い回廊は優美な柱に支えられている。

私はその巨大な御影石の宝物の中に入った。どこかレース編みのように見えるせいか軽やかな印象があり、頂上には無数の塔や鐘楼が林立していて、螺旋階段で上がれるようになっている。翼のごとき控え壁にはキマイラや悪魔、空想上の動物、怪物のような花々といった奇怪な彫刻が載っていて、繊細な彫刻を施されたアーチでつながり、昼は青空に、夜は漆黒の空にその姿が浮き彫りになる。

頂上に到着したとき、私を案内してくれた修道僧に言った。「ここで暮らすのは本当に幸せでしょう！」すると僧は「いや風が強くてね」と答えた。それからわれわれは、潮がしだいに満ち、それが砂地を覆って鋼の胸甲に変えていくのを眺めながら、あれこれ話を始めた。修道僧は、その土地にまつわるさまざまな昔話を教えてくれた。正真正銘の伝説ではあるが。

とくにある話が強く印象に残った。土地の人、つまりこの岩山に住む人々は、夜になると砂地からしゃべり声が聞こえると訴えるらしく、それは二匹の山羊で、一方は強い声で、もう一方は弱々しい声でメーメー鳴いているという。そんなの迷信だと言う人々は、ただの海鳥の鳴き声だろう、あれはときに山羊の鳴き声やら人間の愚痴やらに似ていることがある、と主張する。しかし夜に仕事をする漁師たちは、頭まですっぽり隠れる頭巾をかぶっているので誰も顔は見たことがない年老いた山羊飼いが、潮の満ち干の合間を縫って、世間から遠く離れたこの町をうろついているのを見たことがあると語る。老人は、男の顔をした雄山羊と女の顔をした雌山羊を一匹ずつ連れていて、山羊はどちらも毛が白く、聞いたこともない言葉でぺちゃくちゃしゃべり続け、口喧嘩をしているが、ふいに話をやめたかと思うと、声のかぎり鳴くのだという。

「信じますか?」私は修道僧に尋ねた。「どうですかね」と彼が答えたので、私は続けた。「この世にわれわれ以外のものが存在するなら、なぜかくも長いあいだ誰にも知られないままなのか、そして、なぜあなたにも、そして私にも、彼らが見えないのか?」

僧は答えた。「はたしてわれわれは、この世にあるものすべての十万分の一も見ているんでしょうか? たとえばほら、風というのは、自然界でもとりわけ強い威力を持っている。人を引き倒し、建物を吹き飛ばし、木々を根こそぎにし、海では山のような波を立てて崖を壊し、大きな船を暗礁に叩きつける。それは命を奪い、ヒューと笛を吹き、ため息をつき、咆哮する。でもあなたは今まで一度でもその目で見たことがありますか? 見ようと思えば見えますかね? いいえ、それでも風は確かに存在しています」

この単純な説明を前に、私は口をつぐんだ。この僧は哲学者か、はたまたただの愚者か。私には判断しかねたので、言葉を控えた。でも、彼の言ったことは私自身、何度か考えたことだったのだ。

七月三日。また眠れなくなった。ここには確かに何か人を熱に浮かせる力がある。というのも、御者も私と同じように苦しんでいたからだ。昨日帰宅したとき、やけに顔色が悪かったので、「どうしたんだ、ジャン?」と尋ねた。

「じつはまるで眠れませんで、夜に昼を貪り食われているんです。旦那様が発ってから、あたしに呪いでもかけられたみたいでして」

だがほかの使用人たちはみな息災だった。しかし私はといえば、また発作が起きるのではない

かと戦々恐々としていた。

七月四日。また症状が現れたことは間違いなかった。以前の悪夢が舞い戻ってきたのだ。昨夜は何者かが私の上に身をかがめて唇に口をつけ、精気を吸い取っていた。そうとも、まるで蛭か何かがやるように、喉の奥からちゅうちゅう吸ったのだ。それから満足したようにやつは体を起こした。私も目覚めたが、すっかり消耗し、疲労困憊して体に力が入らず、動くことさえできなかった。これがあと何日か続くようなら、またどこかに出かけなければ。

七月五日。私は頭がどうかしてしまったのか？　昨夜見た夢があまりに奇妙だったので、考えると頭がぼんやりしてしまう。

今では毎晩欠かさずするように、その夜もドアに鍵をかけた。やがて喉が渇いたので、水をグラスに半分ほど飲んだ。たまたま水差しが目に入り、カットグラスの栓のところまで水がいっぱいに入っているのを確認した。

それからベッドに入り、いつものようにまた眠りに落ちて悪夢にうなされ、昨夜以上に激しく動揺して、二時間ほどで飛び起きた。

眠っているあいだに殺されかけた男のことを想像してみてほしい。目覚めると胸にナイフが刺さっていて、喉でごぼごぼと音が鳴り、体は血まみれになっていて、もはや息もできず、自分が死にかけていることを自覚しながらも、何がどうなっているのかさっぱりわからない。そんな夢なのだ。

ようやく人心地ついたときまた喉が渇き、私は蠟燭に火をともすと、水差しがあるテーブルに近づいた。水差しを持ち上げてグラスに傾けたが、何も出てこない。なんと空っぽではないか。

一滴の水も入っていない！　最初はどういうことかまるでわからなかった。そしてふいに愕然として、腰を下ろさずにいられなくなった。いや、椅子に崩れ落ちたというべきか。しかしすぐに飛び上がり、慌ててまわりを見まわした。そしてまた恐怖と驚きのあまり、透明なガラスの水差しの正面にへたり込んだ。それをじっと見つめ、謎を解こうとする。手がわなわなと震えている。誰かが水を飲んだのだ。だが誰が？　私か？　ああ、間違いなく私だ。だって、そうとしか考えられないだろう？　だとすれば、私は夢遊病者だ。無意識のうちに謎の二重生活を送っていたのだ。自分の中に二つの存在が同居しているということか？　つまり、こちらには知り得ないし目にも見えない、まったく未知の存在がいて、それが、こちらの心と体が活動を停止しているときに、ぐったりしている体を動かし、こちらの意志ではなくあちらの意志に従わせているということなのか？

ああ、いったい誰が私のこの苦しみをわかってくれるだろう？　すっかり目覚めていて、健全な精神を持ち、きちんと理性を保った人間が、眠っているあいだに水が消えたと言って、恐怖に駆られながらガラスの水差しを見つめている、そのときの気持ちがどんなものか。そして私は朝日が昇るまでそこにずっと座っていた。とてもベッドに戻る気にはなれなかった。

七月六日。だんだん頭がおかしくなっていく。またしても夜のあいだに水差しの中身が空になっていた。それとも、私が飲んだのか？

だが本当に私なのか？　この私が？　だがほかに誰が？　いったい誰なんだ？　ああ、神よ！私は気が狂うのか？　誰か助けてくれ。

七月十日。驚くような実験をすませたところだ。間違いなく私は頭がどうかしているが、それでも！

七月六日、ベッドに入る前に、テーブルにワイン、牛乳、水、パン、苺を置いておいた。誰かが、あるいは私が、水は全部、牛乳は少し飲み、しかしワインにもパンにも苺にも手がつけられていなかった。

七月七日にも同じ実験をくり返してみたが結果は同じで、七月八日には水と牛乳を除外したところ、何も減っていなかった。

最後に七月九日には、水と牛乳だけテーブルに置き、白いモスリンの布で丁寧に包んで、栓は結わえつけておいた。そのあと自分の唇と髭、両手に黒鉛を擦りつけ、ベッドに入った。

深い眠りに落ちたが、すぐにいやな気分で目覚めた。私は動いていなかったし、シーツにも汚れはついていなかった。テーブルに駆け寄ると、瓶のまわりの布にも跡はついていない。私は恐怖に震えながら栓を縛った紐をほどいた。水も、そして牛乳もすべて飲み干されているではないか！　ああ、神よ！　すぐにパリに発たなければならない。

七月十二日、パリ。この数日、私はきっとどうかしていたに違いない。お粗末な想像力のおもちゃになっていたのだ。さもなければ、本当に夢遊病者なのか、実際に存在すると知られていないながら今まで説明のつかなかった何かの力——たとえば催眠暗示——に操られていたのか。いずれにしても、精神状態がぎりぎりまで追いつめられていたが、たっぷり二十四時間パリに滞在したおかげで、心の安定を取り戻した。

昨日は少し用事をすませ、何人か人と会い、それだけでも精神に新鮮な空気が送り込まれてじわじわと元気が出てきたのだが、夜はテアトル・フランセで締めくくった。戯曲はアレクサンドル・デュマ・フィスのもので、力強いそのみごとな芝居で私はすっかり回復した。あれこれ考えすぎる人間には、孤独はあまりにも危険だ。ともに考えたり話をしたりする人がまわりに必要なのだ。長時間一人きりでいると、心の隙間に幽霊が入り込んでくる。

私は最高の気分で大通りをとおってホテルに戻った。押し合いへし合いする人々を縫って歩きながら、先週あんな恐ろしい思いをしたり、仮説を立てたりしたのは、わが家に目に見えない何かがいると勝手に、そうとも、勝手に思い込んでいたからだ、と自虐的に思った。人は、問題が起きたとき「原因がわからないから理解できないだけだ」と片づけるのではなく、すぐに恐ろしい謎だとか超自然的な力だとかを想像してしまいがちだ。

七月十四日。巴里祭。通りを歩きながら爆竹や旗を眺めていると、子供のようにわくわくする。それでも、政府が定めた日にちに躍らされるのはとても愚かなことだ。人々は、じっと我慢しておとなしくしていたかと思うと、急に怒りを爆発させて反乱を起こす、臆病な羊の群れのようだ。「楽しめ」と言われれば楽しむ。「隣国と戦え」と言われれば戦う。「皇帝に投票しろ」と言われれば皇帝に投票し、「共和国に投票しろ」と言われれば共和国に投票する。

だが、群れを率いる連中のほうも愚かだ。ただしやつらは誰かに従うのではなく、正義に従っていて、それもまた愚かで無意味で間違った考え方だ。なぜなら正義とは未来永劫変わらない、絶対確実な概念だと思われているが、この世には確実なものなどないからだ。光は幻であり、音は欺瞞なのだから。

七月十六日。昨日、とても不快なものを見た。

私はいとこのサブレー夫人に晩餐に招待された。夫はリモージュ第七十六歩兵隊の指揮官をし

ている。晩餐の席にはほかに二人のうら若きご婦人がいて、一人はパランという医師の妻だった。このパラン医師は神経症を専門としており、最近では催眠術と暗示によって驚くべき結果が引き出される実験にもっぱら従事していた。

彼は、英国人科学者やナンシー学派の医師たちによる膨大な研究結果について、長々と語った。しかし、彼が次々に挙げていく話があまりにも現実離れしているように思えたので、とても信じられないと私は訴えた。

「われわれは今」と彼は堂々と言った。「自然界における最も重要な秘密を発見しようとしているんです。つまり、この地球上で、ということですがね。遠い彼方の星々では重要性の種類がこことはきっと違うはずですから。人間は、思考し、その思考を表現し、記録するようになって以来、その粗悪で不完全な感覚器官では感知できない神秘に少しは近づいたように思え、なかなか知覚できないもどかしさを知性によって補おうと努力しています。この知性が初期段階から進歩しないうちは、目に見えない神秘の魂への反応は、ありきたりな恐怖という形を取りました。そこから超自然的なものを崇める民間信仰や、迷魂やら妖精やら小人やら幽霊やらの登場する伝説が生まれ、神という概念さえそれが発生源だと言っていい。なぜなら、どんな宗教においてさえ、創造主と被造物という考えは、怖がり屋の人間の頭脳が生み出した、史上最も平凡で、愚かで、およそ受け入れがたい発明に違いないからです。『神はみずからの姿に似せて人間を作ったが、人間はそのお返しに自分の姿に似せて神を作った』——このヴォルテールの言葉こそ、まさに真実だ。

しかし、ここ一世紀ほど前から、人間は何か新しい予感めいたものを持っていたように思えます。メスメルといった学者たちが意外な方針を打ち出し、とくにこの二、三年のあいだに驚くべき結果がもたらされたのです」

私のいとこはやはりあまり信じていないらしく、にやにやしていたが、パラン医師が彼女に唐突に言った。「ためしにあなたを眠らせてみましょうか、奥さん？」

「ええ、ぜひ」

いとこが安楽椅子に座ると、医師が彼女を射すくめるかのようにひたと見つめた。私はふいに不安に駆られた。心臓がばくばくし始め、喉が詰まるような感じがした。サブレー夫人の瞼がだんだん重くなり、口が歪み、胸が隆起し、十分もすると彼女は眠ってしまった。

「彼女の背後に行ってください」と医師に言われ、私は彼女の後ろにまわって腰かけた。医師は彼女に名刺を握らせると言った。「これは鏡ですよ。何が見えますか？」

彼女は答えた。「いとこが見えます」

「彼は何をしていますか？」

「髭をひねっています」

「それで、今は？」

「ポケットから写真を取り出しています」

「誰の写真ですか？」

「自分自身の写真です」

それは事実だった。その日の夕方、ホテルで写真を受け取ったのだ。

「どんなふうに写ってますか？」

「手に帽子を持って、立っています」

彼女が手にしているのは一枚の白いボール紙で、それをまるで鏡のように眺め、今口にしたものをそこに見ているのだ。

うら若きご婦人方は怖がってわめいた。「もうけっこうよ！　ええ、もうたくさん」

しかし医師は威厳を込めてサブレー夫人に言った。「明日の朝は八時半に起床し、ホテルにいとこを訪ねて、五千フランを貸してほしいとお願いすること。ご主人から、今度の出張に必要なので用立ててほしいと頼まれたからです」

そこで医師は彼女の目を覚まさせた。

私はホテルに戻りながら、その日の集まりについてつらつらと思い返し、ふいに疑念が湧いた。いとこのことは子供の頃から実の妹同然によく知っているから、嘘をついているとはまったく思わなかったが、医師のほうは何かインチキをしていた可能性はある。ひょっとして、医師は手に鏡を隠し持っていて、眠っているいとこに名刺と同時にそちらを見せたのではないか？　プロの奇術師なら、それぐらいの仕掛けはお手のものだ。

しかし、その日はそのまま就寝し、翌朝八時半頃、従僕に起こされてこう言われた。「サブレー夫人が大至急お目にかかりたいそうです」私は急いで着替えて、いとこのもとへ向かった。

彼女はそわそわした様子で座っており、うつむいたままベールを上げもせずに言った。「あなたを見込んで、大事なお願いがあってうかがったの」

「どうしたんだい？」

「こんなこと言うのは憚られるのだけれど、でもお願いしないわけにはいかないのよ。どうしても五千フラン入り用なの」

「何だって？　君がかい？」

「ええ、私というか、夫が。用立ててきてくれと頼まれたのよ」

私は唖然として、つかのま言葉が出なかった。パラン医師と結託して私をからかっているってことは、本当にないのだろうか？　たとえば、事前に打ち合わせをして、よくできた茶番を演じているだけだとか？　しかし、いとこをじっくり観察してみて、その疑いはあっさり消えた。彼女は、これがどんなにつらいことか悲嘆するあまり、わなわなと震えていた。今にも泣きだすに違いないと私には思えた。

彼女の家はとても裕福だと知っているので、こう続けてみた。「それは驚いたな。ご主人なら、五千フランぐらい自分でなんとかできるだろう。よく考えてごらん。彼は本当に君にお金の工面を頼んだのかい？」

いとこは、記憶を懸命にたぐっているらしく、しばし逡巡していたが、やがて答えた。「ええ……ええ、間違いないわ」

「手紙をよこしたの？」

いとこはまた躊躇い、考え込んだ。きっと思い出すのに苦労しているのだろう。だって、彼女のあずかり知らないことなのだから。彼女にわかっているのは、夫のために私から五千フラン借りなければならないということだけなのだ。だから彼女は嘘をついた。

「ええ、手紙をもらったわ」

「へえ、いつ？　昨日はそんなこと何も言ってなかったじゃないか」

「今朝受け取ったのよ」

「見せてくれる?」

「いいえ、だめ、だめよ。私的なことも書いてあるから。夫婦にしかわからないことが。もう燃やしてしまったの」

「つまりご主人には借金があるってこと?」

いとこはまた躊躇い、それからぼそりとつぶやいた。「知らないわ」

そこで私は不躾に言った。「今手元には五千フランなんて金はないんだ、悪いけど」

彼女は何か苦境にでもあるかのように呻き、言った。「ああ、お願い。お願いだから用立てて」

いとこはひどく興奮して、私に祈りを捧げるかのように、両手を固く握りしめた。声の調子も変わったことがわかった。抵抗したくてもできない昨日の命令に支配され、苦しんでいた。

「ああ、お願いよ。私の苦しみがわかっているなら、どうしても今日いただきたいの」

私は彼女がかわいそうになってしまった。「すぐに用立てるよ、必ず」

「嬉しい! ありがとう、本当に。なんて親切なの」

私は続けた。「昨夜君の家であったこと、覚えてる?」

「ええ」

「パラン先生が君を眠らせたことは?」

「覚えてるわ」

「そうか、じゃあよかった。君は彼から、今朝私のところに来て、五千フラン借りなさいと命じられ、君は今その暗示に従ってるんだ」

いとこはしばし思案していたが、やがて答えた。「でも、お金が入り用なのは夫で――」

その後丸々一時間かけて彼女を納得させようとしたができず、彼女が帰ったあと医師のところに出向いた。彼はすぐに出てきて、にこにこしながら私の話を聞いたあと、「これで信じたでしょう?」と言った。

「はい、信じないわけにいきませんね」

「あなたのいとこさんのところに行きましょう」

彼女は疲れ果てて、すでに長椅子で休んでいた。医師はいとこの脈をとり、彼女をじっと見つめながら、片手をその目に当てた。医師の手の動物磁気の力には抗えず、しだいに目を閉じていく。いとこが眠ってしまうと、彼は言った。

「あなたのご主人は、もう五千フランが必要なくなりました。ですから、いとこの彼に貸してほしいと頼むことも放念しなければなりません。そして、もし彼がその話を持ち出ても、あなたには何のことかわからないでしょう」

そこで医師が彼女を目覚めさせ、私は小切手帳を取り出すと言った。「今朝君から頼まれたものだよ」ところがいとこはたいそう驚き、私も無理に渡そうとはしなかった。ただ、状況を思い出させようとはしてみたのだ。しかし彼女は激しく否定し、からかわれているのだと思ったらしく、しまいには癇癪を起しそうにさえなった。

さて、こうして今ホテルに帰ってきたのだが、昼食も喉を通らなかった。先の実験に心底舌を巻いたからだ。

七月十九日。くだんの出来事について大勢に話したが、みな私を笑った。もはや自分でもどう考えていいかわからない。賢者なら「そうかもしれないね？」と言うか。

七月二十一日。パリ近郊のブージヴァルで夕食を食べ、夜はボート乗り場での舞踏会に参加した。きっとすべては場所と環境によるのだ。ラ・グルヌイエール水浴場の島にいると、超常現象を信じるなんて愚挙の極みのように思える。しかし、モン・サン＝ミシェルの頂上やインドにいたら、周囲の雰囲気にすっかり感化されてしまう。来週、自宅に戻ろうと思う。

七月三十日。昨日自宅に戻った。すべて順調。

八月二日。とくに変わりはない。いい天気なので、このところセーヌ川の流れを眺めて過ごしている。

八月四日。使用人同士が喧嘩。夜中に戸棚のコップが壊されたという。従僕は料理人を責め、料理人は裁縫係を責め、裁縫係はほかの二人を責めた。犯人は誰なんだ？　賢人でも現れなければわからないだろう。

八月六日。今度ばかりは、私は狂っていない。見たのだ、この目で見たのだ！　もう何も疑いはない。たしかに見たのだから。

私は午後二時、日差しのたっぷり届く、庭の薔薇園を散歩していた。道沿いには、咲き始めの秋薔薇が揺れている。「戦いの巨人（ジェアン・ド・バタイユ）」という品種の薔薇が三つばかり美しく咲き誇っていたので、足を止めて眺めていると、そのうち一本が、まるで見えない手が傾けているかのようにこちら側に倒れてきて、それから花が突然手折られたのだ。花はひとりでに持ち上がり、手がそれを口に運んだような感じで弧を描くと、空中でそのまま止まった。三ヤードほど先に、赤いものがぷかぷか宙に浮かんでいる恐怖。私は居ても立ってもいられず、駆け寄ってそれをつかんだ。でも手の中には何もなかった。煙のように消えていたのだ！　とたんに自分にむらむらと怒りが湧いた。理性あるまともな人間がこんな幻覚を見るのは不健全だ。

だが、今のは幻覚なのか？　私は振り返って、花が咲いていたはずの茎を探した。葉叢のあいだにすぐに見つかった。手折られたばかりだとわかり、ほかの二輪には傷一つついていない。私は動揺しながら家に戻った。今では確信があった。昼のあとに夜が来て、そのあとまた昼が来る、その確かさと同じくらいに間違いなく、すぐ近くに目に見えない存在がいる。それは牛乳と水で生きていて、物に触れ、持ち上げ、動かすことができ、つまり物理的に存在してはいるが私たちには感知できず、私と同じように生きていて、この家に住んでいるということだ――

八月七日。私は穏やかに眠れた。やつは私の水差しから水を飲み、私の眠りを邪魔することはなかった。

私は頭がどうかしているのかと自問自答する。日差しのなか、川辺を散歩していたときも、自分がはたして正気かどうか、ふと疑念が湧き上がった。これまでのようなぼんやりとしたものではなく、もっと確実で絶対的な疑いだ。狂人なら何度も見たことがあるし、なかにはじつに知的で、頭脳明晰で、日々のどんな疑問にも炯眼を持っている者もいるが、そういう人でもただ一点だけ問題がある。どんなことについても難なく明快に深遠な意見を口にするのに、妄想の大波に呑まれ、思考がこなごなに砕け散ったとたん、狂気という名の深い霧と激しい突風に浸り込み、揉みくちゃにされるのだ。

自分は狂っている、完全にどうかしていると考えるべきだろうが、おのれがそういう状態だと自覚していること、その状態を理解し、完全に正気な状態で分析できるという点で、やはり違っ

ている。むしろ、幻覚に苦しんでいる理知的な人間と考えるべきだろう。何か未知の精神障害のしわざに違いない。今どきの生理学者たちがその正体を正確につきとめて、治そうとしているたぐいの障害だ。とにかくその障害によって、私の頭脳や、思考の秩序やら論理に、深い亀裂が入っているに違いない。夢を見ているときにも同じ現象が起き、現実ではとてもありえないような摩訶不思議な出来事に遭遇するが、われわれはとくに驚かない。想像力にまつわる機能はしっかりと覚醒し、働いている一方で、物事を筋道立てて考える機能や統合感覚は眠りこけているからだろう。ひょっとすると、脳の中で音色を奏でる鍵盤の小さなキーの一つが動かなくなっているのでは？　事故に遭った人が、正しい名前や動詞、数、何かの日付なんてものまで、急に思い出せなくなることがある。こんにち、脳のどの部分がどの思考経路と関わるのか、すべて明らかにされている。では、幻覚を現実ではないと認識する機能が一時的に故障しているとしても、不思議ではないのでは？

そんなことを、私は川辺を歩きながら考えていたのだ。日光が川面にきらきらと反射して、大地を明るく豊かにし、私は命への愛に満たされる。燕のすばやい滑空を見るたびに嬉しくなるし、河畔の草木が揺れてかさこそとたてる音を聞くたび温かな気持ちになる。

しかし、言うに言われぬ不安な気持ちが少しずつ広がっていった。まるで何か未知の力に体を乗っ取られ、動きを食い止められているような感じだ。その力は私の行く手を阻み、引き返させようとしている。寝たきりになった愛する人を家に置いて出てきたのだが、その人が急変したような予感にとらわれ、すぐにでも帰らなければならない――そういうたぐいの切羽詰まった思いに似ている。

そこで私は図らずも引き返した。手紙か電報か、何か悪い知らせが待っているに違いない、そう思いながら。ところが何もなく、私は拍子抜けし、とまどった。また何かおかしなものを見たほうが、むしろほっとしたかもしれない。

八月八日。昨夜はひどくむしゃくしゃした。やつはあれから現れないが、近くで私を見張り、見つめ、内側に入り込み、支配していく。超常現象を起こして、ずっとつきまとってくる目に見えぬその存在感を主張してくれるほうが、こうして身を隠していられるより、はるかにいい。それでも私は眠った。

八月九日。何も起きなかった。それでも私は怯えている。

八月十日。何も起きなかった。でも明日は?

八月十一日。やはり何も起きなかった。ああでもないこうでもないと頭を悩ませ、こんなにびくびくしながら家でじっとしているのは耐えられない。外に出よう。

八月十二日。夜十時。一日じゅう出かけようとしていたのに、出かけられなかった。気ままにぶらぶらする、たとえばルーアンへ馬車で出かける、そんなごく単純で簡単なことを考えていただけなのに、できなかったのだ。どういうことだろう?

八月十三日。人は何か病気にかかったとき、体の精気が枯れ、エネルギーがなくなり、筋肉が弛緩し、骨は肉のようにぶよぶよになり、血が水のように薄まる。なんとも奇妙な感じだし、つらいのだが、私の精神が今ちょうどそんなふうだった。精神力がまるでなく、やる気も、自制心も、自分の意思を通そうとする力さえなくなっている。自分から何かしようという気にまったくならず、代わりに誰かが考え、私はその言いなりになっている。

八月十四日。もうどうにもならない。誰かに魂を乗っ取られ、支配されている！　私の行動も動作も思考も、すべて命じられるままだ。私の主人はもはや私ではなく、私はただ自分のすることを怯えながら眺める、囚われの身の見物人だ。出かけたいのに出かけられない。やつがそうさせまいとしているのだ。だから私は、やつに押し込まれている肘掛椅子に震えながら座り、ただぼんやりしている。自分が自分の主人だと感じたい、ただそのためだけに立ち上がろうとするが、それさえできないのだ。私は椅子に釘付けにされ、椅子は床にしっかりと固定され、どんなに頑張ってもびくともしない。

するとふいにどうしても庭に行き、苺を摘んで食べなければ、という思いに駆られた。だから行ったのだ。私は苺を摘み、食べた。ああ、神よ！　そこに神はいるのか？　もしおわすなら、ここにいらしてください。そして私を救い、許し、どうかお慈悲を！　助けてください。ああ、なんという苦しみ、まさに拷問だ。そして恐怖だ。

八月十五日。これはまさに、私に五千フランを借りに来たとき、いとこが未知の力に取り憑かれ、振りまわされていたのと同じ状況だ。彼女は、自分の中に入り込んだ奇妙な意志の力にされるがままになっていた。それはあたかも、人に寄生して支配する別の魂のようだった。これは世界の終末なのか？

だが、私を思いのままにする目に見えない存在、この世のものならぬ、誰とも知れないさまよえる魂は、いったい誰なのか？

つまり、目に見えぬ何かは、やはり存在しているということか。だがそれなら、この世が生まれて以来、今私にやってみせているようには存在をあらわにしてこなかったのは、どうしてなのか？　今私の家で起きているような出来事と少しでも似通った話など、読んだこともない。ああ、この家を離れたい。ここから逃げ出して二度と戻らずにすめば、救われるのに。だが、それができないのだ。

八月十六日。今日、二時間ほど、なんとか逃れることができた。まるで、牢獄の扉の鍵がたまたま開いていることに気づいた囚人みたいに。ふいにあいつが姿を消し、今や自由の身だと気づいたのだ。私は大急ぎで馬車を仕立てるよう命じ、ルーアンへ向かった。ああ、御者に「ルーアンへ！」と言うことができたとき、どんなに嬉しかったか。

図書館の前でいったん停車させ、古今東西の未知の存在に関するヘルマン・ヘレシュタウス博士の論文を貸してほしいと頼んだ。

それからまた馬車に乗り込み、「駅へやってくれ」と言おうとしたのに、こうわめいていた——普通の声で告げたのではなく、叫んでいたのだ。あんまり大声だったので、通りすがりの人々がみな振り返ったくらいだ。「わが家へ！」私は、忸怩（じくじ）たる思いで、馬車の背もたれに力なくもたれかかった。やつが私を見つけ、また支配力を取り戻したのだ。

八月十七日。ああ、なんて夜だ！　最悪だ。それでも喜ぶべきなのかもしれない。私は午前一時まで借りてきた本を読み続けた。哲学と神統系譜学の博士であるヘレシュタウスは、人の周囲をうろついたり、人が夢に見たりする、あらゆる目に見えない存在が古くからどんなふうに出現してきたか書き、そのルーツ、行動域、能力について述べている。しかし、私につきまとっているやつと似ているものは一つもない。人は、思考というものを始めたときからずっと、自分より強くて、いずれこの世界で自分に取って代わる新たな存在が現れることを予感し、恐れてきたの

であり、その存在を近くに感じながらもそれがどういう性質を持つのか見通せず、恐ろしさのあまり、そういう隠れし存在の一大種族の系統を構築してきたと言える。恐怖から生まれた、茫漠たる怪物たちである。

そうして午前一時まで読書したあと、私は開いた窓辺に腰かけ、熱くなった額と沸騰する思考を穏やかな夜気で冷やそうとした。じつに気持ちのいい、温かな夜だった。昔はこんな夜をもっと楽しんだものだった！

月はないが、暗い天空に星々が光の矢を放っている。あそこには誰が住んでいるのだろう？あのはるか彼方にいるのは、どんな形をした、どんな生き物なのか？彼の地の研究者たちはわれわれより知識が豊富なのだろうか？われわれにはできないこともできるのか？われわれには見えないものも見える？いつの日か彼らのうち誰かが宇宙を旅し、この地球に現れて、かつて古代スカンジナヴィア人が海を渡って弱き国々を撃破したように、われわれを征服するだろうか？

われわれはあまりに弱く、力を持たず、無知で、卑小な存在だ——暗い液体空気の中で回転する一塊の泥粒の上で暮らす、われわれ人間というものは。

私はそうしてひんやりした夜気の中で夢を見ながら、いつしかまどろんでいたが、四十五分ぐらい眠っただろうか、こうと言葉にできない、なんとも混乱した妙な予感がして、体は動かさずに目だけ開けた。最初は何も見えなかったが、ふいに、机の上に広げてあった本のページがひとりでにめくられたような気がしたのだ。窓から風はそよとも吹き込んでいない。私は驚いて、そのまま見守った。四分ほど経ったとき、私は見た。この目で見たのだ。指がページを繰ったかのように、またページが勝手に持ち上がって前のページに重なるのを。肘掛椅子は空っぽだった。いや空っぽのように見えたが、あいつがそこにいることはわかっていた。あいつは私の椅子に座り、本を読んでいるのだ。私はかっとなって跳ね起きた。調教師の腹を裂いてやろうと飛びかかる、怒り狂った野獣さながら、私は勢い込んでそちらへ突進した。やつを取っ捕まえ、首を絞め上げ、息の根を止めてやる、そう思った。ところがその前に、まるで誰かが慌てて逃げ出したかのように、椅子が引っくり返った。机が揺れ、ランプが倒れて消え、窓がバタンと閉じた。コソ泥か何かが人に見つかって、急いで窓から外に逃げ出し、その勢いで窓を閉めたかのように。

つまりあいつは尻尾を巻いて逃げ出したのだ。私に怯えたってわけだ!

よし、明日か、明後日か、いや、もっとあとになるかもしれないが、とにかくいつかはやつをこの手で捕まえて、床に組み伏せてやる。犬だってときには飼い主の喉に嚙みつくだろう？

八月十八日。私は一日じゅう考えていた。そうとも、おとなしくやつに従い、やつの考えのままに行動し、やつの希望をかなえ、自分を謙虚で従順な腰抜けに見せかけるのだ。強いのはあいつのほうだ。だがいつか行動する時が来る。

八月十九日。これで全部わかった！　今しがた、『科学評論』誌でこんな記事を読んだ。「リオデジャネイロから変わったニュースが飛び込んできた。中世ヨーロッパに人々を襲った流行性の精神錯乱と似た、伝染性狂気がサンパウロ州で猛威を振るっている。恐慌をきたした住民は次々に家を捨て、村を飛び出し、土地を離れている。自分たちは人間家畜のように、目には見えないが触れることはできる存在に追いまわされ、乗っ取られ、支配されていると彼らは訴える。それは一種の吸血鬼のように、住民たちが眠っているあいだに彼らの命を貪り、さもなければ、水と

牛乳だけを飲んで、ほかの食物には触れようとしないという。

ペドロ・エンリケス教授は数人の医学研究者を伴ってサンパウロ州へ向かい、この驚くべき精神疾患の原因や症状について現地で調べ、罹患した人々が理性を取り戻す最良の治療法と考えられるものを皇帝に提案する予定である」

ああ、そうだ。今思い出した。去る五月八日に、セーヌ川をのぼっていくブラジル籍の三本マストのすばらしい船を、この家の窓から眺めたではないか。真っ白な船が目にまぶしく、じつに美しいと思ったものだった。あいつはあの船に乗って、連中が誕生した彼の地からここにやってきたのだ。そしてやつは私を見つけ、同じく白いこの家を見て、船から陸に飛び下りた。ああ、なんということだ！

もうわかった。私には見える。人間の世は終わり、あいつが来た。慌てふためいた神父たちが除霊し、闇夜に魔法使いがその姿を見えぬままに召喚し、この世の仮の支配者たる人間の想像力が、ノームだの精霊だの悪霊だの妖精だの使い魔だの、怪物的な、あるいは幻想的な姿を与えたもの。原初の恐怖心が生み出したのはそういうおおまかな概念でしかなかったが、後世のもっと啓蒙された人々は、あいつのより真実に近い形にたどりついた。メスメルが存在を見抜き、十年後にはあいつが自分でその力をまだ行使もしないうちに、医師たちがあいつの能力の性質を正確に明らかにしていた。彼らは、その新たな神の武器を、人間の魂に働きかける謎の意志の力をもてあそび、使われた人はその奴隷となった。それは動物磁気や催眠術、催眠暗示などと呼ばれているが、それはどうでもいい。とにかく、彼らはこの恐ろしい力を、無分別な子供のように面白がって使っているようだ。ああ、哀れなものだ、人間は！　こうしてやつはやって来た――ええと……やつは自分を何て呼ぶんだ？——私に向かって自分の名前をわめいているような気がするが、よく聞こえない——そうだ、確かに叫んでいる——耳を凝らしてみよう——だめだ、聞こえない、くり返してくれ——オルラ——そう聞こえた——オルラ、やつの名前はそれだ——オルラ、やつが来た！

ああ、私こと禿鷲は鳩を食い、狼は羊を食い、ライオンは鋭い角を持つバッファローを貪った。そして人間はライオンを弓矢で、槍で、銃で殺してきた。だがオルラは、人間が馬や牛にしてきたことを、人間にするだろう。人間はあいつの持ち物に、奴隷に、食べ物になる。それもあいつの意志の力ひとつで。哀れなり、人間よ！

それでも、動物が自分を支配する人間に反抗し、殺すことだってある。私だってできるはずだし、いつかそうしてやろうと思うが、まずはやつを知り、触れ、姿を見なければならない。学者の話では、動物の目はわれわれと違っているので、われわれには識別できるものができないのだという。だから私の目も、私を苦しめる今新たに現れたやつのことを識別できないのかもしれない。

なぜなのか？　ああそうだ！　今あのモン・サン＝ミシェルの修道僧の言葉が甦ってきた。「はたしてわれわれは、この世にあるものすべての十万分の一も見ているんでしょうか？　たとえばほら、風というのは、自然界でもとりわけ強い威力を持っている。人を引き倒し、建物を吹き飛ばし、木々を根こそぎにし、海では山のような波を立てて崖を壊し、大きな船を暗礁に叩きつける。それは命を奪い、ヒューと笛を吹き、ため息をつき、咆哮する。でもあなたは今まで一度でもその目で見たことがありますか？　見ようと思えば見えますかね？　いいえ、それでも風は確

かに存在しています」

さらに私は考えた。私の目は視力が弱く、あまりに不完全なので、たとえ固い実体のある体でも、もしそれがガラスのように透明だったら、識別できないだろう。裏に水銀加工されていないガラスが行く手にあったら、部屋に飛んできた鳥が窓ガラスに頭から突っ込むように、私もぶつかるはずだ。そのうえ人はさまざまな物事に騙され、惑わされる。だとすれば、光を通してしまうあいつの新手の体を知覚できなかったとしても当然だ。

新しい存在！　そうとも、現れたって不思議ではない。人間が最後だなんて、驕りだ。私たちの前に創造されたすべてのものが私たちを認識できなかったように、私たちもそれを識別できないのだとしたら？　なぜならその存在は造形がとても精緻で、私たちの体より性能が高く、完成されているからだ。私たちの体は構造が脆く、いろいろと厄介だ。臓器はいつだって疲れていて、複雑すぎる鍵のように扱いが難しいし、植物や動物と同じように空気や野菜、肉などを摂取してかろうじて持ちこたえ、病気や形成異常、老いのせいでガタが来る生きた機械のようなものだ。息切れしやすく、調整もうまくできない、単純だが風変わりで、独創的だが造りが下手で、粗雑だが繊細なメカニズム。それが、いつかは知的で偉大な存在になれるかもしれない人間という生き物の概要である。

この世で牡蠣から人間に進化するまでの過程は、わずか数段階しかない。ある段階からある段階へ進む過程がとりあえず完了したとき、その次の段階がないとは誰にも言いきれないのでは？

そうとも、もう一つ先の存在があったとしてもおかしくない。巨大な美しい花が咲き、あたり一帯によい香りが届く、何か新しい種類の木が生まれたって、やはりおかしくない。火、空気、土、水の四元素がすべてとも限らないだろう。さまざまな生き物を涵養する源が、たった四種類しかないなんて、あまりにも残念だ。なぜ四十種類、四百種類、四千種類ないのか？　何もかもが情けない。惨めでみすぼらしく、しぶしぶ命を与えられ、いい加減に考案され、不完全に作られたものばかり。ああ、象や河馬の力など高が知れているし、駱駝の順応性もまだまだだ。

だが、蝶はまさに空飛ぶ花と言っていいだろう。私は夢想するのだ、宇宙を覆うほどの巨大な蝶を。目にも彩な色の優美な形の羽根を、美しくはばたかせるさまはとても言葉にできない。私には見える——それは星から星へと飛びまわり、飛翔が生むきらめきとかぐわしく軽やかな風で星々を満たし、鮮やかに生き返らせるのだ。天空の住民たちは、愉悦に酔いながら宙を舞うその蝶をうっとりと眺めるだろう。

私はどうしてしまったのか。私につきまとうあいつ、オルラが、こんな馬鹿げたことを考えさせるのか？　あいつは私の中にいる。私の心を乗っ取りつつある。やつの息の根を止めてやるのだ！

八月二十日。なんとかしてあいつを殺してやる。私はあいつを見たのだ。昨日、机に座り、せっせと書き物をしているふりをした。あいつはすぐ近くまでやってきて、あたりをうろうろするとわかっていた。たぶん、あいつに触れ、捕まえてやれるぐらい近くに。そこで私は火事場の馬鹿力を発揮する。両手を、両膝を、胸を、額を、歯を、とにかく何でも使って、やつの首を絞め、押しつぶし、噛みつき、八つ裂きにする。だから神経という神経を集中させ、やつが現れるのを待ち構えた。

すでにランプを二つ、蠟燭を八本ともして、マントルピースに置いてあった。これだけ明るけ

ればさすがに見つけられる、そう思いたかった。

四柱式の樫材のベッドは私の正面にある。右側には暖炉、左側にはドア。今はしっかりと閉めてあるが、あいつをおびき寄せるためにさっきまでしばらく開けてあった。背後には背の高い洋服箪笥があり、鏡がついている。私は毎日それを見て着替え、前を通るたびに全身を点検する癖がある。

そうして私は物を書いているふりをして、やつをたぶらかした。あいつもこちらをうかがっているとわかったからだ。ふいにやつが私の肩越しに私の書いているものを読んでいる、そう直感した。やつはそこにいる。耳に触れそうなほど近くに。

私は手を伸ばしてすばやく立ち上がり、そしてあやうく倒れそうになった。背筋がぞっとした。室内は真っ昼間のように明るいのに、鏡に私が映っていないのだ！　鏡は光に煌々と照らされているが、つるりとした鏡面に部屋がどこまでも奥深く映っているだけだ。私はその正面に立っているというのに、そこに私の姿はなかった。私の目には巨大な透明の鏡がてっぺんから最下部まで見えている。おそるおそる覗き込んでみる。前に足を踏み出す気にはなれなかった。体を動かすことさえ怖かった。そこにあいつがいることは間違いなかったからだ。だがまた逃げられてしまった。あいつの目に見えない体が立ちはだかり、私の姿を隠しているのだ。

どんなに恐ろしかったか！　そのとき突然、鏡の奥に居座る霧のようなもの、あるいは水のベールの向こうから、私が見え始めた。この水の幕は、こちらから見て左から右へとゆっくり動いていき、それにつれて私の姿がはっきりしていった。まるで、終わりかけの日食のようだった。私を隠していたものが何にしろ、はっきりした輪郭はないらしく、ある種の曇りガラスのように濁っていた像がしだいに澄んでいった。

とうとう自分の姿が完全にはっきりし、毎日見る自分になった。

だが、ついにあいつの姿を見たのだ。そのときの恐怖が頭に残っていて、今も思い出すと身震いする。

八月二十一日。やつを捕まえられないとすれば、どうやって殺せばいいのか。毒を盛るか。だが、私が何か水に混ぜるとしても、やつに見られてしまうだろう。そもそも、人間にとって毒でも、あいつの透明な体に効果があるのか？　はなはだ疑問だ。じゃあどうする？

八月二十二日。ルーアンの鍛冶屋を呼び寄せ、部屋に鉄製の鎧戸をつけてもらうことにした。盗難に備えて、パリの小ホテルが一階に取り付けているようなあれだ。それに加え、同じようなドアも作ってもらえることになった。自分を弱虫と認めたようなものだが、この際かまうものか。

九月十日。ここはルーアンのホテル・コンティネンタル。ついに終わった。ついに終わったんだ。だが、あいつは死んだのか？　私は自分が目撃したものに、すっかり動揺している。

とにかく、昨日、鍛冶屋に鉄製の鎧戸とドアを取り付けてもらったあと、寒くなってきてはいたが、真夜中になるまですべて開け放っておいた。

ふいに、あいつがそこにいると感じ、私の中に狂気にも似た喜びが沸き上がった。私はそっと起き上がり、やつにこちらの魂胆を気取られないよう、しばらくあちこちうろうろした。それからブーツを脱ぎ、何気なく室内履きを履くと、おもむろに鉄製鎧戸を閉め、急いで戸口に引き返すと南京錠で二重に鍵をかけて、その鍵をポケットにしまった。

ふいにあいつが私の周囲を落ち着きなく動きまわり、今度はやつのほうが怯えて、ここから出

せとせっついてきた。あやうく降参しそうになったが踏みとどまり、背中をドアにつけて、自分がかろうじて通れるくらい開け、するりと後ろ向きに出た。私は背が高く、頭が頭上のまぐさに触れるくらいだったから、あいつが脱け出す隙間はなかったはずだ。すぐにドアを閉めて、あいつを一人で部屋に閉じ込めてやった。最高の気分だ！　ついにやつを取っ捕まえた。それから私の部屋の真下にある客間へ駆け下りた。ランプを二つ手に取り、中の油を絨毯や家具など、そこらじゅうに撒いた。そのあとそこに火をつけ、ドアに慎重に二重に鍵をかけてから外に飛び出した。

私は庭の奥の月桂樹の茂みに身を隠した。長かった。ここまで本当に長かった。すべてが闇に沈み、しんとしていた。動くものは何一つなく、風もなければ星も出ていない。だが、人には見えない巨大な雲が重く、ああ本当に重く、私の心に垂れ込めていた。

私は家をじっと見守った。その時間のなんと長かったことか。ひょっとすると火はひとりでに消えてしまったか、あるいはやつが消したか、と思い始めたそのとき、一階の窓の一つが火の激しい勢いに耐えかねて割れた。炎の長い手が白い壁をやさしく撫で、口づけしながら屋根まで這い上がっていく。木々が、枝が、葉が火明かりに赤々と照らされ、同時に恐怖の震えがそこに広がっていく。鳥たちが目覚め、犬が吠え始め、まるで夜明けが来たかのようだった。たちまちほかの二つの窓もこなごなになり、今や家の一階全体が火の猛り狂う竈と化していた。だがそのとき、女の悲鳴が、胸を引き裂くような恐ろしい叫び声が夜をつんざき、屋根裏の窓が二つ開いたのだ。使用人たちのことを忘れていた！　恐怖に凍りついた顔そして顔、狂ったように振られる腕そして腕。

私は怖くてたまらなくなって、叫びながら村のほうへ走った。「頼む、助けてくれ！　火事だ、火事だ！」すでにこちらにわらわらと集まってきていた人々と途中で会い、様子を見に一緒に引き返す。

その頃には、家は恐ろしくも壮麗な火の海と化していた。あたり一帯を明るく照らす巨大な火葬壇、そこで人々は焼かれ、あいつも焼かれている。あいつ——私を虜囚とした新たな存在、今になって突然現れた支配者、オルラ！

いきなり屋根全体が壁の内側に崩落し、炎が空へと一気に噴き上がった。その大竈に開いた窓という窓から火が噴出し、そこに、その巨釜の中にあいつはいて、ついに死んだのだと私は思った。

死んだ？　ああ、たぶん。やつの遺体は？　透明なあいつの体は、われわれを死に至らしめるような方法では破壊できないのでは？

もし死んでいないとしたら？　あの目に見えない、とても太刀打ちできない存在をどうにかできるのは、時間だけなのかもしれない。透明で人には認識できない、精霊のたぐいである体が、どうして病気や虚弱、早すぎる死を恐れなければならないのか？

早すぎる死か。人の恐怖はすべてそこから生じるのだ。人間のあとに現れたオルラ。毎日、どの時間に、どの瞬間に、どんな事故で死んでも不思議ではない人間。そのあとに現れたオルラは、自分が死ぬべきときにのみ死ぬ。なぜならやつは存在の限界を超えることができたからだ。

そうとも、間違いない、やつは死んでいない。それなら、私が自ら命を絶つしかないではないか！

和解

The Reconciliation
Lafcadio Hearn

小泉八雲

『怪談・奇談』（1904年）初出

京都に若い侍がいた。主君が倒れて以来困窮し、やむなく家を離れて遠隔の地に出仕することにした。都を去る前に、見目麗しき良妻を離縁した。別の縁組を頼んだほうが出世できると考えてのことだった。やがてまずまず良家の娘を娶り、妻を伴って任地へ赴いた。

しかしそれこそ若気の至りというもので、侍は厳しい窮乏に耐えかねて情愛の貴さに目が行かず、いともたやすくこれを打ち捨ててしまったのである。再婚後の暮らしは思うにまかせなかった。新たに迎えた妻はきつい性分で、手前勝手な女だった。侍が都での日々を軽々しく手放したことを悔やむようになったのは間もなくのことであった。そして、今も前妻を愛おしく思っていることに気づいたのだ。二人目の妻には、とてもそこまで慈しみをかけることはできなかった。侍は己がいかに薄情で恩知らずだったか、つくづく思い知った。しだいに後悔が深まり、とうとう己がどうしても許せなくなった。無慈悲に捨てた女の記憶が甦り、頭から離れない。柔らかな物言い、微笑み、品のある愛らしい所作、申し分のない辛抱強さ。貧苦にあえいでいたとき、妻が昼となく夜となくせっせと機を織り、甲斐甲斐しく侍を助けた姿を夢にまで見た。いや、それ以上に目に浮かぶのは、自分が置き去りにしたあの荒れ果てた狭い部屋で妻が一人座り、擦り切れた袖で涙を隠している場面であった。日中のお役目のあいだも、いつしか前妻のことをつらつらと考えている始末だった。すると、今あの女はどうやって暮らしているだろう、どうしているだろう、と思案しだした。よそに嫁ぐことはけっしてしていないという確信めいたものがあったし、許しを請えばきっと受け入れてくれるはずだった。都へ戻る段取りがついたらすぐに捜し出そう、侍はひそかにそう心に決めた。そして真摯に詫び、あの女をこの腕に取り戻して、男としてできる限りの償いをするのだ。しかし月日は無情に流れた。

ついに任期を終え、お役御免となった侍は、「必ずや愛しい女のもとへ戻ろう」と心に誓い、「なんとむごいことをしたものだ。あの女を離縁したのはいかにも愚かだった」と己を罵った。二人目の妻は、子もなかったので実家に帰し、急ぎ都へ発った。そして旅装束を解く暇も惜しんで、すぐさま先の妻のもとへ向かった。

かつての住まいがあった通りにたどり着いたときには、夜も更けていた。時は九月の十日、町は墓場のようにしんと静まり返っていたが、月が明るくあたりを照らしていたので視界はよく、女の家もすぐにわかった。ひどく荒れ寂れて見え、屋根に雑草がぼうぼうと茂っている。引き戸を叩いてみたが、返事はない。内側に心張り棒を当ててはいないようだったので、押し開けて中に入った。正面の部屋には畳もなく、がらんとしている。床板の隙間から冷たい風が吹き込み、床の間の壁の破れ目から月の光が差し込んでいる。ほかの部屋もみな打ち捨てられた様子だった。どう見ても、人が住んでいるようには思えない。それでも侍は、家のいちばん奥にある部屋を覗いてみることにした。妻はそのとても小さな部屋で休息するのを好んでいたからだ。閉じた襖に近づくと、中から灯りが漏れているのに気づき、驚いた。その襖を開けたとき、思わず歓喜の声

をあげてしまった。女がそこで、行燈の灯りのもと、縫物をしていたからだ。その刹那、女と目が合い、嬉しそうな笑顔が侍を迎えた。女は会釈をし、ただこう尋ねた。「いつ京にお戻りになったんですか？　いくつもの暗い部屋の奥にいたこのわたくしを、いかにして見つけてくださったのでしょう？」長い年月を経ても、女に少しも変わりはなかった。甘い記憶のままの、若く美しい姿だった。しかし、その声の音色はどんな思い出よりやさしく、喜びと驚きに打ち震えていた。

侍は喜び勇んで女の傍らに行き、訴えた。どれほど己の勝手さを悔やんだか、女がそばにいない日々がいかに惨めだったか、女のことをいつもどんなに懐かしく思い出していたか、あらためてやり直したいとどれだけ前から考えていたか。そのあいだずっと女を撫で、何度も何度も許しを請うた。女は、男がまさに望んだように、情のこもったやさしい言葉で、どうかご自分を責めるのはおやめくださいと答えた。わたくしなどのために悩み苦しむのは間違いです。わたくしはずっと、あなたの妻にふさわしい女ではないと思っておりました。それでも、あなた様は貧しさゆえに仕方なくわたくしを離縁したのだと存じています。おそばで暮らしていたあいだは、いつもやさしくしてくださいました。ですからわたくしは、あなた様のお仕合せをいつもお祈りしておりました。もしも償いをしていただく理由があったとしても、こうしてわざわざお越しくださったことで、もう充分でございます。またあなた様にお目にかかれたことは、存外の喜びでございました。それがたとえいっときのことであったとしても。

「たとえいっときのこと、とは！」男は嬉しそうに笑いながら言った。「たとえ七たび生まれ変わろうとも、と言ってくれ。愛しいお前、お前がいやと言わないかぎり、俺は何度でもお前のもとに戻ってこようぞ。もはやわれらを分かつものは何もない。今の俺は財も蓄え、伝手もある。貧乏を心配する必要などないのだ。明日、家財道具をここに運び込ませ、お前に仕える下男下女も呼び寄せよう。それからこの家を建て直そう。だが今夜は……」男はすまなそうに言った。「参るのが遅くなってしまった。旅装束を解いてさえおらなんだ。ひとえにお前に会い、思いの丈を打ち明けたかったからこそだ」

女はそれを聞いてとても喜んだ様子で、今度はみずから、男が去ってから都で何があったかすべて語った。ただし、己の悲しみについては、話すのをやんわりと拒んだ。二人は遅くまでそうして語り明かした。やがて女は南向きのもっと暖かい部屋へ男を案内した。そこはかつて二人の婚礼の儀がおこなわれた場所であった。

「手伝いの者は今まで誰もいなかったのか?」女が床を延べ始めたので、男は尋ねた。

「はい」女は明るく笑って答えた。「そんな余裕はありませんでしたから。ずっと一人で暮らしておりました」

「明日になれば下働きの者たちが大勢来る」男は言った。「みなよく働く者ばかりだ。それに、入り用なものをすべて運び込ませる」

二人は横になったが、眠りはしなかった。積もる話がたくさんあった。そうして昔話や今の話、そしてこれからの話をしたが、やがて空が白みだす頃、男は知らず知らずのうちに目を閉じ、眠り込んでいた。

侍が目覚めたとき、雨戸の割れ目から日光が差し込み、己が朽ちたむき出しの床板に横たわっていることに気づいて驚いた。ひょっとしてただの夢だったのか? いや、違う。女は確かにそ

こにいて、眠っている。男は女のほうにかがんで覗き込み――そして悲鳴をあげた。顔がなかったのだ。そこに横たわっているのは、屍衣にくるまれただけの女の亡骸だった。すっかり朽ち果てて、今ではほとんど骨しか残っておらず、そこに長い黒髪が絡まっている。

男は日差しのなか、悪寒に襲われ、ぶるぶると震えながらゆっくり立ち上がった。冷たい恐怖は耐えがたいほどの絶望と身を裂かれるような痛みに変わり、かろうじて、胸にたち込める疑念の影にすがりついた。今さら知ってどうなる、と己を嘲笑いたくなったとはいえ。界隈に不案内なふりをして、妻が住んでいた家までの道を人に尋ねてみた。

「あそこにはもう誰も住んでいませんよ」その人は答えた。「以前は、あるお侍さんの奥方が住んでらしたんですがね。そのお侍は数年前に都を出たのですが、発つ前に奥方を離縁して、別の女と所帯を持ったんです。奥方はそれはもう思い悩み、とうとう病んで床に就いてしまわれて。都には親類縁者もおらず、世話する者もいなかった。そうして奥方はその年の秋に亡くなりました。そう、九月の十日のことでしたよ……」

開けっぱなしの窓

The Open Window
Saki

サキ

『けだものと超けだもの』（1914年）初出

「叔母は間もなく下におりてまいりますわ、ネテル様」十五歳という年齢にしてはやけに落ち着いた物腰の少女が言った。「そのあいだ私がお相手いたしますので、どうかご勘弁を」

フラントン・ネテルは、これから現れる叔母を下手にけなしてしまうような無作法をせずに、目の前にいる姪っ子をしかるべく持ち上げる、この場にふさわしい言葉をかけようと知恵を絞った。内心では、神経を休めるためにこの地に静養に来たはずが、こんなふうに立て続けに見ず知らずの人々のもとを正式訪問してまわるはめになり、はたして本当にためになるのかどうか疑問がふくらむばかりなのだが。

「予想はつくわ」この田舎の静養地に移り住む準備をしていたとき、姉は言ったのだ。「そこに一人でこもって、誰とも喋らずにいるうちに、あなたはふさぎ込むどころではなくなる。そのあたりに住む知人全員に、紹介状を書いてあげる。私の記憶にあるかぎり、かなり親切な人もいたはず」

フラントンは、その紹介状を持って訪ねたご婦人であるサプルトン夫人が、その「親切な人」の一人だといいのだが、と考えた。

「このあたりにお知り合いは多いんですか？」姪が尋ねた。すでに無言のうちの探り合いは充分だと判断したところだった。

「いえ、ほとんどいません」フラントンは答えた。「姉がここに滞在したことがありましてね。ほら、四年ほど前に牧師館に。それで、このあたりの方々への紹介状を書いてくれたんです」

最後の一言には、明らかに後悔の色が滲んでいた。

「では、叔母のことは、実際のところ何もご存じないんですね？」相変わらず落ち着いている娘は質問を続けた。

「ええ、お名前とご住所しか」フラントンは認めた。サプルトン夫人には今も夫がいるのか、それとも未亡人なのかもわからない。部屋を見るかぎり、なんとなく男が住んでいる気配はある。

「叔母が世にも恐ろしい悲劇に襲われたのは、ほんの三年前のことなんです」少女は言った。「お姉様はその頃、もうここにいらっしゃらなかったみたいですね」

「悲劇？」フラントンは訊き返した。こんなのんびりした田舎に悲劇などという言葉はそぐわないと思えた。

「十月の午後にあの窓を開け放っておくなんて、どういうことだろうとお思いではありませんか？」姪は、芝地に面した大きなフランス窓のほうを示していった。

「この時期にしては、今日はかなり暖かいですからね」フラントンは言った。「でも、その悲劇とあの窓にどんな関わりが？」

「三年前の今日、あのフランス窓から、叔母の夫と二人の弟が日帰りで鴫猟に出かけたんです。でも三人は帰ってきませんでした。好んで行く猟場まで荒野を進んでいたとき、危険な底なし沼

に呑み込まれたんです。やけに雨の多い夏だったので、いつもなら問題なく通れたところに突然落とし穴ができていたみたいで。遺体は結局見つかりませんでした。聞くも恐ろしい話です」そこで娘の声がふいに震えだし、本人も落ち着きがなくなった。「かわいそうな叔母は、いつかきっと三人は、一緒にいなくなった小型の茶色いスパニエルとともに帰ってくると、今も信じているんです。いつもそうしていたように、あのフランス窓から入ってくる、と。だから毎日夕方になると、とっぷりと日が暮れるまで窓が開けっぱなしにされているんです。ああ、かわいそうな叔母さん。三人がどんなふうに出かけたか、よく私に話してくれたものです。叔父さんは防水の白いコートを腕に掛け、末の弟のロニーは『バーティ、おまえはなぜ跳ねる』を歌っていた。その歌、癇に障ると叔母が言うので、弟さんは叔母をからかうときにはいつもその歌をうたったそうです。こういう風一つない、静かな夕暮れになると、ときどき背筋がぞくっとするんです。あの窓から本当にみんなが入ってくるような気がして」

彼女は軽くぶるっと身を震わせて口をつぐんだ。折しも叔母が慌てて部屋に入ってきたので、フラントンは心底ほっとした。彼女はあたふたと、遅くなってごめんなさいと口にした。

「ヴェラがちゃんとお相手できたかしら?」彼女が言った。

「なかなか面白いお嬢さんですね」フラントンは告げた。

「窓が開けっぱなしですけど、どうかお許しくださいね」サプルトン夫人が元気よく言った。「夫と弟たちが猟から帰ると、いつもここから家に入ってくるんです。みんな、今日は湿地に鴫猟に行ったんですけど、せっかくの絨毯を泥だらけにしてしまうんですよ。殿方って、そういうものでしょう?」

サプルトン夫人は陽気にぺちゃくちゃしゃべり続ける。猟について、獲物の鳥がすくないことについて、冬場の鴨猟について。フラントンにしてみれば、ぞっとする話ばかりだった。もっと怖くない話題へなんとか誘導しようとするも、なかなかうまくいかないうえ、彼女があまりこちらに注意を払っていないことにも気づいていた。その視線はフラントンを通り越して、開けっぱなしの窓とその向こうの芝地のほうへしょっちゅうさまよいだした。悲劇の記念日にたまたまここを訪問したのは、じつに運が悪かった。

「どの医者からも、変に精神を昂らせるとか、激しい運動のたぐいは避けて、完全休養をとることと言い渡されまして」赤の他人やたまたま旅先で出会った人というのは、相手の病気やその原因、治療法などを事細かに知りたがるものだ、という誤解が世間にはまま広まっており、それでフラントンもこうして説明に苦労しているのである。「ただ、食事についてはみな言うことがまちまちなんです」彼は続けた。

「あら」サプルトン夫人はぎりぎりで欠伸をこらえたというような声で言った。するとふいに彼女の顔がぱっと輝いた。ただし、彼女が顔を輝かせたのはフラントンの言葉にではない。

「ようやく帰ってきたわ!」夫人は声をあげた。「お茶の時間には間に合ったわね。ご覧になって、目のあたりまで泥にはまったみたいなありさまだわ!」

フラントンはかすかに身震いし、姪っ子のほうに、本当だったんだね、と同情する視線を送った。娘はというと、恐怖で混乱したような表情で、開け放たれた窓の向こうを見つめている。曰く言い難い戦慄が走り、フラントンはさっと振り返って彼女と同じ方向に目をやった。

宵闇迫る黄昏のなか、三つの人影がぬっと芝地に現れ、窓のほうにやってくる。三人とも銃を

抱え、一人は肩に白いレインコートを羽織っている。疲れた様子の茶色いスパニエルが彼らの足元に従っている。彼らは無言のまま家に近づいてきたが、ふいに薄闇の中から若者の嗄(しゃが)れた歌声が響いた。「『おれは言ったよ、バーティ、おまえはなぜ跳ねる?』」

フラントンはステッキと帽子をひったくるようにつかんだ。それから屋敷をほうほうの体(てい)で逃げ出すあいだ、玄関扉、砂利敷きの道、正門が途中にあったことさえほとんど気づかないほどだった。自転車に乗って通りをやってきた人は、彼と危うく衝突しそうになって、生垣に突っ込んだ。

「ただいま」白いレインコートを羽織った男がフランス窓から入ってきた。「泥だらけだが、ほとんど乾いてる。われわれと入れ替わりにものすごい勢いで出ていったのは、いったい誰だ?」

「ネテルさんとかいう、ずいぶん変わった人よ」サプルトン夫人が言った。「自分の病気のことばかりひとしきり話して、あなたたちが現れたとたん、詫びや挨拶のひと言さえなしにさっさと帰ってしまって。幽霊でも見たみたいな様子だったわ」

「スパニエルのせいだと思う」姪っ子が冷静に言った。「犬が怖いって言ってたもの。以前、ガンジス川のほとりかどこかで、野犬の群れに追われて墓地に逃げ込み、掘られたばかりのお墓に潜って、ひと晩過ごしたことがあるんですって。そのあいだずっと、頭の上で犬たちが泡を噴いて唸ったり、歯を剥いたりしていたそうよ。そりゃあ、神経がおかしくなっても仕方がないわよね」

とっさに話をでっちあげるのは、彼女の得意とするところだった。

収録作家略歴・補遺

「アッシャー家の崩壊」
――エドガー・アラン・ポー（1809―1849）
米国ボストン生まれ。推理小説の祖として後世に大きな影響を与える。代表作に『モルグ街の殺人事件』『黒猫』など。18世紀から19世紀にかけてゴシック建築に着想を得たゴシック小説が流行したが、本作もその系譜に位置付けられる。「忌み嫌われた家」で描写されているとおり、一時期ポーは婚約者の住むロードアイランド州プロヴィデンスに滞在していた。

「幽霊屋敷と幽霊屋敷ハンター」
――エドワード・ブルワー＝リットン（1803―1873）
政治家としても活躍した英国の作家・劇作家。政治小説、オカルト小説など幅広い作品を手掛け、代表作は『ポンペイ最後の日』。本作には、怪奇現象の謎解きとなる後日談が加えられた版もある。リットンはロンドンのバークレースクエアにあった建物など、いくつか有名な実際の〝幽霊屋敷〟を参考に本作を執筆したといわれている。

「空き家」
――アルジャーノン・ブラックウッド（1869―1951）
英国ケント州生まれ。20代にカナダと米国で農業や新聞記者などさまざまな職を経験し、帰国後に小説家としてデビュー。英国を代表する怪奇小説作家の一人とされる。本作の舞台となる「空き家」は古城やゴシック様式の屋敷ではなく、両隣と変わらぬ平凡な家というのが特徴で、描写からジョージアン様式のテラスハウス（長屋のような集合住宅）と思われる。

「赤の間」

――H・G・ウェルズ（1866―1946）

ジュール・ヴェルヌと並び「SFの父」と称される英国の作家。代表作に『タイム・マシン』『モロー博士の島』『透明人間』『宇宙戦争』など。「赤の間」のような怪奇小説寄りの作品や、ファンタジーや幻想味あふれる作品も少なくない。

「忌み嫌われた家」

――H・P・ラヴクラフト（1890―1937）

本作の舞台でもある、米国ロードアイランド州プロヴィデンスに生まれる。30代からウィアード・テイルズ誌などに恐怖小説を寄稿。生前は不遇だったが死後に評価され、一連の作品が「クトゥルー神話」として体系化された。代表作に『インスマスの影』『狂気の山脈にて』など。なお「忌み嫌われた家」のモデルとなった家はプロヴィデンスに実在し、ベネフィット通りなども実際にある通りである。

「幽霊屋敷」

――アンブローズ・ビアス（1842―1914頃）

米国オハイオ州生まれ。南北戦争に志願し、戦後、ジャーナリストとして活躍。容赦のない風刺ゆえにビター・ビアス（辛辣なビアス）とあだ名された。代表作に箴言・警句を集めた『悪魔の辞典』、短編『アウル・クリーク橋の出来事』などがある。

「カンタヴィルの幽霊」

――オスカー・ワイルド（1884―1900）

耽美・退廃的な作風で19世紀末文学界の寵児となったアイルランドの作家・劇作家。代表作『ドリアン・グレイの肖像』などのほか、『幸福な王子』のような童話も残している。「カンタヴィルの幽霊」は皮肉とユーモアにあふれた幽霊譚として人気が高く、何度か映画化もされている。

「サーンリー・アビー」
——パーシヴァル・ランドン（1868—1927）

英国イーストサセックス州ヘイスティングス生まれのジャーナリスト、作家。タイムズ紙などの特派員として世界各地を取材し、英国のチベット侵攻に関する著書がある。作家のラドヤード・キプリング（『ジャングル・ブック』）とは生涯にわたって親しい友人だった。本作は「英語で書かれた最も恐ろしい小説」とも評され、英語圏ではさまざまなアンソロジーに収録されているが、日本では今回が初訳となる。

「判事の家」
——ブラム・ストーカー（1847—1912）

アイルランド、ダブリン生まれ。トリニティ・カレッジを卒業後、高名な俳優が主催する劇団のマネージャーを長年つとめる。1897年に出版された代表作『ドラキュラ』は、すぐにその劇団で舞台化されたことによって大成功を収め、怪奇小説の古典となった。

「黄色い壁紙」
——シャーロット・パーキンス・ギルマン（1860—1935）

米国コネチカット州ハートフォード生まれ。先駆的フェミニストとして知られ、批評家・社会思想家としても活動。本作は1970年代以降、女性への抑圧を描いた作品としても再評価が進んだ。作中で壁紙について描写される〝フランボワイヤン模様〟は、フランスの後期ゴシック建築の「フランボワイヤン様式」に由来する。フランス語で〝炎のような（フランボワイヤン）〟を意味し、複雑な曲線で構成された精巧な装飾が特徴。

「呪われた人形の家」
——M・R・ジェイムズ（1862—1936）

英国ケント州で牧師の家に生まれる。ケンブリッジ大学卒業後、同大学フィッツウィリアム博物館館長、イートン校校長などを歴任。古文書・古物の研究者でもあり、本作以外にも過去の遺物をきっかけに怪異に触れる話が多い。正統派の古典的怪談で人気を博し、19世紀末から20世紀初頭にかけて英国怪奇小説の黄金時代を築いた作家の一人となった。

「オルラ」

――ギ・ド・モーパッサン（1850―1893）

19世紀フランスを代表する作家。代表作の長編『女の一生』ほか、300を超える中短編を残した。「オルラ」以外にも一連の怪奇小説があり、その多くが狂気や幻覚を扱っている。晩年は奇行が目立ち、1892年には自殺未遂を起こす。その後精神病院に収容され、そのまま没した。

「和解」

――小泉八雲（ラフカディオ・ハーン）（1850―1904）

明治時代の小説家、英文学者。父はアイルランド人、母はギリシャ人。1890年に来日、小泉セツと結婚して帰化し、小泉八雲と改名する。「耳なし芳一の話」「雪女」といった日本の伝説や民話の再話を通じ、精力的に日本文化を海外へ紹介した。

「開けっぱなしの窓」

――サキ（1870―1916）

本名ヘクター・ヒュー・マンロー。英領ビルマ（現ミャンマー）で生まれる。海外特派員として欧州各地に赴任、帰国後に執筆に専念する。第一次大戦で戦死。残酷さとウィットに満ちた短編は日本でも人気が高く、短編選集が数多く出版されている。「開けっぱなしの窓」で3人が現れるフランス窓とは、床から天井近くまで高さのある両開きの窓のこと。庭やバルコニーに面して設けられ、直接出入りできるようになっていることが多い。

編者紹介　ジョン・ランディス

映画監督、脚本家、プロデューサー。1950年、米国イリノイ州シカゴ生まれ。『ブルース・ブラザーズ』(1980)、『狼男アメリカン』(1981)、『星の王子 ニューヨークへ行く』(1988)などをはじめとする数多くのヒット作を手掛け、マイケル・ジャクソンの画期的なPV『スリラー』(1983)の監督としても知られる。ホラージャンル全般に造詣が深く、著書に『モンスター大図鑑』(ネコ・パブリッシング)などがある。

訳者紹介　宮﨑真紀

英米文学・スペイン語文学翻訳家。東京外国語大学外国語学部スペイン語学科卒業。最近の訳書に、ジョルジャ・リーブ『プロジェクト・ファザーフッド：アメリカで最も凶悪な町で「父」になること』(晶文社)、『花嫁殺し』(ハーパーコリンズ・ジャパン)、スザンナ・キャハラン『なりすまし：正気と狂気を揺るがす、精神病院潜入実験』(亜紀書房)、ビクトル・デル・アルボル『終焉の日』(東京創元社)、ニナ・マクローリン『彼女が大工になった理由』(エクスナレッジ)など、多数。

怖い家

2021年11月20日　初版第1刷発行

編　者　ジョン・ランディス

著　者　エドガー・アラン・ポー、H・P・ラヴクラフト、
シャーロット・P・ギルマン他

訳　者　宮﨑真紀

発行者　澤井聖一

発行所　株式会社エクスナレッジ
〒106-0032 東京都港区六本木 7-2-26
https://www.xknowledge.co.jp/

問い合わせ先　編集：Tel 03-3403-5898 Fax 03-3403-0582
info@xknowledge.co.jp
販売：Tel 03-3403-1321 Fax 03-3403-1829